W0210466

CHRISTIANE WÜNSCHE

Bleischwer

TATORT CAMPINGPLATZ Jule Maiwald, Mitte vierzig, führt mit ihrem Mann ein sorgloses Leben in Kaarst am Niederrhein. Doch dann begeht sie einen Treuebruch. Mit schlechtem Gewissen verkriecht sie sich in der Nordeifel auf dem kleinen Campingplatz »Eifelwind«. Dort erfährt sie aus den Nachrichten, dass ein Mörder und Bankräuber aus der JVA Köln ausgebrochen ist und sich offensichtlich im Tal, in dem der »Eifelwind« liegt, versteckt hält. Auch die anderen Camper sind äußerst beunruhigt, schließlich handelt es sich bei dem Ausbrecher um einen skrupellosen Schwerkriminellen, der zu lebenslanger Haft mit anschließender Sicherungsverwahrung verurteilt wurde.

Während Polizei und SEK den Ort vom Rest der Welt abriegeln und die Jagd nach dem Verbrecher auf Hochtouren läuft, lernt Jule den hilfsbereiten und schweigsamen Campingplatzmitarbeiter Michael Faßbinder kennen. Die beiden kommen sich näher, als Jule zunächst lieb ist.

Dann geschehen – trotz der Polizeipräsenz – zwei Morde. Was steckt hinter den Taten? Und was hat ein seltsames Gedicht mit all dem zu tun?

Christiane Wünsche, geboren 1966, tischte bereits als Kind ihren Geschwistern glaubhaft das Märchen vom »Tiger im Rhabarberfeld« auf. Die seit über zwanzig Jahren in ihrer Heimatstadt Kaarst in der Kinder- und Jugendarbeit tätige Autorin bringt dort ihr Faible für alles Literarische in Form von Theaterstücken, Artikeln, Gedichten und Krimispielen zur Geltung.

Christiane Wünsche hat eine fast erwachsene Tochter, einen Hund und einen knallroten Oldtimer-Wohnwagen, mit dem sie auch weite Strecken in ganz Europa zurücklegt. Camping ist neben dem Schreiben und allem Kreativen ihre große Leidenschaft.

CHRISTIANE WÜNSCHE

Bleischwer

Kriminalroman

GMEINER *Original*

Personen, Handlung und teilweise auch die Orte sind frei erfunden.
Ähnlichkeiten mit lebenden oder toten Personen
sind rein zufällig und nicht beabsichtigt.

Stadtbücherei Neustadt an der Weinstraße
Wuen
Krimi
Reihe
13/229246

Besuchen Sie uns im Internet:
www.gmeiner-verlag.de

© 2013 – Gmeiner-Verlag GmbH
Im Ehnried 5, 88605 Meßkirch
Telefon 07575/2095-0
info@gmeiner-verlag.de
Alle Rechte vorbehalten
1. Auflage 2013

Lektorat: René Stein
Herstellung: Julia Franze
Umschlaggestaltung: U.O.R.G. Lutz Eberle, Stuttgart
unter Verwendung eines Fotos von: © .marqs / photocase.com
Druck: GGP Media GmbH, Pößneck
Printed in Germany
ISBN 978-3-8392-1390-2

9,99

Wer kann sagen:
Ich habe mein Herz geläutert,
ich bin rein geworden
von meiner Sünde?
Altes Testament, Sprüche 20, 9

Sie drückt mich nieder
Schwer, grob und mit Gewalt.
Singt schaurige Lieder
Die sind mir zuwider.
Und werd ich auch grau und alt,
Die Schuld
Hat Geduld
Und kommt wieder.

Sie zwingt mich zu zahlen.
Droht stetig rigider.
Genießt meine Qualen,
Will mich zermürben, zermalmen, zermahlen.
Und werd ich auch brav und bieder.
Die Schuld
Hat Geduld
Und kommt wieder.

Sie lähmt meine Glieder.
Eisig und frostig und starr,
Macht mich müde und müder,
Kämpft Lust und Lebendigkeit nieder.
Denn die Schuld
Hat Geduld
Und wer ich mal war,
Werd ich nie wieder.

PROLOG

Draußen war alles grau in grau. Schneeregen, wie so oft in den letzten Tagen. Dabei war schon fast März. Wollte der Winter nie ein Ende nehmen? Der Winter. Jörg musste ungewollt schmunzeln. Dann ließ er von dem Gedanken ab, weil er nicht hierher gehörte. Nicht in sein Heim Kaarst-Büttgen am Niederrhein, wo Harmonie herrschte und alles seinen Platz hatte. Oder zumindest bis vor Kurzem gehabt hatte …

Jörg lehnte sich an die Granitarbeitsplatte der blassgelben, hochglänzenden Hightech-Küche und nahm einen Schluck von seinem Latte macchiato. Der Milchschaum kitzelte angenehm an den Lippen, die Wärme und das Koffein taten Leib und Seele gut. Streicheleinheiten. Jörg brauchte zurzeit viele davon. Seine Frau war ihm abhanden gekommen. Anders konnte man es nicht ausdrücken. Erst hatte sie ihn verwirrt, dann vor den Kopf gestoßen, schließlich gedemütigt. Am Ende war sie auch noch auf und davon, als wenn sie im Recht wäre.

Jörg verstand die Welt nicht mehr. Und deshalb war es ein Geschenk des Himmels, dass es Jana gab. Jana, die ihm gegenüber an der Theke zum offenen Wohnbereich saß und ebenfalls an einem Latte nippte. Gerade lächelte sie ihm freundlich zu. Sie war eine wunderschöne Frau. Anfang dreißig, mit zarten Gliedern, glatter Haut, den Augen von der Farbe edelster Bitterschokolade und diesem seidigen, glatten, dunklen Haar, das ihr offen über die Schulter fiel. Auf den ersten Blick erinnerte Jana wenig an seine Frau, immerhin Janas Halbschwester. Auf den zweiten waren sie sich sehr ähnlich. Die Haltung des Kopfes zum Beispiel, das Mienenspiel, der offene Blick. Obwohl Jules Iris von leuchtendem Blau war. Auch Jule war schön, fand er, aber natürlich auf andere, reifere Art. Kein Wunder, sie war vierzehn Jahre älter als Jana. Und ihr Haar … eine wirre, widerspenstige Masse, deren Grau sie mit Färbemitteln geschickt zu bekämpfen wusste … Er liebte es. Gerade weil es störrisch war – wie Jule selbst.

Traurigkeit und Bedauern überfielen ihn. Ob sie je zu ihm zurückkam? Und ob er ihr je verzeihen konnte? Er wusste es nicht. Ihm war nur klar, dass er in der Zwischenzeit irgendwie weitermachen musste. Und dazu benötigte er Trost und Rückhalt.

Beides gab ihm Jana. Sooft sie konnte. Wie heute morgen. Schnell hatte sie die Zwillinge in den Kindergarten gebracht, um auf einen Kaffee zu ihm in sein Haus im Büttger Komponistenviertel zu eilen. Jetzt trat sie zu ihm. Ganz nah. Stellte das halb leere Macchiato-Glas ab und strich zart mit ihren schmalen Händen durch sein dünner werdendes, blondes Haar.

»Alles wird gut«, flüsterte sie. »So oder so. Alles wird sich finden. Ich weiß das. Auf chaotische Zeiten folgen Zeiten der Harmonie. Der Lauf des Lebens.« Sanft hauchte sie einen Kuss auf seine unrasierte Wange und stellte sich dann neben ihn. Ihre Schultern berührten sich sacht. Die Verbindung war da.

Was aber war mit Jule? Hatte sie die Verbindung endgültig gekappt nach ihrer Flucht in die Eifel? Mit dem Abschalten ihres Handys beispielsweise?

Jörg überließ sich der Wärme, die diese jüngere, glattere Version seiner Ehefrau neben ihm ausstrahlte und gab sich der Hoffnung hin, der Jana so optimistisch Ausdruck verliehen hatte: Es würde wieder Zeiten der Harmonie geben. Fragte sich nur wann.

ERSTER TEIL:
EIFELWIND

Die Kunststoffscheiben waren beschlagen. Das Kondenswasser stand in den Fensterdichtungen. Die Gasheizung bullerte, und die Stille im Wohnwagen war so undurchdringlich wie die sternenlose Nacht draußen. Jule fühlte sich eingehüllt in einen Kokon, der alles Beängstigende fernhielt. Und alle Zweifel.

Sie schenkte sich ein drittes Glas Rotwein ein, nahm einen Schluck und bettete den Kopf zurück auf das Polster. Kurz schloss sie die Augen und überließ sich ganz dem verhaltenen Ticken der Wanduhr. Außer ihrer Atmung und dem Gurgeln des Baches stellte es das einzige Geräusch dar, das in ihre Ohren sickerte.

Es gibt nichts Tröstlicheres als einen Campingplatz im Winter, dachte sie träge, aber seltsamerweise auch nichts Trostloseres. Sie kuschelte sich tiefer in die Wolldecke und ließ ihren Blick durch den winzigen Raum schweifen.

Alles, was sie sah, war ihr zutiefst vertraut: die verschrammte Arbeitsplatte der Küchenzeile mit dem zweiflammigen Kocher ebenso wie die zerschlissenen Bezüge der Rundsitzecke in verstaubten Braun-, Grün- und Beigetönen. Jule wusste um jeden Kratzer im Linoleumboden und hätte mit geschlossenen Augen den Griff in der wackeligen Schiebetür gefunden, die den Wohn- vom Schlafbereich abtrennte. Ebenso gab es jenseits des Wohnwagens, der hier unverrückbar seit vierzig Jahren stand, nichts, was sie nicht in- und auswendig kannte.

Anstelle eines Vorzeltes wurde der uralte Doppelachser

von einer Art Pavillon flankiert, der aus dünnen, weiß gestrichenen Holzelementen bestand. Das Dach hatte ihr Großvater vor vielen, vielen Jahren mit Teerpappe und einer Balkenkonstruktion verstärkt, um es gegen Wind und Wetter zu schützen. Der Pavillon war im Winter wegen der Kälte nicht als Wohnbereich nutzbar, sondern diente als Abstellfläche für Schuhe, Gartenmöbel, Grill, Schubkarre und Krimskrams.

Wohnwagen und Anbau ähnelten einer kleinen Festung, die hinter Holzlattenzaun und Hecke verborgen am Rande des Campingplatzes lag. Nach hinten wurde das zugewachsene Grundstück vom Bachlauf begrenzt. Durch ein schief in den Angeln hängendes Holztor gelangte man vorne auf den Schotterweg. Dieser war gesäumt von anderen Dauer- und Saisoncampingplätzen. Jule kannte die Namen der meisten Mieter. Viele von klein auf.

Es gab ihr ein Gefühl von Sicherheit, all dies zu wissen. Hier in diesem Tal bei Steinbach in der Nordeifel fühlte sie sich heimischer und geborgener als irgendwo sonst auf der Welt. Und genau das war der Grund, warum sie hergekommen war. Ende Januar, als noch Schnee lag. Und jetzt war schon März.

Sie reckte sich, bog vorsichtig den schmerzenden Rücken durch und schob die Wärmflasche zurück an die richtige Stelle. Der Wein hatte sie benommen gemacht, dennoch schützte er sie nicht vor den Bildern in ihrem Kopf. Sie musste sich vorsehen, die Gedanken nicht allzu weit schweifen zu lassen. Trotzdem sah sie plötzlich Jörgs Blick vor sich. Wie er sie gemustert hatte, voller Abscheu, als sei sie etwas besonders Ekelhaftes, Widerwärtiges. Sie schluckte und verdrängte die Erinnerung. Gerade noch rechtzeitig, bevor sie zu weh tat.

Am besten gehe ich ins Bett, sagte sie sich. Schlafen hilft

immer. Entschlossen warf sie die Decke zur Seite und setzte sich steif auf. Sie kämpfte das aufkommende Schwindelgefühl nieder, bevor sie in die winzige Nasszelle tappte.

Der nächste Morgen empfing sie frostig und bleischwer. Schnee lag in der Luft. Das sagte auch Gerti an der Rezeption, wo Jule ihre Brötchen abholte. Gerti und Hermann Weyers besaßen den Campingplatz ›Eifelwind‹, solange Jule denken konnte. Beide mussten inzwischen um die achtzig sein. Trotzdem hatten sie sich in all den Jahren kaum verändert. Gut, Hermann war etwas geschrumpft, und Gertis Gesicht hatte mehr Falten geworfen; ansonsten blieben sie in Jules Augen alterslos wie eh und je.

Gerade jetzt lachte Gerti ihr raues Lachen, das mehr wie ein Husten klang, die knotigen Finger ihrer Rechten umklammerten die obligatorische Zigarette. Ohne Filter, Nikotin pur.

»Mädche glöv mir, dat schneit dis Johr noch bis no Ustere. Jrad hätt mer jedach, der Fröhling kütt, do wit et noch ens richtisch kalt.« Gertis Nordeifeler Platt schnarrte heimelig durch den kleinen Raum. Sie schaute besorgt, die wässrig blauen Augen unter geschminkten Lidern blinzelten freundlich und der enorme Busen bebte, während sie sprach. »Häss de noch jenoch Jas? Süs besörsch der Micha dir noch jet. Sach nur Besched.«

Jule wiegelte ab. »Danke, aber die Gasflasche dürfte noch fast ein Viertel voll sein.«

Sie lächelte. Gerti erinnerte sie ein wenig an ihre verstorbene Oma, der der Stellplatz früher gehört hatte. Diese stammte zwar gebürtig aus Pommern und nicht aus der Eifel, war aber genauso bodenständig gewesen – und genauso fürsorglich.

»Ich schick dir trotzdemm der Micha ens vorbei.« Gerti nickte heftig. »Der sull enfach ens no demm Rechte lure.«

»Okay, danke, Gerti. Einen schönen Tag noch.«

Jule schnappte sich Brötchentüte und Zeitung und verließ das Holzhaus, das neben der Rezeption den kleinen Laden mit Lebensmitteln, Haushaltswaren und Postkarten beherbergte. Die Kälte kroch ihr durch Jeans und Daunenjacke unter die Haut; Nase und Wangen röteten sich in Sekundenschnelle. Der Schotter knirschte unter den Füßen und sie musste einige gefrorene Pfützen umrunden, während sie eilig zurück zum Stellplatz lief. Sie freute sich auf den heißen Kaffee, den sie vorhin aufgesetzt hatte.

Als sie am Waschhaus und den verwaisten Stellplätzen für Touristen vorbeikam, kündeten leere Rasenflächen mit kahlen braunen Stellen von einem fernen Sommer, der Platz voller Wohnwagen, gespickt mit zankenden Kindern, cellulitisgeplagten Mamis in allzu knappen Bikinis und biertrinkenden Vätern im Qualm schwelender Grillkohle. Sie entdeckte besagten Micha, das Faktotum, wie sie ihn heimlich titulierte.

Er putzte die Außenspülen. Jule blieb einen Moment stehen und schaute auf seinen gebeugten Rücken. Der Mann bearbeitete die Edelstahlflächen mit geballter Kraft. Voll konzentriert. Die sehnige Hand, die den Schwamm hielt, schnellte rhythmisch vor und zurück. Er gönnte sich keine Pause, arbeitete zügig. Jule sah, dass er noch sieben Spülbecken vor sich hatte, drei waren schon geschafft. Sie glänzten und blinkten im Morgenlicht.

Langsam setzte sie sich wieder in Bewegung. Er hatte sie nicht bemerkt. Michael war ein seltsamer Typ, fand sie. Er gehörte zu den wenigen Neuen hier im ›Eifelwind‹. Letztes Jahr war er noch nicht da gewesen. Schweigsam gab er sich, unzugänglich, doch wenn man ihn freundlich grüßte, gönnte er einem ein schüchternes Lächeln. Jule schätzte, dass er ungefähr so alt sein musste wie sie selbst, also Mitte vierzig. Sie hatte keine Ahnung, wo Gerti und Hermann ihn aufgetrieben hatten. Aber sie wusste, dass sie glücklich waren, ihn eingestellt zu haben. Gerti wurde nicht müde, das immer wieder zu betonen. »Ne echte Jlöcksfall, der Micha«, pflegte sie einzuleiten, um dann den Gästen von den handwerklichen und gärtnerischen Fähigkeiten des Mannes vorzuschwärmen.

Jule bog rechts Richtung Bachlauf und Waldsaum ein und ging nun geradeaus auf ihr Heim zu, als sie auf dem Grundstück linkerhand Leben bemerkte.

Nanu, waren die Odenthals etwa gekommen? Um die Jahreszeit? Mitten in der Woche? Jule fiel erstaunt ein, dass es bereits Freitag war und dass demzufolge mal wieder einige Tage unbemerkt an ihr vorbeigezogen waren. Sie wunderte sich, wie sehr die Zeit verschwamm, seit sie von zu Hause fort war.

Zu Hause … Vor ihrem inneren Auge schwebten schnurgerade Linien, ein weiter Horizont und graugrüne Felder mit Nebelschleiern vorbei, dazwischen Backsteingehöfte sowie akkurate Einfamilienhäuser hinter gepflegten Vorgärten und die Spitze eines Kirchturms; sie hörte das Dröhnen von Flugzeugmotoren genauso wie das Heulen der Feuerwehrsirene Freitag Mittag um zwölf …

Kurz war die Sehnsucht nach ihrer Heimatstadt Kaarst am Niederrhein aufgeflammt, schnell erstickte Jule sie und widmete sich wieder der Gegenwart. Der Gegenwart eines winkenden Peter Odenthals, der gerade sein Gepäck in den brandneuen, riesigen Luxuscaravan mit dem stabilen Wintervorzelt gebracht hatte und nun neben seinem protzigen Landrover stand.

»Hallo Jule«, rief er. »Wusste gar nicht, dass ihr hier seid! So früh im Jahr? Wo steckt denn Jörg?«

Zack, zielsicher hatte er den Finger in Wunde gesteckt. Allerdings guckte er dermaßen arglos, dass Jule den Verdacht, er könne Bescheid wissen, sofort wieder zurücknahm.

»Ich mache allein Urlaub. Jörg hat zu viel zu tun«, erklärte sie. »Jetzt wo Tobi als Austauschschüler in den USA ist, bin ich ja unabhängig. Und du? Wo ist Steffi?«

Peter lächelte breit und kam ein paar Schritte näher. »Die besucht übers Wochenende ihre Schwester in München. Da hab ich gedacht, zwei Tage Angeln sind genau das Richtige. Der See ist doch nicht mehr zugefroren?«

Die Frage stellte er in ängstlichem Ton, und Jule durchfuhr ein neidvoller Stich. Wenn es das größte Problem im Leben eines Peter Odenthals darstellte, dass sein geliebter Angelsee zugefroren sein könnte, musste er wahrlich ein sorgloses Dasein führen, dachte sie bitter, ließ sich aber nach außen hin nichts anmerken. »Alles frei. Nur die Ränder sind ein bisschen vereist. Aber es soll kälter werden, sagt Gerti.«

»Ach, wird schon klappen. Werd gleich mal mein Glück versuchen.« Wieder ließ er eine schnurgerade Reihe weißer Zähne in dem gebräunten ebenmäßigen Gesicht sehen. Dann wurde sein Lächeln noch eine Spur breiter. Die eisblauen Augen blitzten.

»Was hältst du davon, wenn ich dich mal zum Essen ausführe, vielleicht morgen Abend? Ein bisschen Gesellschaft können wir doch beide gebrauchen, Strohwitwe und Strohwitwer, die wir gerade sind, oder?«

»Klar, gute Idee.« Jule heuchelte eine Begeisterung, die sie nicht empfand. Sie war zum Alleinsein hergekommen, nicht um Peter Odenthal die Zeit zu vertreiben und ihm die glückliche Ehefrau Jörg Theisens vorzuspielen. »Bis dann, viel Spaß beim Angeln. Mein Kaffee wird kalt«, sagte sie, drehte sich um und flüchtete sich in ihre Festung hinter der Forsythienhecke. Sie wollte endlich in Ruhe frühstücken und Zeitung lesen.

›Schwerverbrecher aus der JVA Köln ausgebrochen‹, schrien ihr förmlich die fetten Lettern entgegen. Der Kaffeebecher verharrte auf dem Weg zum Mund in der Luft. Darunter stand etwas kleiner: ›Der entflohene Mörder stammt er aus der Nähe von Bad Münstereifel. Die Polizei mutmaßt deshalb, er könne in die Eifel geflüchtet sein. Vor dem Ausbrecher wird eindringlich gewarnt. Er gilt als äußerst gefährlich und gewaltbereit.‹

Jule schluckte unbehaglich. Ein Schwerverbrecher hier in der Eifel, womöglich ganz in der Nähe. Steinbach lag nur 15 Kilometer von Bad Münstereifel entfernt. Das konnte ja heiter werden.

Sie betrachtete das grobkörnige Foto. Der Mann sah völlig harmlos aus. Sein Blick war eher erschrocken als aggressiv, aber was besagte das schon? Herzhaft biss sie in ihr Brötchen mit Brombeermarmelade und schlug Seite 2 des Blattes auf.

›Stefan Winter ist 48 Jahre alt, 1,80 m groß, dunkelhaarig und schlank und seit gestern Abend flüchtig. Wegen bewaffneten Raubes, Geiselnahme und Mordes wurde er 1987 zu lebenslanger Haft mit anschließender Sicherungsverwahrung verurteilt. Seitdem saß er in verschiedenen Haftanstalten ein. Er gilt als schwerstkriminell. Von frühester Jugend an wurde er wegen verschiedenster Gewaltdelikte straffällig …‹

Erneut beschlich Jule ein mulmiges Gefühl. Aufmerksam las sie den Artikel zu Ende. Die Eltern des Mörders stammten aus Eichweiler, einem Nachbardorf Steinbachs. Stefan Winter war in dieser Gegend aufgewachsen. Na ja, warum sollte er sich ausgerechnet hierhin flüchten, versuchte sie sich selbst zu beruhigen. Wäre ganz schön dumm. Es musste dem Mann doch klar sein, wo die Polizei zuallererst suchen würde.

Sie blätterte weiter und machte sich daran, das Kreuzworträtsel auf der letzten Seite zu lösen. Um den Rücken zu entlasten, stopfte sie ein Kissen an die schmerzende Stelle. Sie durfte nachher auf keinen Fall vergessen, ihre krankengymnastischen Übungen zu machen, bevor sie zum alltäglichen Waldspaziergang aufbrach.

Jule zog die Holzpforte hinter sich zu. Vorsichtig atmete sie die beißend kalte Luft ein. Es war erst Mittag und doch fielen bereits die ersten dicken Flocken. Sie schob die Mütze tiefer ins Gesicht und schloss die Jacke bis zum Kinn. Entschlossen wanderte sie Richtung Rezeption. Nebenbei registrierte sie, dass die Möllers aus Köln und die Friedrichs aus Ratingen ihre Dauercampingplätze bezogen hatten. Sie sah ihre Autos neben den Jägerzäunen stehen und Licht durch die Scheiben der Caravans glimmen.

Beides Ehepaare, fuhr es ihr durch den Kopf, kurz vor der Rente, ein halbes Leben lang verheiratet. Das werde ich niemals schaffen, dachte sie zynisch. Wenn es schwierig wird, haue ich ab. Sie schüttelte die unguten Gedanken ab, während sie das Waschhaus passierte.

Wieder entdeckte sie Micha, das Faktotum. Offenbar hatte er gerade die Mülleimer im Herrenbereich geleert, denn er verließ mit vollen Plastikbeuteln in beiden Händen das Gebäude. Sein Gesichtsausdruck war verschlossen wie immer. Ohne Jule eines Blickes zu würdigen, stapfte er in Gummistiefeln zu dem Fahrrad, das er neben der Außendusche abgestellt hatte, und warf die Müllsäcke zu den anderen auf den Anhänger. Dann hielt er inne, um in der Seitentasche seiner Fleeceweste zu kramen. Im nächsten Moment beobachtete sie, wie er einen Flachmann an die Lippen führte und einen tiefen Schluck nahm.

Beschämt trat sie in den Schatten einer Fichte. Micha hatte ihre Anwesenheit offenbar nicht bemerkt. Ansonsten würde er hier nicht ungeniert Schnaps trinken. Sie wartete ab, bis er die Flasche weggesteckt hatte, und näherte sich ihm.

»Hallo Micha«, sprach sie zu dem breiten Rücken.

Langsam drehte er sich zu ihr um.

»Hallo.« Sein Lächeln war unsicher und kam von weit her. Verlegen wischte er sich die Hände an der Arbeitshose ab.

Mit welchen Geistern der Vergangenheit quält dieser Mann sich herum?, fragte sich Jule nicht zum ersten Mal. Erst jetzt schien er zu begreifen, wen er vor sich hatte.

»Ach, Frau Maiwald. Richtig, Gerti hat gesagt, ich soll mal nach Ihrer Gasflasche schauen.«

Sie fand es unpassend, dass er sie siezte, sie ihn aber wie selbstverständlich beim Vornamen rief. Tatsächlich kannte sie seinen Familiennamen überhaupt nicht. Für alle hier im ›Eifelwind‹ war er bloß ›der Micha‹. Ob sie ihm im Gegenzug das Du anbieten sollte? Doch dann würde sie sich vorkommen, als biedere sie sich an.

Also beließ sie alles beim Alten und erwiderte: »Ja, das wäre nett. Besonders wenn es wieder friert, sollte es die Heizung richtig tun. Ich gehe jetzt spazieren, aber die Gartentür ist nicht abgeschlossen. Geh einfach aufs Grundstück, wenn du Zeit hast. Du weißt ja, wie du an die Gasflasche kommst.«

»Okay, aber …« Er zögerte sichtlich.

Sofort ruderte sie zurück. Keineswegs wollte sie ihn drängen oder den Anschein erwecken, seine Hilfsbereitschaft ausnutzen zu wollen. Sie winkte ab.

»Kein Problem, falls du heute zu viel zu tun hast. Es eilt nicht …«

Er schüttelte den Kopf, wobei er sich mit der Hand durch das feste, dunkelblonde Haar fuhr. »Das hab ich nicht gemeint. Ich habe Zeit, kein Problem. Ich würde bloß an Ihrer Stelle den Eingang zum Stellplatz nicht offen lassen. Nicht gerade jetzt, aber egal …« Er hielt inne, schluckte, sah kurz zu Boden. Betreten, wie ihr schien.

Verwirrt runzelte Jule die Stirn. Wieso nicht gerade jetzt? Was war heute anders als in den vergangenen vierzig Jahren? Die Dauercamper im ›Eifelwind‹ sperrten ihre Grundstücke grundsätzlich nicht ab. Eine Handhabung, die durchaus Sinn ergab. Denn es kam vor, dass Gerti und Hermann sich Zugang verschaffen mussten, weil z. B. ein Sturm einen Baum umgehauen hatte oder eine Wasserleitung durch den Frost undicht geworden war. Schon hatte sie den Mund geöffnet, um nachzufragen, da bemerkte sie Michaels verschlossenen Gesichtsausdruck. Sein Blick ging in die Ferne, die Lippen waren fest zusammen gepresst. Klappe dicht, dachte sie, Schotten zu. Sie schluckte ihre Frage herunter, setzte ein unverbindliches Lächeln auf und verabschiedete sich. Komischer Kauz, überlegte sie, während sie dem Ausgang des Campingplatzes zustrebte. Keine Ahnung, was in diesem Kopf vor sich geht.

Der Wald erwartete sie schweigend und in eisiger Starre. Das einzige, was sich außer ihr bewegte, waren die immer dickeren Schneeflocken, die lautlos zu Boden tänzelten. Jule atmete tief durch, während sie den gewundenen Pfad entlang ging. Er führte steil bergauf. Jule kannte jeden Stein und jede Wurzel, die ihr wie Treppenstufen den Aufstieg erleichterten. Bald durchschnitt ein glucksendes Rinnsal den Pfad. Mit geübtem Schritt überquerte sie es. Staunend betrachtete sie kurz darauf die Schneeglöckchen am Wegesrand, die vor wenigen Tagen noch keine Blüten getragen hatten. Trotz der Kälte waren sie zarte Vorboten des Frühlings, leise und schüchtern, aber verheißungsvoll. Plötzlich fühlte sie Freude in sich aufsteigen.

Beginnendes Leben macht immer froh, dachte sie, um im selben Moment erschrocken stehen zu bleiben. Nein, nicht immer, korrigierte sie sich. Manchmal lässt es dich auch nur verzweifeln. Ihr wurde schwindelig. Schluss jetzt, rief sie sich sofort zur Ordnung. Hör auf damit. Sie konzentrierte sich nur noch auf ihre Schritte und auf ihre Atmung, blendete sämtliche Gedanken aus.

Die Bank auf der Anhöhe trug bereits einen dünnen Schneemantel. Jule wischte ein Stück mit dem Ärmel der Winterjacke frei und setzte sich. Prompt schoss ihr der Schmerz in den lädierten Lendenwirbel. Unwillkürlich stöhnte sie auf und wartete, bis das Pochen abebbte.

Ihr Blick fiel hinunter auf das Tal und den Campingplatz. Rechts hinter einem Hügel lugte die windschiefe Spitze des Steinbacher Kirchturms hervor. Das Bild, das sich ihr bot, hätte einer Postkarte entsprungen sein können. Trotz des bleiernen Himmels strahlten die geschwungenen Hügel, mit Mischwald bewachsen und von Lichtungen durchsetzt, sowie der Bachlauf ganz unten idyllische Heiterkeit aus. Die zugewachsenen Dauercampingplätze mit den Wohnwagen, an die erfinderisch diverse Schuppen und Lauben angebaut worden waren, und die kastenförmigen Mobilheime wirkten wie winzig kleine Gehöfte eines verwunschenen Dorfes. Und die weiten Wiesenflächen, auf denen in den Sommermonaten die Touristen kampierten, erstrahlten im frischen Weiß des Neuschnees. Es ist eine kleine heile Welt da unten, überlegte Jule. Ein Auenland. Genau die richtige Umgebung, um selber heil zu werden. Allerdings schwante ihr inzwischen, dass Zeit und Abgeschiedenheit allein nicht ausreichen würden, damit ihr Leben wieder ins Lot kam. Über einen Monat war sie bereits hier und im Grunde genommen kein Stück weiter gekommen. Lediglich ihrem Rücken ging es langsam besser.

Nicht zum ersten Mal überlegte sie, ob es an der Zeit war, das Handy endlich anzustellen. War sie wieder bereit, den Kontakt mit der Außenwelt herzustellen? Konnte sie es wagen, Jörg anzurufen? Allein bei dem Gedanken wurde ihr der Hals eng. Besser nicht, flüsterte ihre innere Stimme. Besser noch nicht.

Jule kehrte erst gegen 16 Uhr auf den Campingplatz zurück. Atemlos, mit kalten, steifen Fingern, vom Schnee feuchten Haaren und geröteten Wangen. Jetzt freute sie sich auf ein heißes Getränk, das sie auftauen und die Glieder geschmeidig machen würde. Der Neuschnee lag inzwischen daumendick, die Hecke um das Grundstück war weiß gepudert.

Die Pforte stand weit auf. Irritiert hielt sie inne, dann fiel ihr das Faktotum ein. Und richtig, da hockte ›der Micha‹ hinter dem Wohnwagen. Die Klappe, hinter der die Gasflasche verstaut wurde, war geöffnet.

»Hi«, kündigte sie ihre Rückkehr an, um ihn nicht zu erschrecken. »Bin zurück.«

Keine Antwort. Sie trat näher und räusperte sich.

»Hi«, wiederholte sie, lauter diesmal. Endlich drehte der Mann den Kopf in ihre Richtung. Sie sah sofort, dass er angetrunken war. Sein Blick wirkte leicht verschwommen und er brauchte einen Moment, um sie zu fokussieren. Schließlich lächelte er.

»Hallo, Frau Maiwald. Bin gleich fertig.« Er wandte sich

wieder seiner Arbeit zu; kurz darauf richtete er sich auf und schloss die Gasabdeckung.

»Habe die Flasche ausgetauscht.« Seine Aussprache war leicht verwischt. »Und den Schlauch da.« Er wies vor sich ins weiß gesprenkelte Gras. »War schon ziemlich porös, würde ich sagen. Da musste ein neuer her, wäre sonst bald undicht geworden. So was kann gefährlich werden.«

»Oh, danke.« Überrascht sah sie ihn an. »Das war wirklich sehr nett. Gut, dass du es repariert hast.«

»War wirklich dringend«, bekräftigte er mit ernster Miene. »Hab ich gern gemacht.«

Unschlüssig standen beide ein paar Sekunden da, bis Michael sich daran machte, Zangen und Schraubenschlüssel zusammenzuklauben und im Werkzeugkoffer zu verstauen.

»So, dann bin ich mal weg. Schönen Abend noch …«

Auf einmal war ihr klar, dass sie ihn so nicht gehen lassen konnte. Einerseits aus Dankbarkeit, andererseits weil sie spürte, dass es dem Mann nicht gut ging. Keine Ahnung, wie sie darauf kam. Vielleicht weil ihr das Leid zum vertrauten Begleiter geworden war. Seines konnte sie förmlich riechen. Also beeilte sie sich, ihn aufzuhalten.

»Moment noch«, bat sie leise. »Warte bitte. Hast du Lust, mit mir drinnen etwas Warmes zu trinken? Kekse habe ich auch …«

Er drehte sich zu ihr herum und musterte sie erstaunt. Seine Augen schimmerten in einer Mischung aus Blau und Grün. Die Farbe erinnerte sie an die Glasmurmeln ihrer Kindheit. Graublau, mit grünen Einschlüssen. Ozeanaugen. Mit einem Mal kam sie sich total lächerlich vor. Was musste der Typ von ihr denken? Dass sie ihn anbaggern wollte? Sie merkte, wie sie errötete.

Seine Antwort kam nach einer kurzen Bedenkzeit. »Okay, warum nicht?« Er nickte, doch sein Blick blieb fragend. »Müsste mir nur gründlich die Finger waschen.«

»Kein Problem. Fließendes Wasser und Seife habe ich.«

Wenig später wärmten sich beide die Hände an vollen Keramikbechern. Glühwein. Würziger Weihnachtsduft füllte das Innere des uralten Wohnwagens aus. Dabei war doch schon März. Jule spürte, wie ihr der heiße Alkohol gut tat. Ihre Anspannung wich und machte Neugierde Platz. Wer war dieser ernste Mann mit dem verlorenen Blick? Welche Last schleppte er mit sich herum? Der Punsch schien zumindest seine Zunge zu lockern. Gut.

»Gemütlich hast du es hier«, sagte er, und sie war froh, ihm vorhin endlich das Du angeboten zu haben. So konnten sie sich nun auf Augenhöhe begegnen. »Ist viel schöner als in meiner Bruchbude.«

»Du wohnst vorne neben der Rezeption in einem der Mobilheime, oder?«, vergewisserte sich Jule.

»Ja genau. Ist ganz in Ordnung, aber noch ziemlich kahl. Hatte bis jetzt kaum Zeit, mich besser einzurichten. Und keine Kohle.« Er zuckte mit den breiten Schultern. »Gibt auch Wichtigeres. Musste erst mal klar kommen, weißt du. Mich an den Job gewöhnen. War lange draußen.«

»Arbeitslos?«

»Mm, genau. Ziemlich lange.« Er wich ihrem Blick aus und nahm noch einen tiefen Schluck. »Aber Gerti und Hermann sind echt okay. Fair. Klasse Chefs.«

Michaels Lächeln erhellte sein ganzes Gesicht. Zum ersten Mal bemerkte Jule, was für ein attraktiver Mann er war. Auf zurückhaltende, einfache, sehr männliche Art. Komisch, dass ihr das zuvor nie aufgefallen war.

»Und du?«, wollte er jetzt wissen. »Was hat dich um die Jahreszeit hierher verschlagen? So lange und so ganz allein?«

Jule war auf die Frage nicht vorbereitet. Und auf eine Antwort erst recht nicht.

»Ich brauchte eine Auszeit«, erklärte sie daher knapp. »Möchtest du noch Glühwein?«

»Klar. Wenn du einen mittrinkst.«

Sie war sicher, dass er ihr Ausweichmanöver durchschaut hatte. Und es akzeptierte. Sie begann, sich in seiner Gesellschaft wohl zu fühlen.

Nachdem der Punschtopf geleert war, öffnete Jule einen Dornfelder. Inzwischen fühlte sie sich ziemlich beschwipst. Es war ihr egal. Auch Michael hatte glasige Augen, doch er hielt sich tapfer. Aufmerksam lauschte er, als Jule ihm von ihren Großeltern erzählte, denen Caravan und Stellplatz früher gehört hatten.

»Schon als Kind bin ich mit meiner Mutter an den Wochenenden hergekommen. Es war für mich das Paradies. Manchmal durfte ich in einem kleinen Zelt unter dem Kirschbaum schlafen. Ich fand es super. Tagsüber war ich mit Opa im Wald, und der hat mir alles über Tier- und Pflanzenwelt beigebracht. Ein Herbarium haben wir angelegt. Und mit Oma habe ich Salat geschnibbelt oder Erbsen gepult. Sie hat mir Geschichten von früher erzählt, von ihrer Kindheit und vom Krieg. Mama lag meistens in der Hängematte und hat gelesen …«

»Und dein Vater?« Michas Stimme kam von weither, aber die Frage saß.

Sie riss sich zusammen und antwortete knapp: »Den kannte ich kaum. Er hat uns verlassen, als ich vier war. Meine Mutter und ich haben nie mehr von ihm gehört …«

»Oh. Tut mir leid.«

Instinktiv verstand sie, dass er seine eigene Neugier meinte, nicht die Tatsache, dass ihr Vater die Familie im Stich gelassen hatte. Trotz ihres angeheiterten Zustandes wurde ihr klar, dass Diskretion Teil seines Wesens war.

Und tatsächlich. Er hakte nicht weiter nach. Ließ ihr ihre Inseln. Das machte sie froh. Umgekehrt erkannte sie bald, wo seine Grenzen lagen, bis zu denen sie vorstoßen durfte. ›Bis hierher und nicht weiter‹ lautete das Motto des Tages. So war Michaels unmittelbare Vergangenheit tabu, von der Kindheit hingegen erzählte er bereitwillig.

»Mein Alter hat gesoffen und irgendwann auf dem Land keinen Job mehr gekriegt. Da sind wir mit der ganzen Familie nach Köln gezogen, meine Mutter, meine kleine Schwester und ich. Aber der Alte hat sich schnell vom Acker gemacht. Und Mama hat sich für uns krumm geschuftet. Trotzdem ging es uns mies. In Urlaub fahren gab es nicht. Ein paar Mal war ich in den Ferien bei Tante Gerti und Onkel Hermann. Aber dich habe ich nie hier gesehen.«

»Du bist mit den beiden verwandt?«, fragte Jule verblüfft.

»Über drei Ecken«, schränkte Micha sofort ein. »Meine Oma und Gerti waren Cousinen.«

»Ah, so bist du also an den Job gekommen.«

»Genau.«

Er nickte. Lächelte. Dann erhob er sich umständlich. Schwankte leicht. »So, ich glaub, ich geh jetzt mal. Hab noch was zu tun. War nett, mit dir zu quatschen.«

An der Wohnwagentür hielt er inne, fixierte Jule plötzlich eindringlich und artikulierte überbetont, wie es Betrunkenen eigen ist: »Schließ den Wohnwagen gut ab, bevor du ins Bett gehst. Draußen läuft ein Mörder frei rum, vergiss das nicht.«

Er deutete auf die aufgeklappte Zeitung auf ihrem Tisch, nickte bedächtig und weg war er.

Beunruhigt schaute Jule ihm nach. Er nimmt die Geschichte mit dem flüchtigen Verbrecher ganz schön ernst, dachte sie aufgeschreckt. Übertreibt er oder hat er etwa recht?

Sie leerte das Rotweinglas und machte sich daran, ihr Duschzeug zusammen zu suchen. Es war fast 19 Uhr, noch durfte es im Waschhaus leer sein. Sie freute sich auf eine heiße Dusche und auf das Fernsehprogramm im Anschluss. ›Der Name der Rose‹ lief um Viertel nach acht, einer ihrer Lieblingsfilme. Es würde ein ruhiger Abend werden.

Jule belauschte den Streit, als sie sich gerade frisch geduscht, eingecremt und geföhnt auf dem Rückweg zum Stellplatz befand. Inzwischen war es stockdunkel. Vereinzelt boten beleuchtete Pfähle entlang des Weges Orientierung. Es schneite noch immer, und sie hatte sich die Kapuze tief in das Gesicht gezogen, damit kein einziges Härchen feucht werden und sich womöglich ringeln konnte. Sie hasste nichts mehr, als wenn eine gerade getane Arbeit zunichte gemacht wurde. Und ihr störrisches dunkles Haar in Form zu bringen, war nicht einfach. Es benötigte Kraft und Geduld. Leider.

Mit einer Kapuze über den Ohren hörte es sich nicht so gut wie ohne. Daher bekam sie das hitzig geführte Gespräch am Müllcontainer erst spät mit. Einer der beiden Männer, der hinter einer Birke stand und für Jule deshalb nicht zu identifizieren war, beschimpfte den anderen. Dieser andere war Michael, das Faktotum. Ohne genau zu wissen warum, versteckte sich Jule hinter dem Sichtschutzzaun der Entsorgungsecke. Jetzt konnte sie die beiden zwar nicht mehr sehen, war aber näher dran.

»Wenn du dein Maul nicht hältst, bist du den Job hier los«, vernahm Jule. Wem die aufgebrachte Stimme gehörte, konnte sie nicht zuordnen. »Und noch einiges mehr.«

Michaels Antwort war kurz. Sie hörte seine unterdrückte Wut. Auch wirkte er gar nicht mehr betrunken, sondern stocknüchtern: »Lass mich vorbei!«

»Erst, wenn du schwörst zu schweigen.« Der Tonfall des Fremden war drängend.

Michael klang resigniert. »Bleibt mir doch gar nichts anderes übrig.«

»Gut, dass du es so siehst. Ist auch besser für dich.«

Der andere schien zufrieden.

Nun sprach keiner mehr, dafür hörte Jule sich entfernende, im Schnee knirschende Schritte. Sie wartete eine Weile, bis sie sicher sein konnte, dass die Männer weg waren. Erst dann verließ sie ihren Posten.

So viele Geheimnisse an so einem kleinen Ort, wunderte sie sich beunruhigt, während ihre Füße den Weg zum Stellplatz von ganz allein fanden.

Der Schlaf wollte nicht kommen. Jule wälzte sich unruhig im Bett hin und her, immer mit gespitzten Ohren. Michaels Warnungen hatten ihr Angst gemacht, eine diffuse Angst, die unter der Haut kribbelte. Ein Mörder läuft frei herum. Ganz in der Nähe. Sie hatten es vorhin sogar in den Fernsehnachrichten gebracht.

Dieser Stefan Winter hatte unmittelbar nach seinem Ausbruch unter Waffengewalt eine Autofahrerin als Geisel genommen. Er hatte sie gezwungen, bis nach Euskirchen zu fahren, wo er an einer roten Ampel aus dem Wagen sprang. Kurze Zeit später stahl er den Golf eines Mannes, der am Kiosk Zigaretten holte und den Schlüssel im Zündschloss stecken gelassen hatte. Nach dem Verbleib des Fahrzeugs wurde intensiv gefahndet. Aber noch fehlte jede Spur von dem flüchtigen Verbrecher. Inzwischen war er seit fast zwei Tagen auf freiem Fuß.

»Er ist übermüdet und vermutlich hungrig«, hatte ein Polizeisprecher erklärt. »Wir raten der Bevölkerung dringend, sich von dem Mann fern zu halten. Stefan Winter ist bewaffnet und völlig unberechenbar. Wir wissen nicht, wie er reagiert, wenn er sich in die Enge getrieben fühlt. Der Mann hat nichts zu verlieren. Lebenslänglich mit anschließender Sicherungsverwahrung ist die härteste Strafe, die es in Deutschland gibt. Und Winter hatte auch nach 25 Jahren Haft keine Aussicht auf ein Leben in Freiheit. Nach seiner Flucht und der Geiselnahme natürlich erst recht nicht. Er könnte wieder morden oder sogar den eigenen Tod vorziehen, um einer erneuten Inhaftierung zu entgehen.«

Wie schrecklich, dachte Jule, wenn man körperlich gesund, aber dermaßen ohne Hoffnung und Perspektive ist, dass der Tod das kleinere Übel darstellt. Sie konnte sich das überhaupt nicht vorstellen. Trotz der Krise, in der sie zweifellos zurzeit steckte, lag immer noch eine lebenswerte Zukunft vor ihr. Als sie sich das klar machte, fühlte sie sich auf einmal leicht und frei. Ihre Unruhe wich. Wenige Minuten später war sie eingeschlafen.

Leise Geräusche weckten sie. Der Leuchtanzeige des Weckers zeigte 2.32 Uhr. Jule schlug das Herz sprichwörtlich bis zum Hals, während sie in die Dunkelheit lauschte. Wieder hörte sie etwas. Draußen knirschte es. Mehrmals. Es klang wie Schritte im Schnee. Dann Stille. Sie hielt den Atem an und vermied jede Bewegung. Nichts mehr. Plötzlich ein lang gezogenes Scharren, gefolgt von gedämpftem Plumpsen. Ihre Furcht steigerte sich zur nackten Angst. Starr lag sie da, unfähig, einen klaren Gedanken zu fassen. Jemand schlich um den Wohnwagen herum. Versuchte, sich Einlass zu verschaffen. In dem Moment scharrte es erneut. Gleichmäßig, wie ein Rutschen. Kurz darauf der Aufprall.

Und da ahnte sie, was es war. Erleichterung durchströmte sie, mächtig, jubilierend. Der Schnee, frohlockte sie. Bloß der Schnee!

Die Schicht wurde zu dick, also glitten ab und an Teile Schneedecke vom schrägen Dach des Pavillons nach unten. Wie winzige Lawinen. Das musste es sein. Sie nahm allen Mut zusammen, setzte sich auf und schob den Vorhang am Fenster zur Seite. Fast hätte sie laut aufgelacht. Natürlich, genauso war es. Ganz links konnte sie einen Schneehaufen ausmachen, dort, wo das Dach des Anbaus endete.

Jule atmete tief ein und aus und kuschelte sich zurück in die mollig warme Bettdecke. Eins mit sich und der Welt fiel sie in tiefen Schlaf.

Samstagmorgen, 9.00 Uhr. Helle Aufregung herrschte in dem Holzhaus, das Rezeption und Laden beherbergte.

Es gab nur ein Thema, die Nachrichten verkündeten es geifernd: Der VW Golf mit Euskirchener Kennzeichen, den Stefan Winter vorgestern gestohlen hatte, war am frühen Morgen an der Landstraße kurz vor dem Ortseingang von Steinbach gefunden worden. Versteckt zwischen Gebüsch und Kieferngehölz.

Von dem Ausbrecher fehlte allerdings jede Spur. Aber dass er sich in der unmittelbaren Umgebung aufhalten musste, war klar. Die Polizei hatte das Tal nach allen Seiten abgeriegelt. Man durchkämmte Dorf und Wälder.

»Am besten erschießen die ihn, wenn sie ihn sehen«,

ereiferte sich eine dicke Mittdreißigerin, die gestern mit Mann und Kindern eins der Mobilheime bezogen hatte. »Je schneller er unschädlich gemacht wird, desto besser! So lange dieser Mörder frei rumläuft, kann man sich doch seines Lebens nicht sicher sein!«

Heftig raschelte sie mit der Papiertüte voller Schokocroissants, die Gerti ihr eben abgepackt hatte.

»Durch diese Großfahndung werden unsere Steuergelder verschleudert«, bekräftigte Rudi Bossmann, ein rüstiger Rentner, dessen Dauerstellplatz sich nicht weit von Jules befand. Vor zwei Jahren war seine Frau gestorben. Seitdem kam er allein her. »Ich denke auch, man sollte mit so einem kurzen Prozess machen. Weg damit. Mit einem gut gezielten Schuss. Ist die kostengünstigste Losung.«

»Wenn sie ihn überhaupt kriegen«, befürchtete Maria Friedrich aus Ratingen, die wie immer drei Mehrkornbrötchen eingekauft hatte. Zwei für den Gatten, eines für sich. »Vielleicht hat dieser Verbrecher Freunde in der Gegend, die ihn verstecken oder außer Landes schaffen.« Sie machte ein besorgtes Gesicht.

»Oder er hat sich mit anderen Ganoven hier verabredet, kriminelles Pack aus Köln oder so, die ihn abholen kommen. Dann wird es erst recht gefährlich«, zeterte eine vollbusige gefärbte Blondine mit aufgespritzten Lippen, die Jule noch nie im ›Eifelwind‹ gesehen hatte. Irritiert musterte sie die Fremde. Irgendwie passte sie nicht auf einen Campingplatz, fand sie.

In dem Moment hörte sie ein Schnauben hinter sich. Sie drehte sich um. Peter Odenthal.

»Wer ein Vierteljahrhundert im Knast war, hat draußen keine Freunde mehr«, behauptete er selbstbewusst. »Die Polizei wird ihn bald einfangen wie einen entlaufenen Hund.

Außer, er nimmt sich wieder eine Geisel. Dann wird es brisant.«

Zu alldem hatte Gerti, die Hände in die speckigen Hüften gestemmt, geschwiegen.

»Räsch üch aff, Künge«, besänftigte sie nun in rauem Timbre. »Nix wit so heeß jejesse, wie et jekoch wit. Jank irch ens örntlich fröhstöcke. Jeneß ür Freihet bei Kaffee und Brüjtche.« In ihren funkelnden Äuglein stand der Schalk. »Un wenn de Stefan Winter he im ›Eefelwind‹ incheck, sach ich Besched!«

Jule verließ den Laden unmittelbar nach Peter Odenthal. Der Himmel draußen strahlte in durchscheinendem Blau. Der Schnee lag mindestens 20 Zentimeter dick. Ein Wintermärchen mitten im März.

»Und? Bleibt es bei unserer Verabredung heute Abend?«, fragte Peter. Er strotzte vor Gesundheit und Selbstsicherheit. Jule fühlte sich wie immer klein und unbedeutend in seiner Gegenwart.

»Ja, sicher«, antwortete sie halbherzig, während sie Brötchentüte und Zeitung an sich presste. Ihre Finger schmerzten vor Kälte, weil sie die Handschuhe im Anbau liegen gelassen hatte. »Essen bei Hermann?«

Der Campingplatz verfügte über eine eigene Kneipe mit kleinem Restaurantbereich. Dort fungierte Hermann als Wirt und Koch in einem. Und gar nicht mal schlecht. Die deftige Hausmannskost, die er zubereitete, war auf einfache Weise schmackhaft. Das wussten vor allem die Dauercamper zu schätzen.

»Warum nicht? Ist besser bei dem Wetter auf dem Platz zu bleiben. Es sind bestimmt noch nicht alle Straßen geräumt. Wäre 19 Uhr für dich okay? Ich hole dich ab.«

Im Grunde genommen duldete er keine Widerrede. Der große Odenthal hatte gesprochen. Jule unterdrückte ein Seufzen und fügte sich.

»Ja, 19 Uhr passt gut.«

Die Zeitung ereiferte sich sensationslüstern über Stefan Winters Flucht. ›Deutschlands Schwerverbrecher Nr. 1‹ – warum nur hatte bis vor ein paar Tagen kein Mensch von dem Mann gehört, fragte sich Jule ironisch – sei bislang wie vom Erdboden verschluckt. Ganze Hundertschaften von Staatsdienern hätten ihn nicht in dem kleinen Eifeltal rund um den Fundort des gestohlenen PKW aufspüren können. Es folgte eine kurze Biografie des zu lebenslänglicher Haft verurteilten Mörders, bei der man den Eindruck gewinnen konnte, es mit einem Teufel in Menschengestalt zu tun zu haben. Jule las zwischen den Zeilen das Schicksal eines Mannes heraus, der in schwierigen Verhältnissen aufgewachsen und seit frühester Jugend auf die schiefe Bahn geraten war. Während und zwischen den immer längeren Gefängnisaufenthalten war aus dem Kleinganoven ein ›schwerer Junge‹ geworden. Seine kriminelle Karriere gipfelte in mehrere Raubüberfälle Mitte der achtziger Jahre. Bei dem letzten, einem Überfall auf eine Euskirchener Sparkassenfiliale, eskalierte die Situation. Die Polizei umstellte das Gebäude, worauf Winter und sein Komplize einen Bankangestellten als Geisel nahmen. Draußen vor der Bank drehte Winter durch. Kaltblütig tötete er einen Polizisten, Familienvater von drei kleinen Kindern, mit einer Kugel direkt ins Herz, bevor ihm selbst in die Lunge geschossen wurde und er das Bewusstsein verlor. Der Mittäter konnte im anschließenden Durcheinander unerkannt, weil maskiert, mit der Beute fliehen – rund 600.000 DM in großen Scheinen. Sowohl von dem Täter als auch von der Beute fehlte bis heute jede Spur. Der verhaftete Winter schwieg sich hartnäckig zur Identität seines Komplizen und zum Verbleib des Geldes aus. Das Urteil ›Lebenslänglich‹ unter Feststellung der ›besonderen Schwere der Schuld‹ nahm er laut des Zeitungsartikels mit ›unbewegter Miene und ohne Reue‹ zur Kenntnis. Auch die Anordnung der Sicherungsverwahrung ließ ihn offenbar kalt.

Im Anschluss an Stefan Winters Lebensgeschichte folgten Mutmaßungen darüber, wie dem Häftling die Flucht aus der JVA Köln hatte gelingen können. Fest stand, dass er unter Waffengewalt einen Justizvollzugsbeamten gezwungen hatte, ihm sämtliche Türen in die Freiheit aufzuschließen. Aber wie war der Gefangene an die Schusswaffe gekommen? Hatte er Helfer unter den Schließern gehabt? Warum war der Ausbruch erst nach mehreren Stunden entdeckt und der gefesselte und geknebelte Beamte nicht schneller in der Wäschekammer gefunden worden?

Fragen zu Sicherheitsmängeln in deutschen Gefängnissen wurden laut. Von Personalknappheit war die Rede, von Überbelegung in den Zellen, von Sparmaßnahmen und der daraus resultierenden Überarbeitung der Angestellten. Schlussendlich wurde das Justizministerium unter Beschuss genommen. Mehr Überwachung und mehr Sicherheit in deutschen Gefängnissen wurden gefordert.

Über Winters Gründe für den Ausbruch spekulierte der Artikel nicht. Man ging wohl davon aus, dass die Aussicht, bis zum Tode hinter Gefängnismauern weggesperrt zu werden, Motiv genug sei. Zumal für einen Teufel in Menschengestalt.

Jule schenkte sich Kaffee nach und biss in die letzte Brötchenhälfte. Sie dachte an Michaels Warnungen von gestern. Heute, im Lichte des strahlenden Wintermorgens, verspürte sie keinerlei Angst. Der Ausbrecher konnte überall sein. Warum gerade hier auf dem Campingplatz?

Kurze Zeit später absolvierte sie ihre täglichen physiotherapeutischen Übungen im Anbau des Caravans. Wie jeden Morgen fühlte sich ihr Rücken steif wie ein Brett an. Ob er je wieder so biegsam wie vor dem Unfall werden würde? Die Ärzte hatten es zumindest nicht ausgeschlossen. Fetzen eines Bildes schossen ihr unvermittelt durch den Kopf: der Aufprall des Wagens gegen den Baumstamm. Wie ihr Oberkörper erst nach vorne, dann zurück gerissen wurde. Der weiße Ballon des Airbags, der sie kurzzeitig auf dem Fahrersitz einklemmte und alle Sicht nahm.

Die Erinnerung war völlig geräuschlos. Still. Wie eine Stummfilmszene. Kein Bremsenquietschen wie in der Realität, kein ohrenbetäubendes Krachen, kein Jammern des Beifahrers. Trotzdem fühlte sie sich echt an, schrecklich echt.

Jule hielt mitten in der Bewegung inne. Ihr Herz raste, die Handflächen waren feucht geworden. Nicht, dachte sie. Aufhören. Sie zwang sich zu tiefen, gleichmäßigen Atemzügen. Langsam ließ die Panik nach.

Draußen blendete sie das Weiß des Schnees, der alles bedeckte. Die Luft war trotz des blauen Himmels schneidend kalt. Jule genoss es, ihr Gesicht ins helle Licht der Sonnenstrahlen zu halten, während sie über den Campingplatz spazierte. Der Schnee knirschte unter den Füßen. Scheinbar ziellos wanderte sie über die Wege zwischen den Stellplätzen, Sanitärgebäuden und Freizeitanlagen. Vom Angelsee hielt sie sich fern, weil sie vermeiden wollte, ein zweites Mal an diesem Morgen Peter Odenthal zu begegnen.

Eigentlich war es völlig untypisch für Jule, nicht auf

schnellstem Weg die umliegenden Wälder anzustreben. Dass sie auf dem Gelände die Zeit vertrödelte, hatte jedoch wenig mit der Angst zu tun, draußen womöglich auf den Ausbrecher zu stoßen. Wenn sie ehrlich mit sich selbst war, musste sie sich eingestehen, dass sie Ausschau hielt. Ausschau nach Micha, dem Faktotum.

Das gestrige Gespräch mit ihm hatte ihr gefallen. Es war angenehm gewesen, ihn um sich zu haben. Wie sein verschlossenes Gesicht sich unvermittelt geöffnet hatte, wenn ihre Blicke sich begegneten oder wie sein Lächeln die sonst eher ernsten Züge erhellte, hatte sie berührt. Sie mochte den Mann. Deshalb beunruhigte sie die Szene an den Müllcontainern, die sie gestern Abend belauscht hatte, umso mehr. Michael war von dem anderen auf üble Weise bedrängt worden. Sogar bedroht. Sie sorgte sich, war aber gleichzeitig neugierig.

Schließlich traf sie ihn auf dem Parkplatz neben der Rezeption. Dort stand zusammen mit einer Handvoll anderer Autos ihr kleiner blauer Twingo in weißem Winterpelz, seit Wochen ungenutzt. Ansonsten war der Parkplatz leer.

Micha schippte Schnee und kehrte ihr dabei den Rücken zu. Schwungvoll fuhr die Schaufel in die glitzernde Masse, kratzte über den darunter liegenden Beton und vollführte einen exakten Halbkreis in der Luft. Der Schnee landete in schillernder Kaskade auf einem großen Haufen. Wieder faszinierten sie Konzentration und Rhythmik, die den kraftvollen Bewegungen des Mannes inne wohnten. Er schien völlig versunken in das, was er tat. Jule fühlte sich an den Straßenkehrer in ›Momo‹ erinnert, bevor die grauen Männer ihm die Zeit rauben und die Ruhe nehmen. Gerade wollte sie sich abwenden, um ihn nicht zu stören, da hielt er inne und drehte sich zu ihr herum. Sein Lächeln war warm, die Freude echt.

»Hallo Jule. Unterwegs zum Waldspaziergang? Wie jeden Morgen?«

»Ja, genau.« Dass er über ihre tägliche Gepflogenheiten Bescheid wusste, verwirrte sie. Sie spürte, wie sie errötete. Peinlich.

Plötzlich verdüsterte sich Michaels Gesicht, als sei ihm gerade etwas Unangenehmes eingefallen. Sein Blick glitt in die Ferne und zurück, bis er in ihren Augen hängen blieb.

»Du bleibst heute besser auf dem Platz! Wenn's geht, unter Leuten.« Es klang wie ein Befehl. »Stefan Winter ist irgendwo da draußen.« Er wies mit der Schneeschaufel in Richtung der Wälder. »Und jede Menge Polizei. Keine gute Idee, zwischen die Fronten zu geraten.«

Zwischen die Fronten. Was für eine unpassende Floskel. Sie befanden sich doch nicht im Krieg.

»Meinst du nicht, dass du etwas übertreibst?«

»Nein.«

Die Antwort kam schnell und bestimmt. Micha presste die Lippen zusammen und arbeitete weiter. Angespannter diesmal, abgehackter.

»Dann komm doch mit. Zu meinem Schutz.«

Die Erwiderung war Jule nur herausgerutscht. Sie bereute sie, kaum dass sie sie ausgesprochen hatte. Michael aber hielt mitten in der Bewegung inne, rammte die Schaufel in den Schnee und betrachtete sie nachdenklich.

Seine Antwort verblüffte sie.

»Okay.« Er lächelte leicht, während seine Augen ernst blieben. »Aber erst heute Nachmittag. Wenn ich hier fertig bin. Ich hole dich um drei ab. Passt das?«

Jule schluckte. Aus der Nummer kam sie nicht mehr raus.

»Ja, das passt.«

Ihr Herz klopfte laut bis zum Hals, als sie sich auf den Rückweg zu Omas ehemaligem Wohnwagen machte.

»Bis dahin verlass aber auf keinen Fall das Gelände«, rief er ihr noch hinterher. Eine Antwort sparte sie sich.

Unterwegs begegnete sie zwei uniformierten Polizisten, die über den Campingplatz patrouillierten. Erst in diesem Moment wurde ihr der Ernst der Lage bewusst. Die Gefahr war real, nicht an den Haaren herbeigezogen. Der Ausbrecher hielt sich aller Wahrscheinlichkeit nach in Steinbach oder Umgebung auf. Man suchte ihn fieberhaft und mit vereinten Kräften.

Zügig lief sie auf den Stellplatz zu. Dann würde sie eben im Wohnwagen einen weiteren Kaffee trinken und lesen. Oder fernsehen. Vielleicht wussten die Medien Neues über den Fall zu berichten.

Lebenslänglich mit anschließender Sicherungsverwahrung. Die beiden juristischen Ausdrücke, die der Gesellschaft dauerhaften Schutz garantierten und für den Täter das endgültige Aus von Freiheit und Selbstbestimmung bedeuteten, spukten ihr im Kopf herum.

Sie erinnerte sich an ein Gespräch mit Jörg zu dem Thema. Sie hatten im Kerzenschein auf dem Sofa gekuschelt und Nüsse geknabbert, als Jörg ihr erzählte, warum er kein Strafverteidiger wie seine Studienfreunde geworden war, sondern Anwalt für Verwaltungsrecht.

»Schon früh habe ich gemerkt, dass es nicht mein Ding ist, mich auf die Seite von Kapitalverbrechern zu schlagen. Ich ziehe es vor, mich mit kniffeligen Sachverhalten und juristischen Feinheiten zu beschäftigen. So habe ich außerdem mit normalen, intelligenten Mandanten zu tun, nicht mit dem Abschaum der Gesellschaft.«

Jule runzelte die Stirn. »Abschaum?«, wendete sie ein. »Finde ich nicht richtig, Menschen so zu betiteln, egal was sie getan haben.«

»Ach ja?« Jörg sah ihr direkt in die Augen. »Und als was würdest du Mörder, Triebtäter oder Geiselgangster bezeichnen, die zu Lebenslänglich mit anschließender Sicherungsverwahrung verurteilt werden, weil sie durch und durch kriminell und notorische Hangtäter sind?«

»Keine Ahnung. Ich würde erst mal davon ausgehen, dass niemand zum Spaß Verbrecher wird. Viele dieser Täter sind als Kinder zunächst Opfer gewesen, haben Missbrauch, Misshandlung oder Vernachlässigung am eigenen Leib erfahren müssen. Das hat sie kaputt gemacht.«

Jetzt richtete Jörg sich auf.

»Papperlapapp. Jeder Mensch hat den freien Willen, sich anders zu entscheiden. Du machst es dir mit deiner Gutmenschelei zu einfach. Nein, es gibt Kriminelle, die kein Mitleid verdienen. Beruhigend, dass es die SV gibt. So hat man die Möglichkeit, die Gesellschaft vor diesen Monstern zu schützen. Wenn es sein muss, bis zum Tode.«

Jule rückte ein Stück von ihm weg. Sie hatte gar nicht gewusst, welche radikalen Ansichten ihr Mann vertrat. »Ich finde, dass du es dir zu einfach machst.«

Sie dachte daran, was sie vor kurzem in einem Magazin gelesen hatte: auch Urkundenfälscher, Heiratsschwindler und Diebe konnten in Sicherungsverwahrung genommen werden. Und ehemalige Kleinkriminelle aus desaströsen Familienverhältnissen, die den Absprung nie geschafft hatten. Bei denen die Gefängnisaufenthalte sogar noch dazu beigetragen hatten, dass sie weiter abrutschten.

»Man sollte meiner Meinung nach die Haft zwingend dafür nutzen, Hilfestellungen für ein Leben in Freiheit zu geben, anstatt sich auf der Sicherungsverwahrung auszuruhen. Zeit genug hat man ja«, reagierte sie deshalb ziemlich bissig.

»Klar, aber die meisten von denen wollen sich doch gar nicht ändern. Schon mal was von Therapieresistenz gehört? Du müsstest mal mit Peter sprechen, mit was für Typen der zu tun hat. Absolut unverbesserlich. Der letzte Dreck.« In aller Ruhe fischte Jörg eine besonders große Paranuss aus dem Schälchen und zerbiss sie genüsslich, bevor er fortfuhr. »Und wo soll heutzutage das Geld herkommen für diesen Psychokram, der sowieso nichts bringt? Perlen vor die Säue, wenn du mich fragst.« Er lehnte sich zurück und legte die Füße auf die Couch. »Also Schatz, sei nicht naiv. Möchtest du wirklich, dass ein perverser Kinderschänder auf die Gesellschaft losgelassen wird, nur aus Mitleid mit dem Täter? Damit der sofort loszieht und das nächste kleine Mädchen vergewaltigt und umbringt?«

»Nein, natürlich geht es manchmal nicht anders.« Jule schüttelte unwillig den Kopf. Es fiel ihr schwer, dem etwas entgegenzusetzen. Trotzdem erschien ihr Jörgs Argumentation verquer. »Einige Täter müssen bestimmt sehr lange eingesperrt werden. Zum Schutz der Bevölkerung. Aber man sollte nichts unversucht lassen und immer im Kopf behalten, dass ein Sicherungsverwahrter seine Strafe längst verbüßt hat. 15 oder 20 Jahre oder auch länger. Keine Strafe ohne Schuld, darauf fußt schließlich unter anderem unser Rechtssystem.« Sie räusperte sich. Warum verstand Jörg sie nicht? Eigentlich war er doch hier der Jurist. Schnell versuchte sie es andersherum: »Schau mal: Dass die Sicherungsverwahrung zurzeit reformiert wird, zeigt doch, dass hier einiges im Argen liegt. Der Europäische Gerichtshof für Menschenrechte hat z. B. die nachträgliche SV, also die, die noch bis kurz vor der Entlassung angeordnet werden konnte, wie es in Deutschland üblich war, verboten. Weil sie unmenschlich ist und willkürlich.«

Jörg grinste freudlos. »Mit dem Ergebnis, dass man einige extrem gefährliche Kaliber freilassen musste. Tickende Zeitbomben …«

Zunehmend wütend unterbrach Jule ihn: »Alte Männer hauptsächlich. Und der geringste Teil saß wegen Sexualdelikten ein. Außerdem wurde bisher kaum keiner von denen rückfällig. Ein Zeichen dafür, dass die SV oft zu leichtfertig verhängt und verlängert wird. Dass Gutachter lieber jemanden hinter Gittern verrotten lassen, als die Verantwortung zu übernehmen.«

Jörg verdrehte die Augen. »Schatz, wo hast du denn das her? Bitte stelle nicht die Kompetenz solcher Fachleute infrage. Das ist doch albern. Aber sei mal ehrlich: Wenn jemand, der dir nahe steht, zum Opfer eines Gewohnheitsverbrechers werden würde, würdest du anders reden, stimmt's? Ich jedenfalls bin der Meinung, dass diese Typen ihr Leben in Freiheit verwirkt haben. Endgültig. Die hatten ihre Chance. Und nicht nur eine. Weg damit. Was anderes hilft nicht.« Jetzt zwinkerte er ihr zu, lächelte nachsichtig und streichelte ihren Oberschenkel. »Du magst an das Gute in jedem Menschen glauben, soviel du willst. Ist ja auch irgendwie süß. Mich wirst du nicht überzeugen. Aber, wie ich schon zu Beginn sagte: Es ist gut, dass ich kein Strafverteidiger geworden bin!«

An der Stelle hatte Jule das Thema gewechselt und war kurz darauf zu Bett gegangen. Sie wusste, dass der Abend sonst im Streit geendet hätte. Das änderte jedoch nichts an ihrer Einstellung.

Auf Schuld hatte Strafe zu folgen, um einen gerechten Ausgleich zwischen Täter und Opfer zu schaffen, das sah sie ein. Aber endloses Wegsperren, nachdem die Schuld abgegolten war, einfach aus Bequemlichkeit? Das konnte nicht die Lösung sein.

Jetzt im Wohnwagen schaltete sie den Fernseher an und setzte Kaffee auf. Der Bericht begann pünktlich beim letzten Röcheln der uralten verkalkten Maschine.

»Immer noch keine Spur von dem Schwerverbrecher Winter«, leitete eine rotwangige Moderatorin in Pudelmütze und dickem Wollmantel ein. Verfroren sah sie aus, wie sie sich da verkrampft an ihrem plüschigen Mikrofon festhielt, das einem Staubwedel ähnelte. Hinter ihr sah man schneebedeckte, bewaldete Hänge. Bis zu den Zähnen bewaffnete Sondereinsatzkräfte flankierten eine schmale Straße. Jule schluckte, als sie in dieser die Hauptstraße erkannte, die sich durch das Tal von Steinbach nach Eichweiler schlängelte. Der ›Eifelwind‹ lag nur einen knappen Kilometer weit weg.

»Die Bevölkerung wird dringend gebeten, sich dem Mann nicht zu nähern. Er gilt als äußerst brutal und gefährlich. Stefan Winter saß nach mehreren Jugendstrafen von den 48 Jahren seines Lebens 25 Jahre in den Hochsicherheitstrakten verschiedener Gefängnisse ein. Dort zeigte er immer wieder extrem gewalttätige Züge. Besonders strenge Haftbedingungen wie Einzelhaft und Kontaktverbot zu Mitgefangenen über viele Jahre waren die Konsequenz. Aber Winter gab sich bis zu seinem Ausbruch uneinsichtig und aggressiv.

Seit der von ihm gestohlene PKW unweit von Steinbach, einem Dorf in der Nordeifel, aufgefunden wurde, konzentriert sich die Suche nach dem Mörder auf die nähere Umgebung. Winter ist in Eichweiler aufgewachsen. Aber keiner seiner Verwandten lebt mehr dort, die Eltern sind lange verstorben. Die Polizei vermutet, dass es allein die Vertrautheit der Gegend ist, die ihn hergetrieben hat.

Bislang gibt es keine Hinweise darauf, dass Winter das Tal wieder verlassen hat. Alle Ausfahrten sind abgeriegelt. Die

Großfahndung läuft mit einem immensen Aufwand an Personal und Technik.

Parallel wird untersucht, wie es zu dem spektakulären Ausbruch aus der Justizvollzuganstalt hat kommen können. Wie ist Winter an die Schusswaffe gekommen, mit der er den Wärter in seine Gewalt gebracht hat? Wie war es möglich, dass niemand die Flucht durch mindestens fünf verschlossene Türen bis zur Pforte bemerkt hat? Die Anstaltsleitung wird sich vielen unbequemen Fragen stellen müssen …«

Jule schaltete den Fernseher aus. Sie hatte genug gehört. Ihre Unruhe wuchs. Plötzlich kam es ihr nicht mehr übertrieben vor, dass Michael sie in den Wald begleiten wollte. Im Gegenteil, sie fand es beruhigend. Und nicht nur das. Sie freute sich darauf.

Silbern bestäubt funkelten die Tannen und das nackte Geäst der Laubbäume im Sonnenlicht. Das Knirschen der Schritte im Schnee und das Rascheln der dicken Winterkleidung untermalten die Stille der Natur.

Jule betrachtete den athletischen Gang des Mannes vor ihr auf dem schmalen Waldweg. Wieder einmal bewunderte sie die völlige Konzentration, die er ausstrahlte. Er war das, was er tat. In sich ruhend, Körperlichkeit pur.

Während des gesamten Anstiegs bis zur Anhöhe ließ sie ihn nicht aus den Augen, genoss den Schwung seiner Schritte, die Symmetrie der breiten Schultern, den Takt der Bewegungen. Ihr kam Jörg in den Sinn, für den sportliche Ertüchtigung einzig und allein dem Zweck diente, den Körper fit und in Form zu halten. Er hatte weder Spaß am täglichen Joggen noch am Training mit den Gewichten im Keller. Es ging lediglich um das Ergebnis: ein möglichst jugendliches, schlankes und muskulöses Äußeres. Geistige Arbeit war für ihn die einzige, die zählte. Der er Respekt schuldete und die er selbst zelebrierte.

Wie anders war Michael. Er schien es zu lieben, in Bewegung zu sein. Eins mit seinem Körper, alles Geistige ausblendend. Sie schluckte, als sie begriff, dass sie die beiden Männer miteinander verglich. Was sollte das? Wohin führte das?

Oben angekommen, drehte Micha sich erstmals zu ihr um. Sein Blick kam aus der Ferne. Schließlich lächelte er. Stellte die Verbindung her.

»Okay, da wären wir. Jetzt links oder rechts?«

Er war kein bisschen außer Atem. Jule dagegen brauchte einen Moment, bis Puls und Herzschlag sich normalisierten. Sie schnappte nach Luft und überlegte.

»Nach rechts, dann bleiben wir auf dem Kamm und haben einen schönen Blick ins Tal«, entschied sie. »Und mehr Sonne.«

Er nickte zustimmend. Schweigend gingen sie nebeneinander durch die tief verschneite Welt. Bis Michael sie unvermittelt ansprach.

»Wie lange bleibst du noch im ›Eifelwind‹?«

Sie zuckte zusammen. Die Frage warf sie zurück auf die Probleme, mit denen sie sich absolut nicht beschäftigen wollte. »Weiß nicht.« Sie vermied den Augenkontakt mit ihm. »So lange wie nötig eben.«

»Gerti sagt, du bist verheiratet und dass ihr sonst immer gemeinsam hergekommen seid. Oft auch mit eurem Sohn.«

»Meinem Sohn«, korrigierte Jule automatisch. »Jörg und ich sind erst seit zehn Jahren zusammen. Tobi ist schon siebzehn. Er ist seit knapp zwei Monaten als Austauschschüler in den USA.«

Eine Weile stapften sie wortlos weiter durch den Schnee. Die Sonne wärmte die Haut. Jule zog ihre Handschuhe aus.

»Der ›Eifelwind‹ ist ein guter Ort, um zu sich zu kommen«, durchbrach Michaels angenehm tiefe Stimme noch einmal die Stille. »Ich kann mir nicht vorstellen, zur Zeit woanders zu sein.«

Jule sah ihn neugierig von der Seite an. »Ich auch nicht«, bekannte sie. »Nur hier habe ich das Gefühl, ich selbst zu sein. Alles ist so einfach und frei von Sorgen und dem ganzen Ballast, den man sonst mit sich rumschleppt.«

»Aber du kannst vor deinen Problemen nicht weglaufen. Sie holen dich ansonsten immer wieder ein.«

Das klang so resigniert, dass sie unwillkürlich stehen blieb. Er tat es ihr nach und schaute an ihr vorbei in die Weite der Nordeifeler Wälder.

In dem Moment krachte ein Schuss durch das Tal. Er hallte in den Bergen wider und dröhnte in den Ohren. Jule erschrak. Auch Michael war zusammengezuckt. Sein Gesicht war aschfahl.

»Scheiße«, flüsterte er. »Stefan.« Sein Blick streifte sie. Nackte Panik lag darin. »Komm, wir müssen zurück.«

Sie traten den Rückweg an, und ihr Herz schlug wild. Was Michael gerade unabsichtlich verraten hatte, verstörte sie. Er kannte den gesuchten Ausbrecher. Kein Zweifel. Warum sonst sollte er ihn beim Vornamen nennen? Aber natürlich traute sie sich nicht nachzufragen.

Plötzlich fürchtete sie sich vor dem Mann, mit dem sie hier mutterseelenallein unterwegs war. Und nicht zum ersten Mal fragte sie sich, wer er war.

Alles auf dem Campingplatz war in heller Aufregung. Verängstigte Wintercamper drängten sich an der Rezeption. Nur Gerti hinter ihrer Theke war die Ruhe selbst.

»Hallo Jung«, begrüßte sie Michael. Ihr Lächeln war warm

und freundlich. Besänftigend. »Ich hann denne Lück he versproche, de Polizei anzorofe. Der Schuss hät all he janz schön upjescheusch. Moment ens.«

Sie verschwand im Nebenraum und schloss die Tür hinter sich. Jule hörte ihre heisere Altstimme einige kurze Fragen bellen, ohne den Wortlaut ausmachen zu können. Als Gerti zurückkehrte, wirkte sie heiter und gelassen.

»Blüngder Alarm«, erklärte sie in die Runde der unruhig Wartenden. »Ene von denne Insatzkräfte is durchjedräht, weil er en Jeräusch im Büsch jehürt haät. War eve bluß en Rih. Widde nix.«

Ein Reh im Wald also. Nichts weiter. Die Menge verstreute sich schnell. Auch Jule verließ das Gebäude. Gerade war sie ein paar Schritte gegangen, da war Michael schon hinter ihr.

»Jule, bitte.«

Sie spürte eine Berührung auf der Schulter, drehte sich um und wich zurück.

»Lass es mich erklären.«

»Was? Dass du diesen Mörder kennst?« Die Panik in ihrer Stimme ließ sich kaum unterdrücken.

»Ja.« Das Grün seiner Iris leuchtete so intensiv und bezwingend, dass sie sich ihm kaum entziehen konnte. »Ich kenne ihn. Wir haben dieselbe Schulklasse besucht. Aber da war er noch kein Mörder.«

Angst und selbstgerechte Empörung wichen. Jule kam zu sich. Sie konnte es Michael kaum übel nehmen, mit wem er zur Schule gegangen war. Und erst recht nicht, dass er es ihr bisher verschwiegen hatte.

»Komm, ich lade dich in meine Wohnung ein. Dort erzähle ich dir alles, okay?«

Seine Bitte klang geradezu flehentlich.

»Okay.« Zögernd nickte sie. »Wenn du einen Kaffee kochst.«

»Klar.« Die Erleichterung war ihm anzusehen. Er lächelte zaghaft. »Dann komm, es ist ja nicht weit.«

Das Mobilheim bestand aus einem einzigen Raum, den man über die hölzerne Terrasse betrat. Kaum war Jule drinnen, erlebte sie eine Spielart von Ordnung, die sie derart zuvor noch nie gesehen hatte.

Das Innere des feststehenden Caravans hatte Ähnlichkeit mit einer Mönchsklause. Michaels Bett links in der Ecke war erschreckend schmal und so penibel gemacht, dass der Bettbezug sich absolut faltenfrei zu den Ecken hin spannte. Kein Teppich bedeckte den grau melierten, blitzsauberen PVC-Boden. Bequeme Polstermöbel fehlten völlig. Es gab lediglich zwei Stapelstühle, die sich exakt an einem quadratischen Küchentisch gegenüberstanden. Die Tischplatte war leer gefegt, ebenso die Arbeitsfläche der winzigen Küchenzeile. Auch auf den schmalen Wandregalen fand sich nirgends Nippes, nur eine Hand voll Bücher. Kein Bild bedeckte die beige Raufasertapete. Die nackten Fenster, bar jeder Gardine, glänzten spiegelglatt und streifenfrei im Sonnenlicht. Der Fernseher war auf einer schwenkbaren Wandhalterung befestigt, daneben schien das einzige andere technische Gerät im Zimmer die Kaffeemaschine zu sein. Jule entdeckte rechts in der Ecke zwei Türen. Die eine führte offenbar ins Bad, die andere schien einen Wandschrank zu verbergen.

»Ziemlich kahl, was?«, kommentierte Michael, während er die Küchenzeile anstrebte. »Aber irgendwie brauch ich das. Den freien Blick. Setz dich doch.«

Gehorsam ließ Jule sich auf einem der Stühle nieder. Von hier aus sah sie den einzigen Hinweis auf Unordnung in

Michaels spartanischer Behausung: eine Plastikklappbox neben dem Kühlschrank, in der sich Altglas türmte. Soweit sie es erkennen konnte, waren es hauptsächlich Schnapsflaschen.

Sie schluckte. Dann beobachtete sie Michael, wie er Kaffee aufsetzte. Jeder Handgriff saß, keine Bewegung war zu viel. Verrückterweise erinnerte sie sein Tun an eine japanische Teezeremonie. Ritualisiert, exakt, in Balance. Typisch Micha eben. Sie betrachtete seinen muskulösen Rücken in dem langärmeligen T-Shirt und den gebeugten sehnigen Nacken. Ein seltsamer Mann, dachte sie, aber ich mag ihn. Egal, was er mir gleich erzählt.

»Stefan Winter und ich haben die gleiche Grundschule besucht, gingen sogar in eine Klasse«, begann er, nachdem er zwei dampfende Tassen nebst Milch und Zucker auf den Tisch gestellt und sich Jule gegenüber hingesetzt hatte. »Wir freundeten uns schnell an, waren aus dem gleichen Holz geschnitzt. Zusammen haben wir die Schule geschwänzt, sooft es ging. Bei jeder Prügelei auf dem Schulhof waren wir dabei. Mit acht Jahren haben wir angefangen zu rauchen.

Wenn es Stefan mal wieder Scheiße ging, weil sein Alter ihn halb tot geprügelt hatte, schlief er bei mir. Wenn ich Probleme zu Hause hatte, ging ich zu ihm.

Dann bin ich mit meiner Familie nach Köln-Chorweiler gezogen. Hab ich dir ja schon erzählt. Viel später, so mit achtzehn, neunzehn, habe ich ihn da in einem Club getroffen. Er hatte die Schule abgebrochen und jobbte als Rausschmeißer. Die ersten Haftstrafen hatte er schon hinter sich. Er hauste bei irgendwelchen Kumpels, machte mit Drogen rum, soff sich die Birne weg. Und er träumte dauernd davon, die große Knete zu machen. Illegal, versteht sich. Eine Zeit lang haben wir versucht, die alte Freundschaft aufleben zu lassen, aber es klappte nicht. Irgendwann hab ich ihn aus den Augen verloren.« An dieser Stelle pausierte Michael und betrachtete Jule ernst. »Er ist kein schlechter Kerl, weißt du, nur völlig haltlos. Sein Alter hat ihm eingeimpft, nichts wert zu sein. Ein Versager. Irgendwann glaubte er es selbst.«

»Das Prinzip der sich selbst erfüllenden Prophezeiung«, murmelte Jule. Als sie Michaels verständnislosen Blick sah, erklärte sie: »Es ist so, wie du gesagt hast. Eine Theorie. Eine Erwartung oder eben Prophezeiung wird wahr, weil du selbst daran glaubst und deshalb unbewusst danach handelst. Im Positiven wie im Negativen. Wenn man dir z. B. ständig einredet, dass du ungeschickt bist und du dieses Bild von dir irgendwann verinnerlichst, wirst du bald über Unebenheiten stolpern oder Geschirr umstoßen. Man nennt es das Prinzip der sich selbst erfüllenden Prophezeiung.«

Michael nickte langsam.

»Ja, so war es mit Stefan. Es wurde immer schlimmer mit ihm. Diebstähle, Einbruchserien, Schlägereien, Raub. Bis es zum Supergau kam, als er bei dem Bankraub damals in Euskirchen den Polizisten erschossen hat. Mitten ins Herz. Eiskalter Mord, hieß es. Die Geiselnahme kam noch dazu. Da hat er Lebenslänglich mit dem Zusatz der besonderen Schwere der Schuld kassiert. Das heißt im Klartext: keine Bewährung nach fünfzehn Jahren, sondern Strafhaft bis heute. Sicherungsverwahrung kam oben drauf, weil er bereits dreimal wegen Gewaltdelikten vorbestraft war und ihm nach der Verhaftung noch zwei weitere Überfälle angelastet werden konnten. Für die Richter war er ein typischer Wiederholungstäter, unverbesserlich und gefährlich für die Öffentlichkeit. Er war 25 Jahre lang eingebunkert, ohne ein Ende in Sicht, bevor er ausbrach.«

»Hast du ihn mal besucht?«, wollte Jule wissen.

Michael schüttelte den Kopf. »Nein, ich hatte zu viel mit mir selbst zu tun. Auch wenn sich das wie eine lahme Ausrede anhört.«

»Was will er hier im Tal?«

Sein Blick flackerte. Sie ahnte, dass sie dabei war, sich zu weit vor zu wagen.

»Keine Ahnung. Zu mir jedenfalls nicht. Er weiß nicht, dass ich hier lebe.«

Jule konnte nicht anders. Sie musste einfach weiter fragen: »Was würdest du tun, wenn du ihm begegnen solltest?«

Michael starrte sie an. Seine Mimik drückte Härte und Entschlossenheit aus. »Ihn aus dem Tal rausbringen natürlich. Die kriegen ihn früh genug. Aber meine Schuld soll es nicht sein.«

»Das wäre Fluchthilfe und strafbar«, wendete sie erschrocken ein.

»Ich weiß, aber die alte Freundschaft wäre es mir wert.«

Unvermittelt sprang er auf, lief zu einem Küchenschrank und entnahm ihm eine Cognacflasche. Seine Finger zitterten, als er sich die goldene Flüssigkeit in den Kaffee goss.

»Gestern Abend hast du mich noch vor dem Mann gewarnt und beschworen, mich nachts einzuschließen. So einen willst du schützen?«

»Er kennt dich nicht und würde dich, wenn nötig, als Geisel nehmen«, erläuterte Michael bestimmt. »Er steht mächtig unter Strom, ist bewaffnet und hat wahrscheinlich Todesangst. Klar musste ich dich vor ihm warnen. Das heißt aber nicht, dass Stefan ein Monster ist. Das wollen uns nur die Medien und die Bullen einreden.«

»Der Mann ist ein Mörder, vergiss das nicht. Und das

hat sich nicht die Presse ausgedacht«, erwiderte Jule aufgebracht.

»Der einen Polizisten getötet hat, weil er keinen Ausweg mehr sah. Das war furchtbar, der reinste Horror, aber nicht die Tat eines Monsters«, konterte Michael.

Jule verstand, was er meinte. Jemand, der in höchster Not um sein Leben bangt, befindet sich im Ausnahmezustand. Er handelt weder überlegt noch abgebrüht, sondern in purem Selbsterhaltungstrieb. Egal, ob er die Situation, in der er sich befindet, selbst verursacht hat.

»Vielleicht hat die lange Zeit im Gefängnis ein Monster aus ihm gemacht. Könnte doch sein«, wagte sie nun zu spekulieren. Mit Bitterkeit dachte sie an das Gespräch mit Jörg zurück und an dessen rigide Unbarmherzigkeit gegenüber den in der Gesellschaft Gescheiterten. »25 Jahre lang Gewalt und Unterdrückung ausgesetzt zu sein ohne Hoffnung auf Gnade … Was soll dabei Gutes herauskommen?«

Verblüfft schaute Micha sie an. Sie las Respekt in seinen Zügen.

»Da könntest du natürlich recht haben. So habe ich es noch gar nicht gesehen.«

Er fuhr sich mit beiden Händen durch das Haar, worauf sie nach allen Seiten zu Berge standen. »Wie dem auch sei. Ich hab keine Idee, wo Stefan sich versteckt hält, und eigentlich will ich's auch gar nicht wissen.« Plötzlich lächelte er sie an, zaghaft, bittend. »Es wäre nur schön, wenn du niemandem erzählst, dass ich ihn kenne. Ich bekäme Ärger mit den Campern, und die Bullen würden mir blöde Fragen stellen.«

»Wissen es Gerti und Hermann?«

»Klar, die kennen mich in- und auswendig. Aber sie schweigen. Halten zu mir.«

Sein Blick hielt sie fest, wurde forschend. Endlich nickte sie.

»Ich werde nichts sagen. Das verspreche ich dir.«

Es war eine seltsam konspirative Stimmung, in die sie da hineingerutscht waren, fand Jule. Und doch fühlte sie sich weiterhin wohl in Michaels Anwesenheit. Trotz seines ›Geständnisses‹, das viele Fragen in ihr aufgeworfen hatte, vertraute sie ihm. Na ja, vielleicht gerade wegen dieser Offenheit. Irgendwann schaute sie auf ihre Armbanduhr und erschrak. Fast halb sieben.

»Oh, ich muss los«, stammelte sie und war schon aufgesprungen. Der Stuhl kratzte quietschend über den Boden. »Ich bin für 19 Uhr mit Peter Odenthal zum Essen verabredet.«

Michaels Reaktion fiel unerwartet heftig aus. »Mit dem gehst du aus?«

Abscheu sprach aus jedem seiner Worte. In seinen Augen glaubte sie so etwas wie Hass auflodern zu sehen. Sie erschrak und beeilte sich mit einer Rechtfertigung. »Warum denn nicht? Jörg und ich kennen Peter und Steffi seit vielen Jahren. Immer wenn wir hier sind, unternehmen wir etwas gemeinsam. Gehen wandern, essen oder spielen Karten.«

»Aber dieses Mal seid ihr beide ohne Ehepartner im ›Eifelwind‹, richtig?« Michas Stimme troff vor Geringschätzung. »Ich mein ja nur. Du musst wissen, was du tust. Ich jedenfalls trau dem Typ kein Stück über den Weg … Und das nicht bloß deshalb, weil er ein scheiß Rechtsverdreher ist.«

Er erhob sich ebenfalls und trug Kaffeebecher, Thermoskanne und Cognacflasche zur Küchenzeile. Jule starrte ihn mit offenem Mund an. Seinen geübten Handgriffen wohnte mit einem Mal etwas Aggressives inne. Der Stimmungswechsel verstörte sie.

»Na ja«, erwiderte sie zögernd. »Ich finde Peter manchmal etwas nervtötend mit seiner überheblichen Art, aber eigentlich ist er ganz in Ordnung. Und überhaupt, was ist schlimm daran, Jurist zu sein? Wie gesagt, wir kennen uns seit Jahren, und seine Frau ist echt nett …«

Plötzlich wurde sie ärgerlich. Warum rechtfertigte sie sich diesem Typen gegenüber, wer zu ihren Bekannten zählte? Peter Odenthal jedenfalls war ein allseits geachteter Mann, mitten im Leben stehend, souverän, charakterfest. Kein Vergleich mit einem Stefan Winter, den Michael einen Freund nannte. Sie klappte beleidigt den Mund zu und stiefelte zur Tür.

»Okay, danke für den Kaffee. Ich bin dann mal weg.«

Schon war sie draußen. Und Michael hatte sich nicht einmal verabschiedet. Was für ein ungehobelter Kerl.

Es klopfte an der Wohnwagentür, als Jule gerade ihr enges Wollkleid übergestreift hatte und in die hochhackigen Stiefel schlüpfte.

»Moment noch«, rief sie, zog die Reißverschlüsse in dem weichen Leder nach oben und eilte zum Spiegel in der Nasszelle. In Windeseile zog sie die Linie aus braunem Kajal um die Augen nach und gab einen Hauch Rouge auf die Wangen. »Das muss reichen«, flüsterte sie ihrem Spiegelbild zu, warf den Wintermantel über, schnappte sich die Handtasche und verließ den Caravan.

Peter Odenthal sah sportlich elegant aus wie immer. Sein Lächeln war anerkennend.

»Toll schaust du aus«, behauptete er, als sie auf dem Schotterweg jenseits der Hecke standen. Dann bot er ihr seinen rechten Arm an. Bereitwillig hakte sie sich unter. »Schön, dass es geklappt hat. Ich war es schon müde, mich mit den Fischen zu unterhalten. Im Übrigen ausnahmslos mickrige Exemplare. Erbärmlich. Hab sie alle wieder reingeworfen. Vive la liberté!«

Jule kicherte. Plötzlich war sie froh, seine Einladung angenommen zu haben. Peter Odenthal war jemand, der Leichtigkeit und Energie versprühte. Das konnte ermüdend, aber auch äußerst anregend sein. So wie jetzt.

Die Gaststätte ›Zum Eifelwind‹ hüllte Jule Maiwald und Peter Odenthal in stickige Wärme und lebhaftes Stimmengewirr. Es war brechend voll. Die Butzenscheiben waren beschlagen von den Ausdünstungen der Gäste und von den Küchengerüchen, die durch den engen Schankraum waberten.

Im warmen Licht der Hängelampen sah alles genauso aus wie vor Jahren und Jahrzehnten. Das kitschige goldgerahmte Bild mit den beiden Burgruinen von Manderscheid hing noch an Ort und Stelle über dem Stammtisch, ebenso wie die unzähligen Sinnsprüche und Gedichte an den übrigen Wänden, die Hermann mit Leidenschaft sammelte.

»Spare in der Zeit – dann hast du in der Not«, hieß es da zum Beispiel in einem verschnörkelten Holzrahmen. Die Buchstaben waren aus Pfennigmünzen zusammengesetzt. Mit Kreuzstich auf vergilbtes Tuch gestickt war dagegen das kitschige Gedicht, das Jule längst auswendig aufsagen konnte:

›Der Wind streicht übers Eifelland
Nach Kall und über Mechernich.
Das ist uns allen wohlbekannt.
Hier bleibe ich und sterbe ich.
Wo auch schon meine Wiege stand.‹

Jule fühlte sich sofort heimisch. Wie jedes Mal, wenn sie die Zeilen überflog, musste sie an ›ihren‹ Briefträger zu Hause in Kaarst-Büttgen am Niederrhein denken, der sein Lebensmotto einmal so formuliert hatte: »In Büttschen bin ich jebore, hier leb ich, hier sterb ich.« Lokalpatriotismus ist überall gleich, dachte sie schmunzelnd.

Bald saßen sie sich an dem kleinen quadratischen Tisch in der Ecke gegenüber, den Peter umsichtig reserviert hatte. Über ihnen wucherte drohend ein grünes Rankengewächs. Von ihrem Platz aus hatte Jule sowohl den Eingangsbereich als auch die Theke gut im Blick. Genau richtig. Sie hasste es, mit dem Rücken zum offenen Raum zu sitzen.

Hermann hatte ihnen hinter der Zapfanlage freundlich zugewunken, nachdem sie den Raum betreten hatten. Jetzt unterhielt er sich angeregt mit zwei alten Bauern aus der Gegend, während sich eine mollige Bedienung mit flächigem, blassen Gesicht den Weg zu ihnen bahnte. Beide bestellten ›Forelle Eifelwind‹ und dazu Pils. Wenige Minuten später prosteten sie sich zu und genossen das frische, eiskalte Bier.

Peter Odenthal smalltalkte, flüssig, leicht und humorvoll wie immer. Über das Wetter, das Angeln, das Leben auf dem Campingplatz und über seine Arbeit. Bald wurde Jule von seiner unbeschwerten Art angesteckt.

»Mein Gott, Jule. Wie oft hab ich ihr schon gesagt«, lästerte er über die Sekretärin, die sein Partner und er neu in der Kanzlei eingestellt hatten, »dass sie die Mandanten freundlich begrüßen soll. Aber es nützt nichts. Sie beäugt sie weiterhin so misstrauisch unter ihren künstlichen Wimpern, als ob es allesamt Meuchelmörder seien und ringt sich, wenn sie besonders gut drauf ist, höchstens mal ein gequältes ›Hi‹ ab. Dann immer dieses Kaugummikauen. Ich sag dir, die Frau bedient wirklich jedes Klischee einer blonden Tippse, was man sich vorstellen kann. Fingernägel wie ›Freddy Kruger‹ – dieser Typ aus den alten Nightmare-Horrorfilmen –, High Heels wie Heidi Klum, Lippen und Brüste wie Dolly Buster …«

Jule kicherte. »Warum habt ihr sie denn überhaupt eingestellt, Leo und du?«

Leonard Fröhlich war Peter Odenthals Freund aus Studententagen und seit vielen Jahren sein Partner in der Kölner Kanzlei.

»Sie hatte super Zeugnisse«, wehrte sich Peter verzweifelt und zog einen Flunsch. »Inzwischen halte ich sie allesamt für Fälschungen!«

»Ach, gib's doch zu. Ihr seid auf ihre Optik reingefallen! Eine Blondine, mit großem Busen und Schmollmund«, foppte Jule ihn.

Jetzt lachte Peter breit. Seine hellen Augen in dem gebräunten Gesicht funkelten durchtrieben.

»Okay, aber das war ein zu vernachlässigender Aspekt«, schränkte er ein. »Außerdem ging der Schuss gründlich nach hinten los. Hat bloß unsere Frauen auf die Barrikaden gebracht. Steffi und Anja toben vor Eifersucht. Dabei hat die Kleine den IQ von einem Toastbrot. Absolut abtörnend, wenn du mich fragst … Wie oft habe ich mir in den letzten Monaten die Wefers, die alte Schreckschraube, zurückgewünscht. Das hätte ich mir vorher auch nie träumen lassen …« Er seufzte theatralisch und leerte sein Pils in einem Zug. »Wie angenehm ist es dagegen, mit einer intelligenten und gleichermaßen schönen Frau ein Gespräch zu führen.« Er zwinkerte ihr zu und grinste frech. Dann wurde er plötzlich ernst. »Wirklich schade, dass Jörg das zurzeit nicht wahrnimmt.«

Jule fuhr unwillkürlich zusammen. Ihr Herz setzte für

einen Moment aus. Ihre Finger wurden taub. Sie schluckte mit einem Kloß im Hals. »Woher weißt du …?«

»Ich habe ihn vorhin angerufen. Er kommt morgen zum Skat spielen, Leo übrigens auch.«

»Jörg kommt in den ›Eifelwind‹?

Ihre Frage war nur mehr ein Flüstern gewesen. Der Schock hatte ihr die Stimme verschlagen.

»Ja.« Jetzt sah Peter sie bedauernd an. »Ich wusste ja nicht, dass ihr Streit habt. Ich dachte, es sei eine gute Idee.«

Er wirkte zerknirscht. Trotzdem wurde Jule langsam wütend. Was bildete dieser Schnösel sich ein? Sich einfach in ihre Ehe einzumischen! Was für ein unsensibler Klotz.

»Wir haben keinen Streit«, entgegnete sie heftig. Nun wurde sie lauter. »Ich brauchte eine Auszeit! Es ist viel passiert. Ich hatte diesen Unfall, dann die Fehlgeburt. Außerdem bin ich wegen meines Rückens noch krank geschrieben. Da wollte ich ein bisschen Urlaub machen. Abstand gewinnen. Meine Güte, Peter, was hast du dir dabei gedacht, Jörg hierher zu zitieren?«

Ohne es verhindern zu können, waren ihr die Tränen in die Augen geschossen. Vorsichtig tupfte sie sie mit der Papierserviette weg.

»Es tut mir leid.« Seine Stimme drang sehr sanft durch die Wolke der Verzweiflung in ihr Hirn. »Ich habe das alles nicht gewusst, ehrlich.« Behutsam legte er seine Hand auf die ihre. »Wenn ich eine Ahnung gehabt hätte, hätte ich das Skatspiel nicht organisiert. Glaub mir bitte. Aber …«, er machte eine wirkungsvolle Pause, dann wurde sein Tonfall eindringlicher. »Aber Jörg war ganz begierig darauf, von dir zu hören. Er sagte, dass dein Handy ausgeschaltet ist. Dass du ihm lediglich eine Postkarte geschrieben hast und seit Wochen nichts von dir hören lässt. Er vermisst dich. Er macht sich Sorgen, gerade jetzt, wo dieser entflohene Mörder die Gegend unsicher macht. Mensch, Jule, du kannst vor deinen Problemen nicht davon laufen!«

Schluss. Es wurde ihr zu viel. Vor allem der letzte Satz. Peter war nach Michael, dem Faktotum, schon der Zweite, der ihr mit diesem Spruch kam. Warum respektierte keiner, dass ihr Verhalten genau dem entsprach, was sie fühlte. Ein Versteck suchen, die Decke über den Kopf ziehen und sich einigeln. Wenn ich nichts seh', sehen andere mich nicht. Mein Gott, das war halt ihre Art, mit einer Krise umzugehen. Niemanden außer ihr selbst ging das etwas an. Wenn es ihr half.

Leider flüsterte eine hartnäckige, leise Stimme in ihrem Kopf, dass die anderen irgendwie recht hatten. So würden sich die Probleme tatsächlich nicht lösen lassen. Aber wollte sie das überhaupt?

»Wann kommt Jörg morgen?«, erkundigte sie sich kühl. Frostig begegnete sie Peters prüfendem Blick »Damit ich weiß, wann ich meinen Spaziergang zu machen habe!«

Peter atmete tief ein und aus und musterte sie frustriert. »Gegen drei am Nachmittag.«

»Gut. Und jetzt lass uns von etwas anderem reden.«

Nach dem Eklat war die Stimmung natürlich ruiniert. Ihr Gespräch quälte sich dahin, stockend, angespannt. Und obwohl das Essen ausgesprochen lecker war, konnte Jule es nicht genießen.

Morgen kam Jörg. Den sie nicht sehen wollte. Von dem sie nichts hören wollte. An den sie nicht denken wollte. Ihre Finger, die das Besteck hielten, zitterten.

Irgendwann sah sie, wie Michael den Schankraum betrat und sich an die Theke stellte. Instinktiv wollte sie sich zu ihm flüchten. Sich mit Hilfe seines breiten Rückens und seiner ruhigen Art vom Rest der Welt abschirmen. Dann dachte sie an den Ausgang ihres Treffens von vorhin zurück.

Michael mochte Peter Odenthal nicht. Er missbilligte, dass sie sich mit ihm traf. Warum wollte ihr eigentlich jeder vorschreiben, wie sie sich zu verhalten hatte? Wieder stieg der Ärger in ihr auf.

In dem Moment drehte Michael sich mit einem vollen Pilsglas in der Hand um und ließ seinen Blick durch den belebten Raum schweifen. Ihre Augen trafen sich. Er nickte mit der Andeutung eines Lächelns und prostete ihr unauffällig zu. Unwillkürlich lächelte sie zurück. Dann lehnte er sich mit dem Rücken an die Theke und unterhielt sich mit einem der alten Bauern. Peter Odenthal ignorierte er komplett. Der aber hatte sofort reagiert.

»Du kennst den Kerl?«, fragte er. Sie hörte Ablehnung in seinen Worten.

»Natürlich kenne ich Michael.« Die Röte stieg ihr ins Gesicht. »Er arbeitet schließlich hier. Gestern hat er meine Gasflasche ausgetauscht und einen Schlauch repariert.« Warum rechtfertigte sie sich schon wieder? Hatte sie so etwas nötig?

»Ich rate dir, halte dich von Faßbinder fern«, zischte Peter Odenthal. »So einer ist kein Umgang für dich.«

»Seltsam. Das rät er mir umgekehrt auch. In Bezug auf dich«, entgegnete sie bissig, bevor sie ihre Zunge im Zaum halten konnte.

»Ach?« Peter Odenthal beugte sich zu ihr vor. Es erinnerte an das aggressive Vorschnellen einer Schnappschildkröte. »Aus welchem Grund denn?«

»Keine Ahnung«, wiegelte sie ab, nervös geworden. »Das hat er nicht gesagt.«

Der Anwalt lehnte sich zurück und verschränkte die Arme

vor der Brust. Triumphierend? Erleichtert? Sie konnte es nicht deuten.

»Aha«, erwiderte er. »Er weiß es wohl selbst nicht. Entbehrt ja auch jeder Grundlage. Aber ich kann dir sagen, warum du dich nicht mit einem wie Faßbinder einlassen solltest.« Jetzt lächelte er boshaft. »Ich weiß einiges über den Typ. Dienstlich sozusagen. Ist vorbestraft wegen Gewalt- und Eigentumsdelikten. Ein Dieb und Schläger. Versagertyp. Mehr brauche ich wohl nicht zu sagen.«

Abfällig streifte sein Blick den Mann an der Theke.

Jule schluckte. Konnte das sein? Sie dachte die Unterhaltung im Mobilheim zurück. Was Michael von seinem Leben erzählt und was er weggelassen hatte. Der Mann hatte laut Peter eine kriminelle Vergangenheit. Es passte natürlich. Michaels Zurückgezogenheit, sein Drang nach Ordnung, Routine und freiem Blick. Die Schweigsamkeit. Das Trinken.

Und plötzlich packte sie eine schreckliche Wut. Eine Wut auf die Arroganz und die Überheblichkeit eines Peter Odenthal, der Glück, Reichtum und Erfolg wie selbstverständlich hinnahm. Als stünde all das ihm von Rechts wegen zu.

»Nein, mehr brauchst du nicht zu sagen«, sagte sie leise. »Ich kenne Michael und ich mag ihn. Er ist hilfsbereit, freundlich und zuverlässig. Darüber hinaus muss ich nichts über ihn wissen. Und jetzt würde ich gern zahlen.«

Wenige Minuten später stiefelte sie eilig durch den Schnee, immer mindestens einen Meter vor Odenthal.

»Jule«, bat der zum wiederholten Mal. »Warte auf mich. Sei nicht sauer. Ich mache mir doch nur Sorgen um dich. Passe an Jörgs Stelle ein bisschen auf dich auf. Bitte …« Er holte auf und berührte sie leicht am Arm. Wie angewurzelt blieb sie stehen und wandte ihm das Gesicht zu.

»Ich brauche keinen Aufpasser«, empörte sie sich. »Und auch keinen, der mir vorschreibt, mit wem ich mich abgebe! Und jetzt lass mich in Ruhe!« Sie holte tief Luft und fuhr etwas freundlicher fort: »Ich danke dir für das Essen und deine Bemühungen, Peter. Gute Nacht.«

So schnell sie konnte, ging sie davon, an den Mülltonnen vorbei. Und zum ersten Mal kam ihr der Gedanke, dass es Peter Odenthal gewesen sein könnte, mit dem Michael Faßbinder sich gestern Abend hier gestritten hatte. Die Stimme des Mannes hatte zwar anders geklungen, hart, metallisch, nicht melodiös wie Peters. Aber wer weiß, wie er sich anhörte, wenn er richtig in Rage war.

Der Schnee auf dem Grundstück war zertreten. Klar, es hatte seit Stunden nicht mehr geschneit. Jule tappte in völliger Dunkelheit durch den Anbau und wollte gerade vor der Eingangstür des Wohnwagens die Stiefel abstreifen, um in die Hausschuhe zu schlüpfen, als jemand sie von hinten packte und ihr einen Arm um den Hals schlang. Gleichzeitig fühlte sie etwas Hartes an den Rippen.

»Maul halten und reingehen!«, zischte eine männliche Stimme in ihr Ohr. Der Schock ließ sie fast ohnmächtig werden. Ihr ganzer Körper begann zu zittern und die Knie gaben nach.

»Komm schon. Sonst knall ich dich ab.«

Bebend setzte sie sich in Bewegung. Der Mann schob sie nach vorn. Es dauerte eine Weile, bis sie den passenden Schlüssel fand und es schaffte, damit das Türschloss zu treffen. Kaum hatte sie die Tür geöffnet, stieß er sie über das Trittbrett nach drinnen. Als sie stolperte und gegen den Tisch prallte, schoss ihr der Schmerz in den lädierten Rücken. Ihr kamen die Tränen. Sie hörte die Wohnwagentür zuknallen.

»Mach Licht!«, kommandierte der Fremde.

Ihre Finger suchten nach dem Schalter und fanden ihn endlich.

»Hinsetzen!«

Sie gehorchte und sank auf das Polster der Rundsitzecke. Dann blinzelte sie in die grelle Helligkeit des Deckenstrahlers und starrte den Mann an, der sie mit einer glänzenden Schusswaffe bedrohte. Er sah völlig heruntergekommen aus. Dreckige Klamotten, unrasiert, eingefallene Wangen. Sein Blick war der eines gehetzten Tieres. Trotzdem erkannte sie ihn sofort. Stefan Winter, kein Zweifel.

»Mantel aus!«

Bekräftigend wedelte er mit der Pistole.

Ungelenk schälte Jule sich aus dem Kleidungsstück und ließ ihn unter den Tisch fallen.

»Hände vorstrecken! Wird's bald?«

Seine Stimme klang monoton, erschöpft. Er war offenbar am Ende seiner Kräfte. Gehorsam hielt sie ihm die Arme hin. Er griff mit der linken Hand in die Tasche seiner Lederjacke und holte einen langen schwarzen Kabelbinder hervor. Jule erkannte sofort, dass es einer von ihren eigenen war, aus dem Regal im Anbau. Sie benutzte die Dinger zur Befestigung von Zweigen an den Rankgittern. Der Mann legte die Waffe auf die Küchenarbeitsfläche – zu weit von ihr weg! – und schlang den Kabelbinder um ihre Handgelenke. Mit einem Ruck zog er den Kunststoffstreifen zu, so fest, dass er die Haut einschnürte. Ritsch. Gefesselt.

Jetzt ließ er sich ihr gegenüber auf die schmale Bank fallen. Die Waffe legte er auf seinen Schoß. Müde sah er sie an.

»Wo ist das Zeug?«, fragte Stefan Winter. »Wo ist mein Eigentum?«

Und dann tat er etwas sehr Merkwürdiges. Er legte die

Stirn in konzentrierte Falten, taxierte Jule mit harten Augen und sprach in feierlichem Singsang:

»So wird es sein,
mein Kind.
Wir werden alt,
Der Winter ist kalt,
doch der Eifelwind
streift durch den Maiwald
und raschelt im Wein
über dem Moos am Stein.«

Ihre erste Reaktion war Panik. Der Mann schien verrückt zu sein. Komplett durchgedreht. Wozu rezitierte er ein Gedicht? Und noch dazu eins, das dermaßen wenig Sinn ergab? Das sich genauso stumpfsinnig anhörte wie die Sprüche, die Hermann in seiner Kneipe sammelte?

Aber dann begann sie trotz aller Furcht nachzudenken. Stefan Winter sah ganz und gar nicht aus wie ein Verrückter. Sein Blick war bohrend und durchdringend, aber keineswegs irre.

»Moos«, wiederholte er jetzt und ließ sie nicht aus den Augen. »Was hast du mit der Beute gemacht?«

»Ich hab keine Ahnung, wovon Sie reden«, stotterte sie und begann doch, eine leise Ahnung zu entwickeln.

»Verarsch mich nicht«, warnte sie der Mann scharf. »Eifelwind, Maiwald, Wein, Moos, Stein. Alles passt, sogar der Hinweis auf meinen Namen: Winter. Ich war zwar lange im Bau, aber total verblödet bin ich dort nicht. Ich hab an der Stelle gegraben, aber da war nur eine leere Blechdose.«

Und da begriff sie. Das Gedicht beschrieb das Versteck des Geldes aus dem Euskirchener Bankraub. Klar, was sonst?

»Du bist doch eine Maiwald? Und diesen Dauerstellplatz haben schon deine Großeltern gehabt, stimmt's? Ich kannte sie, weißt du? Als Kind war ich ein paar Mal mit einem Freund hier im ›Eifelwind‹ …«

Jule nickte. »Michael Faßbinder, ja, das hat er mir erzählt.«

Durch Stefan Winters Körper ging ein Ruck. Er kniff kurz die Augen zusammen.

»Wann? Wann hat er dir das erzählt?«

Kurz zögerte sie, dann fasste sie einen Entschluss. Offen sah sie dem flüchtigen Mörder in die Augen und antwortete mit fester Stimme: »Gestern. Gestern Nachmittag hat er mir gestanden, dass ihr euch kennt. Er arbeitet seit ein paar Monaten auf dem Campingplatz. Als Mädchen für alles.«

Winter starrte sie erst fassungslos an, anschließend schaute er an ihr vorbei in eine Ferne, die nur er sah.

»Er ist hier«, murmelte er wie zu sich selbst. »Dann hat er die Beute.«

Jule fuhr erschrocken zusammen und plötzlich kapierte sie, wer der zweite Mann bei dem Bankraub damals gewesen sein musste. Im gleichen Moment klopfte es an der Wohnwagentür.

»Jule? Bist du da?«

Micha! Einem Reflex gleich wurde sie von Erleichterung überflutet. Michael würde sie retten. Doch im nächsten Augenblick erreichte die Erkenntnis ihr Hirn, es plötzlich statt mit einem mit zwei Verbrechern zu tun zu haben. Die Angst schnürte ihr die Kehle zu.

Stefan Winter reagierte besonnener. Er stand auf und postierte sich neben dem Eingang, die Waffe im Anschlag.

»Ruf ihn rein«, raunte er.

Jule nickte ängstlich und räusperte sich.

»Micha? Bist du es?«, fragte sie mit dünnem Stimmchen. »Komm einfach rein.«

Dann ging alles ganz schnell. Michael Faßbinder öffnete die Wohnwagentür und stieg über den Tritt ins Innere des Caravans. Sofort hielt Winter ihm die Pistole an den Kopf.

Mit nüchterner Stimme wies er den Neuankömmling an. »Mach keinen Scheiß, Micha, und setz dich.«

Der gehorchte perplex, und Sekunden später war auch er mit einem von Jules Kabelbindern gefesselt.

Es war nicht zu übersehen, wie ausgezehrt Stefan Winter war. Er schwankte leicht, bevor er sich an die winzige Küchenzeile lehnte.

»Stefan!«, begehrte Michael auf. »Was soll das?«

Der Angesprochene schnitt ihm das Wort ab. »Halt's Maul, ich muss nachdenken.« Dann, an Jule gewandt: »Hast du was zu trinken für mich? Alkohol? Und was zu essen? Hab lange nichts mehr gekriegt.«

Mit der freien Hand wischte er sich über die Stirn, mit der anderen umklammerte er immer noch die Waffe.

»Im Schrank steht eine offene Weinflasche«, beeilte Jule sich zu antworten, »und im Kühlschrank ist Chili con Carne von gestern.«

Ohne seine beiden Gefangenen aus den Augen zu lassen, öffnete Stefan Winter erst den Vorratsschrank, dann den kleinen Kühlschrank darunter. Den Wein trank er direkt aus der Flasche, das Chili aß er kalt aus der Tupperschüssel mit einem Löffel, der in der Spüle gelegen hatte. Einige Minuten herrschte angespanntes Schweigen im Wohnwagen.

»Gut«, sagte Winter schließlich. »Schon besser.« Er betrachtete Michael aufmerksam und nickte leicht. »Und jetzt sagst du mir, Kumpel, wo mein Anteil der Beute ist, wegen dem ich über die Hälfte meines Lebens im Knast gesessen habe.«

Auch Jule sah Michael gespannt an. Nichts als Verwirrung stand in sein Gesicht geschrieben. Es schaute kurz zu Jule, dann zurück zu seinem Jugendfreund.

»Da, wo das Zeug seit 25 Jahren ist«, antwortete er erstaunt. »Den Hinweis auf das Versteck habe ich Sonja damals direkt nach deiner Verhaftung gegeben. Anonym. Weil sie doch nicht wissen sollte, dass wir das Ding zusammen … Ich habe nichts angerührt, bis auf die paar Tausend, die ich mit nach Süddeutschland genommen habe.«

»Verarsch mich nicht!« Genau den Satz hatte Stefan vorhin Jule hingeworfen. »Es ist alles weg. Unter dem Stein am Weinstock ist nichts. Nur eine leere Blechdose.«

Wieder huschte Michaels Blick zu Jule hinüber, während er nervös auf seiner Unterlippe herumkaute.

»Keine Sorge«, entfuhr es ihr bissig. »Mir ist inzwischen klar, welche Rolle du bei dem Banküberfall damals gespielt hast. Du brauchst nicht um den heißen Brei herumzureden!«

»Jule!«, bat er inständig. »Ich war danach sauber, wirklich! Und ich bin es bis heute.«

Stefan schnaubte. »Erzähl keine Scheiße!«, widersprach er heftig. »Ich weiß, dass du die letzten Jahre eingesessen hast. Bochum-Krümmede. Schwere Körperverletzung. Wusste gar nicht, dass du schon draußen bist.«

»Bewährung.« Michael sagte es leise und wagte nun nicht mehr, Jule anzusehen. »Gerti und Hermann geben mir hier im ›Eifelwind‹ eine echte Chance. Verdammt, Stefan, ich habe das Zeug nicht! Ich dachte, es sei noch in dieser Dose unter dem Stein. Ehrlich!«

Stefan trat vor und hielt Michael die Waffe an die Stirn. Es klickte, als er sie entsicherte.

»Hör auf, mir Märchen zu erzählen«, zischte er.

»Ich lüge nicht.« Michael sprach klar und bestimmt, sodass Jule ihm seine Worte sofort abnahm. »Ich habe es nicht. Und ich will es auch nicht!«

Stefan trat einen Schritt zurück. Seine Hände zitterten. »Wo ist es dann?«, flüsterte er. »Wenn ich es nicht finde, war die ganze Flucht umsonst!« Jule hörte abgrundtiefe Verzweiflung heraus. »Wer weiß noch von dem Gedicht?«

»Was hast du mit dem Geld vor, Stefan?« Die Frage war ihr herausgerutscht, bevor sie sie zurückhalten konnte. Ebenso wie sie den flüchtigen Verbrecher unwillkürlich beim Vornamen genannt hatte. Irgendetwas im Verhalten des Mannes rührte sie, trotz aller Gefahr und Gewalt, die von ihm ausging. Warum und was, vermochte sie nicht zu greifen.

Überrascht nahm er Jule in den Fokus und blinzelte kurz, bevor er frustriert entgegnete: »Ich wollte ein Leben retten. Verrückt, was?«

Verblüfft starrten Jule und Michael den zu lebenslanger Freiheitsstrafe mit anschließender Sicherungsverwahrung verurteilten Mörder an.

Die Geschichte war schnell erzählt. Stefan berichtete mit monotoner Stimme. Vor seiner Verhaftung und Verurteilung war er mit Sonja Pütz, deren Großeltern hier in Steinbach lebten, verlobt gewesen. Als er nach dem Bankraub festgenommen wurde, hatte sie sich von ihm getrennt und auf keinen seiner Briefe geantwortet.

Dann, nach über 24 Jahren, schrieb sie plötzlich. In der Zwischenzeit hatte sie geheiratet, war aber bereits wieder geschieden. Kinderlos. Und Sonja war krank. Sterbenskrank. Bauchspeicheldrüsenkrebs. Die Erkrankung hatte sie bewogen, Kontakt mit Stefan aufzunehmen. Um mit ihrer Vergangenheit aufzuräumen und sich zu verabschieden, wie sie sagte. Und Stefan war froh, wieder mit ihr in Verbindung zu stehen. Nach der langen Zeit in Haft und den Verschubungen alle paar Jahre in eine andere JVA hatte er keine Kontakte mehr nach draußen. Und Sonja war seine große Liebe gewesen. Er schrieb ihr regelmäßig, nun antwortete sie, und irgendwann kam sie sogar zu Besuch in die JVA Ossendorf. Da sah sie schon schlecht aus. Die Chemotherapien hatten sie arg mitgenommen. Sonja erzählte ihm, dass der Krebs so gut wie unheilbar sei. Nur alternative Heilmethoden, die aber sehr teuer seien, könnten sie vielleicht noch retten. Das Geld hatte sie nicht. Und da endlich sagte sie ihm die Verse auf, die ihr vor langer, langer Zeit in einem anonymen Brief geschickt worden waren. Stefan hatte verblüfft zugehört.

»Sie hat mich dabei ganz traurig mit ihren Rehaugen angesehen und wiederholte die Zeilen«, sagte er jetzt. »Natürlich konnte sie mir keinen Hinweis darauf geben, wie oder von wem sie das Gedicht bekommen hatte – unsere Gespräche wurden überwacht –, aber mir war schnell klar, was das Ganze zu bedeuten hatte. In dem Moment beschloss ich zu fliehen. Um meinen Anteil zu holen und ihn Sonja für ihre Therapien zu geben.« Er holte tief Luft. »Außerdem hatte ein korrupter Schließer mir gesteckt«, fügte er nüchtern hinzu, »dass ich wieder verlegt werden sollte und von Mindestverbüßungszeit überhaupt keine Rede war. Das hieß: Bau ohne Ende. Kein Schwein hat mir das offen gesagt, man hielt mich mit leeren Versprechungen hin. Von wegen Haftlockerungen, Ausführungen und so. Alles bloß Geschwafel. Also hab ich Sonjas und mein Schicksal selbst in die Hand genommen. Und hier bin ich.« Er grinste freudlos. »Und muss erfahren, dass alles weg ist.«

Er nahm einen tiefen Schluck aus der Rotweinflasche. »Die ganze Scheiße war umsonst.«

»Aber wer soll das Versteck geplündert haben?«, wunderte sich Michael. »Es wusste doch niemand davon.«

»Mein Verstand sagt mir, dass nur du es gewesen sein kannst, mein Freund.« Stefan beäugte Micha argwöhnisch. »Andererseits verstehe ich dann das Trara nicht: das Versteck hier auf dem Campingplatz, das Gedicht und dass du es damals nach meiner Verhaftung Sonja gegeben hast. Du hättest ja einfach mit der kompletten Beute abhauen können.«

»Vielleicht hat diese Sonja den Hinweis weitergegeben?«, mischte sich plötzlich Jule ein. »Und jemand anderes musste bloß eins und eins zusammenzählen.«

Stefan starrte sie an wie eine Außerirdische. Ungläubig. Verdattert. Befremdet.

»Halt du dich da raus. Du kennst Sonja nicht. Aber vielleicht haben deine Großeltern oder meinetwegen auch du die Büchse gefunden, z. B. bei Gartenarbeiten. Könnte doch sein.« Er funkelte sie böse an. »Wenn ich es mir recht überlege, kommt mir das sogar am wahrscheinlichsten vor.« Plötzlich stieß er sich von der Küchenzeile ab und hielt ihr die Waffe zwischen die Augen. »Komm, spuck's aus. Wo ist das Zeug?«

Jule erschrak bis ins Mark. Das Metall des Pistolenlaufes schien sich bis in ihr Gehirn zu bohren. Todesangst schnürte ihr die Kehle zu. Sie brachte keinen Ton heraus.

»Hör auf damit!« Michaels Stimme peitschte durch das Innere des Wohnwagens. »Jule hat nichts mit der ganzen Geschichte zu tun! Das weißt du! Lass sie in Ruhe! Reite dich nicht noch weiter in die Scheiße rein.«

Stefan war bei seinen Worten zusammen gezuckt. Er ließ tatsächlich die Waffe sinken. Müde wischte er sich mit dem Handrücken den Schweiß von der Stirn. Jule atmete auf.

»Tiefer als jetzt kann ich nicht in der Scheiße sitzen«, flüsterte er. »Die Bullen kriegen mich sowieso früher oder später. Micha, ich kann nicht mehr.«

Es klang zutiefst hoffnungslos.

»Wenn du willst, bring ich dich aus dem Tal raus. Du könntest dich ins Ausland absetzen.«

Stefan schüttelte den Kopf. »Ich will nur noch für Sonja das Geld beschaffen, danach sorg ich dafür, dass die mich abknallen. Als freier Mann sterben, das wäre doch was.« Jetzt sah er den Freund dermaßen mutlos an, dass Jule alle Angst vor ihm vergaß. Stattdessen keimte Mitleid in ihr auf. Stefan Winter hatte sich aufgegeben. Das war schrecklich.

»Das hier draußen ist nicht mehr meine Welt, weißt du? Um mich tut's mir nicht leid, aber um die Kleine. Die ist todsterbenskrank. Ich hab versprochen, ihr zu helfen.«

»Jule könnte aber damit recht haben, dass bei Sonja die undichte Stelle ist. Ist die einzige Erklärung. Du musst mit ihr reden. Vielleicht hat sie völlig unabsichtlich das Ganze ins Rollen gebracht.«

Stefan sah ihn schräg von der Seite an. »Ich hab längst versucht, zu ihr zu kommen. Aber im Dorf wimmelt es nur so von SEK-Leuten.«

Micha blinzelte ihn völlig verblüfft an. »Sonja ist in Steinbach?«

»Klar, sie wohnt seit der Scheidung im Haus ihrer verstorbenen Großeltern. Mitten im Dorf. Wenn sie nicht gerade im Krankenhaus ist …«

»Wie lange denn schon? Ich hatte keine Ahnung.«

»Mindestens ein halbes Jahr, aber sie trägt den Nachnamen ihres Exmannes. Deshalb hast du es vielleicht nicht mitgekriegt. Außerdem hat sie sich total verändert. Wegen der Chemo. Ist abgemagert, hat kurzes dunkles Haar anstatt der blonden Mähne von früher. Du würdest sie auf der Straße nicht wieder erkennen.« Stefan lächelte traurig. »Nur ihre Augen sind dieselben. Ich hab mich sofort neu in sie verliebt, ich Idiot.«

Plötzlich drehte er sich um und öffnete eine der Schubladen. Als er sich Michael und Jule zuwendete, hielt er ein Küchenmesser in der Hand.

»Streck deine Hände vor«, wies er den alten Freund an. »Ich glaub dir, dass du zu mir stehst.« Mit einem Ruck durchtrennte er den Kabelbinder. Michael atmete erleichtert auf und rieb sich Handgelenke.

»Danke, Kumpel. Und was ist mit Jule?«

Stefan schüttelte den Kopf. »Nein, die hab ich lieber noch unter Kontrolle. Sorry, Mädchen.« Er sah sie unsicher an und zuckte mit den Achseln. »Du bist eine von der anderen Seite. Zu gefährlich.«

Eine von der anderen Seite. Jule schluckte. Unwillkürlich fühlte sie sich wie eine Aussätzige, schmutzig und schlecht. Moment mal. Was passierte hier? Moralische Grundsätze verdrehten sich ins Gegenteil. Aus gut wurde böse, aus böse gut. Zorn stieg in ihr hoch. Was bildete dieser Verbrecher sich ein? Gerade wollte sie zu einer Erwiderung ansetzen, als sie mitbekam, wie Stefan zu Michael sagte:

»Ich werde noch mal versuchen, zu Sonja zu durchzukommen. Du hast recht, ich muss mit ihr sprechen. Und wenn es das Letzte ist, was ich tue.«

»Oder du vergisst das Geld und den anderen Kram, und ich schaffe dich mit dem Auto aus der Eifel raus«, drängte Michael noch einmal.

Stefan schüttelte eigensinnig den Kopf. »Nein. Das macht keinen Sinn. Aber einen Gefallen kannst du mir trotzdem tun …«

»Ja?«

»Halt diese Frau hier …«, er nickte in Jules Richtung, »… davon ab, zu den Bullen zu rennen. Bis morgen mindestens. Versprichst du mir das?« Nun sah er Michael eindringlich in die Augen. »Ansonsten müsste ich sie als Geisel mitnehmen … oder sofort abknallen.«

Michael wehrte sofort erschrocken ab. »Nein, nein. Schon gut. Ich sorg dafür, dass sie keine Scheiße baut. Du kannst dich auf mich verlassen.«

Jule schnappte empört nach Luft. Andererseits fiel ihr ein Stein vom Herzen. Es sah so aus, als würde sie mit einem blauen Auge davonkommen.

Stefan Winter ging auf die Wohnwagentür zu. Die Waffe steckte er gangstermäßig in den Hosenbund, nicht, ohne sie zuvor zu sichern.

»Okay, ich bin dann mal weg.«

Seine Stimme klang belegt. Es war ihm deutlich anzumerken, dass er Angst hatte. Panische Angst, sich in eine feindliche Welt zu wagen, die darauf erpicht war, ihn entweder unter Waffengewalt einzufangen oder im Zweifel niederzuschießen.

»Stefan?« Das kam von Michael. Leise.

»Ja?«

Michael stand auf und trat zu seinem Freund. Unbeholfen umarmte er ihn.

»Mach's gut und viel Glück«, murmelte er. »Pass auf dich auf.«

Stefan drückte ihn kurz an sich. Wortlos.

Dann klappte die Wohnwagentür, und die Dunkelheit verschlang den entflohenen Häftling.

Einige Minuten lang herrschte Schweigen. Michael Faßbinder hatte sich wieder hingesetzt. Er vermied es, Jule anzusehen. Die war zu verwirrt, um irgend etwas tun zu können. Sie saß da wie paralysiert und starrte auf ihre gefesselten Hände. Die ganze Situation kam ihr allzu absurd vor. Irreal. Fast lächerlich. Trotzdem war ihr nicht zum Lachen zumute. Konnte sie Michael noch trauen? Wem galt seine Loyalität? Dem Jugendfreund und verurteilten Mörder oder ihr, einer fast Fremden. Würde er sie hier in ihrem eigenen Wohnwagen gefangen halten oder würde er sie freilassen?

In dem Moment sprang er auf. Sie traute sich nicht aufzuschauen. Da war er auch schon bei ihr und beugte sich vor. Mit schneller Bewegung durchschnitt er den Kabelbinder um ihre Handgelenke. Anschließend postierte er sich an derselben Stelle vor der Küchenzeile, an der vor wenigen Augenblicken noch Stefan Winter gestanden hatte.

»Wie geht es dir?«, fragte er leise.

Endlich sah sie auf. Sie entdeckte nur Sorge in seiner Mimik.

»Es geht schon.«

Im gleichen Moment begann ihr Körper zu zittern. Es fing bei den Fingern an, ergriff Arme und Torso und ging in Oberschenkel und Knie über. Zum Schluss klapperten sogar ihre Zähne.

»Trink!« Er reichte ihr die Weinflasche. »Du hast einen Schock.«

Gehorsam setzte sie die Flasche an die bebenden Lippen und nahm einen großen Schluck. Und noch einen. Erst als sie leer war, stellte sie sie ab.

»Was jetzt?«, fragte sie in die Stille des Wohnwagens hinein, während der Alkohol wohltuend in ihre Glieder strömte.

Michael räusperte sich. »Ich bleib bis morgen früh bei dir.«

Es klang zögernd und zugleich entschlossen.

Jule lachte spöttisch auf. Eigentlich jedoch war ihr zum Weinen zumute. »Damit ich nicht zur Polizei renne und deinen Mörderfreund verrate?«

In welchen Horror war sie da hinein geraten? Und zum ersten Mal seit über einem Monat sehnte sie sich nach Jörgs Armen, nach seiner Überlegenheit, die einerseits Sicherheit, andererseits Arroganz ausstrahlte. Zuallererst aber nach seiner Rechtschaffenheit. Gut und Böse waren bei ihm stets am rechten Platz. Schwarz und weiß sauber getrennt. Doch Jörg war weit weg. Stattdessen hielt sie ein Krimineller gefangen, der sich irgendwie ihr Vertrauen erschlichen hatte.

»Ich habe es Stefan versprochen.«

Sollte das etwa eine Entschuldigung sein?

Jetzt ging Michael in die Hocke, legte seine großen Hände auf ihre Knie und suchte ihren Blick. »Außerdem möchte ich dich nicht allein lassen. Ich bin schuld, dass du in diese Scheiße geraten bist. Ich will es wieder gutmachen.«

»Hah.« Das war doch verrückt. »Wie großmütig von dir. Indem du mich hier gefangen hältst!«

»Es tut mir leid.« Immer noch war seine Stimme sehr sanft. Behutsam. »Glaub mir, ich habe auch gedacht, dass ich diesen Mist lange hinter mir habe. Und als ich damals die Beute da draußen an deinem Weinstock vergrub, habe ich bestimmt nicht damit gerechnet, dass jemals jemand Unschuldiges mit hineingezogen wird. Zu der Zeit war dieser Stellplatz so gut wie unbewohnt. Dein Opa kam nur noch selten her. Es war das ideale Versteck. Ich wollte niemandem schaden, Jule, sondern mich bloß selber von der ganzen Scheiße befreien.« Michael erhob sich und glitt ihr gegenüber auf das Sitzpolster. »Außerdem hatte ich Angst um Stefan und ein schlechtes Gewissen. Ich hatte ihn im Stich gelassen. Hab es ausgenutzt, dass er angeschossen worden war. Nur deshalb konnte ich den

Bullen entwischen. Nie hätte ich die Beute behalten können. Sie stand Stefan zu, weil er dafür lebenslänglich kassiert hat. Glaub mir, diese Sache damals hat einen anderen Menschen aus mir gemacht.« Er holte kurz Luft und fuhr dann erschöpft fort: »Aber die Vergangenheit holt einen immer wieder ein. Morgen früh, wenn ich dich gehen lasse, werde ich mich der Polizei stellen. Das Spiel ist vorbei. Ich weiß das.«

Überrascht runzelte Jule die Stirn.

»Meinst du das ernst? Du willst ein Geständnis ablegen?«

Er nickte.

»Was sonst? Kommt ja doch alles raus.«

Jule betrachtete Michael nachdenklich, dachte an seine Ausgeglichenheit, wenn er auf dem Campingplatz arbeitete. An die Zufriedenheit, die seine Bewegungen bei den einfachen Tätigkeiten an der frischen Luft ausstrahlten. Der zeremonienartige Charakter und die Gelassenheit, die all dem inne wohnten. Außerdem kam ihr das penibel aufgeräumte Mobilheim in den Sinn und der freie Blick aus den gardinenlosen Fenstern. Freiheit. Selbstbestimmung.

Ein Entschluss reifte in ihr. Sie begriff ihren Sinneswandel selbst nicht ganz, aber sie fühlte, dass die Entscheidung die einzig Richtige war.

»Wir müssen niemandem erzählen, dass Stefan hier war«, sagte sie mit brüchiger Stimme. »Dann kommt gar nichts raus. Keiner hier außer Gerti und Hermann weiß, dass du ihn kennst, geschweige denn, dass du mit ihm vor 25 Jahren eine Bank überfallen hast. Wir können die Vergangenheit ruhen lassen. Ganz einfach.«

Michael war fassungslos. »Das würdest du wirklich tun? Für mich?«

Sie nickte langsam. »Und für deinen Freund. Dann hat er

vielleicht noch ein Chance, das Geld zu finden und es seiner krebskranken Freundin zu geben.«

Sie leerten gemeinsam, einträglich an dem schmalen Tisch mit der abgeschabten Platte sitzend, eine zweite Flasche Wein. Dann eine dritte. Dabei sprachen sie wenig. Es war, als müssten sie sich zunächst von dem Wust an Gesagtem und Getanem erholen. Jule war tief in Michael Faßbinders Privatsphäre eingedrungen und er hatte ihre durch die Loyalität zu dem flüchtigen Verbrecher verletzt. Wie konnte der Schaden repariert werden? Durch Schweigen und Betäubung, da schienen sich beide einig zu sein.

Also kippten sie Glas um Glas und taxierten sich vorsichtig. Die Stille schuf Intimität. Verschworene Verschwiegenheit.

Als Jule ins Bett gehen wollte und sie sich von der Bank erhob, streifte ihr Knie seines. Die Berührung kam einer Explosion gleich. Ihm ging es wohl ähnlich. Auch er stand auf, leicht schwankend.

Dann lagen sie sich in den Armen, verschlangen sich gegenseitig mit Streicheln und Küssen. Nachdem sie hinter der wackeligen Schiebetür in Jules Bett gelandet waren, fielen sie übereinander her. Noch nie in ihrem Leben hatte Jule einen dermaßen eiligen wie leidenschaftlichen Sex gehabt. Hemmungslos, heftig, einer Urgewalt gleichkommend.

Selbst danach konnte sie Michael nicht loslassen. Es ging einfach nicht. Völlig erschöpft klammerte sie sich an ihn, um sofort in einen tiefen, traumlosen Schlaf zu fallen.

Mit schlimmen Kopfschmerzen erwachte sie, während sich eine kalte Wintersonne in den winzigen Schlafraum stahl und ihre Wangen kitzelte. Ein fremder Mann lag wie tot neben ihr. Ihr rechtes Bein umschlang seinen Oberschenkel. Gequält blinzelte sie ins Licht, um danach die blasse nackte Haut Michaels zu betrachten.

Seine schlichte Schönheit berührte und erschreckte sie zugleich. Bewundernd registrierte sie die Wölbungen der Arm- und Brustmuskeln und die schmale Hüfte. Sein Atem ging tief und gleichmäßig. Sein linker Arm lag um ihrer Taille.

Sie bemerkte mit Erschrecken, dass er von Narben übersät war. Über die Innenseite der Handgelenke und den gesamten Unterarm zog sich längs ein Muster aus wulstigen weißen Linien. Sanft strich sie mit den Fingern darüber, fühlte die Erhebungen. Schnittverletzungen. Viele. Heftige. Das ließ nur einen Schluss zu. Ihr wurde ganz mulmig zumute.

Ihre Hand verharrte in der Schwebe, dann legte sie sie wie einen Verband über die Narben. Der Suizidversuch musste lange her sein, war aber zweifellos ernst gemeint gewesen. Jule schloss die Augen und versuchte, alle Gedanken auszublenden. Schlafen, dachte sie, nur noch ein bisschen schlafen.

Das nächste, was sie bewusst wahrnahm, war Kaffeeduft. Verwirrt öffnete sie die Augen und sah einen vollständig angezogenen Michael neben ihr am Bett sitzen, der ihr einen dampfenden Becher unter die Nase hielt.

»Frühstück ist fertig.« Seine graugrünen Augen funkelten. »Ist schon fast Mittag.«

Verdattert rappelte sie sich hoch, wobei sie ihm beinahe den Kaffee aus der Hand schlug. Einen Moment später hatte sie sich das Kopfkissen in den Rücken gestopft und genoss kleine Schlucke des heißen Getränks.

»Das tut gut«, murmelte sie. Kaum traute sie sich, Michael anzusehen. Was hatte sie sich dabei gedacht, mit dem Typ ins Bett zu gehen? Sie war eine verheiratete Frau und er … Sie wagte es nicht, den Gedanken zu Ende zu denken.

»Ich würde gern gleich um zwölf die Nachrichten sehen«, brach Michael das Schweigen. »Wäre das okay für dich?«

»Klar. Schalt ruhig den Fernseher an. Ich zieh mir schnell was über.«

Als sie angekleidet, eingecremt, gekämmt und mit frisch geputzten Zähnen, aber immer noch höllischen Kopfschmerzen aus der Nasszelle zurück in den winzigen Wohnraum trat, begriff sie sofort, dass etwas ganz und gar nicht stimmte. Der Bildschirm glänzte in erloschenem Schwarz, und Michael, die Fernbedienung in der regungslosen Hand, starrte ausdruckslos an ihr vorbei.

»Was ist los?« fragte sie heiser.

Seine entsetzten Augen irrten durch den Raum, bis sie endlich bei Jule ankamen. »Sonja ist tot«, flüsterte er. »Sie wurde gestern Nacht in ihrem Haus in Steinbach umgebracht. Erstochen.«

Das Grauen kroch stinkend durch alle Ritzen in den alten Caravan und löschte sämtliche heimeligen Kindheitserinnerungen an Oma und Opa Maiwald, an Maumau-Spiele zu dritt und an heißen Kakao an kalten Winterabenden aus.

Stefan Winter hatte seine ehemalige Verlobte getötet, kurz nachdem er Jules Stellplatz verlassen hatte. Weil ihm klar geworden war, dass sie das Versteck des Geldes ausgeplaudert oder es selbst ausgeräumt hatte. Das Gedicht geisterte unaufhörlich in ihrem Kopf herum:

›So wird es sein,
mein Kind.
Wir werden alt,
Der Winter ist kalt,

doch der Eifelwind
streift durch den Maiwald
und raschelt im Wein
über dem Moos am Stein.‹

»Nein«, widersprach Michael bestimmt und schüttelte heftig den Kopf. »Das darfst du nicht denken.«

Ihre Antwort kam schnell. »Du denkst doch dasselbe.«

Er schloss kurz die Augen, bevor er sie voller Zweifel ansah. »Ich weiß nicht«, gab er verwirrt zu. »Ich denke es, aber ich kann es einfach nicht glauben.«

Der Dorfpolizist Frank Becker hatte heute morgen gegen halb sieben per Zufall die Leiche der 46-jährigen Sonja Bohr, geborene Pütz, in einer Lache aus getrocknetem Blut gefunden.

Die Tür des kleinen Hauses mitten im Dorf war angelehnt gewesen, was den Beamten misstrauisch gemacht hatte. Die Tote lag im Wohnzimmer des Hauses. Sie trug ein Nachthemd. Überall im Erdgeschoss hatte man Stefan Winters Fingerabdrücke sicher gestellt, nur die Tatwaffe, ein Brotmesser, war offenbar gründlich abgewischt worden. Es fand sich neben der Ermordeten. Der Oberkörper der Frau wies zahlreiche Stichwunden auf. Der Täter war zweifellos in Raserei gewesen, als er sie tötete.

Alles wies auf den flüchtigen Häftling hin. Die Ermittlungen hatten inzwischen ergeben, welche Verbindung zwischen dem Verbrecher und Sonja Bohr bestanden hatte. Man wusste nun auch, dass sie ihn kurz vor seiner Flucht einige Male im Gefängnis besucht hatte.

All das war in den Nachrichten berichtet worden, und Michael hatte es Jule erzählt. Er war völlig fertig. Seine Hände zitterten, er wirkte benommen. Auch jetzt noch, eine halbe Stunde später.

»Es passt nicht zu ihm«, murmelte er. »Warum hätte er sie umbringen sollen?«

Es war müßig, darauf eine Antwort zu suchen. Jule war hin- und hergerissen zwischen dem Wunsch, aus dem Wohnwagen zu fliehen, um all das Schreckliche hinter sich zu lassen und dem Drang, den Mann, mit dem sie die Nacht verbracht hatte, zu trösten. Beides kam ihr richtig und falsch zugleich vor.

Du musst zur Polizei gehen und alles sagen, was du weißt, redete das Gewissen ihr ein. Aber dann sah sie Michaels bleiches, verstörtes Gesicht. Man würde ihn verhaften. Ihm die Freiheit nehmen, die ihm so lieb geworden war. Wegen einer Sache, die ein Vierteljahrhundert zurück lag. Womöglich würde man glauben, er habe die Flucht des Freundes aus der JVA Köln mit initiiert und sei in den Mord verwickelt. Das konnte sie nicht zulassen. Zögernd legte sie ihre Hand auf Michaels.

»Egal, warum er es getan hat: Du hast nichts damit zu tun«, beschwor sie ihn eindringlich.

Er wandte ihr das Gesicht zu. Sie sah die Reue darin. »Ich habe ihn zu ihr geschickt«, sagte er tonlos. »Ich habe nicht auf die Beute aufgepasst. Ich habe Stefan nach dem Überfall im Stich gelassen und mich verpisst. Ich bin schuld.«

Und da begriff sie, in welcher Hölle er seit Langem lebte.

Gerti stand hinter ihrer Theke, die Hände in die speckigen Hüften gestemmt, und schien um Jahrzehnte gealtert. Tiefe Furchen und Runzeln zogen ihre faltigen Wangen nach unten. Sie empfing Jule und Michael mit einem zutiefst besorgtem

Blick aus den verblichenen Augen. Sonst befand sich niemand an der Rezeption oder im Laden. Natürlich, es war Sonntagmittag. Die meisten Wochenendgäste hatten längst Mobilheime und Stellplätze geräumt und waren nach Hause gefahren.

»Jung«, begrüßte Gerti ihren Großneffen heiser. »Häss du et hat jehurt?«

Er nickte nur.

»Kumm.«

Das klang mütterlicher und fürsorglicher als alles, was Jule von ihrer Mutter je an Trost bekommen hatte. Und Michael Faßbinder gehorchte automatisch und trat hinter den Tresen. Gerti legte ihm einen Arm um die Hüfte, streichelte mit der anderen Hand zart sein Haar und führte ihn in den Nebenraum. Resolut schloss sie die Tür hinter sich.

Jule blieb draußen. Sie fühlte sich wie eine Außenseiterin, im wahrsten Sinne des Wortes ausgeschlossen. Was hatte Stefan Winter gestern Abend gesagt? Sie sei von der anderen Seite. Zu gefährlich. Genau dasselbe Stigma spürte sie jetzt. Unschlüssig blieb sie mitten im Raum stehen. Sollte sie gehen? Sollte sie bleiben? Sie betrachtete die Schneemassen jenseits der Fensterscheiben, unter denen die Zipfelmützen von Gertis Gartenzwergen schüchtern hervorlugten. Naturgewalt kontra Spießbürgertum. Wer würde den Kampf gewinnen? Wahrscheinlich das Spießbürgertum, dachte sie sarkastisch. Das ist nicht unterzukriegen. Sie seufzte und schlenderte zum Broschürenständer in der Ecke, der die Sehenswürdigkeiten und Freizeitmöglichkeiten in der Region anpries: das ›Eifelbad‹ in Bad Münstereifel, Burg Manderscheid, die Kakushöhle, diverse Vergnügungs- und Wildparks, die Wasserburgenroute in Euskirchen.

Euskirchen. Natürlich warf sie der Name der Stadt zurück

auf den Bankraub, der dort vor 25 Jahren geschehen war. Erinnerte sie an die verschwundene Beute und den schrecklichen Mord der letzten Nacht. Kurz zuvor hatte der Mörder noch an ihrem Tisch im Wohnwagen gesessen. Sie war tatsächlich drauf und dran gewesen, ihn nicht nur als Täter, sondern auch als Opfer von Gesellschaft und Justiz zu sehen. Sie hatte ihm geglaubt, als er davon sprach, seine krebskranke Exverlobte retten zu wollen. Die er liebte. Und anschließend war er losgezogen, um sie brutal abzuschlachten. Mit unzähligen Messerstichen. Während sie, Jule, vom Alkohol enthemmt und triebgesteuert mit seinem Komplizen ins Bett stieg.

Plötzlich hielt sie es nicht mehr in dem muffigen Holzhaus aus. Ihr Hals schnürte sich zu. Sie musste Abstand gewinnen. Abstand von dieser gewalttätigen, verbrecherischen Geschichte, von Micha, dem Faktotum, von ihrem Ehebruch, doch zuallererst Abstand von sich selbst. Also lief sie aus dem Gebäude, zunächst langsam, dann immer schneller. Der plattgefahrene Schnee auf den Wegen war glatt; ein paar Mal geriet sie ins Straucheln und wäre fast gestürzt. Außer Atem erreichte sie nach ein paar Minuten ihren Stellplatz. Gerade wollte sie den Anbau betreten, als ein Impuls sie inne halten ließ.

Wie ferngesteuert umrundete sie den Pavillon und näherte sich dem knotigen Weinstock am Fuße des Felsbrockens. Schon von Weitem erkannte sie das Loch, das Stefan Winter gegraben hatte. Rund um den großen Stein war die Erde aufgeworfen, der Schnee bräunlich verfärbt und zertrampelt. Ein Spaten, zweifellos der ihres verstorbenen Großvaters, lag achtlos daneben. Sie hockte sich hin und betrachtete alles ganz genau. In einer tiefen Mulde direkt zwischen Weinstockstamm und Gestein steckte eine alte, teils rostige, teils metallisch glänzende Blechbüchse in der Größe eines

Schuhkartons. ›Eifeler Landbrot‹ entzifferte Jule mühsam die eingestanzten Buchstaben im Blech. Eine Brotbox. Aha. Sie öffnete den verbeulten Deckel. Die Scharniere quietschten. Die Dose war leer, wie Stefan gesagt hatte. Wie lange hatte das Geld hier gelegen?, fragte sie sich. Und wer hatte es ausgegraben? Sie erhob sich mit steifen Gliedern und griff nach dem Spaten, als eine Stimme sie inne halten ließ.

»Jule.«

Es war Michael.

»Warum bist du gegangen?«, fragte er.

»Lass mich in Ruhe.«

Langsam drehte sie sich zu ihm um, den Spatengriff in der Hand. Michas Blick war fragend. Seine ganze Haltung drückte Niedergeschlagenheit und Besorgnis aus.

»Bitte«, ergänzte sie etwas freundlicher. »Ich wäre jetzt gern einfach allein. Keine Sorge, ich werde nicht zu Polizei gehen. Wirklich nicht.«

Er nickte. »Danke.« Leicht berührte er sie am Arm, senkte den Kopf und ging.

Jule sah ihm nach. Am liebsten hätte sie ihn zurückgehalten. Warum, das war ihr selbst nicht ganz klar. Sie spürte nur diesen Sog, der von ihm ausging.

Sie stieß den Spaten in einen der aufgeworfenen und inzwischen angefrorenen Erdhaufen. Notdürftig – sie schaffte es einfach nicht besser – schloss sie das Loch neben dem Felsbrocken. Anschließend bedeckte sie die Stelle, die nun wie eine eiternde Wunde aussah, mit frischem Schnee aus einer Schneewehe. Machte sie sich gerade strafbar? Wahrscheinlich. Spurenbeseitigung, Behinderung polizeilicher Ermittlungen. Aber indem sie Michael deckte, verhielt sie sich sowieso gesetzwidrig. Da machte diese Kleinigkeit auch nichts mehr aus.

Gegen 14 Uhr verließ sie den Stellplatz. Auf keinen Fall wollte sie riskieren, Jörg zu begegnen. Ihr Mann war ein Ausbund an Pünktlichkeit. Eher kam er zu früh als zu spät. Und da er und Leo um 15 Uhr mit Peter verabredet waren, war es an der Zeit zu verschwinden.

Der Himmel hatte sich zugezogen. Außerdem war es wärmer geworden. Jule stapfte durch den Schneematsch über den Fußweg. Absichtlich hatte sie eine Route gewählt, die nicht an der Rezeption und dem Bereich mit den Mobilheimen vorbei, sondern zum Hinterausgang des Campingplatzes führte. Gerade passierte sie die alte Minigolfanlage und den Spielplatz mit seinen Schaukeln, der Rutsche und dem Klettergerüst. Flächen und Spielgeräte lagen unter ihren Schneehauben einsam da. Die Parzellen zur linken Seite strahlten in jungfräulichem Weiß, das lediglich von den zarten Spuren der Vögel und Kaninchen durchbrochen wurde. Jule holte tief Luft. Ihre Schritte wurden größer. Sie war froh, vom Campingplatz wegzukommen. Weg von der Schuld, die bleischwer auf allem lastete. Sie wollte wenigstens für kurze Zeit alles hinter sich lassen: Michas Schuld, Stefan Winters Schuld und natürlich und hauptsächlich ihre eigene.

Schuldig im Sinne der Anklage. So oft schon. Sie war fremdgegangen und das nicht zum ersten Mal. Jule Maiwald war eine Hangtäterin. Die Krise, derentwegen sie vom Niederrhein in die Eifel geflüchtet war, hatte mit einem Seitensprung ihren Anfang genommen. Flüchtig tauchte Jans' Gesicht vor ihr auf, der Schwung seiner Augenbrauen, die perfekt geformten Lippen unter der sehr geraden, sehr dominierenden Nase. Sein wirres dunkles Haar mit den silbernen Fäden. Zuallerletzt erlaubte sie sich, sich seine dunklen Augen ins Gedächtnis zu rufen, die sie oft liebevoll und schelmisch zugleich betrachtet hatten.

Halt. Stopp. Sie verbot sich jede weitere Erinnerung. Jan war Vergangenheit. Diese Affäre hatte ihr nur Unglück gebracht. Entfremdung von Jörg, den Unfall und noch vieles mehr. Jule zwang sich in die Gegenwart zurück. Sie konzentrierte sich auf ihre Atmung und den Rhythmus der Schritte, ließ die Arme im Takt hin- und herpendeln. Beschleunigte ihren Gang. Bald erreichte sie die verschnörkelte, schmiedeeiserne Pforte zum Wald. Eilig lief sie hindurch. Bloß raus hier.

Der Bach neben ihr gurgelte fröhlich, hüpfte und sprang unbeschwert über Steine und Wurzeln. Er erinnerte Jule daran, dass es außerhalb der Schwere von Schuld und Versagen noch so etwas wie Leichtigkeit und Freude gab. Jule atmete durch. Die Schneeglöckchen, die zwischen den Bäumen durch die Schneedecke lugten, schienen ihr zuzunicken. Der Frühling kam. Bald. Sie lächelte. Der Frühling ist immer ein Neubeginn. Auch für sie. Sie musste sich nur davon anstecken lassen. Der Druck wich von ihr und machte einer zögerlichen Heiterkeit Platz.

Immer weiter wanderte sie auf dem Weg. Links wurde er vom Bachbett, rechts vom Mischwald gesäumt. Als sie Steinbach erreichte, war es fast Viertel vor drei. Jule las die Uhrzeit an den goldenen Zeigern der Kirchturmuhr ab. Die weiß verputzte, schlichte Kirche lag rechts von ihr am Hang. Umgeben wurde sie von einem kleinen gepflegten Friedhof. Geradeaus erstreckte sich der Ort mit seiner schmalen gewundenen Dorfstraße, um die sich schiefe Häuser und Höfe mit engen Toreinfahrten drängten. Salz war gestreut worden; der Asphalt blitzte tiefschwarz zwischen grauem klumpigen Schneematsch hervor. Jule zögerte. Sollte sie wirklich mitten durch das Dorf gehen? Ein grausiger Mord war dort passiert.

Erst letzte Nacht. Liefe sie weiter, würde sie sich erneut mit Schwere und Schuld umgeben, noch dazu mit Trauer und Entsetzen. Wenn in solch einem winzigen Nest ein gewaltsamer Tod geschah, blieb kein Einwohner davon unberührt. Dann befand sich ausnahmslos jeder hier unter Schock.

Jule erinnerte sich daran, dass in ihrem Heimatdorf Driesch im Rheinland in ihrer Kindheit ein fünfjähriges Mädchen auf der Hauptstraße von einem Lastwagen überfahren worden war. Jule hatte die Kleine nur vom Sehen gekannt, und doch hatte sie wochenlang nicht schlafen können. Im Ort hatte es nur ein Gesprächsthema gegeben, ob zwischen den Hausfrauen im Dorfladen, den Männern beim Kegeln in der Gaststätte oder den Kindern auf dem Spielplatz. Das Leid durchdrang und überwucherte alles. Wie eine Dornröschenhecke. So würde es auch in Steinbach sein.

Sie beschloss, trotzdem weiter zu gehen. Wenn sie ehrlich zu sich selbst war, hauptsächlich aus Neugierde.

Sie erkannte das Haus von Weitem. Weiß-rotes Flatterband verwehrte Unbefugten den Zutritt und brandmarkte das verfallene Gebäude gleichzeitig als Zentrum des Verbrechens. Das zweistöckige, aus Naturstein errichtete Häuschen war zwischen zwei anderen, ebenso unansehnlichen, eingequetscht. Es stand dicht an der Bordsteinkante. Verdorrtes Unkraut klemmte zwischen Hauswand und Straße. In den kleinen Fenstern hingen schmuddelige Gardinen; an der grau gestrichenen Haustür blätterte der Lack ab. Schaulustige gab es seltsamerweise nicht. Lediglich zwei uniformierte Polizisten bewachten den trostlosen Tatort. In einem davon erkannte sie Frank Becker, den Dorfpolizisten, der abends gern in Hermanns Kneipe auf ein Bierchen hereinschaute. Er war ein stattlicher Mann um die vierzig, breitschultrig, braunhaarig, testosterongeschwängert. Hatte der nicht die Leiche gefunden? Jule näherte sich ihm wie magisch angezogen. Sofort registrierte sie die abwehrenden Blicke der beiden Staatsdiener und blieb stehen. Um keinen Preis wollte sie mehr als nötig auffallen. Die Verbindung zum mutmaßlichen Mörder Sonja Bohrs war zu eng. Sie wandte sich nach links zur Steinbacher Bäckerei, die Stehcafé und Poststelle in einem war. Hinter dem Schaufenster drängten sich die Menschen. Aha, hier also traf sich die Dorfgemeinschaft zur Lagebesprechung. Hier war sie richtig.

Drinnen vermischte sich feuchtwarme, abgestandene Luft mit dem köstlichen Duft frischer Backwaren. Die Stimmung war erstaunlicherweise nicht gedrückt, sondern energetisch aufgeladen.

»Sie war eh eine Schlampe, die keiner hier in Steinbach haben wollte, oder?«, giftete gerade eine dicke Mittfünfzigerin mit schauderhaft weißblond gefärbter Dauerwelle. »Ist nicht schade drum.«

Die mollige Bäckereifachverkäuferin inmitten von Kuchen, Brötchen und Eifeler Broten konterte. »Trotzdem wird es Zeit, dass sie diesen Mörder schnappen. Unglaublich, dass die ihn noch nicht haben. Als wenn es hier im Tal so viele Verstecke gäbe.«

»Also, ich wür ja ins bei demm Faßbinder im ›Eefelwind‹ nolure. Der wor als Küng mit demm Stefan Winter janz eng. Un wie ihr alle wüsst, ist der Micha net ohne. Wenn der zovill süff, tick der us. Im Knast wor der uch at.«

Das kam von einem Mann mittleren Alters in Arbeitshose und kariertem Hemd, dessen Knollennase rot leuchtete wie eine Weihnachtskugel.

»Na, ich steck das der Polizei jedenfalls nicht«, erwiderte

die gefärbte Blondine. »Ich riskier doch keinen Ärger mit Gerti und Hermann!«

»Stemp, nie mi eh Bierche bei Hermann drünke …« Der Knollennasige guckte erschrocken. »Dat wör nüs für mich.«

»Und mit den Brotlieferungen für den Campingplatz wär's auch vorbei«, wehrte die Moppelige hinter der Brottheke wehrte ab. »Nicht auszudenken, was das für 'ne finanzielle Einbuße wäre.«

Einhelliges Kopfnicken aus der Menge der Wartenden erfolgte. In dem Moment bemerkte man den Neuankömmling. Schweigen breitete sich aus, was Jule einmal mehr bewusst machte, dass sie hier, obwohl sie seit Jahrzehnten ihren Urlaub in diesem Tal verbrachte, immer noch eine Fremde war.

Diskret ging man zum Alltagsgeschehen über. Man kaufte Brötchen und Kuchen, die Männer an den Stehtischen schlürften Kaffee und Kaffee-Cognac. Jule stellte sich in der Schlange für ein Milchbrötchen und eine Laugenstange an. Während sie Kleingeld aus dem Portemonnaie kramte, kreisten die Gedanken wie nervöse Fliegen in ihrem Kopf.

Jeder im Dorf schien Bescheid zu wissen über die Jugendfreundschaft zwischen Michael und Stefan, hüllte sich jedoch wegen Gerti und Hermann in Stillschweigen. Ein Glück, dass die Besitzer des Campingplatzes dermaßen geachtet und geschätzt wurden. Sonja Bohr, geborene Pütz, hatte sich dagegen offensichtlich wenig Beliebtheit erfreut, obwohl sie doch den – wenn auch fragwürdigen – ›Bonus‹ der Todkranken gehabt haben musste. Seltsam.

Auch war in der Bäckerei nichts von Schock, Angst oder Traurigkeit zu spüren. Sensationslust, ja, vielleicht noch Beunruhigung, mehr aber nicht. Jules Spürsinn war geweckt. Wer war diese Sonja gewesen? Warum mochte man sie nicht im Dorf?

Spontan orderte sie einen Kaffee und bahnte sich dann den Weg zu einem der Stehtische am Schaufenster. Sie gesellte sich zu dem Mann mit der Knollennase. Von Nahem leuchteten ihr die unzähligen geplatzten Äderchen auf seiner Nasenspitze und den bartstoppeligen Wangen entgegen. Seine Hand zitterte, wenn er die Kaffeetasse zum Mund führte. Er kam ihr bekannt vor. Hatte sie ihn nicht früher mal als Mechaniker in der kleinen Kfz-Werkstatt am anderen Ende des Dorfes gesehen, die allerdings zu Beginn des Jahres geschlossen worden war?

»Meine Güte, was für eine schreckliche Geschichte«, warf sie beiläufig ein. »Die arme Frau!«

Der Mann neben ihr schnaubte verächtlich. »Na ja, von weje arm! Usjenomme hät öt die Männ. Der Bohr is bis hück noch net widde op de Föss jekumme. Och mit demm Winter hät die domols uch nur jet, weil öt sich finanzielle Fürdel davon versproch. Dot wor en janz Usjebuffte, sach ich üch. Un wie et de Oma dazu jekrech het, öm dat Huß zo vererve, is mir uch schleierhaf!«

»Sie meinen also, Sonja Bohr hat bekommen, was sie verdient hat?«, fasste Jule mit unschuldiger Miene zusammen. Gespannt beobachtete sie die Reaktion des Trinkers.

»Na, dat is net jerad …«, lenkte dieser unbehaglich ein. »Sujät wünsch ma kenem, eve jemoch hät öt kene he im Dörp. Wor eh link Lode.«

Er schwankte leicht und hielt sich schnell mit der Pranke an der Tischplatte fest. Der Kaffee-Cognac tat offensichtlich seine Wirkung. In dem Moment näherte sich die mollige Verkäuferin und stellte schnaufend einen dampfenden Kaffeebecher, Zuckerschale und Milchkännchen vor Jule ab.

»Bitteschön, Frau Maiwald.« Erst jetzt erkannte sie die junge Frau. Letzten Sommer hatte sie im ›Eifelwind‹ auf der Terrasse gekellnert; allerdings war sie da noch etliche Pfunde leichter gewesen.

»Danke … Denise.« Jule lächelte freundlich. »Ich wusste gar nicht, dass Sie jetzt hier bei Esser beschäftigt sind.«

Die junge Frau kicherte. »Beschäftigt, so kann man es auch nennen. Ich hab doch den Franz geheiratet, letztes Jahr im November.«

Stolz breitete sich in ihrem pausbäckigen Gesicht aus. Jule schluckte, schockiert ob des Gehörten. Franz Esser war erst im Sommer Witwer geworden und musste mindestens an die sechzig sein. Denise dagegen schätzte sie auf höchstens Mitte 20. Nun ja, dachte sie nüchtern. In materieller Hinsicht war Esser wohl eine gute Partie. Immerhin besaß er drei Bäckereifilialen hier in der Gegend.

»Ich gratuliere Ihnen nachträglich ganz herzlich.« Jule bemühte sich aufrichtig zu klingen. »Mein Gott, dann wohnen Sie ja gegenüber von dem Haus, in dem der Mord geschehen ist.«

Denise nickte eifrig. »Klar, direkt über der Backstube. Vom Schlafzimmer aus guckt man auf das Haus der alten Pütz'. Hab öfter gesehen, wenn die Bohr Besuch von ihrer Schwester oder von irgendwelchen Typen hatte. Ich hab nie kapiert, was die Männer an ihr fanden. Die war doch klapperdürr und total flach auf der Brust.« Denise warf sich in Positur und streckte ihren beachtlichen Busen demonstrativ nach vorn.

Jule konnte sich ein Lächeln nur mühsam verkneifen und streute schnell ein: »Ich hab gehört, diese Sonja Bohr soll krank gewesen sein. Krebs. Hatte schon einige Chemos hinter sich. War deshalb extrem abgemagert.«

Jetzt starrten sie sowohl der Knollennasige als auch Denise Esser mit offenem Mund an.

»Quatsch!«, entfuhr es Denise. »Die Bohr war dauernd auf dem Diätentrip. Irgendwann hat sie die Kurve nicht mehr gekriegt und es übertrieben mit der Abnehmerei! Sag du doch mal was dazu, Eddie!«

»Vum Krebs han ich och nix jehurt«, pflichtete der sofort brav bei. »Dat hät man he im Dörp doch mitjekrech!«

Jule sah verwirrt von einem zum anderen. In einem Eifeldorf wie diesem blieb mit Sicherheit nichts unbemerkt, überlegte sie. Und schon gar nicht etwas dermaßen Eklatantes wie eine Krebserkrankung. Regelmäßige Arztbesuche mussten doch auffallen. Nachdenklich nahm sie einen Schluck von ihrem sehr heißen, sehr bitteren Kaffee.

Denise aber schüttelte noch einmal resolut den Kopf, bevor sie ihre Pfunde zurück hinter die Verkaufstheke wuchtete. Die Kundschaft wartete.

Jule schaute aus dem Fenster und überlegte. Hatte Sonja Stefan Winter belogen, damit der weich wurde und ihr das Versteck der Beute verriet? War der Schuss gründlich nach hinten losgegangen, indem Winter, anstatt sie bloß mit Informationen zu versorgen, direkt aus dem Gefängnis geflohen war? Hatte er letzte Nacht herausgefunden, dass seine Exverlobte kerngesund war? Hatte er sie deshalb umgebracht? Oder war Sonja Bohr mit dem Wissen um ihre Krankheit einfach sehr diskret umgegangen? Aber warum sollte Stefan Winter sie dann getötet haben? Er war vernarrt in sie gewesen, hatte ihr helfen wollen. Das alles passte nicht zusammen.

Jule leerte den Kaffeebecher, zahlte an der Theke, lächelte Denise noch einmal freundlich zu und verließ samt ihrer Brötchentüte die Bäckerei Esser.

Erst Viertel vor vier. Jule fragte sich, wie sie den Nachmittag totschlagen sollte, ohne Jörg und ihrer gemeinsamen Vergangenheit zu nahe zu kommen. Langsam schlenderte sie Richtung Ortsausgang. Michael Faßbinders nackter, muskulöser Körper kam ihr in den Sinn, wie er entspannt schlafend neben ihr im Bett gelegen hatte. Zärtliche Gefühle stiegen in ihr hoch, gleichzeitig quälte sie der Stachel des schlechten Gewissens. Das hatte Jörg nicht verdient. Soweit sie wusste, war er ihr stets treu gewesen.

Sie dachte an seinen schockierten Gesichtsausdruck, als sie ihm im Krankenhaus die Sache mit Jan gebeichtet hatte. Jan arbeitete wie sie in der Verwaltung des Diakonischen Werkes in Neuss. Sie hatten sich einige Monate gekannt, bevor er ihr Liebhaber wurde. Sie hatte ihn als humorvollen und loyalen Kollegen zu schätzen gelernt. Freunde waren sie gewesen. Warum bloß hatte sie es nicht dabei belassen?

Weil du es nicht ertragen kannst, glücklich zu sein. Weil du die heile Welt zerstören musst, wenn sie beginnt, zu selbstverständlich und zu eng zu werden. Jule kannte diesen Mechanismus bei sich inzwischen zur Genüge. Allerdings war ihr nicht ganz klar, woher ihre destruktive Ader herrührte. Schon von ihrer Jugend an hatte sie unweigerlich irgendwann die Flucht ergriffen. Immer hatte sie etwas unternommen, was den jeweiligen Partner gegen sie aufbrachte. Was ihn bewog, sich abzuwenden und Schluss zu machen. Flirterei mit anderen, Unzuverlässigkeit, schnoddrige, sogar beleidigende Bemerkungen, Rückzug; ja, sie verfügte über eine ganze Palette von Abwehrstrategien.

Bei Tobis Vater hatte ihr Verhalten zum ersten Mal ernste Konsequenzen. Kaum war ihr kleiner Sohn auf der Welt, verhielt sie sich Andreas gegenüber unausstehlich. Sie konnte seine Nähe einfach nicht mehr ertragen. Seine fürsorgliche

Art nervte sie mehr und mehr. Also vertrieb sie ihn systematisch mit Überheblichkeit, Verachtung und Sexentzug. Andreas hielt zwei Jahre durch. Schließlich kapitulierte er.

Nach der Trennung war sie paradoxerweise am Boden zerstört. Viel zu spät begriff sie, was sie kaputt gemacht hatte. Die nachträgliche Reue nützte nichts. Andreas hatte längst eine Neue und Jule Maiwald für ihn jeden Reiz verloren.

Während sie nun durch den Schneematsch an der geschlossenen Kfz-Werkstatt vorbei Richtung Wald wanderte und dabei die Laugenstange verputzte, hielt sie die Scham von damals gefangen. Nur weil sie keine Nähe vertrug, hatte sie Tobi den Vater genommen. Denn der war unmittelbar nach der Trennung mit der neuen Lebensgefährtin nach Bremen gezogen. Inzwischen hatte er geheiratet und zwei kleine Töchter. Seinen Sohn sah er lediglich sporadisch. Sie seufzte und bog links über die Holzbrücke in den tief verschneiten Waldweg ein.

Jörg. Unvermittelt erschien sein Lächeln vor ihrem inneren Auge. Sein Siegerlächeln nannte sie es heimlich. Von sich eingenommen, voller Stolz und rückhaltlos begeistert. Jörg, der Eroberer. Es gab ihr einen wehmütigen Stich, sein Gesicht in voller Lebendigkeit vor sich zu sehen. Hatten sie überhaupt noch eine gemeinsame Zukunft? So, wie Jule sich derzeit verhielt, war das eher unwahrscheinlich.

Sie stellte sich Leo, Peter und Jörg beim Skatspiel vor. Gemütlich saßen sie im Luxuscaravan der Odenthals zusammen, zockten, tranken und rauchten Zigarren. Eine verschworene Gemeinschaft. Vielleicht würden sie sogar über Jules Flucht in die Eifel sprechen und ihr Verhalten als verspannt abtun. Jule verzog das Gesicht, als habe sie in eine Zitrone gebissen.

Sie verbot sich jeden Gedanken an das Dreiergespann und

überlegte stattdessen, was sie tun und wo sie sich aufhalten sollte, bis sicher war, dass Jörg den Heimweg nach Kaarst angetreten hatte. Falls er überhaupt fuhr und nicht etwa bei Peter übernachtete. Nicht auszudenken!

Unmöglich konnte sie sich in ihren Wohnwagen setzen, womöglich wartete dort bereits ihr Mann, um sie ihren Eheproblemen zu konfrontieren. Zunehmend wütend wanderte sie den schmalen Pfad entlang, an winzig kleinen Tannenbäumchen und undurchdringlichem Fichtendickicht vorbei, immer weiter Richtung Campingplatz. Auch Hermanns Kneipe war tabu, fuhr es ihr durch den Kopf, denn die Gefahr war zu groß, dass die drei Anwälte dort ihr Abendessen oder ein kühles Pils zu sich zu nahmen.

Hilflos blieb sie irgendwann mitten in all dem Weiß stehen. Es war zum Kotzen. Sie hatte das Gefühl, aus einem warmen, kuscheligen Nest vertrieben worden zu sein. Im Grunde genommen blieb ihr bloß ein Ort, an den sie sich flüchten konnte. Sie seufzte ergeben und setzte sich wieder in Bewegung. Dann ging es eben nicht anders. Jörg war selbst schuld. Er ließ ihr keine Wahl.

Es war kurz vor siebzehn Uhr, als Jule das eingezäunte Gelände vom ›Eifelwind‹ durch den Nebeneingang betrat, der im größtmöglichen Abstand zu den Stellplätzen der Maiwalds und Odenthals lag. Zügig lief sie zu dem Teil des Platzes, in dem die Mobilheime standen. Michaels lag ganz am Rand dieses Areals. Von Weitem sah sie Licht durch die halb heruntergelassenen Rollos schimmern. Gut, er war zu Hause. Gerade wollte sie über die Treppenstufen zu seiner Holzveranda hochsteigen, da hielt sie inne.

Micha hatte Besuch! Die Stimme, die von drinnen nach draußen drang, jagte ihr eine Gänsehaut über den Rücken.

Ihre Hand krampfte sich um das roh gezimmerte Geländer. Schleunigst trat sie den Rückweg an. Unten auf der Wiese zögerte sie. Was machte der Typ bei Michael? Noch dazu am helllichten Tag. Wie konnte es sein, dass keiner der Campingplatzgäste ihn erkannt und seinen Aufenthaltsort der Polizei gemeldet hatte?

Neugier war eine schreckliche Eigenschaft, und vor allem eine, die sich – einmal aufgekeimt – kaum mehr unterdrücken ließ. Jule umrundete das Mobilheim und näherte sich von hinten. Hier schirmten mannshohe Büsche Michaels einfaches Zuhause vor neugierigen Blicken aus der Nachbarschaft ab. Das kam ihr gut zupass. Niemand würde sie sehen. Kein Mensch konnte sie dabei beobachten, wie sie an einem der rückwärtigen Fenster, das sich in Kippstellung befand, Stellung bezog. Um besser lauschen zu können, drückte sie sich an die weiß gestrichene Holzwand. Deutlich identifizierte sie die beiden männlichen Stimmen.

»Du musst dich stellen, Stefan«, mahnte Michael Faßbinder gerade eindringlich. »Die Bullen ballern dich sonst gnadenlos ab.«

»Kannst du vergessen.« Winters Stimme klang unendlich müde. »Nicht, bevor ich ihren Mörder gefunden hab. Das Schwein soll büßen …«

»Jeder hier denkt, dass du es warst. Du musst denen erzählen, dass das nicht stimmt. Und wie willst du den schnappen, der Sonja abgestochen hat? Du kannst dich nirgendwo frei bewegen. Hätte ich dich nicht hinten im Lieferwagen hergebracht, wärst du längst in die Fänge der Bullen geraten. Ach was, abgeschossen hätten die dich im Wald, wie das Scheißreh gestern. Die fackeln nicht lange.« Michael schwieg einen Moment, dann fuhr er drängend fort: »Komm, ich begleite dich zur nächsten Polizeistation. Oder ich bring dich aus dem Tal raus. Hierbleiben kannst du nicht …«

»Du hast mir nicht zu sagen, was ich tun soll«, protestierte Stefan. Es klang verzweifelt. »Ich bin eh geliefert. Sollen die mich doch abknallen. Besser als der Knast ist das allemal. Aber vorher kill ich das Schwein. Sonja hatte keine Chance. Die war viel zu schwach …«

Kälte kroch von den Füßen aufwärts in Jules Glieder. Gleichzeitig schnürte ihr das Entsetzen die Kehle zu. Michael, der Mann, mit dem sie die letzte Nacht verbracht hatte, hielt den flüchtigen Mörder bei sich versteckt. Das war eindeutig eine Straftat. Dafür würde man ihn einsperren können. Und dann der nächste Hammer: Stefan Winter behauptete, unschuldig am Tod Sonja Bohrs zu sein. War das nicht völlig unwahrscheinlich? Gestern Nacht war er auf dem Weg zu ihrem Häuschen im Steinbacher Ortskern gewesen, und morgens, also nur wenige Stunden später, fand man dort ihre blutige, grausig zugerichtete Leiche. Wer sonst als Stefan hätte das tun sollen? Der, der die Beute aus dem Bankraub an sich genommen hatte, flüsterte eine renitente Stimme in Jules Kopf. Der, der hinter deinem Wohnwagen gebuddelt hat, bevor der Schnee kam. Wem hatte Sonja Bohr, geborene Pütz, das Gedicht verraten? Oder war es etwa Michael gewesen, in einem unbedachten Moment? Über all der Grübelei hätte sie fast versäumt, weiter dem Disput der Männer im Innern des Mobilheims zu lauschen. Jule schreckte auf, als sie Schritte auf dem PVC hörte.

»Bestimmt hast du ein paar warme Klamotten für mich.« Das war Stefan. In unmittelbarer Nähe. Eine Tür klapperte, wahrscheinlich die des Wandschranks. »Mütze, Schal, Handschuhe, du weißt schon. Dann erkennt mich kein Schwein. Außerdem ist es eh scheiße kalt. Also, das wirst du ja wohl für deinen alten Kumpel tun …«

»Bedien dich.« Sie hörte die Resignation in Michaels

Stimme. »Aber weit wirst du nicht kommen. Auch nicht, wenn du dich verkleidest. Da draußen ist alles voll mit SEK.«

Nun ja, das konnte Jule nicht bestätigen. Während ihres Spaziergangs war ihr niemand begegnet, von den beiden Beamten am Tatort einmal abgesehen. Allerdings hatte sie ja auch nicht versucht, das Tal zu verlassen.

»Ich muss das tun, versteh das doch, Micha. Irgendein Arschloch hat meine Kohle geklaut *und* meine Freundin abgestochen. Und der Typ genießt sein Leben, während Sonja …«

»Hey«, hörte sie nun Michael sprechen, leiser, begütigend. »Schon gut, ich hab schon kapiert … Mensch, Stefan …«

»Ich geh nicht zurück in den Bau.«

Das klang dermaßen verzweifelt, dass Jule erneut Mitleid mit dem flüchtigen Schwerverbrecher bekam, obwohl der ihr gestern Abend noch eiskalt eine geladene Waffe an den Kopf gehalten hatte. »Ich weiß doch, was mich erwartet: strenge Einzelhaft, kein Kontakt mit Mitgefangenen, Redeverbot, Hofgang nur in Fesselung. Ein Prozess, bei dem klar ist, wie er ausgeht. Keine Gnade, SV bis zum Ende. Das volle Programm. Ich steh das nicht durch, schon gar nicht, wenn ich weiß, dass Sonjas Mörder draußen frei rumläuft … Micha, das ist kein Leben …«

»Ja, da hast du recht. Das wäre es nicht.«

Jule konnte sich nicht mehr zurückhalten und lugte vorsichtig durch das Fenster. Sie sah Michaels breiten Rücken und daneben Stefan Winter im Profil, wie er vor dem offenen Kleiderschrank stand. Seine ganze Haltung drückte Hoffnungslosigkeit aus. Michael legte dem Freund einen Arm um die hängenden Schultern. Schnell duckte Jule sich und presste den frierenden Körper an die Bretter.

»Weißt du, Stefan, wie oft ich mir in den letzten Jahren

gewünscht hab, wir hätten damals nicht auf den Typ gehört und den Überfall auf die Sparkasse sein gelassen …«

Das klang so inbrünstig, dass Jule schlucken musste.

Stefan lachte trocken. »Frag mich mal, Kumpel. Ich hab das schon tausendfach bereut, auch den Schuss auf den Bullen. Und immer wenn es hieß: Verlegung in eine andere JVA, Hochsicherheitstrakt, keine Chance auf Haftlockerungen, null Ausführungen usw., hab ich mir diese Frage gestellt. Uns war doch klar, wie wackelig die Sache war. Aber weißt du, ich hab lange genug für die Scheiße gebüßt. Jetzt ist es genug …«

Jule hörte, wie die Schranktür geräuschvoll zugeschlagen wurde, dann Schritte, dann nichts mehr.

Mit wild klopfendem Herzen verharrte sie an der Wand des Mobilheims. Ihre Füße in den Wanderstiefeln waren inzwischen gefühllos vor Kälte. Nach geraumer Zeit riskierte sie endlich einen zweiten Blick durch die Fensterscheibe. Regungslos saß Michael am Esstisch, die Ellbogen auf die Platte gestützt und das Gesicht in den Händen vergraben. Er war allein. Stefan Winter war offenbar gegangen.

Jule betrachtete Michael unschlüssig. Er bot ein jammervolles Bild. Sacht stieß sie sich von der Holzwand ab und umrundete zögernd die Unterkunft. Kurz darauf stand sie vor der Terrassentür und klopfte. Michael fuhr auf, als habe man ihn auf frischer Tat ertappt. Sein verstörtes Gesicht leuchtete ihr blass aus dem Dämmerlicht des Raumes entgegen. Als er Jule erkannte, machte sich Freude darin breit.

»Hi«, begrüßte sie ihn zurückhaltend. »Darf ich reinkommen?«

»Klar.« Michael fuhr sich mit der Hand durchs Haar, lächelte sein schüchternes Lächeln und trat auffordernd zur Seite. »Mach schnell. Du siehst durchgefroren aus.«

»Bin ich auch.« Sie spürte, wie sie errötete und sprach schnell weiter. »Ich habe meinen Waldspaziergang gemacht. Ziemlich lange diesmal.«

»Ja, so siehst du aus. Möchtest du etwas Warmes trinken? Einen Tee vielleicht?«

»Gerne.« Jule zog Handschuhe, Schal und Jacke aus und hing alles über einen Stuhl. »Am liebsten mit Schuss.«

Michael grinste. »Hab ich mir schon gedacht.« Sein Gesichtsausdruck wurde wieder ernst, und er betrachtete sie lange aus seinen graugrünen Augen. »Dein Mann sitzt mit zwei anderen Rechtsverdrehern in Odenthals protzigem Doppelachser. Traust du dich deshalb nicht zu deinem Stellplatz?«

Jule nickte betreten.

Daraufhin drehte Michael sich wortlos weg und machte sich am Herd zu schaffen.

Jule war die Situation ungeheuer peinlich. Sie hatte es nicht so darstellen wollen, als ob Michael ihr als Lückenbüßer diente. Aber wenn sie ehrlich zu sich selbst war, traf wohl genau das zu. In mehrfacher Hinsicht. Also stand sie mitsamt ihrem schlechten Gewissen in Michaels Bleibe herum und wusste nicht recht, wohin mit sich. Der erbarmte sich endlich und wandte sich ihr mit der Rumflasche in der Hand zu.

»Nun setz dich doch. Der Grog ist gleich fertig. Aber am besten ziehst du deine Schuhe aus. Du machst Pfützen auf meinen Fußboden.«

Erschrocken schaute Jule an sich herunter. Tatsächlich. Eine bräunliche Wasserlache breitete sich in dem sonst so sauberen Zimmer aus. Schleunigst entledigte sie sich der Schuhe und wischte den Boden mit einem Lappen sauber.

Wenige Minuten später saßen sie sich an Michas Küchentisch gegenüber. Jule wärmte die eiskalten Finger an ihrem

Becher und seufzte nach dem ersten Schluck heißen Grogs wohlig auf. Um das Schweigen zu brechen, erzählte sie von ihrem Besuch im Dorf. Als sie erwähnte, dass die Dorfbewohner nichts von der Krebserkrankung Sonja Bohrs gewusst hatten und auch nicht daran glaubten, verengten sich Michaels Augen zu schmalen Schlitzen.

»Die Sonja war immer schon 'ne Schlampe«, stieß er ungestüm aus. »Ich hätte es ihr glatt zugetraut, Stefan die Krankheit nur vorzugaukeln, damit er ihr das Versteck der Beute verrät!«

Die Heftigkeit seiner Reaktion erschreckte sie. »Vielleicht hat er herausgefunden«, traute sie sich zu erwidern, »dass sie kerngesund ist und hat sie deshalb getötet.«

»Er hat sie nicht umgebracht!« Michael schrie fast. Gleichzeitig krachte seine rechte Faust auf den Tisch.

Jule fuhr zusammen. Dann sah sie die Furcht im Gesicht des anderen.

»Woher weißt du das?«, fragte sie leise nach.

Michael seufzte, lehnte sich auf dem Stuhl zurück und fuhr sich erneut in seiner typischen Art mit den Fingern durchs Haar.

»Ich hab mit ihm gesprochen. Stell dir vor, ich hab ihn im Wald aufgegabelt, als ich mit dem Lieferwagen Kaminholz aus dem Unterstand am Hang holen wollte. Keine Bullen weit und breit.« Er grinste schwach. »Stefan hatte sich hinter den Holzstößen versteckt. Er war total am Ende und halb erfroren.« Jetzt fixierte er Jule vorsichtig von der Seite. »Das heute Nachmittag war aktive Fluchthilfe. Dafür können die mich verknacken. Aber ich glaube Stefan, wenn er sagt, dass er der Schlampe kein Haar gekrümmt hat. Er sagt, dass sie schon tot war, als er bei ihr aufkreuzte.«

Jule schürzte missbilligend die Lippen. Micha kam ihr

allzu leichtgläubig vor, wenn es um seinen Jugendfreund ging. Andererseits hatte sie vorhin selbst mit angehört, wie Stefan Winter seine Unschuld beteuerte. Und auch für sie hatte es aufrichtig geklungen.

»Aber wer war es dann?«, wollte sie von Michael wissen.

»Das wüsste ich auch gerne. Ich denke, dass es der war, der das Versteck ausgeräumt hat.« Michael nahm einen Schluck von seinem Grog und blickte an ihr vorbei ins Leere. »Mit Sonjas Hilfe. Und dann hat er die Schlampe abgestochen, um die Sache zu vertuschen und gleichzeitig Stefan die Schuld in die Schuhe zu schieben. Jule, hier läuft noch ein Mörder herum, allerdings einer, der viel gefährlicher als mein alter Kumpel ist.«

Sie nickte langsam. Ja, Michaels Argumente waren von bestechender Logik.

»Im Übrigen ist Stefan kein Mörder.« Michael sprach deutlich und überlegt. Sein nachdenklicher Blick ruhte auf Jule. »Was ich dir jetzt erzähle, muss unter uns bleiben. Absolut. Denn allein ich als Mittäter kann es bezeugen.«

Jule nickte verwirrt. »Okay.«

»Es war Notwehr. Wenn überhaupt.«

»Wie? Das verstehe ich nicht.«

Michael holte tief Luft. »Der Bulle hat zuerst geschossen und Stefan in die Schulter getroffen. Erst danach hat Stefan abgedrückt. Halb bewusstlos, wahrscheinlich im Reflex. Er ist kein eiskalter Killer. Die Bullen haben zusammengehalten wie Pech und Schwefel und eine kollektive Falschaussage gemacht. Nur darum, und nur weil ich feige Sau mich nicht gestellt und damit die Wahrheit verschwiegen habe, hat Stefan LL und SV kassiert.«

»Moment mal.« Sie musste sich vergewissern, dass sie alles

richtig verstanden hatte. »Der Polizist hat den ersten Schuss abgegeben?«

Michael nickte. »Genau.«

»Aber, dann …«

»… saß Stefan zu Unrecht wegen Mord ein. Zumindest die besondere Schwere der Schuld war nicht gegeben.«

Jule runzelte die Stirn und starrte Michael fassungslos an. »Aber warum hätten die Polizisten eine solche Falschaussage machen sollen? Was hatten sie denn davon? Der Kollege, der geschossen hatte, war doch tot.«

Ihr Gegenüber zuckte mit den Achseln. »Sonst wären wahrscheinlich die Methoden der Polizei bei dem Einsatz auf den Prüfstand gekommen. Man hätte den ganzen Trupp für die Eskalation verantwortlich gemacht. Die haben damals allesamt die Nerven verloren. Waren hoffnungslos überfordert. Ein komplett chaotischer Haufen.« Michael schwieg kurz und fuhr dann fort: »Außerdem hassten die Stefan, weil der ihren Kollegen auf dem Gewissen hatte. Es bereitete ihnen wohl Genugtuung, dass er die härteste alle Strafen kriegte.«

»Hättest du verhindern können, dass die Polizisten mit der Lüge durchkamen?«, bohrte Jule nach. »Ohne dich selbst in Gefahr zu bringen?«

Daraufhin schaute Michael sie dermaßen gequält an, dass ihr die Frage direkt leid tat.

»Zum Zeitpunkt des Prozesses war ich längst in Süddeutschland und hab mir die Birne weggeknallt. Als ich von dem Urteil mit der Begründung der ›besonderen Schwere der Schuld‹ erfuhr, habe ich sofort bei Stefans Anwalt angerufen. Anonym natürlich. Aber der Typ am Telefon …«, Michael atmete tief durch, bevor er weitersprach, »der wollte Geld aus dem Überfall von mir, um das Verfahren neu aufzurollen. Das Arschloch hat versucht mich zu erpressen. Andernfalls, so drohte er mir, würde ich verhaftet. Ich … ich hab mich dann nicht mehr bei ihm gemeldet und die Sache auf sich beruhen lassen. Ich hatte eine Scheißangst, weißt du?«

Jule konnte kaum glauben, was sie da hörte. Sie war im Vertrauen auf das deutsche Rechtssystem aufgewachsen. Bislang war sie nie auf die Idee gekommen, die Integrität von Gerichten und ihren Vertretern in Frage zu stellen, und auch Jörg hatte ihr nie einen Anlass dazu gegeben. Soviel sie wusste, bewegte er sich mit seinen bürokratischen, trockenen Fällen stets im Rahmen des gesetzlich erlaubten Spielraums. Vorsichtig legte sie ihre schmale Hand auf Michaels.

»Schon gut«, murmelte sie. »Ich verstehe dich.« Dann fiel ihr etwas ein. »Hat Stefan sich nicht gegen das Urteil gewehrt? Ich meine, er hätte doch der Aussage der Polizisten widersprechen können.«

Michael schüttelte den Kopf. »Nein, konnte er nicht, obwohl sein Anwalt natürlich versucht hat, den Tathergang so darzustellen, dass Stefan in Notwehr schoss«, erklärte er mit brüchiger Stimme. »Aber er selber hatte überhaupt keine Erinnerung mehr daran. Amnesie. Wahrscheinlich, weil er durch die Schussverletzung das Bewusstsein verloren hatte. Er weiß bis heute wohl nicht, dass der Bulle zuerst abgedrückt hat.«

Jule schwieg schockiert. Was gab es auch noch zu sagen? Die besondere Schwere der Schuld … Stefan Winter hatte keine Ahnung, dass die zu Unrecht auf ihm lastete. Er hielt sich selbst für einen abgefeimten Mörder, der einen Familienvater auf dem Gewissen hatte. Und sein ehemaliger Komplize quälte sich seitdem mit einer besonderen Schwere der Schuld ganz anderer Art ab. Er hatte den Freund im Stich gelassen. Lebenslange Haft. Vielleicht wäre Stefan die erspart worden. Wer weiß? Sacht strich sie mit dem Daumen über Michaels

Handrücken. Sie würde ihn nicht von seinen Gewissensbissen befreien können. Seine ganze Existenz wurde niedergedrückt vom Bleigewicht der Schuld. Kein Wunder, dass er nie wirklich auf die Füße gekommen war.

»Micha, du hast versucht, ihn zu retten. Vergiss das nicht«, beschwor sie ihn eindringlich. »Dass er einen geldgierigen Verteidiger hatte, ist nicht dein Fehler gewesen. Wer war das überhaupt? Ein Anwalt hier aus der Gegend?«

Michael presste die Kieferknochen zusammen. Jule beobachtete das Muskelspiel in der Wangenpartie. Es dauerte lange, bevor er antwortete. »Walter Fröhlich!«, stieß er schließlich vehement hervor. »Walter Fröhlich hieß der Dreckskerl.«

Jule war wie vor den Kopf geschlagen. Das konnte kein Zufall sein, oder? Erschrocken zog sie ihre Hand zurück. »Leos Vater!«, flüsterte sie tonlos. »Micha, den kannte ich. Leo ist sein einziger Sohn. Zusammen mit Peter Odenthal hat er vor ein paar Jahren die Kanzlei seines Vaters übernommen. Mitten in Köln.«

Michael Faßbinder nickte. »Ich weiß«, sagte er. »Und beide sind gute Freunde deines Mannes, stimmt's? Gerade sitzen die drei beim Skat zusammen. Hier im ›Eifelwind‹.« In einem Zug leerte er seinen Becher, stellte ihn vor sich ab und verschränkte die Arme vor der Brust. »Dann kannst du dir ja denken, warum es mir nicht gefiel, dass du mit Peter Odenthal essen gegangen bist. Die sind alle gleich, weißt du? Wenn es darum geht sich zu bereichern, scheuen die vor nichts zurück. Aasgeier sind das. Gehen über Leichen.«

Jule sprang auf. Das reinste Chaos tobte in ihrem Kopf. Sie wusste nicht, wie sie Ordnung hineinbringen sollte. Nervös tigerte sie durch den kleinen Raum. Hin und her. Schließlich blieb sie vor der Terrassentür stehen und blickte in die undurchdringliche Dunkelheit. Wind war aufgekommen. Er fegte die Schneehauben vom Geländer. Es würde milder werden. Aber auch stürmisch. Sie fröstelte, schlang die Arme um den Körper und zog die Schultern hoch. Fasziniert beobachtete sie, wie sich ein kerzengerades Tannenbäumchen draußen unter einer heftigen Windbö schräg zur Seite neigte. Da spürte sie die beruhigende Wärme seines Körpers. Michael war hinter sie getreten. Behutsam legte er beide Arme um ihre Hüften und zog sie sanft an sich. Reglos standen sie da. Er wärmte ihren Rücken und gab ihr Halt. Sie lehnte sich an ihn und schloss dankbar die Augen.

Als sie dieses Mal miteinander schliefen, geschah es auf bedächtige Weise. Zärtlichkeit lautete die Devise. Jule genoss es, sich seinem Takt zu überlassen. Sie blendete alles Denken aus, beschränkte sich aufs Fühlen und Empfinden. Haut auf Haut, Hitze, anschwellen, flüssig werden. Als sie später auf seinem schmalen Bett in seinen Armen lag, war sie völlig entspannt. Draußen hatte der Wind an Stärke zugenommen. Wütend rüttelte er an dem Holzbau und kroch kalt durch die Ritzen. Michael warf die Bettdecke über sie beide. Dann löschte er wie selbstverständlich das Licht. Das Heulen des Sturms begleitete sie in den Schlaf.

Der Traum fiel sie an wie ein Raubtier. Bedrohlich und brutal. Nach außen hin schien es eine friedliche Szene zu sein, in die Jule hineingestoßen worden war. Aber sie spürte das Grauen, das alles durchdrang.

Zu Beginn stand das pure Verlangen.

Jule wollte Kirschen. Nicht morgen, nicht später, sondern jetzt. Sofort. Mit kindlicher Ungeduld. Sie stampfte sogar mit dem Fuß auf. Die Oma seufzte. Sie fühlte sich nicht wohl, das wusste Jule. Die Oma hatte einen schlimmen Husten. Aber was hieß das schon? Die Oma war stark. Eine Erkältung konnte der doch nichts anhaben! Also quengelte Jule weiter.

»Ich komm an die Kirschen nicht ran, Omi.« Demonstrativ hüpfte sie in die Höhe und reckte die Ärmchen nach oben. »Guck mal, ich schaff es nicht.«

Wieder sprang sie. Die Oma seufzte.

»Nein, da kommst du nicht ran«, bestätigte sie. »Die Zweige sind viel zu hoch, und an den unteren hängen sowieso keine Kirschen mehr. Die haben wir alle schon abgepflückt.« Sie hustete, holte rasselnd Luft und fuhr fort: »Ich müsste hinauf in den Baum steigen.«

»Au ja! Komm, wir holen die Leiter, ich halte sie fest und du kletterst nach oben. So, wie wir es im letzten Jahr gemacht haben. Bitte, bitte, bitte!«

Natürlich ließ Oma Maiwald sich erweichen, obwohl Jule merkte, dass es ihr eigentlich nicht recht war. Aber warum bloß? Die Oma konnte super klettern. Und es würde doch ganz schnell gehen, die Kirschen zu pflücken. Opa und Mama, die bestimmt sonst schimpfen würden, waren noch nicht von ihrem Waldspaziergang zurück.

Die Sonne stand hoch am Himmel, der hellblau und verheißungsvoll durch die Zweige des Kirschbaums hindurch leuchtete. Eifrig half Jule der Oma, die sperrige Holzleiter aus dem Anbau zu schleppen und an den Stamm des Kirschbaums zu lehnen. Jule rannte noch einmal zurück, um ein Körbchen zu holen. Bald umklammerten ihre kleinen Hände die Leiter, während die Oma oben im Geäst, von Zweigen und Blättern verdeckt, die Kirschen pflückte.

»Oh, hier hängen aber noch viele!«, rief sie nach unten. »Dick und rot sind sie, wirst sie ja gleich sehen! Hab schon den halben Korb …« Der Rest ging im Husten unter. Jule konnte es kaum erwarten. Ungeduldig trat sie von einem Bein auf das andere, während sie gewissenhaft die Leiter festhielt. Deshalb verstand sie auch gar nicht, wie die auf einmal ins Wanken geraten konnte. Sie packte fester zu, aber die Leiter kippte zur Seite und Jule wurde mitgerissen. Gleichzeitig purzelte etwas durch das Grün des Kirschbaumes nach unten. Der Korb! Eine Flut aus roten Kirschen sprang heraus wie Flummis. Gleichzeitig brachen Zweige, Blätter rieselten, die Leiter krachte auf die Wiese. Jule stürzte. Sie hörte einen Schrei, dann einen Aufprall. Am Ende Stille. Die Stille war das Schlimmste.

Die fallende Leiter hatte Jule den Arm verdreht. Das tat weh. Sie weinte. Die dunklen Haare hingen vor ihrem Gesicht und tauchten die Welt in einen gnädigen Schleier.

»Omi!«, jammerte sie schluchzend. Keine Antwort. Sie rappelte sie sich auf. »Omi«, rief sie erneut und schaute sich blind vor Tränen um. Mitten im Gras nahm sie einen dunklen Haufen wahr. Jule krabbelte näher heran. Jetzt erst erkannte sie, dass es Oma Maiwald war. Die sich nicht regte. Die die Augen geschlossen hatte.

»Omi!«, schrie sie verzweifelt und rüttelte an einem leblosen Arm. »Omi!«

Jule riss die Augen auf und stierte blind in die Dunkelheit. Panik und Schuld steckten ihr noch in den Knochen. Ihr Herz pochte wie verrückt. Nur ein Traum, redete sie sich ein. Ein verdammter Albtraum, der dich quälen will. Es ist zwar passiert, aber vor langer Zeit. Und du warst ein Kind. Ein Kind von acht Jahren. Unschuldig. Oder?

Aber natürlich glaubte sie das nicht wirklich. Selbstverständlich trug sie die Schuld am Tod von Oma Maiwald. Sie hatte die alte Frau genötigt, eine steile, wackelige Leiter hinauf zu klettern. Sie hatte sie dazu gezwungen und deshalb war sie gestürzt. In den sicheren Tod. Jule Maiwald hatte ein Leben ausgelöscht. Die Schuld dafür trug sie seit jenem Sommer mit sich herum. Hatte sie für immer gezeichnet. Kein Wunder, dass sie das Bett mit jemandem teilte, der gleichermaßen beschädigt war.

Plötzlich wurde sie unruhig, fühlte sich durch Michaels bloße Anwesenheit eingeengt. Da schlief er in aller Seelenruhe neben ihr, während sie sich mit ihren Schuldgefühlen abplagte. Unwirsch entfernte sie sein angewinkeltes Bein von ihrem Oberschenkel. So, schon besser. Doch nun störte sie sein Arm, der entspannt auf ihrer Taille lag. Sie nahm ihn am Handgelenk und platzierte ihn auf seiner Hüfte. Micha atmete einmal tief ein und aus, wurde jedoch nicht wach. Geht doch, dachte sie. Gleich fühlte sie sich freier, aber dafür fror sie nun. Entnervt stöhnte sie auf und setzte sich. Es hatte keinen Sinn. Sie musste hier weg. Weg von … ach egal, Hauptsache heim. Leise stieg sie aus dem Bett und kleidete sich im Dunkeln an. Halb erleichtert, halb bedauernd schaute sie sich noch einmal zu der tief schlafenden Gestalt auf der schmalen Matratze um, bevor sie das Mobilheim verließ.

Draußen packte sie der Sturm. Die Wucht einer Bö riss sie fast von der Holzterrasse. Erschrocken klammerte sie sich so lange an das Geländer, bis der Wind kurzzeitig nachließ. Dann eilte sie über die Wiese. Sie würde den direkten Weg zum Maiwald'schen Stellplatz nehmen. Am See vorbei. Das Brausen in den kahlen Kronen der Bäume, die den Weg säumten, machte ihr Angst. Jule hielt Abstand von den Stämmen, fürchtete herabstürzende morsche Äste. Tief vergrub sie sich in den Anorak und stemmte sich gegen den Sturm, der ihr das Haar aus dem Gesicht riss. Bald sah sie die weite graue Eisfläche des Angelsees vor sich. Das Schilf am Ufer neigte sich tief unter der geballten Kraft des Sturmes. Schnee stob auf und floh in die Düsternis.

Jule lief weiter. Inzwischen war sie hellwach. Welcher Wahnsinn hatte sie bewogen, Michael Faßbinders wärmende Arme zu verlassen? Sie kniff die Augen zusammen, um besser sehen zu können, und hetzte weiter.

Beinahe wäre sie über das Bündel gestolpert, das am Wegesrand lag. Eine Schneewehe hatte sich auf der ihr zugewandten Seite des Haufens gebildet. Deshalb hielt sie ihn zunächst für eine Art Hügel. Aber direkt am Uferweg hatte so etwas doch nichts zu suchen, oder?

Sie stoppte und beugte sich nach vorn. In dem Moment heulte der Sturm auf wie eine Todesfee. Es schmerzte in den Ohren. Jules Beine gaben nach; schnell hockte sie sich hin. In ihrem Rücken knackte es. Jetzt konnte sie das Ding aus nächster Nähe betrachten. Wie in Trance liefen Bilder an ihrem Sichtfeld vorbei. Eine Hand, ein Arm, eine Schulter, Haare, ein Gesicht. Omi. Der Traum. Realität. Der Schrei blieb in ihrer Kehle stecken. Sprichwörtlich. Es kam kein Ton heraus, bloß ein leises Krächzen.

Das, was sie sah, konnte nicht sein. Durfte nicht sein. Die Augen des Mannes waren geöffnet, doch sie wirkten stumpf und glanzlos, die Augäpfel angetrocknet. Schnee hing in den Wimpern. In ihr löste sich ein Schluchzen. Nun erst bemerkte sie den großen dunklen Fleck, der sich vom Hinterkopf des Toten im zertrampelten Sulz ausgebreitet hatte. Paradoxerweise musste sie an die schmutzigen Pfützen denken, die ihre Wanderschuhe auf Michaels Fußboden hinterlassen hatten. Fassungslos starrte sie auf das wächserne Gesicht. Wenigstens ist er als freier Mann gestorben, war der letzte geordnete Gedanke, der ihr Hirn erreichte. Dann ergriff die Panik sie. Jule Maiwald trat die Flucht an. Sie rannte und rannte.

Endlich erreichte sie durch das Tor das schützende Grundstück, da rüttelte der Sturm heftig an Opa Maiwalds Pavillon. Das alte Holz stöhnte und ächzte. Jule fuhr zusammen. Zitternd floh sie weiter, auf den Eingang zu. Gerade wollte sie hinein, da prallte sie zurück. Vor ihr ragte etwas auf. Hoch, groß, schwarz. Unerbittlich.

»Nein«, flüsterte sie. »Nein.«

Sekunden später lag sie in seinen Armen.

»Schsch, Jule.« Jörg hielt sie fest umfangen und strich über ihren bebenden Rücken. »Schon gut, Süße. Beruhige dich, ich bin's doch nur.«

Sie hätte am liebsten alles vergessen: den Sex mit Michael, die toten Augen Stefan Winters, die ganzen letzten Tage.

Jule presste fest die Augen zusammen, um sich Jörgs klarer Schwarz-Weiß-Welt zu überlassen. Schlagartig begriff sie, dass dies ihr Zuhause darstellte. Ein Mann, eine Frau, eine Ehe. In guten wie in schlechten Tagen. Hier gehörte sie hin. Tiefe Dankbarkeit empfand sie in diesem Moment. Irgendwann – Minuten später, Stunden später, sie wusste es nicht – löste sie sich aus Jörgs tröstlicher Umarmung.

»Unten am See liegt eine Leiche«, flüsterte sie erschöpft. »Ich glaube, es ist dieser entflohene Verbrecher. Jemand hat ihn erschlagen.«

Der Polizeibeamte wirkte völlig fehl am Platz in der Enge des Wohnwagens. Nicht nur, dass er mindestens 1,90 m maß, nein, er war auch noch dick. Mächtig dick, eigentlich sogar fettleibig, urteilte Jule, die in eine Wolldecke eingehüllt am Tisch saß, Jörg in beschützender Nähe direkt neben sich.

»Sie hatten recht. Der Tote ist Stefan Winter«, bestätigte Kriminalhauptkommissar Wesseling. Der Blick seiner kleinen blassen Äuglein hinter den Brillengläsern war misstrauisch. »Aber woher wussten Sie das, Frau Maiwald?«

Jule schluckte unbehaglich. Sie kämpfte mit dem schrecklichen Bild der starren, stumpfen Augen. »Von den Fahndungsfotos aus dem Fernsehen und der Zeitung«, antwortete sie leise. Sie kam sich verlogen vor.

»Und wie sind Sie auf die Idee gekommen, er sei erschlagen worden?«, bohrte der Kommissar weiter nach. Erstaunt sah Jule ihn an.

»Wurde er nicht?«, fragte sie. »Ich hab nur diesen großen Blutfleck im Schnee gesehen, direkt unter seinem Hinterkopf, da dachte ich …«

Wesseling räusperte sich und machte eine beschwichtigende Geste mit einer teigigen Patschehand. »Nun, doch. Sie haben ja recht. Man hat ihn erschlagen. Mit einer Eisenstange offenbar. Die Spurensicherung hat sie im Schilf gefunden.« Jetzt lachte er nervös. »Also, mit dem Tod des Schwerverbrechers haben wir natürlich ein Problem weniger. Die Bevölkerung wird aufatmen. Allerdings müssen wir schon herausfinden, wer der Täter ist. Auch wenn er uns allen einen guten Dienst erwiesen hat.«

Jule starrte den fetten Mann sprachlos an. Was redete der Typ denn da? ›Einen guten Dienst erwiesen?‹ Sie registrierte Jörgs einvernehmliches Nicken und begriff in dem Augenblick, wie weit sie sich bereits von der landläufigen Vorstellung von Gut und Böse entfernt hatte. Schnell versuchte sie, die gerunzelte Stirn zu glätten und das Spiel mitzuspielen.

»Ja, es ist gut, dass wir vor dem Ausbrecher keine Angst mehr haben müssen«, formulierte sie zögerlich. »Aber wer kann ihn umgebracht haben?«

»Das gilt es herauszufinden.« Nachdenklich fixierte Hauptkommissar Wesseling sie. »Wo kamen Sie denn so spät überhaupt her, Frau Maiwald? Es war zwei Uhr in der Nacht.«

Hörte sie da etwa einen Vorwurf heraus? Schnell blickte sie zu Jörg, der die Lippen fest zusammengepresst hielt. Ihm hatte sie bereits erzählt, bei wem sie gewesen war, nicht jedoch, was sich zwischen ihr und Michael abgespielt hatte.

»Ich war bei … einem guten Freund, der hier auf dem Campingplatz arbeitet«, erklärte sie mit fester Stimme. »Nach meinem Spaziergang durch den Wald und den Ort habe ich ihn am späten Nachmittag besucht. Wir haben uns lange unterhalten.«

Wesselings dicke Finger klimperten über die Tischplatte. »Allerdings lange, ja. Aber ich bräuchte schon einen Namen.« Das Misstrauen in seiner Stimme war nun unüberhörbar. »Wie Sie sich denken können, müssen wir das überprüfen. Reine Routine natürlich.«

»Michael Faßbinder.« Jetzt war es heraus. »Er ist als Hausmeister und Gärtner im ›Eifelwind‹ beschäftigt und wohnt in einem der Mobilheime in der Nähe der Rezeption.«

Die Hand des Kommissars verharrte mitten in der Bewegung.

»Michael … Faßbinder!« Er schien völlig verblüfft. Die Schweinsäuglein glubschten sie verdattert an. »Faßbinder hält sich auf dem Campingplatz auf?«

Jule nickte beklommen.

»Wo genau?«, blaffte Wesseling. »Der Mann ist ein alter Freund des Toten! Er steht seit gestern auf unserer Liste der möglichen Fluchthelfer. Und bei dem haben Sie die letzten Stunden verbracht?«

Wieder nickte sie. Oh Scheiße, fuhr es ihr dabei durch den Kopf. Sie lieferte Micha ans Messer.

»Sie sind sich sicher, dass Sie lückenlos vom späten

Nachmittag bis zwei Uhr nachts mit Faßbinder zusammen waren?«

»Ja, natürlich. Wir haben Grog getrunken und Small Talk gehalten. Es war so stürmisch draußen, da wollte ich nicht nach Hause gehen.«

»Sie wissen, dass Faßbinder ein Krimineller ist?«

Jule schloss kurz die Augen, um dann bissig zu antworten: »Ich weiß nur, dass er fleißig und hilfsbereit ist. Gerti und Hermann, das sind die Besitzer vom ›Eifelwind‹, schwören auf ihn.«

Der Kommissar schnaubte verächtlich. »Ich würde den Mann eher als gewaltbereit und skrupellos bezeichnen. Ist vorbestraft wegen Eigentumsdelikten und Körperverletzung. So einer ändert sich nicht. Frau Maiwald, ich wundere mich über Ihren Umgang.«

»Ich mich allerdings auch!« Das kam von Jörg, der inzwischen völlig versteinert neben Jule auf der Bank saß. »Jule, erklär mir das!«

»Ich muss hier gar nichts erklären!« Mit einem Mal wurde sie wütend. »Michael ist ein guter Bekannter und basta! Und mit dem Mord an Winter hat er nichts zu tun. Das kann ich bezeugen.«

»Aber vielleicht geht der Mord an dieser Sonja Bohr auf sein Kerbholz«, gab Wesseling wie aus der Pistole geschossen zurück. »Oder waren Sie etwa auch Samstagnacht mit Faßbinder zusammen?«

Sie wurde rot wie eine Tomate und nickte beschämt.

Am Morgen war der Schnee fast vollständig weggeschmolzen. Ein strahlend blauer Himmel wölbte sich über den ›Eifelwind‹. Der Frühling kam; der Sturm hatte ihn hergeweht.

Jules Augen, vom vielen Weinen gerötet und geschwollen, blinzelten gequält in die Helligkeit, während sie zum Waschhaus tappte, um zu duschen. Gleich nach dem Frühstück hatte sie einen Termin auf dem Polizeirevier in Euskirchen. Ihre Aussage sollte protokolliert werden.

Michael Faßbinder war noch in der Nacht aus dem Bett geholt und zur Wache geschafft worden. Sie wusste nicht, ob man ihn dort behalten oder ob er nach Hause hatte gehen dürfen. Sie hoffte Letzteres. Außerdem betete sie darum, er möge über seine Beteiligung an dem Bankraub und das Verschwinden der Beute geschwiegen haben. Wem nützten seine Selbstbezichtigungen nach Stefan Winters Tod noch? Niemandem! Sie jedenfalls würde über die Zusammenhänge nichts verlauten lassen.

Das Gespräch mit Jörg nach dem Abgang des Kommissars war zäh und tränenreich gewesen. Ihr Mann hatte ihr unzählige Fragen gestellt und haufenweise Vorwürfe gemacht. Seine Verzweiflung hatte sie beschämt. Ihr war nicht klar gewesen, wie sehr er sie noch liebte.

»Warum tust du das? Warum zerstörst du unsere Ehe?«, hatte er gestammelt. »Reiche ich dir nicht mehr? Bin ich dir nicht gut genug?«

Jule hatte nur mit dem Kopf schütteln können. Sie konnte selber keine Erklärung für ihr Verhalten anführen. Warum hatte sie die Affäre mit Jan begonnen? Warum jetzt die mit Michael? Sie hatte geweint, während sie sich fortwährend entschuldigte. Sie wusste nur, dass ihr Selbstzerstörungstrieb Methode hatte. Kann ich es nicht ertragen, glücklich zu sein?, fragte sie sich auch heute morgen vor einem der vielen Spiegel im Waschhaus. Warum mache ich systematisch das kaputt, was mir lieb und teuer ist? Ihr Spiegelbild antwortete nicht, sondern zeigte lediglich einen ratlosen Gesichtsausdruck.

Schleunigst versuchte Jule, ihr Äußeres einigermaßen mit

Bürste, Wasser und Schminke zu restaurieren. Das Ergebnis befriedigte sie nur mäßig. Ihr dunkles lockiges Haar wirkte matt und widerspenstig, die Haut blieb blass und fleckig. Ihre roten, rissigen Lippen durchschnitten das Weiß wie eine Wunde. Und ihre Augen … zugeschwollen und gerötet. Trostlos. Nun ja, es gab Wichtigeres.

Jörg fuhr sie in seinem silbergrauen Audi nach Euskirchen. Schweigend. Die Schuld fuhr mit. Eine knappe halbe Stunde lang.

Auf der Polizeiwache wich ihr Mann nicht von der Seite, was ihr einerseits Sicherheit gab, andererseits das schlechte Gewissen ihm gegenüber verstärkte.

Gerade betraten Jule und Jörg einen großen belebten Raum, in dem Polizisten zwischen überquellenden Schreibtischen geschäftig hin- und hereilten oder im Gespräch mit Zivilisten waren. Jule sah von Weitem Hauptkommissar Wesseling, wie er seinen massigen Leib zielstrebig durch das Gewusel schob. Sein Lächeln war jovial und triumphierend zugleich.

Just im selben Augenblick wurde ein Mann, von zwei Uniformierten flankiert, wenige Meter entfernt an ihnen vorbeigeführt. Seine Handgelenke waren durch metallene Handschellen dicht vor dem Bauch fixiert. Der Mann trug den Kopf gesenkt, und doch erkannte Jule ihn sofort.

Micha. Ihr Herz setzte aus. Unwillkürlich blieb sie stehen. Auch Jörg stockte. Jule hatte das Gefühl, sich in Zeitlupe zu befinden. Alle Geräusche um sie herum schienen zu verstummen. Michael hob das Gesicht. Langsam. Ihre Blicke begegneten sich. In seinem stand pure Verzweiflung geschrieben. Und Angst, namenlose Angst. Sie schluckte und wandte sich ab. Sie hielt die Qual in den meergrünen Augen nicht mehr aus.

Dann war das Dreiergespann vorbei. Jule registrierte,

dass beide Polizisten den Mann mit festem Griff in einen der anliegenden Räume dirigierten. Hatte er die Nacht hier in Gewahrsam verbracht? Wahrscheinlich. Jule wurde jäh aus ihren Überlegungen gerissen, denn nun war Wesseling bei ihnen angelangt. Lächelnd gab er erst Jörg, dann Jule seine schwitzig heiße Hand.

»Schön, dass Sie da sind«, begrüßte er sie aufgeräumt. »Lassen Sie uns in mein Büro gehen. Dort ist es ruhiger. Hier geht es mal wieder zu wie im Taubenschlag. Nicht auszuhalten. Bitte, da entlang.«

Vage wies er nach rechts. Ungefähr in die Richtung, in die Michael verschwunden war. Plötzlich hatte sie fürchterliche Sorge, womöglich noch einmal mit ihm konfrontiert zu werden. Würde man ihrer beider Aussagen nicht miteinander vergleichen müssen?

Doch Jules Furcht war unbegründet. Wesseling betrat ein anderes Zimmer ganz am Ende des Flures. Nachdem er die Tür hinter dem Ehepaar geschlossen hatte, verstummte das hektische Gebrumm von Stimmen und Geräuschen. Einladend schwenkte der Hauptkommissar seinen Arm, um Jule und Jörg einen Platz diesseits des leer gefegten Schreibtisches anzubieten.

»Setzen Sie sich, setzen Sie sich.«

Schnaufend warf er sich selbst in einen voluminösen ledernen Bürosessel.

»Nun, wir haben große Fortschritte in dem Fall gemacht«, verkündete er voller Begeisterung. »Faßbinder wird langsam mürbe.« Prüfend glitt sein Blick zu Jule. »Der Mann kannte sowohl Sonja Bohr als auch den flüchtigen Schwerverbrecher Winter. Faßbinders kriminelle Vergangenheit beweist außerdem seinen Hang zu ungezügelter Brutalität. Und beide Morde wurden überaus gewalttätig ausgeübt. Frau Maiwald, bitte bedenken Sie noch einmal, wem Sie da leichtfertig ein Alibi verschaffen. Für uns Fachleute jedenfalls besteht dringender Tatverdacht. Noch heute wird Faßbinder dem Haftrichter vorgeführt, damit die Untersuchungshaft angeordnet werden kann.«

Jule starrte den feisten Kommissar fassungslos an, dann schaute sie rüber zu Jörg. Der nickte nur nachdenklich.

»Michael kann es nicht gewesen sein!«, begehrte sie auf. Das klang schrill und schmerzte ihr selbst in den Ohren. »Sowohl Samstagnacht als auch von Sonntag auf Montag war ich mit ihm zusammen. Er kann weder diese Sonja noch Stefan Winter getötet haben!«

»Frau Maiwald, vielleicht gibt es Lücken, in denen der Mann unbeobachtet war? Eine Zeitspanne, in der Sie allein blieben? Sicher haben Sie nicht die komplette Nacht mit Faßbinder verbracht. Frau Maiwald, Ihre Aussage ist von immenser Wichtigkeit. Und denken Sie daran, Sie kennen ihn kaum. Es wäre ein Leichtes für ihn, Sie zu täuschen.«

Stur schüttelte sie den Kopf. »Er war es nicht! Ganz sicher nicht!«

Das Seufzen des Kommissars klang ungehalten. Er vermittelte ihr das Gefühl, sich wie ein bockiges Kleinkind zu benehmen.

»Außerdem wäre es mir lieb, kurz allein mit Ihnen zu sprechen«, ergänzte sie mit fester Stimme.

Worauf Wesseling die Stirn runzelte und erwiderte: »Tut mir leid. Unmöglich. Es ist unabdingbar, dass eine Kollegin bei der Protokollierung Ihrer Aussage anwesend ist. Sie wird gleich hier sein.«

»Das meinte ich nicht.« Erneut wagte sie einen schnellen Seitenblick zu Jörg. Der saß mit angespannter Miene und steifer Körperhaltung neben ihr. »Ich würde nur gerne meine Aussage ohne meinen Mann machen. Das Ganze ist äußerst … belastend für ihn.« Bei diesen Worten kam Leben in Jörg. Er schnellte nach vorn und taxierte sie misstrauisch.

»Noch belastender als jetzt kann es gar nicht werden«, stieß er heftig hervor. »Aber wenn du es möchtest, gehe ich natürlich. Ich dachte nur, einen Anwalt an deiner Seite zu haben, wäre in dieser Situation nicht das Schlechteste. Aber gut, du willst, dass ich dich allein lasse?« Fragend zog er eine Augenbraue in die Höhe.

Jule konnte nur schwach nicken. Sofort sprang Jörg auf, rammte den Metallstuhl nach hinten und stürmte mit großen Schritten hinaus. Heiße Wut flammte in Jule auf. Wut auf den fetten Kommissar, dessen Taktlosigkeit den Konflikt mit ihrem Mann noch verstärkt hatte. Als sie Wesseling nun ansah, bemerkte sie das süffisante Lächeln in seinen Mundwinkeln. Sie begriff, dass nicht Unsensibilität, sondern Kalkül sein Verhalten begründete. Ihr Zorn wuchs ebenso wie der Keim der Verachtung, den der dicke Mann auf diese Weise in sie gepflanzt hatte.

»Nun.« Der Kommissar betrachtete Jule ungerührt. »Dann warten wir, bis Frau Schneider zu uns kommen kann. Kaffee?«

Trotzig schüttelte Jule den Kopf und presste die Lippen zusammen. Sie würde mit Wesseling nicht mehr Worte als nötig wechseln. Das stand fest.

Angela Schneider war ein kleines, schmales, hellhäutiges Geschöpf mit kurzem, rot gefärbtem Strubbelhaar. Jule schätzte sie auf Anfang bis Mitte dreißig. Ihr offenes Lächeln und der feste Händedruck machten sie sofort sympathisch. Jule beschloss, ihre Ausführungen ausschließlich an sie zu richten und Wesseling geflissentlich zu ignorieren. Während das Aufnahmegerät leise schnurrte, ließ sie zunächst Samstagabend Revue passieren. Natürlich in einer bereinigten Fassung. Die Passage, in der sie mit dem Kabelbinder um die Handgelenke einem erschöpften Stefan Winter gegenüber gesessen hatte, ließ sie selbstredend weg.

»Ich verabschiedete mich also gegen 22 Uhr von Peter Odenthal, dem Studienfreund meines Mannes, und ging in meinen Wohnwagen. Kurze Zeit später – höchstens 15 Minuten würde ich sagen – klopfte es. Es war Herr Faßbinder …«

»Um wie viel Uhr, sagten Sie?« Die Unterbrechung kam von Wesseling. Jule sah Frau Schneider weiterhin stur in die Augen, während sie antwortete. Den Kommissar würdigte sie keines Blickes.

»Viertel nach zehn. Ich bat ihn rein. Als ich mit Peter in der ›Eifelwind‹-Kneipe essen war, hatte ich ihn übrigens bereits an der Theke stehen sehen. Nun war er gekommen, um ein bisschen zu reden. Wissen Sie, Frau Schneider, wir hatten uns in letzter Zeit angefreundet. Die Einsamkeit eines Campingplatzes im Winter … da freut man sich über jeden Kontakt zu netten Mitmenschen.«

Die rothaarige Frau nickte verständnisvoll, während Jule am Rande ihres Blickes registrierte, wie Wesseling misstrauisch die Augen zusammenkniff und die speckigen Arme vor dem Schwabbelbauch verschränkte.

»Ich bat ihn also hinein, und wir öffneten einen Rotwein. Es wurde ein langes Gespräch.« An dieser Stelle schwieg Jule ratlos. Wie bloß sollte sie es elegant ausdrücken, dass sie volltrunken mit dem Mann im Bett gelandet war? »Er blieb über Nacht bei mir«, schloss sie schließlich lahm. »Ich kann mich dafür verbürgen, dass er jede Sekunde bis zum nächsten Morgen in meiner Nähe war.«

Wesseling räusperte sich vernehmlich. »Sie hatten mit dem Typen Geschlechtsverkehr?«, fragte er ungläubig.

»Ja.« Sie klappte den Mund zu, entschlossen, nichts mehr zu sagen. Dann aber rutschte ihr noch etwas heraus, ohne dass sie es verhindern konnte. »Nicht nur einmal. Mehrmals. Später schliefen wir eng umschlungen ein. Zufrieden?« Das letzte Wort spuckte sie fast aus. Verblüfft sah sie, dass Frau Schneider – welchen Dienstgrad hatte die eigentlich? – verstohlen schmunzelte.

»Aha« war alles, was Wesseling noch von sich geben konnte. Sie hatte ihn mundtot gemacht. Für den Moment zumindest. Wenigstens etwas.

»Sie sind sich sicher, dass Faßbinder Samstagnacht nicht ein einziges Mal den Wohnwagen verlassen hat?«, vergewisserte sich Angela Schneider derweil seelenruhig.

»Hundertprozentig sicher. Wir frühstückten sogar noch zusammen. Danach guckten wir die Nachrichten. Micha fiel aus allen Wolken, als er vom Tod Sonja Bohrs erfuhr. Er wusste nicht einmal, dass die Frau seit einigen Monaten im Dorf lebte.«

Hier schaltete sich Wesseling wieder ein. »Wer's glaubt, wird selig«, sagte er trocken. »Okay, kommen wir zu Sonntagabend. Wann haben Sie sich mit Faßbinder getroffen und für wie lange?«

»Die genaue Uhrzeit kann ich Ihnen leider nicht sagen. Aber es war unmittelbar nach meinem Spaziergang am Nachmittag. Ich ging zu Michas Mobilheim. Er war zu Hause. Wir haben Kekse gegessen und Grog getrunken. Wir unterhielten uns über Gott und die Welt bis spät in den Abend hinein. Ich blieb bei ihm … wie er in der Nacht zuvor bei mir.« Sie war ganz zufrieden mit dieser eher unverfänglichen Andeutung und hoffte, die Beamten würden es dabei belassen, als der Kommissar intervenierte.

»Sie hatten also wilden Sex und fielen danach in Tiefschlaf?« Das Funkeln der Schweinsäuglein kam ihr geradezu provozierend vor. Jule begann, den Mann zu hassen.

Demonstrativ verschränkte sie die Arme vor der Brust und schürzte die Lippen. Sie beschloss, das Ganze auf die Spitze zu treiben. »Genau. Es war einfach geil und ungemein entspannend.«

Jetzt bleckte Wesseling die Zähne. Sein Gehabe war eine einzige Kampfansage. »Wie kam es dann dazu, dass Sie mitten in der Nacht die Flucht ergriffen?«

Nun war es an Jule, nach Worten zu suchen. Hilflos blinzelte sie mit den Augen, hoffte auf Beistand bei der Rothaarigen, erntete aber lediglich einen fragenden Blick. »Ich bin irgendwann aufgewacht«, stotterte sie schließlich. »Konnte nicht mehr schlafen. Da hab ich mich angezogen und bin nach Hause …«

»Um wie viel Uhr war das?« Die nüchterne Nachfrage kam von Frau Schneider.

»Circa zwei Uhr. Micha hat nicht mitgekriegt, dass ich mich rausgeschlichen habe.«

»Und dann?«

Jule zögerte mit der Antwort. Wieder sah sie die toten, stumpfen Augen Stefans vor sich und die Schneeflocken, die sich in den Wimpern verfangen hatten. Es war ein schreckliches, zutiefst einsames und trostloses Bild, das in ihrer Seele schmerzte.

»Ich ging am Angelsee entlang und da lag er. Dieser Ausbrecher. Tot. Ermordet. Es war furchtbar …« Ihr kamen die Tränen. Das triste Büro mit den beiden Kripobeamten darin verschwamm. Mit zittrigen Fingern wischte sie das Wasser aus den Augenwinkeln. »Sie sehen, Michael Faßbinder kann nichts damit zu tun haben. Irgend jemand anderes muss … Winter erschlagen haben.«

Wesseling schnaubte verächtlich. »Das ist nicht gesagt. Faßbinder ist gewieft. Vielleicht hat er Ihnen ein Betäubungsmittel in den Grog geschüttet, gewartet, bis Sie fest eingeschlummert sind, und daraufhin die Tat begangen. Wir werden Ihnen Blut abnehmen müssen, um etwaige Spuren in ihrem Körper nachweisen zu können.«

Müde strich Jule ihr störrisches Haar aus der Stirn.

»Tun Sie, was Sie nicht lassen können. Ich kann nur immer wieder betonen, dass Michael Faßbinder in der ganzen Geschichte unschuldig ist.« Entschlossen richtete sie sich auf und funkelte Wesseling wütend an. »Ich halte es für rechtswidrig, ihn trotzdem weiter festzuhalten. Ohne irgendwelche Beweise oder Anhaltspunkte. Ich dachte, in Deutschland gilt die Unschuldsvermutung.« Das Bild des verzweifelten Michael stieg in ihr auf. Die Handschellen, die gebeugte Haltung, die Furcht in seinen Augen. »Lassen Sie den Mann endlich nach Hause gehen. Er hat nichts verbrochen!«

Ihr eindringlicher Appell versickerte im leeren Blick des Kommissars.

»Das lassen Sie mal unsere Sorge sein. Wir kennen uns besser mit Typen dieses Kalibers aus als Sie, Frau Maiwald. Davon können Sie ausgehen. Und nun entschuldigen Sie mich bitte. Ich habe noch zu tun. Frau Schneider wird das Protokoll ausdrucken, das Sie bitte unterschreiben. Danach wird sie Sie zur Blutabnahme begleiten.« Schwer stemmte er den massigen Leib aus dem Bürosessel. »Ach ja, halten Sie sich bitte bis auf Weiteres zu unserer Verfügung. Teilen Sie uns einfach Ihren Aufenthaltsort mit und wie Sie zu erreichen sind. Auf Wiedersehen und Grüße an den werten Gatten.«

Sprachs und verließ vergnügt pfeifend das Büro. Behänder und wendiger, als Jule es bei einem Mann seiner Statur für möglich gehalten hätte.

ZWEITER TEIL:
ZU HAUSE

Der Audi schwebte nahezu über das matte Grau des Asphalts. Eine blasse, grünbraune Landschaft gespickt mit schmutzig weißen Flecken flitzte vorbei. Schon schwanden Berge und Hügel und machten einer klaren horizontalen Linienführung Platz. Hurra, das Flachland hatte sie wieder. Niederrhein, wir kommen.

Jule bettete den Kopf an das Polster und genoss die wohltuende Wärme der Sitzheizung bis in den kaputten Lendenwirbel. Seit dem Besuch in der Euskirchener Polizeiwache heute morgen schmerzte der Rücken wieder heftiger. Wahrscheinlich hatte sie sich zu sehr verspannt, als sie sich gegen den fetten Kommissar zur Wehr setzen musste. Sie schloss die Augen und spürte der eigenen Gefühlslage nach. Erleichterung war es, was sie hauptsächlich empfand, aber auch Traurigkeit und Bedauern. Zuletzt natürlich Scham. Aber die war ja inzwischen zu ihrem ständigen Begleiter geworden.

Sie atmete tief ein und aus, um dann kurz zu Jörg hinüber zu linsen. Mit durchgedrückten Armen saß er am Steuer, das Gesicht eine weiße Maske. Er schien sich ganz aufs Fahren zu konzentrieren. Jule konnte nur ahnen, wie unglücklich er war.

»Lass uns nach Hause fahren«, hatte er sie gebeten, als sie das Polizeigebäude verlassen hatte und ihm draußen in der blendend hellen Frühlingssonne fast in die Arme gelaufen wäre. »Bitte, Jule. Wir beenden diesen Albtraum und kehren in unser Leben in Kaarst zurück, okay?«

Verwirrt hatte sie ihn angeschaut und nicht so recht gewusst, von welchem Albtraum er genau sprach. Denn sie selbst trug doch noch die schrecklichen Bilder des ermordeten Stefan Winter im Kopf. Und die eines völlig fertigen Michael Faßbinder mit gefesselten Händen. Aber dann war ihr klar geworden, dass Jörg ihre Ehekrise meinte und die Entfremdung zwischen ihnen.

»Du brauchtest eine Auszeit, ich weiß. Nach dem Unfall und der Fehlgeburt«, war er weiter in sie gedrungen. »Du warst … mir nicht immer treu. Ich weiß. Aber …«, er hatte sie eindringlich angesehen, »du bist das Wichtigste in meinem Leben. Bleib bei mir! Besinne dich auf das, was wir uns bis vor ein paar Monaten bedeutet haben. Bitte, komm erst einmal mit mir zurück nach Hause.«

Sein Blick und seine Körperhaltung waren flehentlich gewesen. Das hatte Jule verwirrt und aufgescheucht. Ihr starker, souveräner Jörg bat um eine zweite Chance. Er war bereit, ihr zu verzeihen, damit sie bei ihm blieb. Das war unfassbar. Und wie sie ihn da so stehen gesehen hatte, mit hängenden Schultern, einsam, traurig, rührte er ihr Herz. Die Schuldgefühle drohten, sie in den Abgrund zu ziehen wie Bleigewichte an den Füßen. Sie hatte nur schwach nicken können.

»Ist gut«, hatte sie verlegen gemurmelt. »Es tut mir alles schrecklich leid. Ja, lass uns heimfahren.«

Vor lauter Erleichterung hatte er sie mitten auf dem Bürgersteig vor der Polizeistation umarmt. In dem Moment löste sich ihre Erstarrung. Wärme breitete sich von Kopf bis Fuß in ihr aus. Sie erwiderte die Umarmung, während ihr die Tränen wie Gebirgsbäche nach der Schneeschmelze über die Wangen liefen.

Jetzt, drei Stunden später auf der A 1, hatten sich Sprachlosigkeit und die alte Kluft aus Verletzung und Gewissensbissen erneut zwischen sie geschlichen. Jeder hing den eigenen Gedanken nach. Jule musste an Michael denken. Ob man ihn freilassen würde? Ob er über die Begegnungen mit Stefan – wie vereinbart – geschwiegen hatte?

Wenn nicht, dann hätte man sie erst gar nicht gehen lassen, oder? Man hätte sie der Falschaussage überführt.

Aber was passierte jetzt mit Michael? Welches Recht nahm sich die Polizei heraus, ihn festzuhalten? Blutuntersuchung, so ein Blödsinn. Als wenn Micha ihr ein Betäubungsmittel eingeflößt hätte! Wann denn?

Schnurstracks war sie in ihren Überlegungen bei seinen sanften Händen und leidenschaftlichen Küssen angelangt, bei seinen Augen, die die ihren festhielten – selbst beim Höhepunkt. Die Schuld schnürte ihr die Kehle zu; sie bekam einen schalen Geschmack im Mund.

Ab sofort verbot sie sich jeden Gedanken an den ›Eifelwind‹ und an das Faktotum. Sie war auf dem Rückweg nach Kaarst, auf dem Rückweg in ihr eigentliches Leben. Basta.

Kaarst. Die Kleinstadt mit 42.000 Einwohnern zwischen Neuss und Mönchengladbach war von jeher Jule Maiwalds Heimat gewesen. Hier war sie aufgewachsen. Hier lebte sie immer noch.

Wie kann man etwas objektiv betrachten, in das man hineingeboren wurde? Gar nicht wahrscheinlich. Deshalb störte Jule sich nicht an der Eintönigkeit der Landschaft, in die sie nun samt Jörg mit dem Audi eintauchte. Im Gegenteil, Kappes-, Kartoffel- und Rübenfelder zwischen den einzelnen Ortsteilen ermöglichten immerhin einen ungehinderten Blick auf die Silhouetten am Horizont: Kirchtürme, Häuserzeilen, die Braunsmühle, Windräder, die Skihalle. Kaarst lebte im Beieinander von Extremen: Backsteingehöfte neben futuristischer Industriearchitektur, dörfliche Idylle neben Großstadtallüren, Katholizismus neben Weltlichkeit, Tradition neben Werteverlust, Schützenbrauchtum neben Freigeist.

Wer hier lebte, lavierte sich genau zwischen diesen Gegensätzlichkeiten hindurch. Man liebte die Bodenständigkeit und versuchte sich in Weltoffenheit. Perfekt, fand Jule. Perfekt, aber nicht schön.

Das Haus hielt Ordnung, Sauberkeit und ausgewogene Proportionen bereit. Langsam ging Jule durch alle Räume im Erdgeschoss und atmete dabei den Geruch ihrer Ehe ein. Mit jedem Atemzug vereinte sie sich mehr mit dem alten Leben. Jeder Schritt brachte sie Jörg wieder näher. Unwillkürlich straffte sie die Schultern. Schön, sie war zu Hause. Lächelnd drehte sie sich zu ihrem Mann um, der in der weiträumigen Diele stehen geblieben war. Schnell trat sie zu ihm, fiel in seine Arme und ließ sich von ihm umfangen.

Am Abend telefonierte sie mit Tobi. Ihr Sohn hatte sich gut in Pennsylvania eingelebt. Er war froh, endlich persönlich mit seiner Mutter zu sprechen, anstatt immer nur von Jörg vertröstet zu werden.

»Geht es dir echt wieder richtig gut?«, fragte er ein ums andere Mal. »Ist auch der Rücken okay?«

Jule bejahte alles und erkundigte sich ihrerseits nach seinen Erlebnissen in den USA. An Tobis souveränen Antworten konnte sie heraushören, wie erwachsen er geworden war. Der Auslandsaufenthalt tat ihm gut.

Jörg dagegen telefonierte lange mit seinem Partner in seiner Neusser Kanzlei. Da er wegen der sich überschlagenden Ereignisse im ›Eifelwind‹ heute der Arbeit ferngeblieben war, musste er erst einmal auf den neuesten Stand gebracht werden und einiges zu Hause nacharbeiten.

Danach setzte er sich zu Jule auf die Couch, Es war bereits 22 Uhr. Sie schaute sich eine DVD an. ›Sex and the City‹. Berieselung. Mehr nicht.

Jörg lehnte sich zurück und legte einen Arm um Jules Schultern. Fünf Minuten später kuschelte sie sich in altgewohnter Manier an ihn: Er hatte die Beine auf das Sofa gelegt, sie hatte dazwischen Platz genommen; ihr Kopf mit dem völlig verwuselten Haar ruhte auf seinem Brustbein. Seine Hände streichelten sanft ihren Bauch, später ihre Brüste.

Als sie miteinander schliefen – oben im Ehebett, so wie es sich gehört –, war es für Jule wie ein weiteres Heimkommen. Vertraut und besonders zugleich.

Dienstagmorgen. Jörg hatte längst das Haus verlassen und Jule saß müde und verträumt im Bademantel, den halb leeren Kaffeebecher in der Hand haltend, in der offenen Küche herum.

Die Türklingel ließ sie aufschrecken. Erstaunt identifizierte sie durch das Milchglas der Haustür die schlanke Silhouette ihrer Halbschwester. Sie öffnete und tatsächlich: Jana stand dort im kühlen Frühlingslicht. Diese schien nicht minder verblüfft zu sein. Kurz huschte der Ausdruck von – Jule konnte es nicht genau definieren – Enttäuschung oder vielleicht Missmut über ihre symmetrischen Gesichtszüge, wandelte sich aber schnell in echte Freude.

»Jule! Du bist zurück!«, rief sie aus und umarmte spontan die Schwester. »Geht's dir gut?«

»Ja«, antwortete Jule schlicht, zu perplex für einen vollständigen Satz. »Komm doch rein«, fügte sie schließlich hinzu.

Sobald Jana im Haus war, verspürte Jule den Drang, sich ordentlich anzukleiden, zu frisieren und zu schminken. Denn die jüngere Frau sah wie üblich aus wie aus dem Ei gepellt: hochhackige Stiefeletten, Designerjeans, ein figurbetontes, weit ausgeschnittenes Oberteil in Beige, gezupfte Augenbrauen, Pfirsichwangen, getuschte Wimpern und eine geschmeidig dunkle, perfekt glatte Haarpracht.

Jule brühte für die Schwester fix einen Latte macchiato auf und verschwand anschließend oben im Schlafzimmer. Sie brauchte eine knappe Viertelstunde, um sich einigermaßen vorzeigetauglich herzurichten.

Währenddessen klingelte einmal das Telefon. Gerade wollte sie zum Zweitapparat nebenan eilen, als sie hörte, wie Jana unten dran ging. Kurz danach vernahm sie ein paar knappe Worte. Schließlich wurde aufgelegt. Gut. So wichtig war es wohl nicht.

Als Jule auf Socken die breite geschwungene Holztreppe in den offenen Wohnbereich hinuntereilte, erkannte sie an Janas verkrampfter Haltung, dass sie sich getäuscht hatte. Die Schwester balancierte ihren kleinen Po auf der Kante eines Sessels und umklammerte ihr Handtäschchen wie eine Ertrinkende den Rettungsreifen.

»Jule!«, rief sie. »Was soll das heißen: Du bist Zeugin in einem Mordfall?«

Die seufzte und ließ sich auf die Couch fallen. »Ja, bin ich tatsächlich. Wer hat denn angerufen?«

»Ein Kriminalhauptkommissar Wesseling. Er bittet um deinen Rückruf. Dringend. Jule, was ist passiert?«

Daraufhin kam sie nicht darum herum, ihrer Halbschwester Jana von den Ereignissen im ›Eifelwind‹ zu erzählen. Jule entschied sich für eine knappe, bereinigte Version. Gerade war sie an dem Punkt angelangt, wie Jörg ihr aus dem Dunkel des

Pavillons entgegen getreten war, als das Telefon erneut klingelte. Ungehalten griff Jule nach dem Hörer.

»Maiwald«, schnauzte sie hinein. Konnte der fette Kommissar nicht auf den versprochenen Rückruf warten? Die zittrige Stimme am anderen Ende der Leitung gehörte jedoch eindeutig nicht Wesseling.

»Jule Maiwald? Weyers hier, vom ›Eifelwind‹.«

»Ja, ich bin's«, antwortete sie überrascht. »Hermann?«

»Ja, genau.« Pause. »Kind, ich muss dir etwas Trauriges erzählen. Etwas sehr … Trauriges.«

Sofort dachte sie an Michael. Namenloses Entsetzen bohrte sich durch ihr Ohr in Schädel und Hirn. Fest presste sie den Hörer an die Ohrmuschel.

»Es hat eine Explosion gegeben«, krächzte Hermann leise. Er schnappte keuchend nach Luft. »Es ist unerklärlich, wie das geschehen konnte. Aber dein … Stellplatz ist völlig verwüstet. Der alte Tabbert und auch der Anbau, nur noch ein Trümmerfeld. Kind, es tut mir so leid. Gerti und ich wissen doch, wie sehr du an dem Wohnwagen deiner Großeltern gehangen hast. Es ist schrecklich und unerklärlich.«

Jule saß da wie versteinert. Die Nachricht tröpfelte erst nach und nach in ihr Bewusstsein. Zuerst hatte sie bloß Erleichterung verspürt. Es ging gar nicht um Micha, Gott sei Dank. Dann aber begann sie Stück für Stück zu begreifen. Der Wohnwagen war nicht mehr, der Dauercampingplatz im ›Eifelwind‹ in seiner idyllischen Verwunschenheit – brutal zerstört. All die Erinnerungen …

»Was ist mit dem Kirschbaum?«, flüsterte sie.

»Tut mir leid, Kind. Der hat auch Feuer gefangen.«

Da fing sie an zu weinen. Lautlos. Verzweifelt. Nichts war mehr wie vorher. Sie war entwurzelt worden. Heimatlos. Und mit einem Mal fühlte sie sich völlig fremd auf diesem Sofa, in den weiten Hallen dieses aufgeräumten, sauberen Hauses in Kaarst-Büttgen.

Jana setzte sich ganz nah neben sie. Vorsichtig legte sie einen Arm um ihre Schwester. Die wurde von einzelnen Schluchzern durchgeschüttelt, während sie den Hörer in ihrer Hand zusammenquetschte.

»Kind, es muss eine Gasexplosion gewesen sein. Vielleicht eine undichte Leitung«, haspelte Hermann weiter. »Aber das Feuer ist gelöscht. Immerhin … Und wenn alle Trümmer beseitigt sind, können hier ein neuer Wohnwagen und neue Pflanzen stehen. Das Grundstück ist ja noch da.«

»Kann ich mit Micha sprechen?« Plötzlich hatte sie das Gefühl, nicht mehr zuhören zu können. Aber Michael, den brauchte sie jetzt, seine tatkräftige Unterstützung, seine Verlässlichkeit, seine Bedächtigkeit.

Schweigen.

»Hermann? Was ist mit ihm? Hält ihn die Polizei weiter fest?«

Ihre Fragen wurden drängend, neue Panik machte sich in ihr breit. War Micha etwa doch etwas zugestoßen?

Nun räusperte sich Hermann. »Nein, man hat ihn freigelassen, gestern schon. Aber er ist weg. Gerti und ich wissen auch nicht wohin. Er hat das Mobilheim geräumt, ohne uns Bescheid zu sagen.« Jule spürte, dass er noch etwas auf dem Herzen hatte. »Wir machen uns große Sorgen um ihn. Die Polizei sucht ihn. Er hätte sich nicht aus dem Tal entfernen dürfen, sagen sie.«

Jule schluckte erschrocken. »Ist er vor oder nach der Explosion verschwunden?«

»Davor. Gestern Abend war er fort. Er muss direkt, als er aus Euskirchen zurückkam, seine Sachen gepackt haben. Kind, Gerti und ich wissen weder aus noch ein. Er hat doch noch Bewährung, und dann die Ermittlungen im Mordfall Winter … Was soll nur werden?«

Ja, grübelte Jule. Was soll nur werden?

»Weiß die Kripo von der Detonation auf dem Campingplatz?«, hakte sie nach.

»Tja, das ließ sich leider nicht vermeiden.« Hermanns Stimme klang erschöpft. »Ein paar Leute von der Spurensicherung hielten sich noch am Angelsee auf, als es passierte.«

In Jules Kopf drehte sich alles. Würde Wesseling es zuwege bringen, die Verbindung zwischen Stefan Winter, Michael Faßbinder und dem ursprünglichen Versteck der Beute aus dem Bankraub herzustellen? Wenn ja, hing sie selbst wesentlich tiefer in der Geschichte drin, als ihr lieb war. Der flüchtige Bankräuber und Mörder hatte in Oma Maiwalds Wohnwagen in Seelenruhe Chili gegessen und Wein getrunken. Und sie hatte ihn gedeckt. Gleich zwei Mal.

»Oh Scheiße«, war alles, was sie antworten konnte.

Dann legte sie auf.

Jana war ihr ein großer Trost. Zwar hatte die jüngere Schwester kaum Erinnerungen an den Großvater mütterlicherseits. Und die Oma war lange tot, als Jana geboren wurde. Daher hing sie auch nicht an dem Dauerstellplatz im ›Eifelwind‹. Sie hatte nie dort ihre Ferien verbracht, sondern war mit Mama und Papa in den Sommerferien stets nach Spanien in das Ferienhaus ihrer anderen Großeltern gefahren.

Aber Jana wusste natürlich um Jules Verbundenheit mit dem Campingplatz in der Eifel. Jule hatte den Stellplatz vom Opa geerbt. Und sie hatte das zugewachsene Grundstück und den uralten Wohnwagen mit Hingabe gehegt und gepflegt. Jana begriff wohl, dass Jule die Erinnerungen an Oma und

Opa Maiwald um jeden Preis wach halten wollte und dass sie sich deshalb in der Pflicht sah, die kleine Idylle zu bewahren.

Nun kümmerte sich die Jüngere liebevoll und mitfühlend um die Ältere. Sie brachte ihr Taschentücher gegen die Tränenflut, kochte ihr einen Kräutertee und hielt ihre Hand. Trotzdem spürte Jule ihre Irritation.

»Wer ist eigentlich dieser Michael?«, traute Jana sich schließlich zu fragen. »Der, bei dem du Sonntagnacht warst und der jetzt verschwunden ist?«

Jule brauchte nicht lange zu überlegen. »Ein Freund. Ein sehr guter Freund«, bekannte sie leise.

Das Klingeln des Telefons enthob sie gnädiger Weise von weiteren Erklärungen. Jetzt war wirklich Wesseling dran.

Er kam direkt zum Punkt. »Frau Maiwald, Ihr Liebhaber, den wir aufgrund Ihrer Aussage gestern auf freien Fuß setzen mussten, ist verschwunden. Was wissen Sie über seinen Verbleib?« Der Kommissar klang aufgebracht.

Jule riss sich zusammen, um nicht allzu weinerlich zu klingen.

»Gar nichts weiß ich«, antwortete sie wahrheitsgemäß. »Ich hatte bis gerade eben noch nicht einmal eine Ahnung davon, dass er fort ist.«

»Das nehme ich Ihnen nicht ab. Kollegin Schneider und ich statten Ihnen heute Nachmittag einen Besuch ab. Ich erwarte, dass Sie gegen 15 Uhr zu Hause sind!«

»Aber …« Jule wollte einwenden, dass sie wegen der Explosion auf dem Campingplatz sowieso noch einmal in die Eifel müsse, doch Wesseling ließ sie nicht ausreden.

»Kein Aber! Bis später.« Und schon klickte es in der Leitung.

Jule wandte sich mit brennendem Gesicht ihrer Schwester

zu. Hatte der Kommissar etwa so laut gesprochen, dass Jana seine Worte hatte mithören können? Liebhaber, was bildete der fette Bulle sich ein? Jana wirkte Gottlob arglos.

»Was wollte die Polizei von dir?«, wollte sie wissen.

»Mich noch einmal zu dem Mordfall befragen. Michael aufspüren.« Müde strich Jule sich das wirre Haar aus dem Gesicht. »Ach Jana, ich war so froh, endlich zu Hause zu sein. All diesen Mist hinter mir zu lassen. Jetzt holt mich die Geschichte wieder ein. Schrecklich. Und dann noch die Zerstörung von Opa Maiwalds Wohnwagen! Was soll ich nur machen?«

»Jörg anrufen?« Janas Stimme klang zaghaft. Die Situation überforderte sie sichtlich. »Jörg weiß immer einen Rat. Er bringt die Dinge ins Lot.«

Jule lächelte dankbar. Jana hatte recht. Wenn einer Ordnung in dieses Chaos bringen konnte, dann ihr Ehemann. Zumindest würde er wissen, wie sie mit dem verwüsteten Grundstück in der Eifel umzugehen hatte.

Um 14.15 Uhr – Jana war längst gegangen – klingelte es zum zweiten Mal an der Haustür. Erneut wurde Jule ärgerlich. 15 Uhr hatte der Kommissar gesagt. Jetzt kam er eine Dreiviertelstunde zu früh. Frechheit! Was bildete sich der Fettsack eigentlich ein?

Energisch durchmaß sie den Flur und riss die Tür auf. Was sie sah, ließ sie nach Luft schnappen. Beinahe hätte sie die Haustür wieder zugeschlagen. Da draußen im Nieselregen standen nämlich nicht Wesseling und Schneider, sondern ein völlig durchnässter Michael Faßbinder. Ungläubig blinzelte sie ihm entgegen. Du kannst nicht vor deinen Problemen weglaufen, schoss es ihr zynisch durch den Kopf. Sie holen dich immer wieder ein.

»Hi Jule.« Er lächelte schüchtern und schien sich alles andere als wohl in seiner Haut zu fühlen. »Bist du allein?«

Sie konnte nur nicken. Sein Anblick verschlug ihr die Sprache. Nebenbei registrierte sie die prall gefüllte Reisetasche, die er bei sich hatte. Ihr Blick wanderte weiter. Erschrocken sah sie, dass seine Jeans an einigen Stellen schwarz verfärbt war. Und die Jacke. Die Jacke hatte Brandlöcher an den Ärmeln. Panisch wich sie zurück.

Micha schien das als Einladung misszuverstehen. Eilig drängte er sich an ihr vorbei ins Haus. Verdattert ließ sie die schwere Tür ins Schloss fallen und drehte sie sich zu ihm um.

»Du kannst nicht hier bleiben!«, stieß sie aus. »Die Kripo kommt gleich. Sie suchen dich überall!«

»Ich muss mit dir sprechen. Dein Stellplatz im ›Eifelwind‹ ist abgebrannt …«

»Ich weiß. Hermann hat angerufen. Micha, du musst schleunigst weg!«

Der Mann vor ihr ließ die Reisetasche fallen und taumelte zur Seite. Jule begriff, dass er völlig fertig war.

»Komm mit.« Sie schnappte sich ihren Mantel von der Garderobe, griff nach den Autoschlüsseln und dirigierte Michael Richtung Küche. Von dort gab es einen Zugang zur Garage. Sehr praktisch, wenn man eingekauft hatte, sehr praktisch auch jetzt. Sie entriegelte den Audi – gut, dass Jörg immer mit dem Firmenwagen der Kanzlei zur Arbeit fuhr – und bugsierte Michael auf den Beifahrersitz. Die Reisetasche warf sie in den Kofferraum. Per Fernbedienung öffnete sie das Garagentor.

Kurz darauf brausten sie in Regen und Wind durch den Ort. Schnell ließen sie das sogenannte ›Komponistenviertel‹ mit seinen beschaulichen Einfamilienheimen, Reihenhäusern und zugewachsenen Gärten hinter sich und fuhren nach dem Passieren der Bahnunterführung an Altenheim, Friedhof, Feuerwehr, Sportanlage und Hallenbad vorbei zum Ortsausgang.

Nach einem knappen Kilometer auf der Landstraße, die in kühnem Linksbogen in kahle Felder schnitt, erreichten sie das unspektakuläre 400-Seelendorf Driesch, eine Ansammlung von Häusern und Häuschen entlang der Hauptstraße mit nur wenigen Abzweigungen zu beiden Seiten. Bald bog Jule links ab, um kurz vor dem Feldrand rechterhand in die Bungalowsiedlung aus den frühen 1970er Jahren zu gelangen.

Michael kauerte zusammen gekrümmt neben ihr. Wenn möglich, solle er als Beifahrer nicht zu erkennen sein, hatte sie ihn gemahnt. Zwischendurch, wenn das Autofahren ihr nur das Minimum an Aufmerksamkeit abverlangte, äugte sie hinüber zu ihm. Entsetzt bemerkte sie die Brandblasen an seinen Händen. Er war dem Feuer auf dem Stellplatz sehr nahe gekommen, kein Zweifel. Jule schluckte alle Bedenken hinunter. Nein, Micha konnte unmöglich der Verursacher der Explosion sein. Nun waren sie am Ziel angekommen. Sie sprang aus dem Wagen und öffnete das Tor zur Garagenauffahrt. Erst als sie den Audi hinter der dichten, grünen Wand aus Tujas geparkt hatte, ließ sie Michael aussteigen.

»Wo sind wir?«, wollte er wissen, während er ihr zur Haustür folgte.

»Komm erst mal rein.«

Das Innere des Bungalows lag in kühlem Halbdunkel. Der Marmorboden glänzte. Es roch muffig.

»Hier entlang. Keine Angst, wir sind allein.« Schnurstracks führte sie ihn ins Wohnzimmer. Perserteppiche, Wohnwand, Eichenmöbel, Aquarium … der Traum einer Hausfrau aus den späten 1980ern. »Es ist das Haus meiner Mutter und meines Stiefvaters. Die sind noch bis Anfang Mai in Spanien. Seit Weihnachten. Typisch Rentner, weißt du. Sonne tanken im Winter.«

Jetzt erst drehte sie sich zu Michael um. Der stand mit verwirrtem Gesichtsausdruck da. Seine Augen waren voller Fragen.

Jule beeilte sich zu erklären: »Du kannst hier übernachten. Für's Erste.«

»Aha.« Er wirkte wenig begeistert. Dann rieb er sich müde die Augen und ließ sich erschöpft in einen Sessel fallen. »Und du?«

»Ich fahr jetzt wieder nach Hause. Der fette Kommissar hat sich für 15 Uhr angemeldet. Sagte ich doch schon!« Sie merkte selbst, wie gereizt sie reagierte und wusste nicht so recht, wieso.

»Kommst du später zurück?«

Kein Wort des Dankes dafür, dass sie ihn aus der Schusslinie bugsiert hatte!

Jule begann, sich zu ärgern. Dann fiel ihr Blick erneut auf seine verletzten Hände und die angesengte Kleidung. Plötzlich tat er ihr leid. Unwillkürlich biss sie sich auf die Lippen.

»Ich weiß nicht«, antwortete sie gedehnt, während sie schon auf dem Weg in die Küche war. »Nur, wenn Jörg dann noch bei der Arbeit ist. Er darf auf keinen Fall Verdacht schöpfen …« Eilig kramte sie in Mamas Schublade mit den Medikamenten herum. Ihre Finger fanden schnell, was sie gesucht hatten. Mit einem Verbandspäckchen und einer Tube Brandsalbe in der Hand trat sie zu Micha an den Sessel. »Bitte, zieh deine Jacke aus.«

Er gehorchte. Sie sah, dass es ihm Schmerzen bereitete, die Ärmel über die Hände zu ziehen. Jule hockte sich vor ihn, ließ das Stechen im Lendenwirbel aufflammen und abebben und nahm die Wunden genauer in Augenschein. Vorsichtig wendete sie seine großen Handteller hin und her. Die Blasen waren teilweise bereits aufgeplatzt. Rohes Fleisch kam zum Vorschein und jede Menge Wundsekret.

»Eigentlich gehörst du zum Arzt«, murmelte sie, während sie sanft etwas Gel auf den schlimmsten Stellen verteilte.

»Jule, ich muss mit dir reden. Dringend!«, sagte er leise, aber mit Nachdruck. Sie schaute auf und ihr Blick verfing sich in seinem. Was sie darin sah, ließ sie erschauern. Qual las sie, Angst und Sorge. Und noch mehr. Sie traute sich nicht, es zu benennen, aber es hielt sie fest. Kaum konnte sie sich davon losreißen.

»Später«, vertröstete sie ihn mit einem Kloß im Hals und beugte sich erneut über seine Hände. »Ich komme, sobald ich kann, okay? Jetzt halt still. Ich verbinde noch die Wunden, ja? Das entzündet sich sonst. Ach ja, bedien dich ruhig im Weinkeller, wenn du magst. Lebensmittel bringe ich nachher mit. Und bitte mach kein Deckenlicht an. Es soll keiner merken, dass jemand hier ist …«

So quasselte sie die Enge im Hals einfach weg. Wenige Minuten später trug sie der Audi zurück nach Büttgen. Zehn vor drei. Na bitte, knapp geschafft.

Wesseling und seine Kollegin kamen pünktlich auf die Minute. Beide ließen sich einen Kaffee kredenzen. Zusammen nahmen sie am Esstisch Platz.

»Frau Maiwald, lassen wir die Spirenzchen. Sagen Sie uns, wo Faßbinder ist.«

Jule hätte sich fast an ihrem Kaffee verschluckt. So schnell hatte sie nicht mit einem Angriff gerechnet.

»Ich weiß es nicht! Bis zu Ihrem Anruf heute Morgen wähnte ich ihn in Untersuchungshaft.«

Leise mischte Frau Schneider sich ein. »Leider hatten wir aufgrund Ihrer Aussage und der Spurenlage keinerlei Handhabe gegen ihn. Er verließ die Wache gestern gegen 17 Uhr.«

»Frau Maiwald. Ihnen muss doch auch daran gelegen sein, dass wir den Mann kriegen. Aller Wahrscheinlichkeit nach hat er Ihren Stellplatz in Schutt und Asche gelegt.« Wesseling beugte sich aggressiv vor, um sie aus nächster Nähe aus seinen Schweinsäuglein anzustieren.

»Das ist ausgemachter Blödsinn!«, entfuhr es Jule. »Warum sollte Micha so etwas tun? Aus Spaß? Der gefährdet doch nicht absichtlich seinen Job bei Gerti und Hermann!«

»Und warum ist er dann spurlos verschwunden? Er hätte heute Morgen einen Termin bei seinem Bewährungshelfer gehabt!«, blaffte der Kommissar zurück.

»Keine Ahnung! Woher soll ich das wissen? Herr Wesseling, ich bin seit gestern Nachmittag wieder zu Hause. Mit meinem Mann. Ich habe kein Interesse daran, mit Herrn Faßbinder in Verbindung zu bleiben. Egal, wie sympathisch er mir ist. Zur Zeit zählt bei mir nur eins, und das ist meine Ehe!«

Die Lüge kam ihr glatt über die Lippen, wahrscheinlich weil sie erst während des Sprechens überhaupt merkte, dass es eine war. Michael Faßbinder und sein Schicksal ließen sie nämlich ganz und gar nicht kalt. Auf einmal befürchtete sie, rot zu werden. Angestrengt bemühte sie sich um eine gleichmäßige Atmung.

Wesseling grunzte nur verächtlich und fügte ein »Ha, reichlich spät, wie mir scheint« hinzu. Dann forderte er sie schroff auf zu berichten, was sie seit dem Verlassen des Polizeireviers in Euskirchen getan und mit wem sie gesprochen hatte. In chronologischer Reihenfolge bitteschön. Hellhörig wurde er, als sie zu ihrem Telefongespräch mit Hermann Weyers vom ›Eifelwind‹ kam. Mit gesenktem Rotschopf notierte Angela Schneider alles akribisch.

»Über Faßbinder haben Sie nicht geredet?«, forschte Wesseling argwöhnisch nach.

Jule schüttelte vehement den Kopf. »Nein. Ich hatte genug damit zu tun, den Schock zu verdauen. Ich hing an diesem Fleckchen Erde, wissen Sie? Es ist alles, was mir von meinen Großeltern geblieben ist.«

Offene Feindschaft loderte in den Augen des Kommissars auf. »Mir kommen gleich die Tränen«, bemerkte er trocken.

Worauf Jule schwieg. Wenn sie jetzt etwas antwortete, wären Hass und Verachtung für den schrecklichen Mann nicht mehr zu verbergen. Also biss sie sich auf die Zunge.

»Es tut mir wirklich leid um Ihren Besitz, Frau Maiwald.« Jule war Frau Schneider unendlich dankbar, als diese das Gespräch fortsetzte. »Hoffentlich wird die Versicherung für den Schaden aufkommen. Obwohl es Brandstiftung war.«

»Das hat wirklich jemand mit Absicht getan?«

Frau Schneider nickte ernst.

Jule hatte Wesselings Sprüche von vorhin nicht für bare Münze genommen. Hermann hatte doch von einer defekten Gasleitung gesprochen, oder? Das Bild von Michaels verbrannten Händen und versengten Hosenbeinen stieg in ihr auf. War er doch der Täter? Plötzlich wollte sie nur noch eins: ein zweites Mal zum Bungalow ihrer Mutter nach Driesch fahren und ihn zur Rede stellen. Stattdessen saß sie hier mit der Kripo fest.

»Aber der Brand kann doch unmöglich mit dem Mord an diesem Stefan Winter in Zusammenhang stehen«, begehrte sie auf. »Das ist es, was Sie denken, stimmt's?«

»Wir halten es zumindest nicht für ausgeschlossen«, formulierte Schneider vorsichtig.

»Wir denken vor allem, dass der Mord etwas mit Faßbinder zu tun hat«, schnappte Wesseling. »Wie dem auch sei. In Ihrem Blut war nichts Auffälliges zu finden, außer etwas Restalkohol. Betäubt hat der kleine Scheißer Sie demnach offensichtlich nicht. Also bleibt uns nur eine Schlussfolgerung: Sie, Frau Maiwald, stecken mit Faßbinder unter einer Decke.«

Schwer hievte er seinen unförmigen Leib in die Höhe; der antike Hochlehnstuhl aus Mahagoniholz schabte unschön über den Parkettboden.

»Das ist absolut lächerlich!« Jule konnte ihre Wut nicht mehr im Zaum halten. Sie sprang ebenfalls auf. »Nur deshalb sind Sie den weiten Weg von Euskirchen hierher gefahren? Um mich grundlos eines Verbrechens zu bezichtigen und wüste Beschimpfungen auszustoßen? Sie haben sie doch nicht mehr alle! Suchen Sie lieber den Verrückten, der erst Sonja Bohr erstochen und dann Winter brutal erschlagen hat! Da läuft ein Mörder in der Eifel rum. Und der heißt bestimmt nicht Michael Faßbinder!«

»Der Mord an Frau Bohr geht auf Winters Kappe«, korrigierte Angela Schneider. »Ihr Haus war voll mit seinen Fingerabdrücken. Nur die Mordwaffe hat er abgewischt. Und außerdem sind wir nicht allein Ihretwegen nach Kaarst rausgefahren.« Sie lächelte Jule beschwichtigend an. »Sonja Bohrs Schwester lebt hier in Kaarst. Genauer gesagt im Ortsteil Vorst. Von ihr benötigen wir einige Hintergrundinformationen.«

Jule klappte verblüfft den Mund zu. Das hatte sie nicht gewusst. Was für ein Zufall! Und während sie die beiden Kriminalpolizisten zur Haustür geleitete, türmte sich in ihrem

Kopf ein gewaltiger Berg Fragen auf. Wie ein mächtiger Haufen ungewaschener Wäsche nach einem langen Urlaub.

Michael schob sich die vorgeschnittenen Pizzastücke von der Schachtel aus direkt in den Mund. Zwischendurch spülte er mit Wein nach. Jule betrachtete ihn im Schummerlicht der halb herunter gelassenen Rollos sowohl fürsorglich als auch misstrauisch.

Gerade hatte sie ihm von dem Gespräch mit Wesseling und Schneider erzählt. Er hatte hauptsächlich geschwiegen. Nun bestimmte der Hunger sein Handeln. Sie war froh, dass sie nicht nur bei ›Guiseppes Pizza‹ in Büttgen angehalten hatte, sondern ihm auch den Kühlschrank vollmachen konnte. Sie ließ Michael gerade so viel Zeit, den letzten Bissen herunter zu schlucken, bis sie ihn mit Fragen bombardierte.

»Also, was hast du mir zu sagen? Was weißt du über das Feuer? Warum bist du hergekommen? Und wie überhaupt?«

Michael lehnte sich in dem Sessel zurück, wischte sich mit dem Unterarm – da wo der Verband aufhörte – über die Lippen, und betrachtete Jule aufmerksam.

»Immer mit der Ruhe«, besänftigte er und griff nach der Weinflasche. Erst als er einen kräftigen Schluck genommen hatte, begann er seinen Bericht – in seiner typischen, bedächtigen Art.

»Als die Bullen mich Montagnachmittag laufen gelassen haben, bin ich erst mal zurück zum ›Eifelwind‹. Mit dem Taxi. Ganz schön teuer, aber es ging nicht anders. Ich war ja nicht selbst nach Euskirchen gefahren, sondern bin im Streifenwagen hingebracht worden. Eigentlich wollte ich mich nur ein bisschen aufs Ohr legen – ich war total fertig von den Verhören und hatte die Nacht über in der Scheißzelle kaum geschlafen – aber auf dem Weg zum Mobilheim sind mir als erstes die Friedrichs über den Weg gelaufen, du weißt schon, dieses Ehepaar, das ständig im Partnerlook rumläuft. Die sind direkt vor mir zurückgewichen. Hatten echt Schiss vor mir! Ein paar Meter weiter treffe ich Odenthal. Der hat mich angestarrt wie ein Gespenst. Und da wusste ich, ich krieg im ›Eifelwind‹ kein Bein mehr auf den Boden. Für die Gäste war ich nicht mehr ›der Micha‹, sondern nur noch ›der Verbrecher‹.« An dieser Stelle grinste er freudlos und nuckelte ein weiteres Mal an der Flasche. »Ich hab dann meine Sachen gepackt. Was hätte ich anderes tun sollen?«

Fragend schaute er sie an, wartete aber eine Antwort gar nicht erst ab. Das war auch nicht nötig. Jule konnte nachempfinden, wie er sich gefühlt hatte. Gescheitert, ausgegrenzt und noch dazu immer noch tief verstört über den Tod des Freundes. Flucht war für ihn die einzige Lösung gewesen. Als er jetzt weiter erzählte, konnte sie sich in seine Gemütslage gut einfühlen.

Micha hatte seine Habe in wenige Kartons und eine Reisetasche verstaut und alles in den kleinen Lieferwagen des Campingplatzes getragen, den er sonst für die Arbeit nutzte. Dann setzte er sich hinters Steuer.

Im selben Moment überfielen ihn Mutlosigkeit und Lethargie. Wo sollte er hin? Anstatt loszufahren, kramte er in seinen Sachen nach einem Flachmann und leerte ihn. Der Alkohol verbreitete angenehme Wärme im Körper und benebelte seinen Geist gerade so weit, dass sich die innere Anspannung löste. Irgendwann schlief er, übernächtigt wie er war, auf dem Fahrersitz ein. Er erwachte völlig verfroren erst am frühen Morgen, mit der Gewissheit, was zu tun war. Wenigstens von Jule wollte er sich noch verabschieden, um ihr für ihre Diskretion und Loyalität zu danken. Danach würde er das Land verlassen. Belgien und die Niederlande waren nicht weit. Vielleicht würde er dort irgendwie Fuß fassen können.

Mit steifen Gliedern stakste er durch das Morgengrauen und ließ sich dabei vom Hauch des nahenden Frühlings auf den Wangen kitzeln. Es herrschte Totenstille im ›Eifelwind‹. Er begegnete keiner Menschenseele. Die wenigen Dauercamper, die noch vor Ort waren, schliefen. Schnell erreichte er den Maiwald'schen Stellplatz.

Zu dem Zeitpunkt hatte Michael Faßbinder keine Ahnung, dass Jule bereits gestern Nachmittag gemeinsam mit ihrem Ehemann abgereist war. Zumal ihr blauer Twingo immer noch unberührt auf dem Parkplatz stand.

Er betrat das zugewachsene Grundstück durch das halb offene Tor in der Hecke und näherte sich Pavillon und Wohnwagen. Obwohl keine Lichter brannten, *spürte* er deutlich eine menschliche Präsenz.

Nun wusste er auf einmal nicht mehr, wie er vorgehen sollte. Auf keinen Fall wollte er Jörg Theisen begegnen. Als er mit dem Ehepaar in der Euskirchener Polizeistation fast zusammengestoßen war, hatte er begriffen, dass Jule und er eine Einheit bildeten. Und er hatte den Besitzanspruch des fremden Mannes deutlich wahrgenommen: Lass die Finger von meiner Frau. Auf keinen Fall wollte er dem Typen in die Quere kommen. Der war Anwalt und per se gefährlich. Aber hielt er sich überhaupt noch auf dem Campingplatz auf? Sein Audi parkte immerhin nicht mehr neben der Hecke.

Vorsichtig spähte Michael durch jedes Fenster des alten Tabbert. In den Anbau ging er nicht. Trotzdem wurde ihm schnell klar, dass Jule fort war. Also wandte er sich ab, um den Stellplatz zu verlassen. Dann aber fiel ihm etwas ein. Er umrundete den Pavillon und ging zu der Wurzel des alten

Weinstocks. Der Schnee war auch hier vollständig geschmolzen und man konnte die Wunde, die das scharfkantige Metall der Schaufel in Stamm und Erdboden gerissen hatte, trotz Jules Vertuschungsversuch noch erstaunlich gut erkennen. Micha hockte sich hin und strich mit den Fingern über die Stelle. Würde Hermann womöglich bei seinen Kontrollgängen bemerken, dass hier gegraben worden war? Würde er glauben, sein Großneffe habe sich schlussendlich doch noch mit der Beute aus dem Bankraub davon gemacht?

Mitten in seine Überlegungen brach plötzlich das Inferno los. Erst kam ein Rauschen auf, dann stand der Pavillon lichterloh in Flammen. Gierig schlugen feurige Zungen durch die Bretterwände nach draußen. Michael roch Benzin. Er machte einen Sprung nach hinten, gerade als die Äste und Zweige des Weinstocks Feuer fingen. Trotzdem versengten ihm die Flammen die Hosenbeine. Er wich weiter zurück, stieß gegen die prall gefüllte Regentonne und warf dabei den Eimer um, der daneben stand. Ohne groß zu überlegen griff er danach, füllte ihn in der Tonne und goss das Wasser in das inzwischen hoch aufzüngelnde Feuer.

Im selben Moment stürzte der alte Anbau in sich zusammen, einer der brennenden Balken krachte direkt auf Michaels ausgestreckte Hände. Der Schmerz war unerträglich. Er ließ den Eimer fallen, sprang zurück und rannte Richtung Bach. Bloß weg hier.

Eine Sekunde später explodierte der Wohnwagen. Michael wurde von der Wucht der Detonation zu Boden gerissen, rappelte sich auf und flüchtete weiter zum Bachbett. Über ein paar glitschige Steine gelangte er ans andere Ufer. Dort ließ er sich fallen und tauchte beide Arme bis zu den Ellbogen ins fließende Wasser. Das tat gut. Erst jetzt wagte er einen erneuten Blick zum Stellplatz. Der Kirschbaum stand in Flammen.

Hier kam jede Hilfe zu spät. Michael konnte nur hoffen, dass das Feuer nicht auf die benachbarten Stellplätze übergriff. Denn auch dort befanden sich Gasflaschen in den Caravans. Gut, dass die Wiesen feucht vom geschmolzenen Schnee und die Grundstücke großzügig geschnitten waren.

Lange lag Michael so auf dem Waldboden mit den verbrannten Händen im Wasser. Und dort machte er eine merkwürdige Entdeckung.

Nicht weit entfernt von ihm am Ufer des Baches blitzte und blinkte etwas im rötlichen Schein des Feuers. Neugierig kroch er näher. Es war ein rechteckiger, silberner Gegenstand, der sich zwischen zwei Steinen im flachen Wasser verfangen hatte. Verblüfft stellte er fest, dass er das Ding kannte. Noch näher schob er sich heran, um endlich danach greifen zu können. Tatsächlich, es war die Brotdose, in der er 1987 die Beute verstaut und am Weinstock neben dem Felsbrocken vergraben hatte. Nachdenklich drehte er sie in den verletzten Händen hin und her. An manchen Stellen war das Metall dunkel angelaufen, an manchen glänzte es wie neu.

Seltsam, Jule hatte doch die leere Dose in der Erde gelassen, als sie das Loch neben dem Weinstock zuschüttete. Allzu lange konnte die Büchse hier also noch nicht gelegen haben. Wer hatte sie ins Wasser geworfen? Der Mörder Stefans vielleicht?

Michael schleuderte das Ding zurück in den Steinbach. Die Strömung trug es unter die Überhänge eines Gestrüpps. Weg war es. Micha blieb auf dem feuchten, kalten Boden liegen und beobachtete weiter den Brand. Kriegte denn keiner im ›Eifelwind‹ etwas von der Katastrophe mit? Erst als er ein paar menschliche Schatten sah, die sich dem Unglücksort näherten und das Tatütata eines Feuerwehrfahrzeugs hörte, schlich er sich am Waldsaum entlang bis zum Parkplatz. Ohne groß nachzudenken, fuhr er mit dem Lieferwagen davon.

»Ich bin dann nach Mechernich zum Bahnhof«, berichtete er jetzt. »Wollte doch nicht einfach Gertis und Hermanns Lieferwagen klauen. Also hab ich ihn auf dem Parkplatz abgestellt, nur die Reisetasche gegriffen und bin erst mal mit der Bahn nach Köln. Die ganze Zeit taten die Hände weh wie Sau, und die Leute im Zug musterten mich so komisch, wahrscheinlich wegen der Brandlöcher in der Hose und den Verletzungen. Außerdem hab ich garantiert aus jeder Pore nach Schnaps gestunken.« An dieser Stelle grinste Micha sie schief an. »Die haben mich bestimmt für so 'ne Art Penner gehalten.« Er verwuschelte mit einer bandagierten Hand sein Haar, bevor er fortfuhr. »Während der Fahrt hab ich überlegt, wie es weitergehen soll. Plötzlich war mir klar, dass ich herausfinden muss, wer die leere Blechdose ausgegraben und in den Steinbach geworfen hat. Genauso wie ich unbedingt wissen will, wer deinen Stellplatz verwüstet hat, warum jemand Stefan erschlagen hat und vor allem wer. Also, einfach die Biege machen ging nicht.«

Wieder machte er eine Pause, diesmal, um Jule mit bezwingendem Blick intensiv ins Visier zu nehmen. »Aber allein schaff ich das nicht, Jule. Ich brauche dich. Hilf mir, die ganze beschissene Geschichte aufzuklären! Darum hab ich in einem Internetcafé am Kölner Hauptbahnhof deine Adresse recherchiert. Und darum bin ich hier.«

Sie fühlte sich wie festgetackert. Michael forderte ihre Hilfe ein. Und er wollte sie an seiner Seite! Furcht kroch in ihr hoch. Sie war heim nach Kaarst gekommen. Zu Jörg. Zu ihrer Ehe und ihrem Leben vor dem Unfall. Sie wollte das Intermezzo in der Eifel, die Tage mit Michael, den schrecklichen Mord an Stefan Winter, all dies – die ganze beschissene Geschichte, wie Michael treffend gesagt hatte – einfach nur vergessen.

Und nun holte die Geschichte sie wieder ein. Mit aller Macht. Unerbittlich.

»Micha … «, flehte sie und wand sich unter dem forschenden Ausdruck in seinen Augen. »Ich kann dir nicht helfen. Ich, ich bin … verheiratet.«

Sie merkte selbst, wie feige sie sich anhörte und wie lahm die Ausrede klang. Aber ihr Gegenüber ließ nicht locker:

»Jule, da hat jemand den Stellplatz deiner Oma in Brand gesteckt, all deine Erinnerungsstücke in die Luft gejagt, deine ganze kleine heile Welt kaputt gemacht. Beinahe hätte mich das Arschloch dabei getötet. Den Scheißkerl willst du davonkommen lassen? Und dann die Sache mit Stefan. Du kanntest ihn. Findest du es richtig, dass ihn jemand erschlagen hat wie ein lästiges Insekt? Und nicht nur das. Demjenigen passt es gut in den Kram, dass die Bullen mich dafür verknacken wollen. Hättest du mir nicht ein wasserdichtes Alibi geliefert, säße ich jetzt nicht hier, sondern in irgendeiner Scheißzelle in Aachen oder Ossendorf. Unschuldig. Bitte Jule, willst du wirklich in aller Ruhe zuschauen, wie so jemand davon kommt?«

Sie schluckte.

»Nein«, flüsterte sie. »Du hast recht, das kann ich nicht.«

»Na also.« Erleichtert lehnte er sich zurück und bettete den Kopf an die Sessellehne. »Dann lass uns überlegen, wie wir die Sache angehen wollen.« Er hob die Weinflasche mit schlaffem Arm, führte sie an die Lippen und leerte sie. Dabei ließ er Jule nicht aus den Augen.

Jörg war erst nach 20 Uhr zu Hause. In der Zwischenzeit hatte sie zunächst mit Gerti, anschließend mit Jana telefoniert. Es fiel ihr schwer, der alten Frau den Aufenthaltsort ihres Großneffen zu verschweigen. Denn Gerti und Hermann Weyers waren natürlich immer noch in größter Sorge um ihn.

Stattdessen klärte sie alle Eventualitäten wegen des Brandes, wie Jörg ihr telefonisch geraten hatte. Am Schluss dankte sie Gerti für ihre Hilfe und versprach, in Ruhe zu überlegen, was sie in Zukunft mit dem Stellplatz machen wolle.

Das Gespräch mit ihrer Schwester dauerte nur wenige Minuten. Es ging Jule einzig und allein darum zu verhindern, dass Jana weiter im Haus der Mutter nach dem Rechten sah.

»Ich bin wieder da und noch krank geschrieben«, fasste sie betont munter zusammen. »Aber eigentlich bin ich topfit. Ab jetzt kann ich bei Mama die Blumen gießen und die Fische füttern. Mach ich gerne, echt. Du hast genug Stress mit den Zwillingen. Ach ja, und in die Eifel fahr ich gar nicht persönlich. Hermann beauftragt eine Firma für die Räumarbeiten, sobald der Gutachter da war. Ist eh alles zerstört. Zu retten gibt's nichts mehr, nicht mal das kleinste Foto oder Geschirrteil. Klar ist das traurig, aber schlimmer wäre noch, wenn ich mir die Trümmer selber ansehen müsste. Der Abstand tut eher gut, weißt du.«

Gekonnt spielte sie der jüngeren Schwester eine Abgeklärtheit vor, die sie nicht empfand.

Nach den Telefonaten duschte sie ausgiebig. Unter heißen, prasselnden Wasserstrahlen konnte sie sich schnell der Illusion hingeben, dass Gefühlsverirrungen abwaschbar sind. Jule spülte sich mit Inbrunst alle zärtlichen Regungen hinsichtlich Michael Faßbinder vom Leib. Er berührte sie tief in ihrem geheimsten Wesen, das war schrecklich. Jörg, dachte sie krampfhaft. Jörg. Jörg. Jörg.

Natürlich merkte ihr Mann, dass etwas nicht in Ordnung war. Im Bett erst, aber immerhin.

»Was ist los mit dir?«, fragte er in die Dunkelheit des

Schlafzimmers hinein. »Du bist nicht bei der Sache, oder?« Fortwährend streichelte er Jules nackten Po.

»Nicht ganz«, wisperte sie verlogen zurück und stoppte rigoros seine Hand mit der ihren. »Liegt bestimmt an dem Feuer im ›Eifelwind‹. Kann mich einfach nicht konzentrieren.«

»Okay, verstehe ich«, murmelte Jörg, drehte sich auf die Seite und kuschelte sich schlaftrunken an sie. »Ist ja auch ne böse Sache, das. Gute Nacht, Süße. Schlaf schön.«

»Du auch.«

Unzufrieden mit sich selbst, ihren Ansprüchen an das Leben und der Welt im Allgemeinen schlief Jule ein.

Im Traum war sie wieder am Angelsee. Tiefschwarze Nacht. Schneefelder. Sturm. Stefan Winter mit stumpfen Augen auf dem Rücken liegend. Blut unter dem Hinterkopf. Bloßes Haar, das im Wind weht. Wimpern, in denen Schneeflocken hängen. Hände, nackt, wächsern, erstarrt. Irgend etwas war falsch. Ganz und gar. Das hatte sie die ganze Zeit gewusst. Mit klopfendem Herzen wachte sie auf, fühlte sich allein. Micha, wo bist du? Und mit diesem Verrat im Herzen fiel sie erneut in Tiefschlaf.

Jörg war bereits fort, als sie erwachte. Zwielicht bahnte sich seinen Weg zum Ehebett. Müde und zerschlagen kämpfte Jule sich aus der Decke. Ihr Rücken schmerzte bei jeder Bewegung. Hatte sie sich im Schlaf zu sehr verspannt? Ihr fiel der Traum ein und das Gefühl der Irritation, das darin vorgeherrscht hatte. Doch so sehr sie sich anstrengte, den Grund dafür kriegte sie nicht zu fassen.

Schließlich gab sie die Grübeleien auf. Sie wusch sich, kleidete sich sorgfältig an und kämmte das störrische Haar. Bald saß sie mit einem heißen, cremigen Kaffee bewaffnet in der offenen Küche und schaute aus dem Fenster in den Garten hinaus. Der Frühling kam mit aller Macht. Krokusse reckten ihre Köpfe aus der dunklen Erde; gelbe Narzissen öffneten die gelben Blüten. Über allem lag der glitzernde Schleier feinen Sprühregens. Leben pur. Tod und Verderben schienen weit weg zu sein.

Trotzdem ließ sich das Bild von Stefan Winters Leiche, halb mit Schnee bedeckt, nicht bannen. Entschlossen stellte sie den Kaffeebecher ab und ging zur Anrichte, um den Laptop zu holen. Sie trug ihn auf die Küchentheke und loggte sich ins Internet ein.

Sonja Bohrs Schwester hieß Melanie mit Vornamen, daran hatte Michael sich erinnert.

»Aber sie hat geheiratet, da heißt sie sicher nicht mehr Pütz. Es wird schwierig sein, sie in Kaarst ausfindig zu machen.«

Jule versuchte es dennoch.

›Melanie Pütz, Kaarst‹ gab sie in die Suchzeile des virtuellen Telefonbuchs ein. Kein Eintrag. Wie zu erwarten. Jetzt versuchte sie es mit den selben Stichworten bei Google. Mmmh, gleich mehrere Treffer. Eine Melanie Pütz, die den Lesewettbewerb der Astrid-Lindgren-Grundschule in Holzbüttgen gewonnen hatte. Wohl kaum. Dann eine Liste von Sportlerinnen aus dem gesamten Rheinland, die im Sommer 2009 an einem Triathlon am Kaarster See teilgenommen hatten. Melanie Pütz hatte Startposition 42 gehabt. Unwahrscheinlich. Die Teilnehmerin musste nicht zwangsläufig in Kaarst wohnen. Ein Ergebnis allerdings sah viel versprechend aus: der Hinweis auf die Homepage eines Kosmetikstudios. Jule klickte die Website an und – na bitte: Das Studio befand sich in Vorst, die Besitzerin hieß mit vollem Namen Melanie Pütz-Coenen. Möglicherweise ein Volltreffer. Jule notierte Adresse und Telefonnummer des Ladens und verließ das Haus.

Michaels Hände sahen heute morgen weit besser als gestern aus. Der ganze Mann wirkte gesünder. Er hatte geduscht und die Haare gewaschen. Außerdem trug er frische Klamotten aus seiner Reisetasche: Jeans und T-Shirt. Jule gab erneut Brandsalbe auf die Wunden und legte frische Verbände an. Dann berichtete sie von ihrem Fund im Internet.

»Ich werd gleich mal dort anrufen und einen Termin machen«, kündigte sie an, während sie in die Küche lief, um sich einen Kaffee direkt aus der Glaskanne der Maschine einzuschenken. Koffein, morgens brauchte sie das einfach in rauen Mengen.

Michael nickte. »Gute Idee. Vielleicht weiß sie was. Wenn sie es ist.« Er räusperte sich, bevor er weiterredete: »Aber ich hab mir auch meine Gedanken gemacht. Jule, setz dich bitte. Ist, glaube ich, besser.«

Jule gehorchte erstaunt, indem sie in einen der Sessel im Wohnzimmer glitt. Gierig schlürfte sie den starken Kaffee aus dem Henkelbecher.

»Okay«, gab sie schließlich das Startzeichen. »Schieß los.«

Michael hockte sich auf die abgewetzte Armstütze des Sofas und fixierte Jule skeptisch. »Werd aber nicht sauer, ja?« Dann ging es Schlag auf Schlag.

»Die Morde. Erst Sonja, danach Stefan. Am Ende die Brandstiftung. All das weist auf einen Täter hin, dem das Tal gut vertraut ist. Und mehr. Er kennt den ›Eifelwind‹ wie seine Westentasche, geht dort ein und aus. Meiner Meinung nach kann das nur ein Dauercamper sein. Also einer, der seit Jahren den Campingplatz besucht. Und: Er hat eine Querverbindung zu dem Bankraub von 87. Hat vielleicht von Sonja Bohr das Scheißgedicht gehört und den Zusammenhang hergestellt. Der Typ geht also hin und gräbt die

Beute am Weinstock aus. Er schmeißt die leere Dose in den Bach. Anschließend beseitigt er Sonja. Klar, die weiß zu viel. Geschickt fädelt er es so ein, dass alle Welt Stefan Winter für den Mörder hält. Keine Kunst, wenn du mich fragst. Jeder ist bereit, einem Lebenslänglichen alles Schlechte dieser Welt zuzutrauen. Doch dann begegnet er Stefan plötzlich Sonntagnacht am Angelsee. Der hat irgendwie von den Umtrieben des Täters erfahren. Unserem Dauercamper bleibt nur eins: Mord. Er erschlägt den Zeugen feige von hinten. Jetzt glaubt er, die Geschichte hinter sich zu haben. Denn er geht davon aus, dass man mich verdächtigen wird. Vergiss nicht, er ist ein Insider. Er weiß, dass Stefan mein Freund war und ich eine kriminelle Vorgeschichte habe. Leichte Beute, denkt er. Aber jetzt passiert etwas, was der Typ nicht vorhersehen konnte: Du, eine unbescholtene Bürgerin, gibst mir ein wasserdichtes Alibi. Ich wandere nicht in den Knast, wie das Arschloch geplant hatte, sondern man lässt mich frei.«

Hier stoppte Michael kurz und atmete einmal tief durch. »Also muss er mich irgendwie unschädlich machen, damit ich ihm nicht auf die Schliche komme. Er passt die Gelegenheit ab und fackelt deinen Stellplatz ab, als ich mich gerade dort aufhalte. Pech für ihn, dass ich davonkomme.« Er lächelte freudlos. »Aber immerhin haue ich praktischerweise ab und mache mich mal wieder bei den Bullen verdächtig.« Er räusperte sich. »Was sagst du dazu? Klingt logisch, oder?«

Jule zögerte. »Ja«, gab sie schließlich zu. »Tut es. Aber das ist nicht alles, oder? Du hast eine Idee, wer der Täter sein könnte, stimmt's?«

»Richtig, hab ich. Aber das wird dir nicht gefallen, schätze ich.« Er schluckte, blinzelte sie an.

»Nun sag schon.«

Sie ahnte es bereits. Los jetzt, dachte sie. Sei nicht feige.

»Odenthal.« Michael nickte, räusperte sich noch einmal. »Es kann kein anderer sein.«

Die Behauptung schwelte vor sich hin wie eine Rauchbombe. Ihr schnürte sich die Kehle zu. »Ich kenne Peter seit vielen Jahren«, wehrte sie sich halbherzig und mit einem Kratzen im Hals. Sie sah das breite Grinsen Odenthals vor sich. Das ewig lachende Honigkuchenpferd. »Er ist kein schlechter Kerl.«

»Aber ein Mörder.« Michaels bandagierte Hände fuhren in die Höhe und strichen durch sein Haar. »Für mich schließt das eine das andere nicht aus.«

Sonja Bohrs Schwester war eine schlanke, hübsche und – wahrscheinlich durch allzu reichliche Sonnenbankbesuche – früh gealterte Brünette mit hellen Strähnchen im Haar und braunen Augen. Ihre zu exakten, hauchdünnen Bögen gezupften Augenbraue schnellten fragend in die Höhe, als Jule das winzige Kosmetikstudio im Anbau des Reiheneckhauses betrat. Vor ihr saß, zurückgelehnt und mit geschlossenen Augen, eine ältere Kundin, deren Make-up gerade den letzten Schliff bekam.

»Sie sind sicher Frau Maiwald? Sie hatten vorhin angerufen?«, vergewisserte Melanie Pütz-Coenen sich. Ihre Finger mit den rosaweißen French Nails hielten ein kleines Pinselchen. »Bin in fünf Minuten fertig, ja? Setzen Sie sich doch bitte.«

Ihr schmaler Arm wies schwungvoll zu drei Cocktailsesseln, die sich um einen runden Glastisch gruppierten.

»Da drüben steht eine Kaffeepadmaschine.« Wieder schwang der Arm mit dem Pinsel durch den Raum. »Bedienen Sie sich einfach.«

Das ließ Jule sich nicht zweimal sagen. Kaffee ging immer.

Bald beobachtete sie fasziniert, genüsslich ihren Cappuccino schlürfend, die wirbelnden Hände Melanie Pütz-Coenens. Die Frau verströmte hektische Betriebsamkeit, aber gleichzeitig etwas wie Leidenschaft. Hier war eine Künstlerin am Werk, die liebte, was sie tat. In Jule regte sich Neid. Sie selbst hatte nie eine solche Passion im Beruf verspürt. Sicher war es ein wichtiger und sinnvoller Job, den sie als Sachbearbeiterin beim Diakonischen Werk verrichtete, aber er erfüllte sie nicht. Die Kosmetikerin jedoch schien ganz in ihrem Element zu sein. Immer wieder trat sie einen Schritt zurück, um den Fortschritt ihres Werkes zu betrachten. Dann machte sie noch einen Pinselstrich rechts, einen links. Ein kritischer Blick. Nun ein Lächeln.

»Perfekt!«, triumphierte sie. »Frau Niemeyer, ich bin fertig. Sie dürfen die Augen öffnen.«

»Dat hässe mal widder prima hinjekritt, King. Nit schleit, nit schleit«, lobhudelte die Kundin begeistert.

Das Make-up war wirklich gut gelungen. Unaufdringlich betonte es das Schönste im Gesicht der Mittsechzigerin: die Augenpartie. Die zahlte nun und stolzierte dann hochzufrieden durch die Glastür hinaus in den gepflasterten Vorgarten.

»So, nun zu Ihnen, Frau Maiwald.« Frau Pütz-Coenens fachmännischer Blick glitt über Jules Gesicht. Jede Hautunreinheit, jedes noch so kleine Fältchen, jeder Pigmentfleck wurden eingescannt. »Was darf ich für Sie tun?«

»Och.« Jule hatte keine Ahnung. Sie war noch nie zuvor bei einer Kosmetikerin gewesen. »Ich möchte nur etwas … frischer aussehen, das ist alles.«

»Okay …« Wieder betrachtete die fremde Frau sie prüfend, schnalzte mit der Zunge. »Augenbrauen würde ich sagen, aber nur die Linienführung bereinigen. Ein Peeling vielleicht, danach Feuchtigkeitscreme und am Schluss ein sehr dezentes Make-up, kein Lidschatten … Weniger ist bei Ihnen mehr, Frau Maiwald. Sie haben eine sehr schöne Haut, feine Poren, ebenmäßig. Das sollte hervorgehoben werden. Einverstanden?« Melanie Pütz-Coenen schaute die neue Kundin gespannt an. Dann ergänzte sie mit kritischem Blick auf Jules Hände: »Allerdings hätten es Ihre Fingernägel nötig. Dringend, würde ich sagen. Aber dafür müssten wir einen neuen Termin machen …«

Jule nickte zu allem, völlig überwältigt. Wenige Minuten später saß sie entspannt mit geschlossenen Augen da und ließ die Kosmetikerin gewähren. Es war eine Wohltat. Sanfte Hände umschmeichelten ihr Gesicht, trugen Cremes auf, massierten hier, massierten da. Erst das Augenbrauenzupfen brachte sie wieder in die Realität zurück. Es ziepte unangenehm und Jule erinnerte sich, warum sie hergekommen war. Behutsam wagte sie den ersten Vorstoß.

»Schön, dass es direkt geklappt hat. Den Termin bei Ihnen, meine ich. Nach der ganzen Aufregung auf dem Campingplatz hatte ich das Gefühl, unbedingt etwas für mich tun zu müssen …«

»Mmm.« Frau Pütz-Coenen war wohl voll auf die Augenbrauen konzentriert.

Jule ging zum Frontalangriff über.

»Erst die Flucht dieses Schwerverbrechers und dann finde ich ihn auch noch tot am Angelsee. Brutal erschlagen. Schrecklich!«

Die geschäftigen Bewegungen der Kosmetikerin froren ein. Jule öffnete die Augen einen Spalt breit. Erschrocken sah sie, wie sich maskenhafte Blässe seinen Weg durch die gebräunte Gesichtshaut ihres Gegenübers bahnte.

»Frau Pütz-Coenen? Ist alles in Ordnung?«

Die nickte langsam. »Sie haben die Leiche von Stefan Winter gefunden?«, fragte sie mit brüchiger Stimme.

Jule setzte sich auf. Irgendetwas im Tonfall der Frau war ganz anders, als sie erwartet hatte. »Ja. Mein Mann und ich, wir besitzen einen Dauerstellplatz im ›Eifelwind‹. Seit vielen Jahren …«

»Kannten Sie Stefan?« Die Frage kam so unerwartet, dass Jule fast der Mund offen stehen blieb.

Sie zögerte mit der Antwort. »Nein«, sagte sie schließlich gedehnt. »Sie denn?«

Melanie Pütz-Coenen zog sich ein Rollhöckerchen heran und setzte sich. Ihre Finger zitterten.

»Ja«, bekannte sie. »Er war mal mit meiner Schwester verlobt. Bevor er …«, sie hielt inne und sprach dann mit belegter Stimme weiter, »… bevor er ins Gefängnis kam. In der letzten Zeit hatten die beiden wieder Kontakt. Sonja hat ihn ein paar Mal in Köln besucht. Ich … Mir kam das komisch vor. Sie hat ihn schon damals … nur ausgenutzt.« Wieder pausierte sie und stieß dann unvermittelt aus: »Was rede ich denn da? Meine Schwester ist tot. Und die Polizei sagt, dass Stefan das war. Ich kann das nicht glauben.«

»Sonja Bohr war Ihre Schwester?« Jule bemühte sich, möglichst authentisch zu klingen. Sie kam sich verlogen und hinterlistig vor.

Melanie Pütz-Coenen nickte nur. Sie wirkte immer noch wie schockgefroren.

»Das tut mir leid«, flüsterte Jule und berührte leicht die Hand der fremden Frau. »Das mit Ihrer Schwester, meine ich …«

»Danke.«

Ihr Blick schweifte durch den hellen Raum, bis er in Jules Augen hängen blieb. »Es ist furchtbar. Grauenhaft. Selbst wenn wir uns nicht sehr nahe standen, Sonja und ich. Aber es ist auch schrecklich, dass …« Sie brach ab, in ihren schwarz getuschten Augenwinkeln glänzte es verdächtig.

»Dass Stefan Winter tot ist?«, wagte Jule vorsichtig zu fragen. Ohne eine Antwort abzuwarten, fuhr sie fort. »Ich kenne einen Jugendfreund von ihm recht gut. Er glaubt auch nicht, dass Stefan Sonja ermordet hat.«

Ungläubig starrte die Kosmetikerin sie an: »Reden Sie etwa von Michael Faßbinder?«

»Ja, genau.«

Die Blicke der beiden Frauen begegneten sich erneut, verbanden sich in Einvernehmlichkeit.

Schließlich lächelte Melanie. Doch plötzlich verdunkelten sich ihre Züge und sie sagte abfällig: »Die Bullen suchen ihn. Sie glauben, dass er Stefan getötet hat. Ich habe selten so einen Schwachsinn gehört, wie ihn dieser fette Kommissar gestern verzapft hat.« Ihre perfekt geschminkten Lippen kräuselten sich verächtlich

Jule schnaubte: »Ich hasse diesen Typen«, erklärte sie voller Inbrunst. »Meiner Meinung nach ist er dummdreist, unverschämt und völlig inkompetent!«

Melanie Pütz-Coenen lachte trocken. »Die Beschreibung passt!«

Nun schien sie eine Entscheidung gefällt zu haben. Jule registrierte, dass ihr Gesicht wieder seine ursprüngliche Farbe angenommen hatte: Goldbraun. Es schien ihr besser zu gehen.

»Frau Maiwald, wie wär's, wenn ich erst mal die Behand

lung zu Ende führe und wir uns danach ausgiebig unterhalten? Falls Sie noch Zeit haben …«

Natürlich war Jule einverstanden. Und natürlich hatte sie Zeit. Das Treffen mit Sonja Bohrs Schwester verlief viel besser als geplant.

Es dauerte nicht lange, bis sich die Frauen in den Cocktailsesseln gegenüber saßen. Melanie hatte das ›Geschlossen‹-Schild nach draußen gehängt und Jule das ›Du‹ angeboten.

Gerade erzählte sie von ihrer Verbindung zu Stefan Winter.

»Er war ein Chaot, ein Ganove«, resümierte sie, »aber trotzdem kein übler Kerl. Ich fand ihn toll. Als Teenie, meine ich. Habe für ihn geschwärmt. Er war lustig und cool. Er kam öfter zu uns nach Hause. Wir haben damals mitten in Köln gewohnt, in der Nähe von Groß St. Martin. Auch Michael Faßbinder war ab und zu dabei. Das muss circa 85 / 86 gewesen sein. Sonja war 20, ich 16. Aber Sonja ist echt mies mit Stefan umgesprungen. Wenn er Kohle hatte, war er für sie der Held. Egal, wie er die bekommen hat. War er abgebrannt, wollte sie nichts von ihm wissen. Die Idee, eine Bank zu überfallen, um auf einen Schlag an massig Kohle zu kommen, hat sie ihm eingeredet. Auch wenn sie später behauptete, dass es bloß Spaß gewesen sei. Als die Katastrophe passierte, Stefan diesen Polizisten erschoss und in den Knast wanderte, hat sie ihn fallen gelassen wie eine heiße Kartoffel. Ich hab ihm ein paar Mal geschrieben, merkte aber schnell, dass ihm die Trennung von Sonja sehr zusetzte und er in mir bloß die Chance sah, etwas über meine Schwester zu erfahren. Die war zu der Zeit schon mit Jürgen Bohr zusammen. Hatte ihn in den Ferien bei Oma und Opa in der Eifel kennen gelernt. Das konnte ich Stefan unmöglich erzählen, also hab ich irgendwann nicht mehr geschrieben …« Melanie schluckte. »Dafür habe ich mich geschämt und ihn schnell aus meinen Gedanken verbannt. Ganz schön gemein. Und bald lernte ich Bernd kennen, meinen jetzigen Mann. Mit achtzehn hab ich geheiratet. Kurz drauf meldete sich unsere Älteste an. Hast du eigentlich Kinder?«

»Ja, einen Sohn. Tobias. Er ist siebzehn und für ein Jahr in den USA.«

Melanie lächelte verständnisvoll.

»Nicht leicht, die Kinder ziehen zu lassen, was?« Ohne Übergang kehrte sie zu ihrer Geschichte zurück. »Ich hatte Stefan völlig vergessen, als Sonja plötzlich wieder von ihm anfing. War so vor einem knappen Jahr, schätze ich. Kurz bevor sie in das Haus unserer verstorbenen Großeltern zog. Weil Jürgen sie verlassen hatte …« Auf Melanies Stirn bildete sich eine steile Falte der Missbilligung. »Kein Wunder, wie sie mit dem umgesprungen ist. Na ja, wie dem auch sei. Auf einmal war Stefan Winter wieder ein Thema. Sie erzählte mir von Briefen, die sie sich schrieben, später sogar von Besuchen. Ich war baff. Hatte meine Schwester etwa urplötzlich menschliche Züge angenommen?«

Jetzt war es an der Zeit zu intervenieren, fand Jule.

»Vielleicht hatte die Krebserkrankung sie verändert?«, erkundigte sie sich testweise. »Hört man öfters. Im Angesicht des Todes …«

Melanie blieb vor Verblüffung der Mund offen stehen.

»Krebs? Was für ein Krebs?«, wunderte sie sich verdattert.

»Bauchspeicheldrüsenkrebs. Wurde mir erzählt. Stimmt das etwa nicht?«

»Nicht dass ich wüsste!« Melanie schüttelte heftig den Kopf. »Ach Quatsch. Das muss ein Gerücht sein. Wo hast du das denn her? Sonja war kerngesund, glaub mir. Sie plante für den Sommer sogar eine Australienreise. Nein, die war fit wie ein Turnschuh.«

»Mmh …« Jule überlegte. Konnte sie es wagen? Blitzschnell entschied sie sich für den Sprung ins kalte Wasser. »Stefan selbst hat es mir erzählt. Einen Tag vor seinem Tod«, bekannte sie.

»Waaas?« Melanie riss die lang bewimperten Augen auf. »Was erzählst du denn da?« Sie sprang auf. Wie unter Strom. Rannte hektisch zur gläsernen Eingangstür und zurück. »Verarschen kann ich mich selbst.« Wütend funkelte sie Jule an. »Vorhin hast du behauptet, du kennst ihn nicht. Jetzt beichtest du mir, dass ihr Small Talk gehalten habt. Was sollen die Spielchen?«

Mit dem Schnellschuss hatte Jule sich ja etwas Schönes eingebrockt. Aus der Nummer kam sie nicht mehr raus. »Es stimmt wirklich«, stotterte sie und sah ihr empörtes Gegenüber beschwörend an. »Er … er kam zu Michael Faßbinder in … das Mobilheim auf dem Campingplatz … und …«

Verzweifelt bog sie sich eine halbwegs glaubwürdige Geschichte zurecht, in der sie das Geld aus dem Bankraub, das Gedicht und den Maiwald'schen Stellplatz wohlweislich unterschlug. Um nichts in der Welt würde sie Michael in die Pfanne hauen. Obwohl es schien, dass Melanie Pütz-Coenen den toten Stefan Winter so gern gehabt hatte, dass sich ihre Parteinahme wahrscheinlich auch auf seinen Freund ausdehnen würde. Trotzdem, sicher war sicher.

»Stefan wollte eigentlich zu deiner Schwester ins Häuschen«, erläuterte Jule weiter. »Doch im Dorf wimmelte es von Polizisten. Also hat er bei Michael im Mobilheim Unterschlupf gesucht.«

»Wie ging es ihm?« Melanies Stimme klang belegt. Endlich schien sie Jule Glauben zu schenken.

»Er hatte sich völlig aufgegeben. War total fertig.« Jule rief sich Stefans Zustand ins Gedächtnis, als er bei ihr im Wohnwagen gewesen war und später während des belauschten Gesprächs in Michaels Wohnzimmer. »Das einzige, was er wollte, war Sonja irgendwie beizustehen. Wegen ihrer Krankheit.«

Erneut lief Melanie wie aufgescheucht durch den Raum. »Diese falsche Schlange!«, stieß sie zwischen zusammengepressten Zähnen hervor. »Ich hasse sie.« Dann begriff sie wohl, was sie da von sich gegeben hatte und sank sichtlich erschüttert in ihren Sessel zurück.

»Meinst du, Stefan hat herausgefunden, dass sie ihn mit der Krebserkrankung belogen hat? Ist er etwa doch ihr Mörder?«, murmelte sie.

»Nein«, widersprach Jule mit fester Stimme. »Er war es nicht, ganz sicher nicht! Das darfst du nicht glauben!«

»Aber wer dann?«

Jule räusperte sich. »Keine Ahnung«, gestand sie. »Ich dachte, du hättest eine Idee. Deshalb bin ich hergekommen.«

Melanie starrte sie fassungslos an. »Das ist ja die Höhe«, murmelte sie. »Du wusstest von Anfang an, wer ich bin? Du wolltest mich nur aushorchen?«

Jule bemühte sich, ein möglichst zerknirschtes Gesicht zu machen. »Ja, tut mir leid«, gab sie zu. »Ich dachte, du weißt etwas, was Michael und mir weiterhelfen könnte. Wir wollen Stefans und Sonjas Mörder finden. Und das nicht nur, damit Micha von der falschen Verdächtigung befreit wird. Er trauert um seinen Freund, weißt du. Er muss den finden, der das getan hat. Es tut mir wirklich leid, Melanie, dass ich dich belogen habe. Ich wusste doch nicht, wie du zu Stefan Winter stehst. Die meisten Menschen hegen wenig Sympathien für zu lebenslänglicher Haft verurteilte Mörder.«

»Das stimmt«, gab Melanie zu. »Weil sie die Geschichte dahinter nicht kennen. Für mich war er nie ein Mörder. Meiner Meinung nach ist die Situation damals eskaliert. Klar, Stefan hatte einiges auf dem Kerbholz. Er war kriminell, zu schwach und zu haltlos, um einen geraden Weg zu gehen, aber kein kaltblütiges Ungeheuer.« Sie straffte sich. »Ist schon okay, Jule. Ich verzeih dir. Hauptsache, du bist ab jetzt ehrlich zu mir.«

Jule nickte heftig und atmete erleichtert auf, als sich plötzlich ihr Handy meldete: ›We are family‹ von Sister Sledge dudelte es blechern. Irgendein Familienmitglied versuchte, sie zu erreichen. Hastig kramte sie in den Untiefen ihrer Handtasche. Endlich bekam sie das flache Gerät zu fassen.

›Jana ruft an!‹ verkündete das Display.

»Hi, Jana, hör zu, ich habe gerade gar keine Zeit …«, wiegelte Jule energisch ab, doch die Schwester ließ sich nicht so schnell abwimmeln. Herrliche Zeiten im ›Eifelwind‹, als sie das Mobiltelefon für Wochen abgestellt hatte!

»Jule! Du musst sofort herkommen! Hilf mir!« Schrill und atemlos drang es aus dem Lautsprecher. »Ein brutaler Typ hält mich gefangen und behauptet, du hättest ihm erlaubt, bei Mama und Papa zu wohnen …«

Oh nein! Jana war in Driesch. Was zum Teufel hatte sie dort zu suchen?

»Was machst du in Mamas Haus? Ich habe dir doch gesagt, dass ich mich ab sofort um die Blumen und die Fische kümmere!«, schimpfte sie ohne nachzudenken. Kleine Schwestern waren einfach eine Plage.

»Ich wollte mir nur die Gartenkralle ausborgen«, schniefte Jana. »Also brauchte ich den Schlüssel fürs Gartenhäuschen. Und als ich reinkomme, liegt da dieser fremde Mann auf dem Sofa. Jule, er hat mich mit einem Messer bedroht …«

Im Hintergrund hörte sie, wie Micha lauthals protestierte.

»Bleib, wo du bist!«, rief Jule unnötigerweise, denn offensichtlich würde ihr Freund Jana sowieso nicht gehen lassen. »Ich bin sofort da. Keine Panik!« Ungehalten drückte sie auf den Aus-Knopf und richtete sich seufzend an Melanie. »Ich muss weg. Leider«, erklärte sie säuerlich.

»Ein Notfall?«, fragte die Kosmetikerin besorgt.

»So was Ähnliches.« Jule verdrehte die Augen. »Wir bleiben in Kontakt, ja? Wenn dir noch etwas einfällt, z. B. mit wem deine Schwester in der Zeit vor ihrem Tod noch Kontakt hatte, dann meld' dich einfach, okay?«

»Mach ich, aber nur, wenn du mich im Gegenzug auf dem Laufenden hältst«, beschwor Melanie sie.

Jule nickte. »Einverstanden«, versprach sie und kritzelte ihre Mobilfunknummer auf eine von Melanies ausliegenden Visitenkarten. »Hier, bitte. Und kein Wort zu irgend jemandem!«

»Natürlich nicht!«

In ihrem Elternhaus fand Jule eine völlig aufgelöste Jana und einen teils wütenden, teils zerknirschten Michael vor.

Hastig versuchte sie, die Wogen zu glätten.

»Wer ist dieser Penner?«, wollte Jana schluchzend wissen. Zusammengesunken hockte sie auf dem Sofa. »Er sagt, er sei ein Freund von dir! Ist er etwa dieser Michael vom ›Eifelwind‹? Der, den die Polizei sucht?«

Jule holte tief Luft, setzte sich neben sie und streichelte hilflos die bebende Schulter der kleinen Schwester.

»Das stimmt, er ist es«, bestätigte sie sanft. »Ich habe ihm erlaubt, hier zu übernachten. Nun beruhige dich, es ist doch nichts passiert …«

»Und ob!«, begehrte Jana auf. »Der Typ ist gemeingefährlich. Er hat mich mit einem Messer bedroht.«

Micha schnaubte verächtlich. »Weil sie total hysterisch geworden ist bei meinem Anblick«, verteidigte er sich. »Immer wieder hab ich ihr versucht zu erklären, dass ich kein Einbrecher bin, dass ich ihr nichts zuleide tue und und und. Es half alles nichts! Plötzlich wollte sie aus dem Haus rennen, wahrscheinlich zu den Bullen. Es blieb mir doch nichts anderes übrig, als die dusselige Kuh aufzuhalten.«

Ungewollt musste Jule grinsen. Noch nie hatte jemand ihres Wissens nach ihre schöne Schwester als dusselige Kuh tituliert. Aber schnell besann sie sich.

»Deswegen musstest du sie doch nicht gleich mit einem Messer bedrohen!«, schimpfte sie.

Micha zuckte zusammen, um Jule kurz darauf schuldbewusst und treuherzig aus den Untiefen seiner Ozeanaugen anzuschauen. Seine Wut schien verflogen.

»Mir fiel nichts anderes ein«, bekannte er und ließ sich erschöpft auf eine Sessellehne sinken. »Ich hatte heute morgen einen Apfel geschnitten, und Brettchen und Schälmesser lagen noch auf dem Couchtisch. Ich hab es mir gegriffen, ohne groß nachzudenken.«

Er wies mit dem Kinn in Richtung Tisch.

Jules Blick wanderte sofort zu besagter Stelle. Ein winziges Küchenmesserchen lag dort. Genervt stöhnte sie auf. Sie beschloss, die Schwester zur Räson zu bringen. »Jana, nun mach mal halblang. Es ist alles halb so schlimm«, sprach sie mit fester Stimme. »Michael wollte dir doch nichts Böses.«

»Wirklich nicht!« Michas Stimme wurde ganz weich, als er sich nun an die junge Frau wandte. »Ich hatte nicht die Absicht, Ihnen Angst einjagen. Ich entschuldige mich für mein Verhalten.«

»Ach ja? Jetzt auf einmal?« Jana hob den Kopf unter der Flut langer, dunkler Haare und beäugte den fremden Mann argwöhnisch. »Wie stehen Sie überhaupt zu meiner Schwester? Mir kommt das alles merkwürdig vor.«

Sofort schaltete sich Jule ein. »Ich sagte schon: Wir sind befreundet.«

Ihr Tonfall war schärfer geworden, doch Jana ließ sich nicht bremsen. »Freundschaft oder mehr?«, fragte sie misstrauisch. Prüfend wanderte ihr Blick zu Michael. Der schaute prompt zu Boden. »Ha! Wusste ich's doch! Jule, was fällt dir ein, Jörg zu betrügen? Das ist es, was du mit diesem Penner tust, oder?« Die Wut schien ihr neue Energie zu verschaffen. Schwungvoll federte sie vom Sitzpolster in die Höhe. Verachtung lag in ihren verweinten Rehaugen, während sie Michael in sicherer Entfernung umrundete und ihn dabei ungeniert von oben bis unten musterte. »Der Typ ist ein Versager! Das sieht doch jeder. Wie kannst du dich mit so einem abgeben? Ach, ich vergaß: Meine große Schwester geht ja gern mal fremd.«

»Halt … den … Mund!« Zorn überschwemmte Jule. »Das alles geht dich nichts an! Trotzdem sage ich dir noch einmal, dass Micha und ich nur Freunde sind! Wäre ich nach Büttgen zu Jörg zurückgekehrt, wenn mir die Ehe nicht wichtig wäre?«

»Okay, dann informiere die Kripo darüber, wo dieser Typ sich aufhält! Du weißt, dass das der korrekte Weg wäre.«

»Der korrekte Weg, um mich schnellstmöglich in den Knast zu bringen«, ergänzte Michael höhnisch.

Jana nickte heftig. »Genau, denn da gehören Sie vermutlich auch hin!«, spuckte sie aus.

»Halt den Mund!«, wiederholte Jule eisig. »Michael hat nichts verbrochen. Und das wird sich bald herausstellen! Bis dahin bleibt er hier. Und du, Schwesterchen, wirst darüber nichts nach außen dringen lassen.« Sie sprang auf und stellte sich vor Jana. Vis-à-vis. »Versprich es mir.«

Jana schüttelte den Kopf und antwortete stur: »Das kann ich nicht.«

»Schon gut, Jule.« Michaels tiefe Stimme hob sich von den hellen der Frauen ab. »Ich stelle mich selbst. Ich will nicht, dass du Ärger bekommst.«

»Wie edelmütig«, kommentierte Jana spöttisch und mit schrägem Seitenblick.

Jule ignorierte das Intermezzo und drohte Jana ungerührt. »Wenn du nicht schweigst, Jana, erzähle ich Sebastian von deiner Knutscherei mit Oliver auf meiner Geburtstagsparty vor zwei Jahren.«

»Das meinst du nicht ernst.« Entsetzt sah die Jüngere die Ältere an. »Das würdest du nie tun. Ich war total betrunken! Sebi würde ausrasten. Du weißt, wie eifersüchtig mein Mann ist.«

»Dann lass Micha in Ruhe. Ganz einfach«, antwortete Jule trocken. »Die Geschichte geht dich nichts an. Und ich werde nicht zulassen, dass man ihn ein zweites Mal verhaftet wegen einer Sache, die er nicht getan hat.«

Jana war offenbar immer noch schockiert von der Kaltblütigkeit ihrer Schwester. Sie schnappte nach Luft und strich sich mit zitternden Fingern einige Haarsträhnen aus dem Gesicht.

»Okay«, sagte sie schließlich leise. »Ich verrate nichts. Aber länger als eine Woche bleibt der Penner nicht in diesem Haus. Ist er dann nicht weg, geh ich zur Polizei.«

»Einverstanden.« Ein vorsichtiges Lächeln bog Jules Mundwinkel leicht nach oben. »Bis dahin wissen wir hoffentlich mehr.«

Jana schnaubte und wandte sich dem Hausflur zu. Sie war gerade erst ein paar Schritte gegangen, als Michael ihr nachlief. Zaghaft berührte er ihren Arm.

»Danke«, murmelte er.

Doch Jana stieß seine Hand weg und marschierte Türen knallend aus dem Haus. Sekunden später hörte man ihren Golf-Kombi davonfahren.

Eine Weile standen sie unschlüssig im kalten Flur herum. Irgendwann regte Michael sich. Zögernd trat er auf Jule zu und nahm sie in die Arme. Erst versteifte sie sich, bald aber konnte sie nicht mehr anders und erwiderte die Umarmung. Es tat so gut. Nur als er sie küssen wollte, wehrte sie sich.

»Freundschaft«, flüsterte sie. »Mehr kann ich dir nicht anbieten. Bitte, mehr nicht.«

Jörg rief an, um seiner Frau zu sagen, dass es spät werden würde. Viel zu viel Arbeit für viel zu wenig Zeit. Jule kannte das. Sie entkorkte einen Gran Reserva und setzte sich mit Glas, Flasche und Laptop auf die Couch. Der Kamin züngelte heimelig, als sie sich durchs Internet googelte. Stefan Winters Vergangenheit interessierte sie. Über die Hälfte seines Lebens hatte er im Gefängnis verbracht. Unerträgliche Haftbedingungen und die Aussicht, bis zum Tode eingesperrt zu werden, hatte er neben dem Wunsch, mit Sonja zusammen zu sein und ihr zu helfen, als Grund für seinen Ausbruch genannt.

Nach wenigen Minuten des Surfens kam sie sich dekadent und scheinheilig vor. Der Wein schmeckte nicht mehr. Hier saß sie, von Luxus umgeben und im Bewusstsein ihrer Freiheit gemütlich da und erhielt Einblick in eine Welt, in der nicht nur totale Entmündigung, sondern vor allem Gewalt, Hoffnungslosigkeit und Verfall herrschten. Wie Stefan gesagt hatte. Das war nicht der menschliche und fortschrittliche deutsche Strafvollzug, den sie sich in ihrer Naivität vorgestellt hatte. Desolate Bedingungen waren es, unter denen mancherorts Lebenslängliche und Sicherungsverwahrte in denselben Häusern der JVAs weggeschlossen wurden.

Die Zellen der Häftlinge waren zugestopft und dreckig. Die Insassen verwahrlosten und stumpften ab. Oft gab es keine Möglichkeit zu arbeiten oder an Therapien teilzunehmen. Mittellose Gefangene prostituierten sich. Einige vegetierten unter verschärften Haftbedingungen 23 Stunden täglich allein in der Zelle dahin, teils sogar jahrzehntelang. Andere verlegte man alle paar Jahre in eine andere Haftanstalt, ebenfalls isoliert von menschlichen Kontakten. Diese ›Verschubungen‹ sollten verhindern, dass die als gefährlich oder fluchtbereit eingestuften Häftlinge Beziehungen zu Beamten oder Mitgefangenen aufbauten. Die Konsequenz: Verbitterung und Vereinsamung. Keine Spur von Resozialisierung.

Und einen Gesprächstermin bei einem Psychologen oder Sozialarbeiter zu bekommen? Kaum möglich aufgrund des rigiden Stellenabbaus und der daraus resultierenden Überlastung der Angestellten.

Indes häuften sich die Krankmeldungen unter den Justizvollzugsbeamten. Zu viel Arbeit und zu hoher, psychischer Druck. Das hielt niemand lange aus und machte mürbe. So erfuhr Jule, dass es keine Seltenheit war, wenn sich das überarbeitete Wachpersonal durch Korruption an den Häftlingen bereicherte und einen schwunghaften Handel mit Handys oder Drogen betrieb. Über dreißig Prozent aller Strafgefangenen in deutschen Gefängnissen waren süchtig; viele kamen erst in der Haft mit Drogen in Kontakt, weil sie Mittel und Wege suchten, dem trostlosen Alltag zu entfliehen. Jule versuchte, sich in Stefan Winters Lage zu versetzen. Kein Ende der Gefangenschaft in Sicht, das Gefühl, bis zum Tod kaltgestellt zu werden. Sie konnte seinen Ausbruch verstehen. Und seine Verzweiflung.

Sie rief sich in Erinnerung, wie Melanie Pütz-Coenen ihn aus der Erinnerung beschrieben hatte: Lustig, waghalsig, cool. Auf Jule hatte er lediglich den Eindruck eines gebrochenen Mannes gemacht. Kein Wunder.

Sie begann, nach alten Artikeln über den Euskirchener Banküberfall von 1987 zu suchen. Tatsächlich, Leos Vater war Stefan Winters Verteidiger gewesen. Na ja, viel hatte er für seinen Mandanten nicht herausgeholt, eigentlich gar nichts. Denn eine schwerere Strafe als die, die Stefan bekommen hatte, gab es in Deutschland nicht.

Der Mord an dem Polizisten war eingestuft worden als berechnend, äußerst brutal und kaltblütig, las Jule. Stefan selbst hatte rein gar nichts dazu sagen können. Zum Zeitpunkt des Prozesses litt er an einer vollständigen Amnesie bedingt durch das wochenlange Koma nach dem Schuss in die Lunge. Man legte ihm sogar dies zum Nachteil aus: Verstockt sei er, ohne ein Fünkchen von Reue. Und dass er den Namen seines Komplizen nicht verraten wollte, gab ihm den Rest. Die Richter kannten keine Gnade. Das Urteil wurde nach wenigen Prozesstagen verhängt.

Obwohl der Verurteilte aufgrund der Schussverletzung kaum laufen konnte, führte man ihn in kompletter Fesselung – Hand- und Fußketten – aus dem Gerichtssaal. Jule schaute sich die grobkörnigen Fotos genau an, die ein Fotograf im Flur des Gerichtsgebäudes geschossen hatte. Stefans Gesichtsausdruck war maskenhaft starr, wie unter Schock. Er tat ihr leid. Die besondere Schwere der Schuld … Wer maßte sich an, die zu beurteilen?

Außer man fühlte sie selbst. Vor Jules innerem Auge erschien der leblose Körper von Oma Maiwald neben dem Kirschbaum. Sie erinnerte sich, wie ihr Rocksaum im Sommerwind geweht hatte. Und überall im Gras lagen die dunkelroten, saftigen Kirschen. Habgier hatte sie dazu getrieben, die Oma auf die Leiter zu zwingen. Außerdem regte sich noch etwas Tieferes in ihr. »Nur wegen dir …« hörte sie eine hasserfüllte, verzweifelte Stimme. Jule presste kurz die Augen zusammen, atmete tief durch und verbannte unter großer Anstrengung die schemenhafte Erinnerung aus dem Bewusstsein.

Stattdessen konzentrierte sie sich wieder auf das Zeitungsfoto. Im Hintergrund, halb von den SEK-Leuten verdeckt, entdeckte sie einen älteren Mann mit Schnäuzer in schickem Anzug. Das musste Anwalt Fröhlich sein. So weit, so gut.

Doch plötzlich stockte ihr der Atem, denn daneben blickten ihr zwei junge Männer entgegen; einer lächelte breit. Jule fasste es nicht. Das Grinsegesicht gehörte zweifellos Peter Odenthal, das andere, ernstere, Leo. Wie alt waren die beiden 1987? Sie mussten Anfang 20 und mitten im Jurastudium gewesen sein. Aber was hatten sie auf dem Foto zu suchen? Hatten sie dem Prozess aus reiner Neugier beigewohnt? Jule schüttelte ratlos den Kopf. Das gibt's doch gar nicht, dachte sie. Was für ein Zufall. Ein kalter Schauder lief ihr den Rücken herunter.

Michael Faßbinder hatte vielleicht gar nicht so unrecht mit seiner Theorie, dass Peter Odenthal hinter den Verbrechen in der Eifel steckte. Habgier nach 600.000 DM konnte ein überzeugender Beweggrund für zwei Morde und eine Brandstiftung sein, oder? Wenn man wusste, wo man die Scheine noch in Euros umtauschen konnte. Aber ein versierter Geschäftsmann wie Peter kannte sich da sicher aus.

Habgier, oh ja, das war ihr ein Begriff. Unbehaglich betrachtete sie die glatten Gesichter von Jörgs besten Freunden und fragte sich, ob die beiden womöglich gemeinsam Jagd auf die Beute aus dem Bankraub gemacht hatten. Laut Michaels Erzählung hatte eine männliche Stimme in der Kanzlei Fröhlich versucht, ihn zu erpressen, als er nach dem Prozess den Tathergang richtigstellen wollte. Ob das Leo gewesen war? Und du, Jörg, fragte sie sich still, hängst du etwa mit drin? Der Gedanke war zu ungeheuerlich, um ihn zu Ende zu führen.

Der Klingelton ›Strangers in the night‹ kündigte den Anruf einer ihr unbekannten Nummer an. Stirnrunzelnd schaute Jule auf die Ziffernfolge. Eine Festnetznummer aus Kaarst. Mmm, wer das wohl sein konnte so spät? Es war schon nach 21 Uhr. Schnell ging sie dran.

»Hi Jule, ich bin's, Melanie«, klang es ihr atemlos entgegen. »Mir ist etwas eingefallen, das meine Schwester betrifft. Ich weiß nicht, ob es wichtig ist …«

»Nun, du würdest mich nicht anrufen, wenn du nicht das Gefühl hättest«, ermutigte Jule sie. »Was ist es denn? Schieß los.«

»Bevor Sonja Kontakt mit Stefan in der JVA Ossendorf aufnahm, hatte sie was mit dem Dorfcasanova. Direkt nach der Trennung von Jürgen Bohr war das, na ja, vielleicht sogar schon vorher.«

Jule war verwirrt.

»Dorfcasanova? Wen meinst du damit?«

»Na, den Sheriff, du weißt schon, den mit den Rasierklingen unter den Armen. Die beiden hatten eine heiße Affäre, und seine Frau war wieder mal die Gelackmeierte.«

Jule hakte ungläubig nach. »Du redest von Frank Becker, dem Dorfpolizisten?«

»Genau, so heißt er. Hatte ich ganz vergessen. Meinst du, es gibt einen Zusammenhang mit den Verbrechen?«

Jule überlegte kurz. »Weiß nicht. Kann ich mir eigentlich nicht vorstellen. Was sollte diese Bettgeschichte mit dem Mord an Sonja oder dem an Stefan zu tun haben?«

»Keine Ahnung. Ich habe mich damals bloß gewundert, dass die Sache mit Becker so sang- und klanglos zu Ende ging. Von einem auf den anderen Tag war der kein Thema mehr für Sonja.«

»Vielleicht hatte er eine Neue, und sie wandte sich daraufhin wieder an Stefan«, mutmaßte Jule.

»Weiß nicht. Da hat sie doch einen schlechten Tausch gemacht, oder? Sie erzählte mir mal, dass sie Stefan nur durch eine Trennscheibe sehen durfte. Und meine Schwester stand mehr als jede andere auf Körperkontakt. Sex war ihr total wichtig.«

»Immerhin konnte ihr neuer alter Freund ihr nicht weglaufen wie Becker.«

»Was so auch nicht stimmt, wie die jüngste Vergangenheit gezeigt hat«, antwortete Melanie traurig.

»Da hast du allerdings recht.«

Daraufhin schwiegen beide Frauen.

Bis Melanie endlich wieder das Wort ergriff. Ihre Stimme klang belegt. »Jule, was ich dir noch sagen wollte …«

»Ja?«

»Auch wenn ich manchmal etwas … abfällig über meine Schwester rede, habe ich sie lieb gehabt. Es ist mir nicht gleichgültig, dass sie tot ist … Ich wollte einfach, dass du das weißt.«

Nach dem Telefongespräch beschloss Jule, schlafen zu gehen. Es reichte für heute; der Tag hatte genug Unruhe in ihr Leben gebracht. Gerade hatte sie sich in die übergroße Bettdecke gekuschelt, als sie unten den Schlüssel im Schloss hörte. Jörg. Sie wusste nicht, ob sie sich freuen sollte.

Kurze Zeit später war er bei ihr, setzte sich auf die Bettkante und gab ihr einen zärtlichen Kuss.

»Schön, dass du noch wach bist. Nach einem langen Arbeitstag freue ich mich immer besonders auf dich. Ich bin sehr froh, dass du zu mir zurückgekommen bist.«

Jule lächelte unverbindlich und streichelte seine Wange. Die Schuld, da war sie wieder. Sie sah Micha und sich selbst, wie sie sich vorhin in Mamas Flur umarmt hatten. Wie gern hätte sie ihn geküsst anstatt Jörg. Was war sie bloß für eine Verräterin. Über diesen düsteren Gedanken hätte sie beinahe eine wichtige Information verpasst.

»… kommen Freitagabend zum Skat spielen«, eröffnete ihr ihr Mann gerade, während er sein Hemd aufknöpfte.

»Leo und Peter?«, fragte sie hastig nach.

»Ja, sagte ich doch gerade. Es ist der erste Freitag im Monat, da treffen wir uns doch immer.«

»Aber ihr habt schon letzten Sonntag in der Eifel gespielt«, wunderte sich Jule.

Jörg zuckte mit den Achseln. »Na und? Wir wollen halt im Turnus bleiben.«

Fast hätte Jule genervt aufgestöhnt. Jörgs Schwarz-Weiß-Welt, typisch. Alles hatte seinen Platz und seine Terminierung. Abweichungen gab es nicht. Dann besann sie sich. Genau genommen kam es ihr gelegen, Peter Odenthal und Leonard Fröhlich zu treffen. Vielleicht konnte sie unauffällig ein paar Fragen platzieren. Mit ganz viel Glück erfuhr sie, ob die beiden irgendwie in die Eifelmorde verstrickt waren.

»Okay, ich kümmere mich um das Essen«, bot sie an. »Selbst gemachte Pizza, die liebt ihr doch, oder?«

»Klasse. Gute Idee.« Jörg war erfreut. Zufrieden kroch er zu ihr ins Bett. »Was bin ich müde«, flüsterte er, küsste ihren Nacken und kuschelte sich an sie. Kurz darauf hörte sie tiefe Atemzüge. Jule glaubte schon, er sei eingeschlafen, als er plötzlich sagte: »Ach, bevor ich es vergesse. Ich habe heute Nachmittag mit Hermann vom ›Eifelwind‹ telefoniert. Die Untersuchungen am Stellplatz sind abgeschlossen. Es war eindeutig Brandstiftung. Man hat Spuren eines Brandbeschleunigers gefunden. Hermann ist morgen wegen eines Termins in Düsseldorf auf der Kö. Er würde sich gern mit dir gegen 12 Uhr im Café ›Rheintraum‹ treffen und dir die Pläne für die Neugestaltung der Parzelle zeigen. Außerdem braucht er deine Unterschrift auf ein paar Papieren. Hast du Zeit?«

»Klar.« Jule reagierte erstaunt und ein bisschen befremdet. Sie hätte nicht gedacht, dass alles so schnell gehen würde. Außerdem verursachte ihr der Gedanke an den zerstörten Stellplatz ein flaues Gefühl im Magen. Sie riss sich zusammen. »Ich bin morgen Vormittag sowieso in der Uniklinik zur Abschlussuntersuchung wegen des Lendenwirbels. Da passt 12 Uhr ganz gut.«

Mit einem äußerst mulmigen Gefühl im Bauch schlief sie schließlich ein.

Donnerstag. 9.00 Uhr. Jule fuhr den Audi aus der Garage. Fröhliches Vogelgezwitscher hatte sie in den Morgen getragen. Nun beförderte sie der schwere Wagen sanft schnurrend aus Büttgen hinaus.

Über den Erdbeerfeldern zwischen Büttgen und Holzbüttgen lag ein feiner Dunst. Die Welt wirkte sauber und frisch gewaschen. Jule beneidete eine Hundebesitzerin, die mit ihrem Golden Retriever über einen matschigen Feldweg stapfte. Spazieren gehen, müßig und ohne Sorgen, das wäre wunderbar, dachte sie. Sie blickte nach oben und sah gleich zwei Linienflieger hoch in der Luft. Der Düsseldorfer Flughafen ließ grüßen. Weiße Kondensstreifen schnitten den tiefblauen Himmel in feine Scheiben.

Sie fuhr auf die Autobahn auf und quetschte sich schließlich mitten in der Rushhour zusammen mit Hunderten und Tausenden anderer Kraftfahrer über die Rheinkniebrücke nach Düsseldorf. Tief unter ihr im breiten Flussbett zogen Frachtschiffe schwer beladen dahin. Allein eine Schafherde auf den Rheinauen ließen sich nicht von der Emsigkeit um sie herum anstecken. Gemächlich grasend sahen sie von oben aus wie in die Wiesen gemalte weiße Tupfer, eins mit sich und ihrem Dasein.

Jules Stimmung war zwiegespalten, als sie sich einen Platz im Café ›Rheintraum‹ auf der Kö suchte. Sie hatte gerade erfahren, dass sie ab Montag wieder arbeiten durfte. Ihr Rücken hatte sich erstaunlich schnell regeneriert. Die Ärzte waren hochzufrieden. Das war einerseits gut, andererseits hatte sie furchtbare Angst, im Büro auf Jan zu treffen. Seit dem Unfall hatte es keinen Kontakt zwischen ihnen gegeben. Nun würde sie erneut Seite an Seite mit ihm arbeiten müssen. Als sei nichts geschehen. Wie sollte das gehen?

Jule setzte sich an ein freies rundes Tischchen mit Blick auf die Kö und auf all die teuer gekleideten Passanten, die da flanierten, und stellte sämtliche unangenehmen Gedanken ab. Darin war sie gut, voll im Training sozusagen.

Stur konzentrierte sie sich darauf, Hermanns Ankunft abzuwarten. Frauen in eng geschnittenen Kostümen und hochhackigen Stiefeletten stöckelten vorbei, kleine Schoßhündchen an strassverzierten Leinen ungeduldig hinter sich herziehend. Geschäftsleute in edlem Zwirn, mit Laptoptasche in der einen und dem obligatorischen ›Coffee to go‹ in der anderen Hand, blieben ab und an stehen, um ihre Smartphones hervorzukramen. Fahrradboten radelten pfeilschnell im Zickzack durch die Menge.

Jule beobachtete die fremde Welt fasziniert. Business live. Was für ein Gegensatz zur provinziellen Eifel und selbst zum beschaulichen Kaarst.

Als Hermann Weyers dann kam, hätte sie ihn beinahe nicht erkannt. Der Campingplatzbesitzer wirkte um Jahre gealtert, wie in sich zusammengefallen. Sein Gang war schlurfend, seine Haltung gebeugt. Jule beobachtete ihn entsetzt durch die Scheibe. Trotz des hohen Alters hatte Hermann Weyers stets sehr vital gewirkt. Davon war nun nichts mehr zu spüren. Offensichtlich erschöpft betrat er das Café und schaute sich suchend um. Jule winkte. Er lächelte und steuerte ihren Tisch an.

»Hallo Kleine«, begrüßte er sie freundlich. Mit leisem Stöhnen ließ er sich ihr gegenüber nieder. »Ich hoffe, du hast den Schock inzwischen verkraftet.« Sein verknittertes Gesicht verzog sich sorgenvoll. »Es tut mir schrecklich leid, dass das passiert ist.«

Die verwaschenen, geröteten Augen blickten sie fast furchtsam an. Dann wandte er sich ab, um die Kellnerin heranzuwinken. Jule bestellte einen Cappuccino, der alte Mann einen koffeinfreien Kaffee.

Nach dem ersten Schluck kam Hermann sofort zur Sache. Aus einer speckigen Ledermappe zog er einen Stoß Papiere. Zunächst übergab er Jule einige Schriftstücke: Vollmachten für diverse Firmen und ein Schreiben für die Versicherung. Gewissenhaft las sie alles durch und unterschrieb dann. Anschließend zeigte Hermann ihr die Pläne, die er – mit offensichtlich zitternder Hand – gezeichnet hatte.

Er beschrieb ihr, wie er die Parzelle umgestalten wollte.

»Natürlich pflanzen wir einen neuen Kirschbaum. An der alten Stelle.« Ihr kam es vor, als könne er ihr nicht in die Augen schauen. Auch für ihn kam es wohl einer Blasphemie gleich, Opa Maiwald ins Handwerk pfuschen zu wollen. Sein Stellplatz und die gärtnerische Gestaltung waren ihm heilig gewesen. »Dann setzen wir die Hecke neu«, erklärte Hermann weiter. »Anstelle des alten Wohnwagens würde ich etwas Stabileres vorziehen, am besten ein kleines Mobilheim mit Holzterrasse und Pergola. Den Weinstock pflanzen wir hierher …«

»Nein. Keinen Wein!« Das brach so heftig aus Jule heraus, dass sich sogar die Kellnerin angesprochen fühlte.

»Nein, nein, Sie hatten ja auch keinen bestellt«, wiegelte sie verdutzt ab.

Jule machte eine beschwichtigende Handbewegung, um sich sofort wieder Hermann zu widmen. »Kein Weinstock!«, wiederholte sie resolut. »Ich will das Zeug nicht mehr auf dem Stellplatz haben. Bringt bloß … Unglück.« Das letzte Wort war nur gemurmelt, der Alte hatte sie dennoch verstanden. Er wurde noch eine Nuance blasser um die Nase.

»Natürlich, Kind. Wenn du es so willst.«

Beide beugten sich erneut über die Zeichnung.

»Gut«, schloss Jule. »Ich glaube, das wird schön. Mit Opa Maiwalds Garten hat es natürlich wenig zu tun. Aber so ist es nun einmal. Vorbei ist vorbei.« Sie kämpfte mit den Tränen. »Aber ein Neuanfang ist immer auch eine Chance, nicht wahr?«

Hermann nickte bloß traurig.

»Dein Opa war mir ein guter Freund«, raunte er heiser. »Immer, wenn ich den alten Caravan hinter der Forsythienhecke hervorlugen sah, musste ich an ihn denken. An seine halsstarrige und treue Art.«

Jule schluckte und bekannte: »Gerti und du, ihr erinnert mich oft an meine Großeltern.«

»Danke. Du bist lieb.« Jetzt glitzerte es verdächtig in Hermanns Augenwinkeln. Die weißen Wimpern flatterten. »Kind, wir machen uns solche Sorgen um den Jungen«, stieß er mit einem Mal hervor. »Wenn du etwas weißt, bitte sag es uns. Gerti kann vor lauter Sorge nicht mehr schlafen. Stell dir vor, man hat Michas Lieferwagen am Bahnhof in Mechernich gefunden. Seine paar Habseligkeiten waren noch drin. Wo kann er nur sein? Hoffentlich ist ihm nichts zugestoßen!«

Jule fuhr erschrocken zusammen. Was sollte sie tun? Dicht halten oder die beiden alten Leute mit den Informationen versorgen, die sie wieder ruhig schlafen lassen würden. Nach kurzem Nachdenken entschied sie sich für die zweite Variante.

»Er ist in Sicherheit«, sagte sie mit leiser, fester Stimme. »Seid ganz beruhigt.«

Doch so billig ließ sich der Alte nicht abspeisen. Hartnäckig bohrte er nach. »Wo? Wo ist er? Geht es ihm gut?«

Schließlich verriet sie es ihm. Adresse, Telefonnummer, alles. Sie rang Hermann noch das Versprechen ab, niemandem außer Gerti davon zu erzählen. Mit mulmigem Gefühl verabschiedete sie sich schließlich. Nur eins blieb noch zu fragen.

»Ach Hermann, was für einen Termin hattest du eigentlich heute morgen hier auf der Kö?«

»Termin?« Sein Gesicht verzog sich gequält. »Beim Arzt war ich, Kind. Einem Urologen, Koryphäe auf seinem Gebiet. Ich habe nämlich Prostatakrebs. Weiß ich schon länger. Nur nicht, dass es so schlecht aussieht. Metastasen in den Knochen und so weiter. Na ja, wer lebt schon ewig?«

Sie fuhr umgehend zu Michael. Der verhielt sich gereizt wie ein gerade in der Savanne gefangener Löwe. Außerdem war er angetrunken und das schon um 14 Uhr.

»Deine Zicke von einer Schwester war noch mal hier«, höhnte er zur Begrüßung. »Um mich aus dem Haus zu jagen. Sie hat mir sogar Geld geboten, damit ich die Flatter mache.«

»Was?« Jule fasste es nicht. Entsetzt folgte sie Michael ins abgedunkelte Wohnzimmer.

»Angeblich ist alles nur zu deinem Besten«, fuhr er giftig fort. Seine Bewegungen waren eckig und angespannt. Die Nackenmuskulatur wirkte verkrampft. »In Wirklichkeit geht es ihr bloß um deinen Mann, den tollen Jörg! Ist dir eigentlich klar, dass dein Schwesterlein diesen Rechtsverdreher vergöttert?«

»Ach Quatsch.« Plötzlich fühlte sie sich müde und erschöpft. »Das bildest du dir ein.«

Micha fuhr zu ihr herum wie von der Tarantel gestochen. »Nichts bilde ich mir ein!«, stieß er wütend aus. Er tigerte zur halb vollen Rotweinflasche, die auf dem Couchtisch stand, und setzte sie an den Hals. Nach einem tiefen Schluck redete er weiter: »Sprich nicht mit mir, als ob ich schwachsinnig wäre. Den Part hat deine Schwester schon übernommen.«

»Hey, ist ja gut.« Jetzt erst begriff sie das Ausmaß seiner miesen Stimmung. Vorsichtig berührte sie ihn am Oberarm, strich leicht über den gewölbten Bizeps. »Natürlich halte ich viel von deiner Meinung. Aber Jana kenne ich wohl etwas besser und länger als du.«

Michael erstarrte mitten in der Bewegung. »Du weißt, was ich fühle, wenn du mich anfasst?«, flüsterte er.

»Nein …«

Die Ozeanaugen kamen ganz nahe. Und dann konnte sie

ihnen nicht mehr ausweichen. Es ging einfach nicht. Sie verlor sich in aufgewühltem Meergrün. Es war wie ein zweites Heimkommen, ihn zu küssen.

Sie schafften es gerade bis zur Couch. Jule fühlte sich wie ausgehungert, als sie sich an ihn schmiegte und seinen Körper ertastete. Erst jetzt merkte sie, wie sehr er ihr gefehlt hatte … als Mann und Liebhaber. Sie erschauerte unter seinen drängenden Berührungen, sog gierig seinen Geruch ein. Ungeduldig bog sie sich ihm entgegen und zerrte an seinem Hosenbund. Nachdem sie einmal alle Hemmungen fallen gelassen hatte, konnte es ihr nicht schnell genug gehen, ihn in sich zu spüren.

Später lag sie erschöpft auf ihm, mit flachem Atem und pochendem Herzen. Noch hatte sie das schlechte Gewissen nicht erreicht, noch genoss sie Michaels Wärme und Nähe. Sanft strich er mit seinen Händen, die nur noch von wenigen Pflastern verunziert wurden, über ihren Rücken und Po.

»Du hast mir gefehlt«, wisperte er in ihr Ohr. »Es ist so schön mit dir.«

Da kamen ihr die Tränen, weil er genau ihre Gedanken ausgesprochen hatte und weil sie gleichzeitig wusste, dass es falsch war, was sie taten. Von Grund auf falsch. Paradoxerweise fühlte es sich richtig an.

Irgendwann berichtete sie Micha von ihrem Treffen mit Hermann. Von dem Prostataleiden hatte er schon gewusst, nicht jedoch, wie schlecht es um seinen Großonkel stand. Es machte ihm Angst.

Nur kurz verkrampfte er sich, als sie ihm beichtete, dass sie dem alten Mann verraten hatte, wo er sich aufhielt.

»Schon okay. Ich möchte selbst nicht, dass sie sich Sorgen um mich machen. Und ich weiß doch, dass sie dicht halten.«

Gedankenverloren fuhr Jule mit den Fingern über die Innenseite seiner Unterarme. Sie stockte, als sie die Wülste der Narben fühlte. Linien wie die Saiten über einem Gitarrenhals. Gitarrensaitennarben. Nachklänge großer Qual.

»Wann hast du das getan?«, flüsterte sie leise. »Wann?«

Schweigen. Dann entgegnete er tonlos: »Direkt nach der letzten Verurteilung. Vor fast vier Jahren.«

»Warum?«

»Ich dachte, ich packe es nicht noch einmal. Das Eingesperrtsein. Wenn dich die Wärter und sogar die Knackis angucken, als hätten sie nichts anderes erwartet. Mit einem hämischen Grinsen im Gesicht.«

Häme. Jule begann zu verstehen. Leuten ausgesetzt zu sein, die dich längst mit dem Stigma des Versagers versehen haben und die es dir gönnen, erneut bestraft und weggesperrt zu werden, das musste kaum zu ertragen sein. Spott. Verachtung. Häme. Furchtbar, zumindest für jemanden, der noch ein Fünkchen Stolz in sich trägt.

»Aber du hast es hinter dir«, sagte sie sehr bestimmt. »Du bist auf einem guten Weg.«

»Klar, deshalb verstoße ich auch gegen die Bewährungsauflagen und werde von den Bullen wegen Brandstiftung gesucht«, spottete er bitter. »Super Weg. Ich würde sagen, der schnellste zurück in den Bau.«

»Du hast nichts getan!«, begehrte sie auf. »Und das werden wir beweisen.«

Sanft drehte er ihren Kopf in seine Richtung und betrachtete sie aus nächster Nähe. Dann machte er die Andeutung eines Lächelns und küsste sie sacht auf die Wange.

»Peter Odenthal«, sagte er. »Der Scheißkerl soll sich warm anziehen. Er hat Sonja und Stefan auf dem Gewissen. Wir werden ihn drankriegen, ja?«

Daraufhin erzählte sie ihm von der Skatrunde.

Jörg war ausgesprochen schlechter Laune, als er gegen 19 Uhr nach Hause kam.

»Ich geh erst mal duschen. War ein Scheißtag«, verkündete er nach einem flüchtigen Begrüßungskuss. Jule atmete auf, sobald er im Bad verschwunden war. Ihrem Schuldgefühl tat es allerdings keinen Abbruch.

Was war sie nur für eine miese Schlampe. Schlecht und verdorben. Unwillkürlich erschien Michas vertrauensvolles Gesicht vor ihrem inneren Auge. Dann schob sich Jörgs darüber. Mist, verdammter. Keinem dieser Männer wurde sie gerecht. Beiden gegenüber verhielt sie sich egoistisch und unfair. Müde entkorkte sie einen Rioja. Gerade wollte sie sich aufs Sofa plumpsen lassen, als sie eine Idee hatte.

Sie fachte den Kamin an. Feuer, dachte sie. Feuer wärmt von außen und von innen. Feuer zerstört und Feuer reinigt. Beim letzten Gedanken blieb sie hängen.

Hatte sie durch den Brand auf dem Stellplatz eine Reinigung erfahren? Keine Ahnung. Ihr kam es jedenfalls vor, als sei ihr Leben genauso verworren und schmutzig wie zuvor. Und durcheinander.

Geistesabwesend glättete sie die ungeordneten Papierstapel auf der Ablage unter der Glasplatte des Couchtisches. Plötzlich hielt sie inne. Der Zipfel einer Zeitung lugte zwischen Fernsehprogrammen und Wurfsendungen hervor. Neugierig zog sie daran und erkannte, dass es sich um ein einzelnes Blatt aus der ›Neuss-Grevenbroicher-Zeitung‹ handelte. Beim Blick auf das Erscheinungsdatum runzelte sie die Stirn: Samstag, letzte Woche. Da war sie noch in der Eifel gewesen. Sie las die Schlagzeile des die Seite beherrschenden Artikels und erschrak: ›Entflohener Häftling immer noch auf freiem Fuß. – Die Chronik der Flucht und die Chronik einer Verbrecherkarriere‹. Der Verfasser des Textes hatte gut recherchiert. Vor allem den Ablauf des Bankraubes von 1987 schilderte er in allen Einzelheiten. ›Ist Stefan Winter auf der Suche nach dem unbekannten Komplizen von damals?‹, fragte der Journalist schließlich, um dann messerscharf zu folgern: ›Ist der mysteriöse Kumpan wie Winter ein gebürtiger Eifeler? Lagerte die Beute aus dem Bankraub etwa in dem Eifeldorf, vor dessen Toren man das gestohlene Fahrzeug des flüchtigen Mörders fand?‹

Jule sog scharf die Luft ein. Hier kam jemand der Wahrheit gefährlich nahe. Hatte auch Jörg das begriffen? Sie hörte Schritte auf dem Parkett in der ersten Etage und steckte das Papier schleunigst zwischen zwei Reklameblättchen. In dem Moment kam er schon die Treppe herunter.

»Wie war dein Tag?«, fragte er, frisch nach Shampoo und Rasierwasser duftend, schenkte sich ein Glas Wein ein und ließ sich neben Jule auf das Sofa fallen. Seine nackten Füße schwang er auf den Polsterhocker. »Hatte Hermann gute Ideen für deinen Stellplatz?«

»Ja, hatte er, aber stell dir vor: Es geht ihm gesundheitlich sehr schlecht. Prostatakrebs in fortgeschrittenem Stadium.«

»Oh.« Jörg nippte an seinem Glas und schaute nachdenklich in die Flammen. »Irgendwann erwischt es jeden, was? Aber Hermann ist immerhin über achtzig. Ein alter Mann mit einem erfüllten Leben, auf das er zurückblicken kann. Das schaffen viele gar nicht erst.«

»Stimmt«, pflichtete ihm Jule bei. »Aber ich finde es trotzdem schrecklich. Hermann war da, solange ich denken kann. Und er kam mir vor wie ein Fels in der Brandung. Fit, vital, robust. Davon war heute nichts zu spüren. Er sah durchsichtig aus, weißt du. Hinfällig, greisenhaft. Arme Gerti.«

Jörg musterte sie prüfend. »Es ist bestimmt nicht nur die Krankheit, die Weyers fertig macht«, versetzte er grimmig.

»Sein krimineller Neffe trägt die Hauptverantwortung. Es muss furchtbar für Gerti und Hermann sein zu begreifen, dass sie sich dermaßen in Faßbinder getäuscht haben. Ich hoffe, die Polizei findet ihn bald.« Er atmete kurz durch. »Ich verstehe nicht, wie du auf diesen Typen reinfallen konntest. Ich hab heute mit Leo telefoniert. Er bestätigt, dass Faßbinder ein vorbestrafter Mehrfachtäter ist. Nicht viel besser als dieser Winter. Von solchen Leuten muss man sich fernhalten. Es würde mich nicht wundern, wenn Faßbinder nicht bloß hinter der Brandstiftung, sondern auch hinter den Morden stecken würde.«

»Du weißt, dass das unmöglich ist.« Jules Puls hatte sich beschleunigt. Ihr Herz raste. Sie wollte dieses Gespräch nicht führen, vor allem nicht nach heute Nachmittag. Immer noch konnte sie Michaels sanfte Hände auf ihrer Haut spüren. »Sein Alibi ist unumstößlich.«

Jörg sah sie verächtlich an. »Der Typ hat dich um den Finger gewickelt. Ganz klar. Und er muss es ja nicht selbst getan haben. Vielleicht hat er einen Komplizen. Solche Kriminellen finden überall ihresgleichen.«

Jule war bewusst, dass die Sache im Streit enden würde, aber sie musste einfach widersprechen.

»Hör bitte auf, über Michael herzuziehen. Mit den Vorfällen auf dem Campingplatz hat er nichts zu tun. Er war ein sehr zuverlässiger Mitarbeiter für Gerti und Hermann. Nie würde er …«

»Du kennst den Mann kaum.« Jörgs Stimme wurde lauter. »Und du wirst ihn sowieso nie wiedersehen! Entweder er taucht für immer unter oder wird doch noch verhaftet. Außerdem verbiete ich dir jeden Kontakt mit ihm!« Wütend knallte er das Weinglas auf den Tisch und sprang auf. »Das Schwein hätte fast unsere Ehe zerstört! Versprich mir, dass du dich von ihm fernhältst!« Völlig außer sich durchquerte er das Wohnzimmer, machte kehrt und lief zurück. Unmittelbar vor Jule blieb er stehen und funkelte sie herausfordernd und gleichzeitig zutiefst verletzt an: »Versprich es mir. Jetzt!«

Jule wich seinem bohrenden Blick aus. Was sollte sie auch sagen? Sie war eine Verräterin, so oder so. Scham und Selbstekel vermischten sich in ihr zu einer zähen Masse. Ihre Kehle war wie zugeschnürt.

»Okay. Keine Antwort ist auch eine!«

Jörg drehte sich auf den Hacken um und rauschte aus dem Zimmer. Wenige Minuten später hörte sie die Haustür schlagen. Jule blieb mit schlechtem Gewissen, aber auch ziemlich erleichtert zurück, dass er weg war.

Irgendwann, nachdem sie eine halbe Ewigkeit wie hypnotisiert in die zuckenden Flammen im Kamin gestarrt hatte, raffte sie sich auf und schaltete den Fernseher an. Rastlos switchte sie durch die Kanäle, bis sie bei einem der Privatsender hängen blieb. Unterschichtenfernsehen. Na von wegen. Neugier, Schadenfreude und Sensationsgier sind nicht allein den Armen vorbehalten. Jule schaute mäßig interessiert die Klatsch- und Tratschsendung über Stars, Stories und News. Bis ihr plötzlich der Atem stockte.

»Wir sind hier in der Wohnung einer Frau, die mehr Leid erlebt hat, als ein Mensch in seinem Leben verkraften kann«, behauptete eine glatt gebügelte schwarzhaarige Moderatorin mit blauen Klimperaugen und tiefem Ausschnitt. Mit elegant übereinander geschlagenen Beinen saß sie auf einer schmuddeligen, senffarbenen Eckcouch. An der speckigen Tapete hinter ihr hingen wahllos verstreut alte Fotos. Ein mickriger Ficus Benjamini verstaubte in der Ecke. Das Zimmer wirkte verwahrlost. »Ihr Mann, der Polizeibeamte Kurt Wächter, wurde 1987 im Einsatz von dem Mann getötet, der vor mehreren Tagen aus der JVA Köln fliehen konnte und im Eifeldorf Steinbach von einem Unbekannten erschlagen wurde.«

Die Kamera schwenkte auf eine verhärmte Fünfzigjährige mit grauem Kurzhaarschnitt, hängender Wangenpartie und violetten Augenringen. Stocksteif saß sie neben der Moderatorin. Ihre Knie stachen spitz ins Bild.

»Wie fühlen Sie sich nun, seitdem Stefan Winter, der brutale Mörder Ihres Mannes, tot ist?«

»Es ist eine Erleichterung«, erklärte die Frau mit bitterer Miene. »Obwohl es mir meinen Mann natürlich nicht zurückbringt. Trotzdem bin ich unendlich froh, dass der Mörder zur Strecke gebracht wurde. Endlich hat er die Strafe bekommen, die er verdient hat.«

»Ihnen reichte es nicht, dass er zu lebenslanger Haft verurteilt wurde?«

»Sie sehen ja selbst, wohin das geführt hat. Der Mörder konnte fliehen. Nein, ich denke, Gerechtigkeit ist erst jetzt erreicht. Auge um Auge, Zahn um Zahn. Vielleicht finde ich nun endlich Ruhe und Frieden.«

»Ihre drei Kinder waren noch klein, als Ihr Mann 1987 von dem Bankräuber erschossen wurde. Heute sind sie erwachsen. Wie stehen sie zu den jüngsten Vorfällen?«, fragte die Dunkelhaarige.

»Die Kinder waren damals fünf, drei und ein halbes Jahr alt. Nur meine älteste Tochter hat noch Erinnerungen an ihren Vater. Sie lebt mit Mann und Familie in der Eifel, nicht weit weg von dem Dorf, in das sich der Mörder flüchtete. Martina war außer sich, als sie von Winters Ausbruch erfuhr. Wie kann das Schwein einfach abhauen?, fragte sie mich am Telefon. Sie betete darum, dass man ihn bald zur Strecke bringt. Am besten mit einem Schuss.« Die Frau lächelte milde. Es sah gruselig aus. »Martinas Gebete sind erhört worden. Auch wenn man Winter erschlagen und nicht erschossen hat.«

»Frau Wächter, ich wünsche Ihnen sehr, dass Sie und Ihre Kinder jetzt Ihren Frieden finden können.«

»Ja, das wäre schön. Es war alles so unfair. Wir waren eine wirklich glückliche Familie. Kurt war die Liebe meines Lebens. Sie können sich gar nicht vorstellen, wie es ist, dies alles auf einmal zu verlieren. Nicht nur Trauer hat seither mein Leben bestimmt, sondern auch ohnmächtiger Hass auf den Mörder. Der hat nach so langer Zeit nun endlich seine gerechte Strafe bekommen …«

Jule musste schlucken. Sie konnte die Sichtweise der Frau nachvollziehen. Mit einem Schlag war vor 25 Jahren ihr heiles Leben ausgelöscht worden. Boshaft und willkürlich, wie es schien. Ehe, Familie, Liebe, Glück, Absicherung. Alles weg. Das hatte sie gezeichnet. Unauslöschlich. Aber würde sie nun tatsächlich Frieden finden? Hatten sich ihr Hass und ihre Verbitterung auf die Ungerechtigkeit des Schicksals nicht längst selbstständig gemacht? Waren zum Lebensinhalt geworden? Ihr Äußeres sprach Bände. Sie wirkte verfallen und verhärtet zugleich. Jule bezweifelte, dass sich Frau Wächter bald frei fühlen würde. Und dann kam ihr mit einem Mal ein gänzlich anderer Gedanke.

Steckte etwa die Witwe selbst oder gar eines ihrer erwachsenen Kinder hinter dem Mord an Stefan? War dessen Flucht die Gelegenheit für die Familie gewesen, endlich endlich den Tod des Ehemannes und Vaters zu rächen? Was hatte Frau Wächter gesagt? Ihre Tochter, Martina, lebte in der Nähe von Steinbach? Unglaublich. Das konnte kein Zufall sein. Sie musste morgen früh unbedingt mit Micha darüber sprechen. Micha, ein warmes Gefühl schlich sich in ihren Bauch. Resolut schaltete sie das Fernsehgerät aus und ging zu Bett.

Erstaunlicherweise schlief sie schnell ein. Mitten in der Nacht wurde sie kurz wach und registrierte, dass Jörg abgewandt und in einigem Abstand neben ihr lag. Mit einer Mischung aus Erleichterung und Schuldgefühl glitt sie zurück in einen tiefen, traumlosen Schlaf.

Der nächste Morgen. Freitag. Jörg war längst weg, als sie die Augen öffnete. Sie hatte ihn nicht gehört. Wahrscheinlich hatte er sich leise hinausgeschlichen. Ihr Mann hasste private Streitigkeiten genauso wie sie. Flucht und Schweigen waren seine bevorzugten Vermeidungsstrategien. Darin zumindest waren sie sich ähnlich. Jules Glieder fühlten sich bleischwer an, als sie sich aus dem Bett schälte.

Mit dem ersten Kaffee kam die Lebendigkeit und mit ihr leider auch die alte verworrene Gefühlswelt zurück. Ihr verkorkstes Leben umschlang sie mit unsichtbaren Stricken, die sie fesselten und würgten. Du bist selbst schuld, schimpfte sie sich aus. Das Leben könnte so einfach sein, aber du machst alles kompliziert und kaputt. Typisch. Es brachte nichts, weiter darüber nachzudenken.

Stattdessen beschloss sie, die Pizzazutaten für heute Abend einzukaufen und danach kurz bei Michael vorbei zu schauen. Unbedingt musste sie ihm von ihrem neuesten Verdacht erzählen. Außerdem hatte sie dringend ein ernstes Wörtchen mit Jana zu wechseln.

Mit diesen Plänen im Kopf verließ sie das Haus.

Draußen begrüßte sie der Tag mit einem klaren blauen Himmel und warmer Frühlingsluft. Gefühle von Leichtigkeit und Übermut hellten ihre düstere Grundstimmung auf, nachdem sie bei Aldi und Edeka – auch für Micha – eingekauft hatte. Vielleicht würde doch noch alles gut werden.

Vielleicht würden sich die Dinge auf wundersame Weise von selbst klären.

Sie freute sich auf Michael, während sie den Wagen in der Einfahrt parkte.

Im dämmrigen Flur wurde sie von einer unguten Vorahnung überrascht, die ihr wie eine faulige Wolke entgegen quoll. Jule bekam eine Gänsehaut am ganzen Körper, während sie mit dem Einkaufskorb unterm Arm auf den kalten Marmorfliesen stand. Obwohl sie nach ihm rief, wusste sie, dass sie keine Antwort bekommen würde.

»Micha!«

Ihre Stimme hallte durch das Haus und versickerte in den Schatten. Zaghaft betrat sie das abgedunkelte Wohnzimmer. Nichts.

»Micha?«

Sie eilte in die kleine Küche und wuchtete den schweren Korb auf die Arbeitsfläche. Forschend schaute sie sich um. Die Kaffeemaschine war sauber und unberührt. Kein einziger Frühstückskrümel, keine Tasse, kein Messer ließen darauf schließen, dass hier heute morgen jemand etwas zubereitet hatte. Jule fasste den Lappen an, der über dem Wasserhahn am Spülbecken hing. Staubtrocken. Fahrig riss sie den Kühlschrank auf. Wurst, Käse, Milch, alles noch in gleicher Menge da wie gestern. Jetzt griff die Angst mit klammen Fingern nach ihr. Sie knallte die Kühlschranktür zu und lief ins Wohnzimmer zurück. Auf dem Couchtisch standen noch ihrer beider Weingläser, daneben die leere Flasche.

»Micha?«

Mit wild klopfendem Herzen ging sie ins Gästezimmer. Das Bett war in typischer Faßbindermanier gemacht: die Bettdecke straff und ohne jede Falte. Allerdings zeugte das nicht unbedingt davon, dass Michael die letzte Nacht in diesem

Bett verbracht hatte. Es konnte genauso gut noch von gestern Vormittag gemacht sein. Auch im Bad war niemand.

Nun wurde sie von Panik erfasst. Atemlos hetzte sie von Raum zu Raum; sogar im Keller rief sie nach ihm. Nachdem sie einmal die Rasenfläche des Gartens überquert und im Gartenhäuschen nachgeschaut hatte, kehrte sie ratlos ins Wohnzimmer zurück. Da erst entdeckte sie eine zweite leere Rotweinflasche, die, unter dem Couchtisch verborgen, dicht am Sofa lag. Die letzten Tropfen Wein waren in den Teppich gesickert. Jule hockte sich hin, um die Flasche aufzuheben. Dabei packte sie in eine klebrige Flüssigkeit, die sie wegen des Teppichmusters zunächst überhaupt nicht wahrgenommen hatte. Der Fleck war noch leicht feucht und handtellergroß. Er war von bräunlicher Farbe. Vorsichtig betastete sie ihn und führte die Finger dann zur Nase. Wie sie befürchtet hatte: Blut.

Der Schock ließ sie erstarren, ihr Denken verlangsamte sich, kam fast zum Stillstand. Geistesabwesend registrierte sie nun den ebenfalls bräunlichen Fleck an der scharfkantigen Ecke des Couchtisches.

Ihr Gesichtsfeld begann sich einzuengen, und ein immer lauter anschwellendes Summen dröhnte in den Ohren. Ihr wurde schwindelig. Benommen sank sie auf den Teppich. Sie schloss die Augen, lehnte sich mit dem Rücken an die Couch und atmete tief durch. Bloß jetzt nicht ohnmächtig werden. Das nützte niemandem. Vor allem Michael nicht. So saß sie regungslos da, versuchte, die Kontrolle über sich selbst zurückzugewinnen.

Nach einer gefühlten Ewigkeit fingen Körper und Geist wieder an zu arbeiten. Was konnte mit Michael geschehen sein? War es sein Blut, das am Tisch und auf dem Teppich klebte? War er in betrunkenem Zustand gestürzt und hatte sich an der Tischkante den Kopf aufgeschlagen? Aber wo war er dann? Vielleicht ja nur beim Arzt. Aber wie war er hingekommen? Warum hatte er sie nicht angerufen? Der Blutfleck neben dem Sofa kam ihr erschreckend groß vor. Konnte man mit einer solchen Verletzung überhaupt noch aufstehen, geschweige denn fortgehen? Sie vermochte es sich nicht vorzustellen. Ihrer Einschätzung nach musste das Blut gestern Abend oder in der Nacht vergossen worden sein. Sicher nicht erst heute morgen, mutmaßte sie. Der war Fleck schon ziemlich eingetrocknet. Was aber bedeutete das? Wo steckte Michael? Warum meldete er sich nicht bei ihr oder hatte nicht wenigstens einen Zettel hinterlassen? Bedeutete das nicht, dass etwas wesentlich Schlimmeres geschehen war? Hatte es einen Kampf im Haus gegeben? Hatte irgendwer Michael niedergeschlagen und fortgeschafft? Aber wer? Kaum einer wusste, dass er im Haus ihrer Mutter untergekommen war. Nur Jana. Hatte Jana etwa geplaudert? Es half alles nichts; sie musste mit ihrer kleinen Schwester sprechen. Mit wackeligen Beinen stand Jule auf. Schnell schrieb sie eine kurze Notiz an Michael, für den Fall, dass er doch zurückkäme. Dann verließ sie den Bungalow.

Janas und Sebastians Heim war eine riesige, weiß verklinkerte, zweieinhalbgeschossige Stadtvilla in U-Form inmitten eines parkähnlichen Grundstücks im Kaarster Osten. Sebastian, seines Zeichens erfolgreicher Architekt, hatte das Haus vor einigen Jahren selbst entworfen und nach eigenen Vorstellungen bauen lassen. Darunter fielen der überdachte Pool und die separat gebaute Doppelgarage mit Giebeldach.

Rund um den Garten verlief eine weiße, zwei Meter fünfzig hohe Mauer. Wer zu Besuch kam, musste am Tor klingeln und sich an der elektronischen Sprechanlage melden. Wie bei den Superreichen in Hollywood. Lächerlich! Jana oder Sebastian konnten dann durch die Überwachungskamera sehen, wer Einlass begehrte und die hölzernen Flügeltüren mittels Fernbedienung aufschwingen lassen.

So auch jetzt. Jule hatte den Wagen an der Straße geparkt und lief die mit Granit gepflasterte Einfahrt hinauf. Rechts und links säumten in exakte Kugelformen geschnittene Buxbäumchen den Weg. Eilig strebte sie der Haustür entgegen. Sie mochte das Haus nicht. Es war ihr zu protzig. Es strahlte Arroganz aus, genau wie ihr Schwager Sebastian Broich selbst.

Jana, wie immer untadelig zurechtgemacht und sorgfältig geschminkt, empfing die ältere Schwester mit nervöser Verwunderung.

»Was machst du denn hier?«, fragte sie leicht hektisch und ließ Jule hinein. »In 20 Minuten muss ich die Zwillinge aus dem Kindergarten abholen.«

»Es dauert nicht lang«, versprach Jule und marschierte über den schwarzen, hochglänzenden Steinboden direkt in die Wohnhalle. Dort drehte sie sich um und taxierte die Jüngere.

»Michael ist verschwunden. Weißt du, wo er ist?«

Janas dünne, schwarze Augenbrauen schnellten in die Höhe. »Nein! Keine Ahnung.« Ihr Erstaunen schien echt zu sein. »Aber ehrlich gesagt, macht es mich nicht gerade traurig, dass er abgehauen ist, dieser Schmarotzer«, fügte sie abfällig hinzu. »Hast du nachgeschaut, ob Wertgegenstände fehlen? Würde mich nicht wundern.«

»Red' keinen Unsinn! Da ist ein großer Blutfleck auf dem Läufer im Wohnzimmer, und es sieht aus, als sei Michael schon seit gestern Nacht verschwunden. Ich habe furchtbare Angst, dass ihm etwas zugestoßen ist.«

Jana platzierte ihren zierlichen Po anmutig auf der Armlehne eines monströsen Ledersessels und verzog missbilligend die Lippen.

»Ich verstehe nicht, was du an dem Typen findest«, antwortete sie leichthin, doch ihre Augen flackerten unsicher. »Und wahrscheinlich steigerst du dich in diese Geschichte nur rein. Was soll dem schon passiert sein? Bestimmt hat er sich in besoffenem Kopf bloß gestoßen. Dieser Faßbinder säuft wie ein Loch. Wahrscheinlich hat er inzwischen den halben Weinkeller von Mama und Papa leer getrunken. Ich weiß nicht, wie du ihnen das erklären willst, wenn sie aus dem Urlaub zurückkommen. Aber das ist ja, wie du so schön sagtest, nicht meine Sache.«

Jule unterbrach die kleine Schwester ungeduldig. »Hast du irgend jemandem von Michael erzählt? Sebastian etwa oder doch der Polizei?«

»Nein.«

Die Antwort kam ein bisschen zu schnell. Jule glaubte Jana nicht. Sie spürte es, wenn jemand nicht ehrlich mit sich selbst oder anderen war. Darin war sie gut. Aber was sollte sie machen? Janas Gesicht hatte sich verschlossen wie eine Auster. Sie würde nichts preisgeben.

»Er ist nicht freiwillig gegangen«, beharrte Jule. »Und nur du wusstest, wo er sich aufhielt.«

Gleichzeitig flüsterte ihr eine leise Stimme zu, dass das nicht stimmte. Auch Hermann und Gerti waren Mitwisser. Außerdem konnte Michael mit wer weiß wem Kontakt aufgenommen und selbst seinen Aufenthaltsort preisgegeben haben. Alles war möglich.

»Kannst du den Penner nicht übers Handy erreichen?« drang Jana in ihre Überlegungen ein.

»Er hat keins.«

Den Satz, automatisch dahingesagt, musste Jule sofort innerlich revidieren. Denn sie wusste es einfach nicht. Egal, es nützte nichts. Sie konnte ihn nicht erreichen, und damit basta.

»Pah.« Jana krauste ihr schöne, schmale Nase. »Kein Handy! Wo gibt's denn heute noch so was? Ich sag ja, der Typ ist nicht ganz echt. Sei froh, dass du ihn los bist!«

»Sei still! Du weißt ja nicht, was du redest.«

Jule dachte an den halb eingetrockneten Blutfleck neben dem Couchtisch. Ihr wurde schlecht. Was war passiert? Was konnte sie tun?

Sie wandte sich zur Haustür. Wortlos verließ sie das Anwesen. Ohne darüber nachzudenken, fuhr sie am Kaarster Bahnhof rechts über die B 7 in Richtung Vorst. Direkt vor Melanies Reihenhaus war ein Parkplatz frei. Gut. Sie stellte den Wagen ab und lief zum Eingang des Kosmetikstudios. Was sie jetzt dringend brauchte, war eine Verbündete.

Melanie Pütz-Coenen hatte eine Kundin. Trotzdem wurde Jule von ihr mit einem breiten Lächeln auf den Lippen und einem hektischen Winken hineindirigiert.

»Hallo, Jule. Schön, dich zu sehen. Bin gleich fertig. Mach dir einen Kaffee und setz dich, ja?«

Jule gehorchte, allerdings widerwillig. Eigentlich war sie viel zu nervös, um hier in aller Ruhe Kaffee zu trinken. Nach zehn Minuten war es so weit. Die Blondine mittleren Alters, der Melanie die Hände manikürt hatte, verließ mit rosa schillernden Krallen das Kosmetikstudio.

Melanie setzte sich zu Jule und fing sofort zu sprechen an, in dieser für sie typischen energetisch aufgeladenen Art und Weise.

»Ich hab Neuigkeiten«, zwitscherte sie aufgedreht. »Ich hätte dich heute noch angerufen. Stell dir vor, gestern war ich in der Eifel und habe Sonjas Sachen gesichtet. Einen ganzen Stapel Briefe habe ich gefunden, die hatte sie unter der losen Fliese in der Küche versteckt. Das war Omas und Opas Geheimfach. Dort bewahrten sie ihre eiserne Reserve auf und den Familienschmuck. Die Bullen hatten keine Ahnung davon. Stell dir vor, Sonja hatte tatsächlich gleichzeitig was mit dem Dorfcasanova und Stefan! Außerdem hab ich ein seltsames Gedicht gefunden, gleich in mehrfacher Ausführung. Meine Schwester hat sich Notizen dazu gemacht. Das muss irgendeine besondere Bedeutung haben. Keine Ahnung welche. Moment, ich hole den Karton mit den Briefen.«

Sie drehte sich um und eilte mit schnellen Schritten durch eine Hintertür in den Wohnbereich des Reiheneckhauses. Wenige Minuten später saß Jule sprachlos inmitten von losen Zetteln, Kuverts und Briefbögen. Sie sah, dass die Adresse, an die Sonja Bohr sich ihre Post hatte schicken lassen, ein Postfach in Bad Münstereifel war.

Jule wunderte sich erst, dann verstand sie: Sonja Bohr hatte auf die Weise ihren Wohnwechsel vor der zuständigen Stelle in der JVA Köln und damit auch vor der Kripo verschleiert. Höchstwahrscheinlich war sie weiterhin offiziell im Haus von Jürgen Bohr in Bad Münstereifel gemeldet gewesen. Niemand war daher nach Winters Ausbruch auf die Idee gekommen, Sonja Bohr in Steinbach zu observieren oder den Zusammenhang zwischen ihr und dem Flüchtigen herzustellen. Auch die Tatsache, dass sie unter dem Namen ihres Mannes lebte, hatte die Ermittlungen behindert. Wer wusste schon, dass Sonja Pütz, die Exverlobte Winters, und Sonja Bohr ein und dieselbe Person waren? Jule wurde klar, dass Stefans Ausbruch von langer Hand geplant worden sein musste.

Nachdenklich betrachtete sie den Haufen Papier vor sich. Die unterschiedlichen Absender waren auf den ersten Blick zu erkennen. Stefan Winter schrieb lange Texte in einen schrägen, engen Schrift auf dünnen DIN A4 Blättern. Frank Beckers Mitteilungen waren völlig anderer Natur, nicht mehr als kurze Sätze voller sexueller Anspielungen in hingeklotzten Druckbuchstaben auf Notizzetteln und Papierfetzen. Es ging um Verabredungen zu heimlichen Treffen oder die genüssliche Erinnerung an solche.

›Es war mal wieder geil mit dir‹, hieß es zum Beispiel. ›Es macht mich an, dass du so oft willst und so feucht bist. Ganz anders als du-weißt-schon-wer, die Trockenpflaume. Lass es uns morgen wieder treiben. Ich komm zu dir‹. Der Zettel war datiert auf den 14. Januar dieses Jahres. Ein Brief Stefan Winters war genau einen Tag vorher verfasst worden.

›Mein Schatz, ich denke immer an dich‹, schrieb er. ›Tag und Nacht. Ich freue mich auf deinen nächsten Besuch. Gestern hatte ich Ärger mit einem Schließer, deshalb gibt es heute keinen Hofgang. Egal, solange ich weiß, dass du zu mir stehst, ist alles gut. Du hast nach dem Gedicht gefragt und was es bedeutet. Ja, ich kann damit etwas anfangen. Lass mich nur machen. Du kannst Dich auf mich verlassen. Hab keine Angst …‹. So ging es weiter, seitenlang.

Jules Hand krampfte sich mehr und mehr um den Brief, während ihre Augen über die Zeilen flogen. Es stand wohl fest, dass Sonja Bohr ihren inhaftierten Exverlobten lediglich ausgenutzt hatte. Geschickt hatte sie versucht, ihm das Versteck der Beute zu entlocken. Ob es ihr am Ende gelungen war? Hatte Frank Becker, der Dorfpolizist, bei diesen Plänen als Komplize fungiert?

»Weißt du etwas über dieses seltsame Gedicht?«, fragte Melanie mitten in diese Mutmaßungen hinein. Sie hielt einen Zettel in der Hand und deklarierte:

»So wird es sein,
mein Kind.
Wir werden alt,
Der Winter ist kalt,
doch der Eifelwind
streift durch den Maiwald
und raschelt im Wein
über dem Moos am Stein.«

»Ja«, bekannte Jule nach kurzem Zögern. »Es bezeichnet das Versteck der Beute aus dem Euskirchener Bankraub.«

»Was?« Melanies Augen wurden groß und rund. »Woher weißt du das?«

Jule seufzte. Es half alles nichts. Sie musste mit der ganzen Wahrheit herausrücken.

»Michael hat es mir erzählt. Er war der zweite Mann bei dem Überfall. Der, der flüchten konnte, als Stefan angeschossen wurde. Er hat das Geld vergraben und für Sonja das Gedicht verfasst. Sie sollte es Stefan bei einem ihrer Besuche in der JVA aufsagen. Hat sie aber nicht, denn sie machte ja vorher mit ihm Schluss. Die Sache mit dem Gedicht nahm sie damals wohl nicht für voll. Michael hatte es ihr anonym per Post geschickt, damit sie nicht kapierte, dass er der gesuchte Komplize war.«

Schweigen. Melanie schien erst einmal verdauen zu müssen, was Jule ihr zu schlucken gegeben hatte.

»Unglaublich!«, brach es schließlich aus ihr heraus. Sie schüttelte die blond gesträhnte Haarpracht. »Michael Faßbinder also … Dann ging es Sonja von Anfang an bloß um die Beute, als sie mit Stefan Kontakt aufnahm! Aber wo ist das Zeug nur?«

»Keine Ahnung. Das Versteck ist auf jeden Fall leer. Und

weder Micha noch Stefan haben es ausgeräumt. Stefan war völlig verzweifelt, als er das feststellte. Was aber noch viel schlimmer ist …« Jule musste schlucken, bevor sie weitersprechen konnte. »Micha ist weg. Ich hatte ihn heimlich in Driesch im Haus meiner Eltern – die sind im Urlaub, weißt du – untergebracht. Jetzt ist da nur noch ein Blutfleck auf dem Teppich.«

Und dann konnte sie nicht mehr. Ungebremst liefen ihr die Tränen übers Gesicht. Angst und Sorge überschwemmten sie.

Melanie strich ihr unentwegt über den bebenden Rücken.

»Es wird ihm schon nichts passiert sein«, murmelte sie mehr hilflos als überzeugt. »Er ist ein Mann von Mitte vierzig und kann gut auf sich selbst aufpassen.«

»Das war Stefan Winter auch! Der war sogar bewaffnet bis an die Zähne, und doch hat ihm irgend jemand mit einer Eisenstange den Schädel eingeschlagen. Ich habe seine toten Augen gesehen … Es war grauenhaft. Der Schnee in seinen Wimpern und im Haar …«

»Schsch«, machte Melanie. »Micha ist bestimmt nicht tot. Oder lag etwa eine Leiche im Haus deiner Eltern?« Als Jule den Kopf schüttelte, fuhr sie fort. »Na also. Du musst Ruhe bewahren. Hast du denn schon im ›Eifelwind‹ angerufen und dich erkundigt, ob er eventuell dort aufgetaucht ist?«

»Nein«, bekannte Jule leise.

»Okay, dann machen wir als Erstes das, und danach sehen wir weiter.«

Es tat Jule gut, dass Melanie von ›wir‹ sprach. Gleich fühlte sie sich etwas besser und nicht mehr ganz so allein der bedrohlichen Situation ausgesetzt. Trotzdem glaubte sie nicht, dass Michael zurück in die Eifel gefahren war. Mir nichts, dir nichts, ohne ihr Bescheid zu geben oder zumindest eine Notiz zu hinterlassen. Das passte nicht zu ihm.

Und sie sollte recht behalten: Gerti und Hermann wussten nichts über Michas Verbleib. Und mit ihrem Telefonat hatte sie die beiden noch zusätzlich in Angst und Schrecken versetzt.

Völlig ratlos sahen die beiden Frauen sich an.

»Vielleicht sollten wir zu Polizei gehen«, schlug Melanie halbherzig vor. »Es muss ja nicht der fette Wesseling sein.«

Jule verwarf die Idee sofort. »Auf keinen Fall. Dann quetschen die mich womöglich noch einmal wegen dem Mord an Stefan aus. Noch wissen sie nicht, dass Micha damals in Euskirchen der zweite Bankräuber war. Stell dir mal vor, ich verquatsche mich und reite ihn damit in die Scheiße rein. Und dann stellt sich womöglich raus, dass er sich doch bloß den Kopf am Couchtisch gestoßen hat und gerade auf eigene Faust ermittelt. Das würde ich mir nie verzeihen.«

»Da hast du recht. Aber dann können wir zurzeit nur zwei Dinge tun: einfach abwarten oder diesen Frank Becker in die Zange nehmen.«

»Nein, es gibt noch andere Spuren.« Langsam beruhigte Jule sich und erzählte der neuen Freundin erst ausgiebig von dem Fernsehinterview mit Kurt Wächters Witwe, dann von Jörgs Skatfreunden.

»Micha hat Peter Odenthal in Verdacht, weil der sich zur Zeit der Morde im ›Eifelwind‹ aufhielt. Außerdem weiß er – genau wie Leonard Fröhlich – in allen Einzelheiten über den Euskirchener Bankraub Bescheid. Stell dir vor, der alte Fröhlich war Stefans Verteidiger. Und Leo und Peter, zu der Zeit ganz frische Jurastudenten, haben dem Prozess beigewohnt. Warum, wieso und wie oft, das weiß ich selbst noch nicht. Vielleicht erfahre ich nachher mehr. Wenn die beiden zum

Skat zu uns kommen. Das jedenfalls war der Plan, bevor Micha verschwand«, schloss sie kläglich.

»Der immer noch Sinn macht«, bekräftigte Melanie energisch. »Was die Witwe dieses Polizisten angeht … mmmh, gute Idee. Das muss man später recherchieren. Könnte was dran sein. Ich kümmere mich aber erst mal um den Dorfcasanova. Ich werde ihn später anrufen. Das hätte ich eh noch gemacht. Ich meine, wegen der Beerdigung und so.« Jetzt klang ihre Stimme belegt. Sie blinzelte heftig, bevor sie weiterredete. »Irgend jemand muss mir doch sagen, wann die Leiche frei gegeben wird. Die tun alle, als wüsste man automatisch, wie so eine Prozedur abläuft.«

Jule bekam sofort ein schlechtes Gewissen. Da jammerte sie hier wegen ungelegten Eiern herum und dachte überhaupt nicht an Melanies Trauer und Leid. Unwillkürlich richtete sie sich auf. Von ihr wurden Kraft und Souveränität gefordert; auch sie musste Trost spenden.

»Gute Idee, Frank Becker zu kontaktieren, um herauszufinden, inwieweit der Typ in die Morde und die Hintergründe involviert ist«, sagte sie. »Aber wenn du erfahren willst, wann deine Schwester beerdigt werden kann, sind Wesseling und seine rothaarige Kollegin die richtige Adresse. Sag mir bitte, wenn ich dir in der Angelegenheit helfen kann. Ich tue es gern, ehrlich.« Sie überlegte einen Moment und fügte schließlich hinzu: »Aber ich will mich nicht aufdrängen. Sicher steht dir auch dein Mann zur Seite …«

Sie brach ab, als sie Melanies Blick bemerkte. Eine geballte Ladung aus Bitterkeit und Frust schoss ihr entgegen.

»Bernd Coenen interessiert sich einen Scheißdreck darum, wie es um mich bestellt ist. An meiner Seite ist er schon lange nicht mehr.« In Melanies Stirn grub sich eine tiefe, zornige Falte. »Der feine Herr hat nur noch sein kleines Blondchen im

Kopf. Die hat er übers Internet kennen gelernt. Er vögelt sie, sooft er kann. In der Woche kommt er gar nicht mehr nach Hause und am Wochenende nur, wenn er frische Klamotten braucht. Ich bin längst abgeschrieben, weißt du.«

Im letzten Satz schwang so viel Schmerz mit, dass Jule sie am liebsten in die Arme genommen hätte. Aber sie traute sich nicht. Der hagere gebräunte Körper Melanies vibrierte förmlich vor Spannung. Ihre Gesichtszüge schimmerten hart und verwittert wie geschnitztes Tropenholz. Vorsichtig legte Jule ihre helle Hand über Melanies dunkle. Die blieb steif und unzugänglich.

»Das tut mir leid. Ich wusste das nicht«, flüsterte Jule bedauernd.

»Woher auch?«, spie Melanie hasserfüllt aus und zog ihre Hand zurück. »Nach außen hin führen wir eine Bilderbuchehe. Bernd ist Standesbeamter in Kaarst und außerdem Vorsitzender im Vorster Schützenverein. Einen Eheskandal kann der sich nicht leisten. Mich setzt er damit unter Druck, dass ihm das ganze Haus mitsamt dem Kosmetikstudio gehört. Nach einer Trennung hätte ich nichts mehr! Keine Wohnung, keinen Job, keinen Mann …« Sie brach unvermittelt ab und schüttelte sich wie ein nasser Hund. »Aber Schluss damit! Bernd ist es nicht wert, dass man drei Worte über ihn verliert. Wir konzentrieren uns auf die Sache, okay? Vielleicht sollte ich sogar noch einmal persönlich in die Eifel fahren, anstatt bloß anzurufen.« Sie sprang auf, raffte alle auf dem Tisch verstreuten Briefe zusammen und fegte sie zurück in den Karton. »Das überlege ich mir noch. Wir telefonieren später mal, ja? Jetzt muss ich einkaufen. Möchtest du das Zeug hier mitnehmen?«

Auffordernd hielt sie Jule den Karton hin.

Die nickte perplex. Wenige Minuten später stand sie mit

ihrer Last in den Händen draußen im Vorgarten und schaute verblüfft Melanie Pütz-Coenen hinterher, wie diese in einem gelben Smart mit dem Werbeaufdruck ›Melanies Maniküre & Make-up‹ davonbrauste. Rastlosigkeit und Ungeduld waberten im Auspuffqualm hinter ihr her.

Auf Jule wirkte Melanies Hektik geradezu lähmend, als hätte diese alle Energie in der Umgebung wie ein Magnet angezogen und mitgenommen. Eine ganze Weile stand sie unschlüssig auf dem Bürgersteig herum. Was sollte sie tun?

Schließlich rappelte sie sich auf und stieg in den Audi. Ihr fiel ein, dass ihr eigener kleiner Twingo immer noch auf dem Parkplatz vor dem ›Eifelwind‹ stand. Irgendwann musste sie ihn abholen. Vielleicht wäre es am sinnvollsten, sie führe gemeinsam mit Melanie dorthin und besichtigte auch endlich den geräumten Stellplatz. Unwohlsein stieg in ihr auf bei diesem Gedanken. Schleunigst schüttelte sie ihn ab. Sie startete den Motor und fuhr los.

Erneut wählte sie den Weg über Driesch. Erneut hielt sie am Bungalow ihrer Eltern. Sie kniff die Augen zusammen. Da stand schon ein Wagen in der Auffahrt: Janas glänzend sauberer Kombi. Jetzt hatte sie es auf einmal eilig. Schnell lief sie in den dunklen Flur. Bereits von Weitem hörte sie streitende Kinderstimmen. Die Zwillinge! Jana musste vom Kindergarten direkt hierher gefahren sein. Aber warum? Kaum hatte sie den Wohnraum betreten, erfasste sie, was los war. Ihre jüngere Schwester hockte unter dem Vorhang ihres langen dunklen Haares neben dem Couchtisch und bearbeitete den Blutfleck auf dem Teppich mit Teppichschaum und Schwamm. Im Hintergrund zankten sich die Zwillinge lautstark um ein Bilderbuch.

»Was machst du denn da?«, fragte Jule unnötigerweise,

worauf die Kinder abrupt verstummten, Jana jedoch ungerührt weiterscheuerte.

»Sauber machen, was sonst?«, blaffte sie. »Wenn du die Schweinerei nicht beseitigst, die dein Pennerfreund hinterlassen hat?«

Am liebsten hätte Jule ihre Schwester kräftig durchgeschüttelt oder zumindest zur Seite gestoßen. Stattdessen machte sie gar nichts, außer schwach zu protestieren:

»Du entfernst eventuell Spuren eines Mordes.«

»Hah, mach dich nicht lächerlich!« Jetzt schaute Jana doch auf. Ihr Blick aus den schönen Schokoladenaugen war vernichtend. »Als wenn du die Polizei verständigen würdest! Du willst sicher nicht riskieren, dass die erfahren, dass du den Typ hier versteckt hast!«

»Was weißt du über Michas Verschwinden?«

»Nichts. Das sagte ich bereits.« Jana erhob sich. Sie wischte sich den Schweiß von der Stirn. »Ich möchte einfach nicht, dass Mama und Papa ein völlig verdrecktes Haus vorfinden, wenn sie zurückkommen. Dir scheint das ja egal zu sein!«

Was gab es da noch zu sagen? Nichts, fand Jule. Vor Überdruss seufzend drehte sie sich auf dem Absatz um und überließ ihre Schwester und ihre kleinen Neffen sich selbst.

Zu Hause räumte sie die frischen Lebensmittel in den Kühlschrank und knetete den Pizzateig. Anschließend stellte sie ihn mit einem Handtuch abgedeckt in die tanzenden Sonnenstrahlen auf der Küchenarbeitsplatte. Sie wusch sich die Hände und machte es sich mit Sonja Bohrs Pappkarton auf dem Sofa bequem. Säuberlich sortierte sie die Post in zwei Stapel. Links die von Stefan Winter aus der JVA Ossendorf, rechts die von Frank Becker. Eine Handvoll Briefe passte in keine der Kategorien. Diese interessierten sie besonders. Das erste Schreiben trug den Briefkopf eines Reisebüros. Es war die Bestätigung zweier reservierter Flüge von Düsseldorf über Bangkok nach Sydney. Die Reise war für August dieses Jahres gebucht. Es handelte sich um One-Way-Tickets, gebucht auf S. Bohr.

Nun waren noch drei mehrfach geknickte Blätter aus einem linierten Schreibblock übrig. Schnell begriff Jule, dass es sich um Notizen Sonjas handeln musste. Das Gedicht über den Eifelwind, der über den Maiwald strich, wurde darin vielfach auseinander genommen. ›Moos = Geld‹, stand da zum Beispiel. ›Wein = Weinen?‹ Einige Worte waren bis zur Unkenntlichkeit durchgestrichen. ›Winter kalt?‹ konnte sie dagegen gerade noch entziffern. ›Wenn Stefan tot ist???‹ stand daneben geschrieben. Der dritte Zettel beschäftigte sich hauptsächlich mit dem Wort ›Maiwald‹. ›Januar, Februar, März, April, Mai = 5?‹ wurde da gerätselt. Fünfter Wald? Wo? Jule konnte nur mit dem Kopf schütteln. Stefan Winters Jugendliebe kannte offenbar den Maiwald'schen Stellplatz nicht. Und dieser Umstand hatte es ihr unmöglich gemacht, das Gedicht zu dechiffrieren. Womöglich hat sie sich nur deshalb Verbündete gesucht, mutmaßte Jule. Zuerst den Dorfpolizisten und dann Stefan Winter. Sie schluckte. Einer von denen hatte Sonja Bohr getötet, das lag nahe. Da Stefan es Jules Meinung nach nicht gewesen war und der Mord an ihm selbst das zusätzlich unwahrscheinlich machte, blieb allein Frank Becker übrig.

Behutsam bettete sie alle Briefe zurück in den Karton und stülpte den Deckel darüber. Sie trug ihn nach oben in ihr sogenanntes Bügelzimmer und versteckte ihn hinter einem Stapel Bettwäsche.

Es war erst kurz nach vier. Sie begutachtete den Hefeteig, bevor sie sich die Jacke überwarf, den Autoschlüssel schnappte und ein drittes Mal an diesem Tag durch die unschuldige Frühlingssonne zu ihrem Elternhaus fuhr.

Auf der Strecke zwischen Büttgen und Driesch überwältigte sie das satte, frische Grasgrün zwischen Straße und Radweg. Der Himmel darüber schillerte in reinem ungetrübten Blau. Auf den Feldern regten sich erste zarte Pflänzchen. Die Natur blickte stets nach vorne, nie zurück, philosophierte Jule. Jetzt begann die Zeit des Keimens und Wachsens. Vom Stillstand, dem Ausharren und der Depression des Winters war nichts mehr zu spüren. Als hätte es das alles nie gegeben.

Jule packte das Lenkrad fester und passierte den Ortseingang von Driesch. Nur der Mensch ist es, der zurückzuschauen vermag, dachte sie. Was für ein Fluch.

Janas Auto stand nicht mehr in der Einfahrt. Gut. Ungesehen schlüpfte Jule ins Haus. Zuerst ging sie ins Gästezimmer. Noch immer spannte sich das Bettzeug über den Rahmen wie die botoxgeglättete Stirn einer alternden Schauspielerin. Aufmerksam sah Jule sich um. Nirgendwo stand Michaels Reisetasche. Sie schaute sogar im leeren Kleiderschrank und unter dem Bett nach. Nichts, bevor sie ins Bad lief. Zahnbürste, Zahnpasta und das neue Duschgel, das sie für ihn gekauft hatte, waren weg. Sie versuchte, sich daran zu erinnern, ob die Sachen heute morgen noch da gewesen waren. Leider ohne Erfolg.

In der Küche hatte Jana gründlich aufgeräumt. Das war unübersehbar. Die Arbeitsflächen glänzten leer und sauber, ihre handgeschriebene Notiz war verschwunden, und im Kühlschrank lagerte außer einer verschlossenen Margarinepackung nichts mehr. Mit dem Fuß betätigte sie den Öffner des Mülleimers. Sogar der Beutel war entfernt worden. Als letztes näherte sich Jule zögernden Schrittes der Couch. Auch hier hatte ihre Schwester ganze Arbeit geleistet. Der Fleck auf dem Teppich war kaum noch zu erkennen. Die Tischplatte schimmerte blank gescheuert. Jule schüttelte den Kopf. Sie konnte sich Janas Putzwut nicht erklären. Nachdenklich ging sie zurück in den Flur. Ein Gefühl tiefer Verlorenheit zwängte sich in Magen und Brust.

»Micha, wo bist du?«, flüsterte sie. »Bist du freiwillig gegangen oder hat dich jemand gezwungen?« Ihre Lippen spannten sich ausgetrocknet. Plötzlich kam ihr eine Idee. Noch einmal betrat sie das Gästezimmer. Sie krallte eine Hand in die Bettdecke und zog mit sie mit einem Schwung herunter.

Ordentlich zusammen gefaltet lagen dort ein T-Shirt und eine Boxershorts. Beides hatte Michael zum Schlafen getragen. Und da wusste sie, dass er nicht von allein den Bungalow verlassen haben konnte. Nicht er hatte sein Zeug zusammengepackt und entfernt, sondern ein anderer. Und diesem Anderen war nicht eingefallen, in Michaels Bett nachzuschauen. Jule griff nach den Kleidungsstücken und roch daran. Ihr wurde schwindelig, als sie seinen typisch männlich-herben Geruch wahrnahm. Kurze Sequenzen, wie sie auf dem Sofa seinen nackten Bauch geküsst hatte und wie seine großen Hände ihre Brüste gestreichelt hatten, flackerten in ihr auf. Wie sich sein Haar zwischen ihren Fingern geringelt und es in seinen Augen warm aufgeleuchtet hatte. Behutsam legte sie T-Shirt und Hose zur Seite und machte das Bett neu. Nun ja, ganz so ordentlich, wie es vorher gewesen war, kriegte sie es nicht hin.

Mit Beklemmung im Herzen und einem sorgenvollen Pochen hinter der Stirn machte sie sich auf den Heimweg, Michas Schlafzeug sicher verstaut in ihrer Handtasche. Der Frühling aber hatte jede Farbe verloren und kam ihr blass und verwaschen vor.

Leo und Peter erschienen pünktlich um 19.30 Uhr unter großem Getöse und Hallo. Jörg umarmte die Freunde enthusiastisch, während Jule sich in höflicher Zurückhaltung übte. Den riesigen Blumenstrauß mit den frischen bunten Tulpen und den Weidenkätzchenzweigen nahm sie mit einem freundlichen, aber distanzierten Dankeschön auf den Lippen entgegen. Leonard Fröhlich musterte Jule mit offen besorgtem Blick. Jule hatte ihn wegen seiner empathischen Art früher eigentlich besonders gern gemocht. Jetzt zweifelte sie an der Echtheit.

Leo war – im Gegensatz zu seinen beiden Juristenfreunden – kein durchtrainierter Sportler. Er erlaubte es sich sogar, ein kleines Bäuchlein über der Jeans zu tragen. Seine Hände waren weich, sein Gang leicht gebeugt. Er liebte es eher gemütlich und war durch und durch ein Genussmensch. Sein freundliches, rundes Gesicht mit den treuherzigen Hundeaugen unter dem spärlichen Haar täuschte so manchen Richter oder Staatsanwalt darüber hinweg, es mit einem hochintelligenten, knallharten Anwalt zu tun zu haben. Hinter Leos sanftmütigem Äußeren verbarg sich nämlich ein gewiefter Kämpfer. Einige schuldige Mandanten hatte er im Prozess rausgehauen und statt einer Haftstrafe einen Freispruch erwirkt. Außerdem besaß Leo Charme und zwar den seltenen, der Frauen wie Männer gleichermaßen einwickelt.

Jetzt zeigte er sein umwerfendes Lächeln. »Jule, wie schön, dich munter und unversehrt zu sehen!« Die Milde in seiner Stimme tat gut, wie Honig in einer heiseren Kehle, und legte sich wie Balsam auf ihre Seele. »Als ich von dem Brand auf dem Campingplatz erfuhr, war ich so in Sorge, dir könne etwas passiert sein. Und dann hörte ich von Peter, dass du es warst, die Winters Leiche gefunden hat. Das muss schrecklich gewesen sein.« Sanft berührte er ihre Wange. »Es ist nur gut, dass du wieder zu Hause bei Jörg bist.«

»Ja, das finde ich auch«, murmelte Jule und versteckte ihr Gesicht schnell hinter dem üppigen Strauß. Keiner sollte sehen, wie sie errötete. »Aber jetzt kommt doch endlich rein.«

Während Jörg den Freunden Bier servierte, holte Jule die Pizza aus dem Ofen. Bald saßen sie zu viert um den runden Esstisch herum und genossen Margarita, Tonno, Funghi und Salat.

Leo seufzte genüsslich. »Man könnte wirklich meinen, du seist Italienerin, Jule«, schwärmte er. »Die Pizza ist wieder einmal vorzüglich. Der Boden dünn und knusprig, der Belag saftig.« Er strich mit einer Hand über die Wölbung unter dem Designerhemd. »Ich genieße jede Kalorie.«

»Und ich überlege, wie ich die Biester morgen wieder wegtrainiere«, sagte Peter mit vollem Mund. »Aber ich kann einfach nicht aufhören zu essen. Es ist einfach zu köstlich!«

Jörg und Jule lachten und wechselten einen verschwörerischen Blick. Früher hatten sie, wenn sie gemeinsam im Restaurant gewesen waren, den Sex als ›Kalorienabbau‹ bezeichnet, vor allem, als Tobi noch klein gewesen war.

»Ein bisschen Kalorienabbau wäre jetzt nicht schlecht«, hatte beispielsweise Jule betont beiläufig erwähnt, als sie auf dem Heimweg im Auto saßen.

Und Jörg stimmte sofort zu: »Ja, lass uns trainieren, wenn der Kleine im Bett ist.«

Manchmal hatte Tobi dann gequengelt, dass er auch »Karolin abhauen« wolle und Jörg und Jule hatten herzlich gelacht.

Jetzt bekam Jule nach dem anfänglich nostalgischen Gefühl einen schalen Geschmack im Mund. In letzter Zeit hatte sie ihre Kalorien hauptsächlich mit Micha abtrainiert. Der Gedanke an ihn ließ sie nervös erschauern. Mühsam kämpfte sie ihre Besorgnis nieder. Heute Abend musste sie aufnahmefähig bleiben, und dazu brauchte sie Disziplin und Gelassenheit.

Zum Nachtisch servierte Jule stilecht Tiramisu und Espresso. Anschließend genehmigten sich die Männer einen Ramazzotti und eine Zigarre. Dieses Ritual läutete für gewöhnlich die Skatrunde ein. Im Normalfall würde Jule an dieser Stelle das Feld räumen; heute wollte sie unbedingt noch einen Versuchsballon steigen lassen.

»Sagt mal, ihr zwei«, begann sie, an Peter und Leo gewandt, und räusperte sich. »Nachdem ich Stefan Winters Leiche am Angelsee gefunden hatte, habe ich mich ein bisschen über die Vorgeschichte des Mannes erkundigt.«

»Ja?« Peters linke Augenbraue schnellte fragend in die Höhe.

»Tatsächlich?« Leos Lächeln wurde noch eine Spur nachsichtiger.

Beide Männer hielten in ihren Bewegungen inne. Träger Qualm stieg aus den Zigarrenstummeln auf. Bloß Jörg wurde auf einmal ganz zappelig. Zittrig goss er allen dreien die Gläser wieder voll.

»Ja, ich meine, ich musste doch wissen, mit wem ich zu tun hatte«, haspelte Jule weiter. Da musst du jetzt durch, mahnte sie sich. Mach bloß keinen Rückzieher. »Also hab ich im Internet recherchiert und musste feststellen, dass dein Vater, Leo …«, hier musterte sie den Betreffenden aufmerksam und stellte fest, dass sein Pokerface eine Nuance zu gemeißelt wirkte, »Stefan Winter damals verteidigt hat.« Sie schluckte und wollte gerade fortfahren, da fuhr Jörg dazwischen.

»Süße, quäl dich nicht mit diesen Geschichten. Der Mann ist tot. Was interessiert dich der uralte Prozess?«

Jule ignorierte seine Worte und redete einfach weiter. »Ich

las also die alten Presseberichte in den Online-Zeitungsarchiven und stieß plötzlich auf ein sehr interessantes Foto. Es zeigt Winter, deinen Vater und im Hintergrund zwei junge Männer … nämlich dich, Leo, und dich, Peter. Ich war ziemlich baff, ehrlich gesagt. Und ich frag mich immer noch, wie ihr beide auf das Bild geraten seid. Es war im November 1988. Studiert habt ihr da noch nicht lange.«

Forschend sah sie von einem zum anderen. Auf Peters Gesicht legte sich fast sofort sein typisches Odenthalgrinsen, während Leo sehr nachdenklich dreinschaute.

»Wir haben ein Praktikum bei meinem Vater gemacht«, antwortete er sachlich. »Der Euskirchener Bankraub war der erste größere Prozess, dem wir beiwohnen durften. Das war … sehr aufschlussreich.« Seine runden braunen Augen ruhten nun mit voller Aufmerksamkeit auf Jule. »Es wundert mich jedoch, dass du dich dermaßen in das Thema vertieft hast.«

»Na ja.« Peter grinste immer noch. »Uns hat die Sache damals doch auch ziemlich fasziniert, oder? Ich verstehe Jule irgendwie. Es ist schon spannend, mit Schwerkriminellen zu tun zu haben. Und es ging um eine Menge Kohle und um die Diamanten. Ein dickes Ding war das, was Winter zusammen mit seinem Komplizen durchgezogen hat. Ich weiß noch, wie die Abgebrühtheit dieses Mörders und Geiselnehmers mich damals gefesselt hat. Er war für mich eine ganz seltene Spezies. Undurchdringlich. Ein echter Freak. Ging es dir nicht ähnlich, Leo?«

Und wieder funkte Jörg dazwischen. »Lasst uns endlich mit dem Skatspiel anfangen«, quengelte er. »Es ist Wochenende, und die Arbeit soll bleiben, wo sie hingehört: in der Kanzlei.«

Leo Fröhlichs warme, ruhige Stimme legte sich schmeichelnd über Jörgs genervte. »Gleich Jörg, aber Jule soll ruhig

Bescheid wissen.« Er lächelte und fixierte sie bezwingend. »Ja, dieser Prozess damals, der hauptsächlich unter Ausschluss der Öffentlichkeit stattfand, war wirklich aufregend. Mein Vater hatte es mit seinem Mandanten nicht leicht. Der war verstockt und wirklich von Grund auf kriminell, ein unangenehmer Zeitgenosse. Manchmal hat Papa mir echt leid getan. Er strampelte sich ab für diesen Verbrecher, und der blieb stur und unkooperativ. Wenn er wenigstens den Namen seines Komplizen verraten oder Erhellendes zur Suche nach der Beute beigetragen hätte, wäre das für die Verteidigung von großem Vorteil gewesen. Nein, der prahlte noch damit, dass sein Kumpel seinen Anteil auf keinen Fall antasten, sondern gut für ihn verwahren würde. Darauf könne er sich verlassen. Sodass er nach der Haftentlassung sein Leben noch in vollen Zügen genießen könne.« Leo seufzte und paffte genießerisch an dem Rest der Zigarre. Sein Gesicht hüllte sich in blauen Dunst. Jule konnte sich des Eindrucks nicht erwehren, dass dies genau seinem Wesen entsprach: nebulös und verschwommen. Nie zuvor hatte sie das mit solcher Hellsichtigkeit erkannt. »Also konnte Papa wenig für ihn tun. Dieser Winter war ein eiskalter Mörder, ein Psychopath, wenn du mich fragst. Ich war – ehrlich gesagt – zufrieden mit dem Urteil, auch wenn es für Papa eine herbe Niederlage bedeutete.« Leo leerte seinen Ramazzotti in einem Zug, blickte Jule noch einmal tief in die Augen und formulierte bedachtsam: »Ich kann mir vorstellen, dass dich der Anblick seiner Leiche ganz schön mitgenommen hat, aber versuche dich damit zu trösten: Dieser Mann, Winter, hatte den Tod verdient. Er war menschlicher Abfall, nichts weiter. Glaub mir, der Typ ist es nicht wert, nur einen Gedanken an ihn zu verschwenden.« Noch einmal lächelte er sanft, dann griff er nach dem Kartenspiel. »So Jungs, ich gebe.«

Hiermit war Jule Maiwald entlassen. Ihr Herz pochte bis

zum Hals, und bevor die Wut in ihr hochsteigen und explodieren konnte wie ein Silvesterkracher, verließ sie den Raum. Im Gästeklo atmete sie erst einmal tief durch. Psychopath, klang es in ihr nach. Menschlicher Abfall.

Zornig knallte sie den Toilettendeckel gegen den Spülkasten und pinkelte ausgiebig. Langsam ließ der Druck in ihrem Innern nach. Beim Händewaschen sah sie den Spiegel und erkannte sich in dem blassen Wesen mit dem wirren Haar kaum wieder. Gerade trat sie zur Treppe, um nach oben zu gehen, als das Telefon klingelte.

Aus dem Wohnzimmer erklang raues Männergelächter. Das Klingeln kam aus derselben Richtung. Sie stieß die Tür auf, durchquerte Zigarrenqualm und Heiterkeit und griff nach dem Hörer, der auf dem Sideboard unmittelbar neben dem Esstisch vor sich hin bimmelte.

»Theisen-Maiwald«, sprach sie mitten in den Lärm hinein und entfernte sich ein paar Schritte von der Skatrunde. Am anderen Ende der Leitung hörte sie nur leises Atmen. »Hallo?«, fragte sie. »Wer ist da?«

Wieder atmete jemand, dann wurde aufgelegt. Stirnrunzelnd starrte Jule auf das Telefon in ihrer Hand, identifizierte verblüfft die Nummer im Display und runzelte die Stirn. Schnell verließ sie samt Telefon das Wohnzimmer. Die drei ausgelassenen Männer hatten nichts mitbekommen. Gott sei Dank. Sie lief ins Schlafzimmer und schloss hinter sich die Tür. Jetzt drückte sie die Rückruftaste. Erst nach fünfmaligem Klingeln wurde abgenommen.

»Ja?«, fragte eine Stimme vorsichtig.

»Micha!« Jule wurde vor Erleichterung fast ohnmächtig. »Geht es dir gut?«

Stille.

»Geht so«, sagte er endlich. »Ist mir schon mal besser

gegangen.« Wieder pausierte er. »Aber auch schon wesentlich schlechter.«

Jule atmete auf. Micha lebte. Er redete. Er hatte sie angerufen.

»Sind die Rechtsverdreher bei euch zu Hause? Ich habe Stimmen im Hintergrund gehört«, wollte er nun mit ätzendem Unterton wissen.

»Ja, Leo, Peter und Jörg spielen Skat. Sie haben gerade angefangen.«

»Du weißt, wo ich bin, ja? Kannst du kommen? Oder merken die, wenn du aus dem Haus gehst?«

»Ich glaube nicht, dass sie was mitkriegen. Der Ramazzotti fließt in Strömen.« Jule merkte, wie die Sehnsucht ihren Verstand ausschaltete. »Ich komme«, sagte sie. »Mit Jörgs Firmenwagen. Den hat er weiter hinten an der Straße geparkt. Da hört er nicht, wenn ich den Motor starte. Ich bin in einer Viertelstunde bei dir.«

»Okay, aber kannst du vielleicht Schmerztabletten und Verbandszeug mitbringen, ja? Du musst mich nämlich wieder mal verarzten«, klang es lakonisch aus dem Hörer. »Ach ja, und was zu essen wäre auch nicht schlecht.«

»Kein Problem, mach ich. Bis gleich.«

»Jule?«

»Ja?«

»Ich freu mich auf dich.«

»Und ich mich auf dich.«

Wenige Minuten später rauschte sie in Jörgs Mercedes über die ausgestorbene Umgehungsstraße an der alten Braunsmühle, dem winzigen Flecken genannt Bauerbahn und der Autobahnauffahrt der A 57 vorbei nach Neuss hinein. Der halbe Inhalt des Medizinschränkchens beulte ihre Handtasche aus. Per Handy wählte sie ein chinesisches Fastfoodrestaurant auf der Rheydter Straße an und bestellte Hähnchen mit Currysauce und Ente süßsauer. Sie brachte es einfach nicht übers Herz, Micha Pizza aus einem italienischen Schnellimbiss mitzubringen, wenn in ihrer offenen Küche noch raue Mengen an selbst gebackener lagerten. An die sie blöderweise nicht herankam, weil die drei kartenspielenden Anwälte ihr Vorhaben sonst bemerkt hätten.

Jule seufzte ungehalten. Wie ein Dieb hatte sie sich aus ihrem eigenen Haus geschlichen. Sie fieberte der Begegnung mit Micha entgegen. Wie war er dort hingeraten, wo er sich zweifellos zur Zeit befand? Das war unglaublich. Unfassbar! Verwirrt schüttelte sie den Kopf.

Um ein Haar wäre sie am ›China-Garten‹ vorbei gefahren. Schleunigst parkte sie ein paar Meter weiter am Straßenrand und hetzte in den Laden. Mit fliegenden Fingern nahm sie das abgepackte Essen in der verknoteten Plastiktüte von einer winzigen Chinesin entgegen.

Kurz darauf ging es weiter Richtung Drususallee. Jule benutzte einen der Anwohnerparkplätze an der altehrwürdigen, von Kastanienbäumen gesäumten Straße mit den gepflegten mehrstöckigen Patrizierhäusern. Hier kannte sie sich aus, seit zehn Jahren schon. Wieder fragte sie sich, was Micha hergeführt hatte. Unter dem Licht einer Straßenlaterne kramte sie den Schlüsselbund aus der Handtasche. Nebenbei fiel ihr Blick auf das polierte Messingschild neben der dunkelblau lackierten Eichentür. ›Theisen und Lohmann, Anwälte für Verwaltungsrecht‹, las sie wohl zum tausendsten Mal.

Die Holztreppe knarrte in der Nacht noch mehr als am Tage, fand Jule, während ihre Füße den Weg automatisch in den ersten Stock fanden. Sie hatte es vermieden, die Flurbeleuchtung anzuschalten. Warum, das war ihr selbst nicht ganz klar. Endlich stand sie vor der Tür zur Kanzlei. Auch hier benutzte sie Jörgs Schlüssel. Allerdings drehte er sich allzu leicht im Schloss. Jemand hatte die Mechanik beschädigt.

Klopfenden Herzens und zögernden Schrittes tauchte sie ein in das satte Dunkel der Büroräume. Alles kam ihr wie immer vor, nur nicht die Lichtverhältnisse. Jule konnte sich nicht erinnern, wann sie das letzte Mal nach Sonnenuntergang in der Kanzlei gewesen war.

»Micha?«, fragte sie verzagt und ärgerte sich gleichzeitig über ihre Ängstlichkeit.

Vorsichtig tappte sie ein paar Schritte weiter, auf Jörgs Bürotür zu. Die stand halb offen. Ein schwaches Licht glomm durch die Öffnung.

»Ich bin hier.«

Die Kraftlosigkeit in seiner Stimme erschreckte sie über die Maßen. Plötzlich war alle Vorsicht vergessen. Entschlossen stieß sie die Tür zu Jörgs Büro auf.

Was sie sah, war nicht dazu angetan, sie zu beruhigen. Eine Schreibtischlampe war auf den Boden gestellt und mit einem Tuch bedeckt worden, sodass das Licht extrem gedimmt wurde. Daneben hockte Michael mit angewinkelten Beinen, den Rücken an einen Heizkörper gelehnt. Um ihn herum lagen Papiere über Papiere, entweder stapelweise oder kunterbunt durcheinander. In dem Wust machte Jule eine Wasserflasche aus sowie zusammengeknüllte, rot verfärbte Papierhandtücher. Aber nicht das Chaos war es, was sie erschreckte, sondern der Zustand des Menschen in dessen Zentrum. Mit matten Augen und schneeweißem Gesicht starrte ihr Micha entgegen. Auf seiner Stirn prangte eine große Platzwunde. Sie wurde von gelben, grünen und blauen Verfärbungen flankiert. Seine Kleidung war verdreckt, das ehemals weiße T-Shirt am Ärmel zerrissen.

»Oh Gott, du siehst ja furchtbar aus«, stammelte sie, schob einige Papiere zur Seite und sank neben ihm zu Boden. Dann begutachtete sie die Kopfwunde aus nächster Nähe. »Das hätte genäht werden müssen«, stellte sie nüchtern fest. »Aber inzwischen ist es zu spät dafür.«

Sie legte die Hand an seine Stirn. Möglich, dass er Fieber hatte. Jetzt betastete sie vorsichtig die entzündeten Wundränder, während Micha sie nicht aus den Augen ließ.

»Küss mich«, flüsterte er heiser, »dann geht's mir gleich besser.«

Ein müdes, zärtliches Lächeln huschte über seine Züge. Dagegen konnte sie sich nicht wehren. Behutsam küsste sie die ausgedörrten Lippen und streichelte die stoppelige Wange. Im selben Moment spürte sie, wie seine Hand in ihr Haar und danach auf die Schulter kroch. Sie wanderte weiter und blieb schließlich in ihrem Schoß liegen. Sein Kuss war zart wie ein Hauch. Das zeigte ihr, wie geschwächt er war. Beunruhigt löste sie sich aus der Umarmung.

»Komm, ich verarzte dich erst einmal, und anschließend wird gegessen«, bestimmte sie. Zügig machte sie sich an die Arbeit. Sie reinigte die Wunde mit einem Desinfektionsmittel, gab Salbe auf die Blutergüsse und klebte anschließend ein riesiges Pflaster auf Michaels Stirn. Zum Schluss verabreichte sie ihm zwei starke Schmerztabletten. Erst danach servierte sie ihm das chinesische Essen.

Irgendwann konnte Micha nicht mehr und schob Ente, Hühnchen und Reis von sich.

»Das war gut«, seufzte er. »Aber schlapp fühle ich mich immer noch.« Er grinste schief. »Kein Wunder nach dem Schlag auf dem Kopf und dem Sturz.«

»Sturz?« Jule schaute Micha fragend an. Ihr Blick glitt forschend über seinen Körper. Hatte er etwa noch mehr Verletzungen als die auf der Stirn? Zu sehen war nichts. Gut. »Erzähl. Alles. Von Anfang an, bitte. Du ahnst ja nicht, welche Sorgen ich mir gemacht habe.«

Wieder lächelte er; sie las die Zärtlichkeit darin. Ihr wurde schwindelig. Die Intensität seiner Gefühle machte ihr Angst, und sie wich seinem Blick aus.

Micha aber räusperte sich, strich sich mit einer Hand das Haar aus der Stirn, zuckte kurz zusammen, weil er dabei die Wunde gestreift hatte, und begann, fast emotionslos, zu erzählen.

Nachdem Jule ihn verlassen hatte, um nach Hause zu fahren und dort auf ihren Mann zu warten, öffnete er sich mit leiser Scham eine weitere Rotweinflasche aus dem Keller. Wie ein eingesperrtes Tier fühlte er sich in diesem Bungalow. Die Untätigkeit machte ihn reizbar und aggressiv. Das Trinken half dagegen. Es half ebenso gegen die Einsamkeit, die Schuld und die Ausweglosigkeit. Der Alkohol war ein guter Kumpel, nicht mehr und nicht weniger. Dafür musste er sich nicht schämen, oder? Irgendwann schlief er auf dem Sofa ein. Als er erwachte, war es stockdunkel und eine weitere Weinflasche fällig.

Also stieg er noch einmal in den Keller, um bald den dritten Reserva des Tages zu leeren. Dabei zappte er sich durch sämtliche Fernsehprogramme, bis er endlich bei einem Nachrichtensender hängen blieb, der über die laufenden Ermittlungen im Fall Winter / Bohr berichtete. Micha sah sein eigenes Gesicht in Schwarz-Weiß auf dem Bildschirm. Es war ein grausiges Foto; bestimmt 25 Jahre alt. Wie ein brutaler Schläger sah er darauf aus. Der Nachrichtensprecher beschrieb ihn als vorbestraften Mehrfachtäter, gewaltbereit und unberechenbar. Es liege dringender Tatverdacht vor; zumindest die Brandstiftung auf dem Eifeler Campingplatz ginge aller Wahrscheinlichkeit nach auf sein Konto. Nun wurde auch zum ersten Mal die Vermutung geäußert, bei dem flüchtigen Faßbinder handele es sich womöglich um den Komplizen aus dem Euskirchener Bankraub.

»Die Spuren der Verbrechen liegen in der Vergangenheit«, orakelte ein Reporter.

Michael wurde ganz mutlos. Wie sollte es ihm jetzt noch gelingen, den Kopf aus der Schlinge zu ziehen? Gleichzeitig überlegte er skeptisch, was er Jule Maiwald zumutete. Zu viel, erkannte er.

Einen flüchtigen Tatverdächtigen vor der Polizei zu verstecken war kein Kavaliersdelikt, sondern eine Straftat. Auf keinen Fall wollte er, dass seine Freundin mit dem Gesetz in Konflikt geriet. Dafür war sie ihm zu wertvoll.

Mitten in diese Grübeleien hinein – der Bericht über die Morde in der Eifel war längst vorbei – drang auf einmal das Geräusch von Schritten. Es waren schwere Schritte, zweifellos die eines Mannes, die sich aus dem Flur des Bungalows dem Wohnzimmer näherten. Micha registrierte das fast beiläufig. Leider hatte der Wein Körper und Geist bereits zu träge für eine schnelle Reaktion gemacht. Also blieb er einfach sitzen, während Jörg Theisen mit zornigem Gesicht und blankem Hass in den Augen das Wohnzimmer betrat. Der Fernseher tauchte den Raum in zuckendes, bläuliches Licht.

»Na, wen haben wir denn da?«, fragte Theisen mit gefährlicher Ruhe in der kultivierten Stimme. »Wenn das nicht das kleine Arschloch vom ›Eifelwind‹ ist, das sich an verheirateten Frauen vergreift.«

»Na, und wenn das nicht der Schlappschwanz von Rechtsverdreher ist, der seine Frau monatelang allein in der Eifel sitzen lässt und sich einen Scheißdreck um ihre Ängste und Sorgen kümmert«, gab Micha einigermaßen schlagfertig, aber mit schwerer Zunge zurück.

An dieser Stelle rastete Jörg Theisen aus. Mit wenigen Schritten war er bei seinem Rivalen, griff sich eine der leeren Rotweinflaschen und schlug zu. Michas Kopf wurde von der Wucht des Schlages zur Seite geschleudert. Ohne dass er es verhindern konnte, kippte er vom Sofa und stürzte mit der Stirn auf die Ecke des Couchtisches. Dann wurde alles in gnädiges Dunkel getaucht. Ein Summen in den Ohren war das Letzte, was er wahrnahm, bevor sein Bewusstsein ausgeknipst wurde. Abgestürzt.

Michael erwachte inmitten gleichmäßigem Gedröhne und sachtem Geschaukel. Obwohl er die Augen öffnete, blieb die Welt stockdüster, und ein filziges Etwas über dem Gesicht machte ihm das Atmen schwer. Bewegen konnte er sich auch nicht, was Panik in ihm auslöste.

Irgendwann verstand er, dass man ihm die Hände auf dem Rücken zusammengebunden hatte und dass er halb auf der Seite unter einer Decke lag. Sein Kopf brummte und hämmerte; von seiner Stirn aus verteilten sich Wellen des Schmerzes und der Übelkeit in Rumpf und Gliedmaßen. Das Denken fiel ihm schwer. Erst nach angestrengtem Überlegen schlussfolgerte er, dass er wohl auf der Rückbank eines fahrenden Autos liegen musste.

Jetzt kam die Erinnerung Stück für Stück zurück: das wütende Gesicht Theisens, der schwingende Arm mit der dunkelgrünen Glasflasche, die Explosion in seinem Kopf. Es musste Theisens Wagen sein, mit dem er abtransportiert wurde, dachte er. Im Sumpf von Schmerz und Benommenheit fragte er sich, was Jules Ehemann mit ihm vorhatte. Jetzt gerade hörte er dessen Stimme vom Fahrersitz. Er drehte den pochenden Kopf hin und her, sodass die Decke ein wenig von den Ohren rutschte. Ja, so konnte er besser verstehen, was Theisen sagte.

»Wohin mit Faßbinder?«, hörte er den Mann sprechen, offenbar in sein Handy. »Süße, du musst mir helfen.«

Theisen klang gehetzt. Micha dachte für einen Moment, er telefoniere mit Jule. Es tat weh zu glauben, sie habe womöglich die Seite gewechselt. Bei den nächsten Worten begriff er, dass er sich geirrt hatte. Gott sei Dank.

»Er blutet aus der Stirn und ist bewusstlos, mehr fehlt dem Arschloch nicht«, sagte der Anwalt gerade abfällig. »Ich will nur, dass er von Jule fernbleibt. Ein für allemal.«

Dann war Ruhe. Wahrscheinlich hörte er sich die Ratschläge der fremden Frau an. Süße, wer konnte das sein? Nach einer Weile vernahm Micha ein zustimmendes Brummeln. Und noch eines. Irgendwann räusperte sich Theisen.

»Gute Idee, so mache ich es«, sagte er offensichtlich erleichtert. »Wär' doch gelacht, wenn der Typ nicht bald aufgäbe. Der soll sich verpissen und nicht alles kaputtmachen. Ich droh ihm also mit der Polizei. Es ist doch auch in seinem Sinne, nicht verhaftet zu werden. Ja, du hast recht.« Erneut legte er eine Sprechpause ein, bevor er wieder auf die ›Süße‹ am anderen Ende der Leitung einredete, deutlich leiser diesmal und in besänftigendem Tonfall. »Nein, nein. Keine Sorge, die Unterlagen sind alle in der Kanzlei auf der Drususallee, nicht zu Hause. Bei den alten Akten. Da geht keiner dran, nicht mal Lohmann. Okay, ich melde mich, wenn ich das Schwein losgeworden bin. Bis später, Süße.«

Nun wusste Micha, was er zu tun hatte: sich schlafend stellen und abwarten. Nach einer weiteren Viertelstunde Fahrt, jetzt über holprige Wege, hielt der Wagen plötzlich an. Der Motor erstarb und der Fahrer stieg aus. Dann wurde die Tür hinten rechts aufgerissen, dort, wo Michaels Kopf unter der Wolldecke lag. Theisens Hände krallten sich unter die Achseln seines Gefangenen und zogen und zerrten.

Auf diese Weise wurde Micha aus dem Auto gewuchtet. Er tat weiterhin so, als sei er ohne Bewusstsein, selbst als die hinter dem Rücken gefesselten Hände über die Metallschnalle eines Gurtes ratschten und ihm den linken Unterarm aufrissen.

Bald hatte Jörg Theisen sein Opfer aus dem Wagen befördert. Unsanft ließ er ihn zu Boden fallen. Micha landete auf Gras und Matsch. Er öffnete die Augen einen Spalt breit und beobachtete, wie Jules Mann erst die Decke zurück in den Wagen stopfte und dann unter den Beifahrersitz griff. Im blassen Mondlicht sah Micha die Weinflasche glänzen und funkeln. Theisen holte weit aus. Jetzt gibt er mir den Rest, dachte Micha und kniff die Augen fest zu. Da hörte er es in einiger Entfernung platschen. Nun erst nahm er ein leises Glucksen wahr. Hatte der Rechtsverdreher die Tatwaffe in ein Gewässer geworfen? Musste wohl. Bevor er sich darüber weiter den Kopf zerbrechen konnte, spürte er erneut Hände, diesmal an Schulter und Hüfte. Er kollerte zur Seite, lag jetzt auf dem Bauch. Aber dabei beließ Theisen es nicht. Er stieß und schubste weiter, und Micha begriff, dass er einen Abhang hinunter gewälzt wurde. Steine und kleine Äste stachen ihn empfindlich in Bauch und Rücken. Trotz der groben Behandlung und der wieder aufflammenden Übelkeit hielt er an seiner Theatervorstellung fest. Er ließ den Körper locker und die Augen geschlossen. Bis Theisen in seine Haare griff und ihn daran hochriss. Der Schmerz in seinem lädierten Schädel war unbeschreiblich. Sekunden später tauchte sein Hinterkopf ins Wasser. Fließendes Wasser. Theisens Finger krallten sich weiterhin in sein Haar und tunkten ihn nochmals unter, tiefer jetzt. Micha schluckte Wasser, wurde wieder nach oben gezerrt und schnappte nach Luft. Er hustete und riss die Augen auf, bevor Theisen ihn ein drittes Mal unter Wasser drückte. Dann zog sein Peiniger ihn auf den matschigen Uferstreifen zurück, um ihm dort ein paar heftige Ohrfeigen zu versetzen.

»Faßbinder! Aufwachen!«, herrschte er.

Micha atmete stoßweise und riss die Augen auf. Der Kopfschmerz war unerträglich; Brechreiz überkam ihn. Schnell drehte er das Gesicht zur Seite und übergab sich schwallartig. Theisen betrachtete ihn ungerührt.

»Na, geht's wieder?«, fragte er sanft. Seine Stimme troff vor Ironie.

Micha konnte nur nicken.

»Okay, dann hör mir gut zu, du Penner.«

Micha spürte, dass die Wut des Anderen neu entfacht worden war. Er schwieg lieber.

»Es gibt zwei Möglichkeiten für dich, dein armseliges Leben weiter zu führen«, dozierte Theisen drohend. »Eins davon ist im Knast. Ich brauche bloß einen kleinen Anruf mit meinem Handy hier zu machen, und du siehst das Tageslicht nur noch durch ein Gittermuster. Oder aber …« Er hielt kurz inne und taxierte Michael mit abschätzendem Blick. »Du verschwindest auf Nimmerwiedersehen aus dieser Gegend. Verkriech dich meinetwegen irgendwo im Ausland, aber bleib weg von Jule! Also, du hast die Wahl.« Er lächelte maliziös und fuhr fort. »Solltest du dich für die zweite Möglichkeit entscheiden, gebe ich dir sogar etwas Bargeld mit. Deinen persönlichen Kram, der noch bei meiner Schwiegermutter ist, wirst du allerdings nicht wiedersehen. Das Zeug entsorge ich im nächsten Müllcontainer. Du brauchst also nicht auf die

Idee zu kommen, es holen zu wollen. Na, was ziehst du vor: Knast oder Freiheit?« Er legte den Kopf schief und wartete ab.

»Freiheit«, flüsterte Micha. »Was sonst?«

»Brav.« Jörg Theisen nickte zufrieden, kniff dann aber misstrauisch die Augen zusammen. »Du wirst Jule nicht kontaktieren?«

»Nein.« Micha musste schlucken. »Ich verspreche es.«

»Gut. Ansonsten bist du geliefert.«

Jetzt lächelte Theisen süffisant. Er nahm sein Portemonnaie aus der Hosentasche, zog ein paar Geldscheine hervor und ließ sie auf Michas Brust rieseln.

»Von dem Strick kannst du dich ja wohl selbst befreien, oder? Das sollte selbst ein minderbemittelter Kleinganove wie du während seiner kriminellen Karriere gelernt haben.«

Sprach's, drehte sich um und stapfte die Böschung hoch. Bald hörte Micha das Starten des Motors, kurz darauf sah er das Aufblitzen der Scheinwerfer im Geäst der Bäume. Was blieb, waren die Stille und das Rauschen und Plätschern des Flüsschens.

Jule hatte Michaels Worten bis hierher ungläubig gelauscht. Fragezeichen über Fragezeichen türmte sich in ihrem Hirn auf.

»Und? Was hast du dann gemacht?«, fragte sie atemlos.

»Erst mal ne Runde gepennt«, bekannte Micha freimütig. »Mir war immer noch sauschlecht und ich hatte schlimme Kopfschmerzen. Im Morgengrauen bin ich wieder zu mir gekommen. Ich war total durchgefroren und nass bis auf die Knochen. Ich hab versucht, mich aufzurichten, was kaum möglich war. Als ich es endlich geschafft hatte, hab ich mich gegen einen Steinbrocken gesetzt und meine Hände daran gerieben, bis die Schnur durch war. Hat gar nicht lange gedauert. Dann hab ich das Schmiergeld von deinem Ehemann eingesammelt. Fünfhundert Euro, nicht schlecht, was?« Mit schiefem Lächeln äugte er zu Jule. »Danach hab ich mich zu Fuß aufgemacht. Erst hoch zum Waldweg und weiter bis zu einem kleinen Dorf. ›Speck‹ hieß das.«

»Okay, also hat Jörg dich irgendwo an der Erft abgeladen. Speck, Wehl, Neukirchen, so heißen die Orte da in der Ecke. Man fährt dazu über Reuschenberg und Weckhoven raus aus Neuss.«

»Möglich.« Micha zuckte mit den Achseln. »Auf jeden Fall hab ich in Speck ein Auto geklaut.« Er grinste müde. »War totaler Zufall.« Ein schneller Seitenblick zeigte ihr, dass ihr Freund wegen der Sache ein schlechtes Gewissen hatte. »Der Toyota stand an der Straße vor einem Einfamilienhaus, und der Schlüssel steckte. Ich konnte mein Glück kaum fassen. Ich hab gar nicht groß nachgedacht und bin einfach los. Hinter mir sah ich noch, wie so eine mollige Frau mit einer leeren Klappbox aus dem Haus gestürzt kam und gewunken und geschrien hat. Die wollte garantiert Einkaufen fahren und hat dann gemerkt, dass sie die Box drinnen vergessen hatte.« Er biss sich kurz auf die Lippen. »Da hab ich erst recht Gas gegeben. Es ging geradewegs nach Neuss, ohne dass ich das extra gemacht hätte.« Micha strich sich das Haar aus der Stirn und betrachtete Jule nachdenklich. »Es war wie ein Wink des Schicksals. Das Auto hab ich auf einem Parkplatz am Hafen abgestellt und bin zu Fuß weiter. Mir ging es total scheiße, konnte mich kaum noch auf den Beinen halten. Ich hab dann ein Taxi rangewunken. Als der Fahrer sah, in welchem Zustand ich war, wollte er erst die Biege machen, aber ich hab mich einfach vor die Motorhaube gestellt und mit den Geldscheinen gewedelt. Da hat der Typ mich zu einem kleinen, schäbigen Hotel in der Innenstadt gefahren.

War kein Problem, ein Zimmer zu kriegen. Ich hab mich in voller Montur aufs Bett gehauen und gepennt. Aufgewacht bin ich tatsächlich erst am Abend gegen halb acht. Ach du Scheiße, dachte ich, und bin direkt los. Die meisten Leute auf der Straße haben einen Bogen um mich gemacht, abgerissen wie ich aussah. Erkannt hat mich in dem Zustand Gott sei Dank keiner, aber jemanden nach dem Weg fragen ging auch schlecht. Nur bei so 'nem Penner, ich meine, einem echten, einem Obdachlosen, hab ich mich getraut. Der hat mir freundlicherweise verraten, wie ich die Drususallee finde. In einem Papierkorb habe ich den Drahtverschluss von einer Sektflasche gefunden. Ideal, um das uralte Schloss hier oben zu knacken. Die Tür unten war angelehnt, das war mein Glück. Also, hier bin ich.« Er kehrte die Handflächen nach außen und lächelte schwach. »In der Höhle des Löwen.«

Jule starrte ihn fassungslos an. »Obwohl Jörg dir mit der Polizei gedroht hat, hast du dich hergewagt?«, fragte sie. »Warum?«

»Na, wegen dem, was dein Mann im Auto zu seiner ›Süßen‹ gesagt hat.« Er musterte sie, als sei sie begriffsstutzig. »Die Unterlagen, in den alten Akten. Außerdem ...«, jetzt wurde sein Feixen geradezu triumphierend, »hat er nur geblufft. Nie im Leben würde der mich an die Bullen verpfeifen, denn er hängt selber voll in der Scheiße drin!« Mit einer Hand klopfte er auf einen Stapel Papier neben sich. »Und hier ist der Beweis.«

Wenige Minuten später lag der Rest der heilen Welt, an den Jule eben noch felsenfest geglaubt hatte, in Trümmern. Und niemals würde sie es schaffen, diese Ruinen wieder bewohnbar zu machen.

Jörg hatte sich bereits während des Studiums in Köln gemeinsam mit Leo und Peter mit allen Einzelheiten des

Euskirchener Bankraub vertraut gemacht. Das bewiesen unzählige Prozessunterlagen, Kopien der Aussagen von Zeugen und vom Angeklagten selbst sowie Sparkassenpapiere, aus denen klar hervor ging, dass die Räuber nicht nur 600.000 DM, sondern auch Diamanten im Wert von knapp zwei Millionen erbeutet hatten. Diese stammten von einem saudi-arabischen Multimillionär, der damals für kurze Zeit in einem Euskirchener Hotel eingecheckt war, weil er vorhatte, ein zum Verkauf stehendes, baufälliges Wasserschloss an der Rur zu erstehen. Es war ihm wohl zu unsicher erschienen, die Juwelen dem Hotelsafe anzuvertrauen, deshalb ließ er sie im Tresor der benachbarten Sparkasse einschließen. Jule fand ein vergilbtes Blatt, auf dem mit Schreibmaschine akribisch jeder einzelne Edelstein und sein jeweiliger Wert aufgelistet waren. Daneben hatte jemand mit Kugelschreiber die Summen in Euro umgerechnet. Es war unverkennbar Jörgs Handschrift. Erschüttert schüttelte sie den Kopf.

»Peter hat vorhin beim Skat auch schon irgend etwas von Diamanten gefaselt«, murmelte sie, mehr zu sich selbst. »In den Medien wurde immer nur das Geld erwähnt.«

»Dieser stinkreiche Araber wollte wohl nicht, dass der Diebstahl publik wird«, mutmaßte Michael. »Es war eine geheime Geschichte. Von Anfang an. Es sollte gar nicht erst nach außen dringen, dass die Klunker in der Bank gelagert wurden. Ein Typ aus Polizeikreisen hatte Stefan über die Diamanten in der Sparkassenfiliale informiert. Deshalb war der so geil auf den Überfall. All seinen Kumpels von damals war das Ding zu heiß. Also hat er irgendwann mich gefragt. Und ich war zu blöd, um nein zu sagen.« Er schluckte und fuhr leiser fort: »Ich denke, dass die Bullen deshalb dermaßen durchgedreht sind, als sie den Tatort umstellt haben. Es ging um wesentlich mehr als nur um Kohle. Es ging auch um Politik. Manchmal glaube ich sogar, dass Stefan bloß aus einem Grund die Höchststrafe kassiert hat: Um den Rachedurst dieses Scheißemirs zu befriedigen.«

Jule nickte langsam. »Klingt gar nicht so abwegig.«

Sie wandte sich erneut dem Aktenwust zu. Bald überflog sie eine Mitschrift der polizeilichen Vernehmung Stefan Winters in der U-Haft.

›Kripo: Herr Winter, es wäre von größtem Vorteil für Sie, wenn Sie uns den Namen ihres Komplizen verraten würden. Wir könnten z. B. ein milderes Urteil für Sie erwirken.

Winter: Fick dich ins Knie. Ich bin kein Verräter.

Kripo: Ihre Fäkalsprache wird Ihnen hier nicht weiterhelfen.

Winter: Aber die Aussicht auf 300.000 in Scheinen und eine Million in Klunkern versüßen mir die Haftzeit, du Arschloch. Das hilft mir weiter.

Kripo: Machen Sie sich doch nichts vor. Ihr Kumpan ist mit der Beute längst über alle Berge. Der macht sich in Brasilien oder sonst wo ein schönes Leben.

Winter: Schwachsinn. Auf meine Freunde kann ich mich verlassen. Es sind ja nicht alle so verlogen und scheinheilig wie ihr Bullenschweine.‹

In der Manier ging es seitenweise weiter. Jule bekam einen plastischen Eindruck von dem Mann, der einmal Michaels Freund gewesen war. Er hatte sich in einen Kokon aus Zorn und Hass eingesponnen und schlug wahllos um sich. Seine Loyalität zu Micha war allerdings grenzenlos gewesen. Und Jule hatte nicht das Gefühl, dass es Stefan Winter dabei allein ums Geld ging. Nein, es war eine Frage der Ehre, den Freund zu schützen. Sie blätterte weiter. Diesmal hatte sie Prozessprotokolle vor sich.

›*Staatsanwalt: Angeklagter. Schildern Sie bitte, wie es zu dem tödlichen Schuss auf den Polizeibeamten Kurt Wächter kam.*

Winter: Keine Ahnung.

Staatsanwalt: Wie bitte? Dürfte ich Sie bitten, etwas lauter zu sprechen?

Winter: Keine Ahnung.

Staatsanwalt: Sie behaupten, nicht zu wissen, wie es zu dem tödlichen Schuss kam?

Winter: Ja, ich kann mir nicht erinnern. Ist mir auch scheißegal.

Staatsanwalt: Sie haben die Aussagen der Kollegen des Ermordeten gehört. Alle beschreiben übereinstimmend, wie Sie den Mann mit voller Absicht erschossen haben. Es fiel sogar der Begriff Exekution, wie Sie vielleicht noch wissen.

Verteidiger: Einspruch, Herr Richter.

Winter: Dann wird es wohl so gewesen sein.

Staatsanwalt: Sie können sich also mit der Beschreibung als eiskalter Mörder identifizieren?

Verteidiger: Einspruch!

Winter: Das habe ich nicht gesagt. Ich bin kein Mörder. Ich weiß einfach nicht mehr, was passiert ist, verdammte Scheiße.

Richter: Einspruch stattgegeben.‹

Jule hörte auf zu lesen. Es nahm sie zu sehr mit, vor allem, weil sie daran denken musste, wie es wirklich gewesen war. Der Polizeibeamte Wächter hatte zuerst geschossen, nicht der Bankräuber. Kollektive Falschaussage, kollektive Falschaussage, brummte es wie eine dicke Hummel hinter ihrer Stirn.

»Und, glaubst du mir jetzt, dass dein Mann bei der Jagd nach der Beute von 87 mitmacht?«, drang Michael Faßbinders Stimme plötzlich sehr zart in ihr Bewusstsein.

»Ja, natürlich. Sonst würde er doch dieses Zeug nicht hier im Büro horten. Außerdem sind ein paar neue Unterlagen dabei. Presseberichte über den Mord an Sonja und Stefan. Und hier …«, sie tippte fahrig auf einige Blätter, »diese Artikel über die Hintergründe von Stefans Flucht und die Fahndung. So was Ähnliches hab ich auch bei uns zu Hause gefunden. Das kann kein Zufall sein.«

»Nein, glaube ich genauso wenig. Aber hör zu, Jule. Wir brauchen einen Plan. Es bringt nichts, hier rumzusitzen und Akten zu wälzen.« Micha sah sie bezwingend an. »Fest steht, dass die gesamte Beute aus dem Versteck verschwunden ist, dass jemand erst Sonja und dann Stefan beseitigt hat und dass mehrere Rechtsverdreher es sich zum Hobby gemacht haben, die Knete und die Diamanten aufzuspüren. Jetzt ist die Frage: Haben die drei sich das Zeug längst unter den Nagel gerissen und die Morde gehen auf ihr Konto oder jemand anderes hat das Zeug, und das saubere Anwaltstrio jagt dem Typen hinterher?«

»Wenn Letzteres zutrifft, vermuten Leo, Peter und Jörg mit Sicherheit, dass der Komplize von damals die Beute beiseite geschafft hat.« Sie stockte. »Warum hat man dich eigentlich nie als Mittäter verdächtigt?«, fiel ihr plötzlich ein.

»Kaum einer wusste, dass Stefan und ich zu der Zeit Kontakt hatten. Der bewegte sich in ganz anderen Kreisen. Alle hochkriminell, dick im Drogenhandel und in der Prostitution. Ich war nur ein kleiner Fisch, den keiner kannte. Die

Bullen sind gar nicht auf die Idee gekommen, bei mir anzuklopfen.«

»Aber Melanie hat erzählt, dass sie dich damals zusammen mit Stefan gesehen hat.«

»Melanie Pütz, meinst du, ja?« Michael begann die Berge an Papier zu sortieren und in kleinen Haufen um sich herum zu gruppieren. »Klar, die kannte mich, weil ich ein paar Mal zusammen mit Stefan in ihrem Elternhaus war, um Sonja zu besuchen.« Einen Moment hielt er in seinen geschäftigen Bewegungen inne. »Zu der Zeit war ich total verschossen in Sonja«, sagte er dann versonnen. »Ich konnte nicht dagegen an, obwohl sie doch Stefans Braut war. Allerdings hab ich irgendwann gemerkt, was für eine miese Schlampe sie war. Sie hat ihn nur ausgenutzt, nach Strich und Faden verarscht. Und Stefan hat nicht gerafft, wie berechnend und kaltblütig sie war.«

Er griff nach einem Stoß Papiere, hielt ihn senkrecht mit beiden Händen und klopfte mit den Kanten auf den Boden, sodass sich die Blätter ordentlich ausrichteten.

»Dann musst du mich wohl auch für eine miese Schlampe halten«, wagte sich Jule zaghaft vor. »So, wie ich zur Zeit meinen Mann hintergehe und verarsche.«

Michael guckte verblüfft. Seine Augen funkelten geradezu türkisgrün im Schein der Schreibtischlampe. »Nein«, sagte er schließlich kopfschüttelnd. »Du bist weder berechnend noch kaltblütig. Du suchst dir nur die falschen Männer aus. Es scheint fast so, als wolltest du dich damit für irgendwas bestrafen. Als müsstest du eine schreckliche Schuld sühnen.« Er lächelte entschuldigend. »Glaub mir, mit Schuld kenne ich mich aus. Die rieche ich von Weitem. Deine hängt wie eine Dunstglocke über dir wie der Smog über Bangkok. Ja, ich glaube, du strafst dich selbst mit einem Spießer wie Theisen. Bloß kannst du das nicht ewig durchhalten. Und brichst irgendwann aus.«

»Du spinnst!«, murmelte Jule, obwohl sie ahnte, dass Micha den Nagel auf den Kopf getroffen hatte. Es schmerzte. Plötzlich verspürte sie das Bedürfnis, ihm genauso wehzutun. »Aber wenn du recht hast, dann waren die zehn Jahre mit Jörg vielleicht nicht Strafe genug. Und wegen der besonderen Schwere der Schuld musste ich noch einen Versagertypen wie dich hinterher schieben.«

Michaels Blick verschleierte sich, dennoch hielt er dem ihrem stand.

»Mag sein, vielleicht«, entgegnete er gleichmütig. »Aber vielleicht hast du auch bloß erkannt, wo du hin gehörst. An meine Seite.« Damit ging er auf die Knie und erhob sich. »Komm, Jule. Du kopierst das Zeug hier, und ich räume das Büro deines Mannes auf. Er muss ja nicht gleich merken, dass wir ihm auf die Schliche gekommen sind.«

Er begann damit, die leeren Plastikschachteln zurück in den Beutel zu stopfen. Jule starrte unschlüssig auf die Papierstapel. Was war wichtig, was unwichtig? Egal. Sie trug einfach alles ins Entree der Kanzlei und warf den Kopierer an.

Eine Viertelstunde später stand der Aktenordner wieder völlig unschuldig zwischen den anderen im obersten Fach von Jörgs Regal. Das Büro machte einen blitzsauberen, unberührten Eindruck. Die Schreibtischlampe war wieder an Ort und Stelle. Ausgeschaltet natürlich. Ihr Freund hatte ganze Arbeit geleistet.

»Micha, du verstehst wirklich was von Ordnung«, sagte Jule bewundernd und hatte ihr Streitgespräch von eben bereits gekonnt verdrängt. »Es sieht aus, als wären wir nie hier gewesen.«

»Im Bau haben alle gedacht, ich hätte 'ne Zwangsneurose«,

gestand der so Gelobte. »Die haben nicht gerafft, dass du nur das Chaos in deinem Innern in den Griff kriegst, wenn es außen Ordnung und klare Linien gibt.« Er drehte sich um und lächelte Jule an. »Komm, lass uns von hier abhauen. Nicht, dass dein Flaschen schwingender Rechtsverdreher noch mitkriegt, dass du außer Haus warst.«

Jule blieb wie angewurzelt stehen. Das Mondlicht schien in Jörgs Büro und übergoss alle Flächen und ihre beiden Gesichter mit silbernem Glanz. Die Szene wirkte unecht, die Wirklichkeit Lichtjahre entfernt.

»Ich soll zu Jörg zurück?«, fragte sie entgeistert.

»Klar, was sonst? Wie sollen wir sonst die Skatrunde überführen? Denk dran, es geht darum, Stefans Mörder zu entlarven.«

Jule war entsetzt. Wie sollte sie es mit ihrem Mann aushalten, jetzt, wo sie all das über ihn und seine Freunde herausgefunden hatte? Andererseits, Micha hatte natürlich recht.

»Und was ist mit dir? Wo willst du dich verstecken?«, wollte sie schließlich skeptisch wissen.

Er zuckte mit den Achseln, die Mülltüte baumelte weiß und bauschig wie ein kleines Gespenst an seiner Hand. »Keine Ahnung. Werd schon was finden.« Entschlossen wandte er sich dem dunklen Flur zu.

»Moment. Ich hab eine Idee.« Jule berührte ihn leicht am Arm. Sofort blieb er stehen und sah sie erwartungsvoll an. Als sie ihm ihren Plan geschildert hatte, nickte er einvernehmlich.

»Okay, so machen wir es.«

Micha wartete im Wagen, während Jule klingelte. Melanies Gesicht glänzte im Schein der Vorgartenbeleuchtung wie dunkles Leder. Der rosafarbene Bademantel, den sie umgeworfen hatte, und das wirr abstehende Haar ließen sie aussehen wie einen verschreckten Flamingo. Jule fand den Anblick anrührend. Obwohl sie sich kaum kannten, hatte sie diese Frau schon in ihr Herz geschlossen.

»Jule!« Melanie Pütz-Coenen reagierte auf den nächtlichen Besuch gleichermaßen verblüfft wie besorgt. »Was ist passiert?«

»Melanie, ist dein Mann zu Hause oder bist du allein?«

»Allein natürlich. Mit dem Scheißkerl rechne ich frühestens nächste Woche«, spuckte die Kosmetikerin aus. »Warum?«

Jule atmete erleichtert auf. Die erste Hürde war genommen. »Hättest du etwas gegen einen Übernachtungsgast, der nicht weiß, wohin er sonst soll?«

Melanie bekam runde Augen. Ihre Hände flatterten wie kleine Vögel in die Höhe. »Michael Faßbinder?«, fragte sie. »Du hast ihn gefunden?«

Also wurde Micha in einem der verwaisten Kinderzimmer des Reihenhauses einquartiert. Außerdem erhielt er eine weitere fachkundige Behandlung seiner Stirnverletzung.

Jule flitzte nach Hause, parkte Jörgs Firmenwagen an derselben Stelle, wo er vor zwei Stunden gestanden hatte, und schlich sich ins Haus. Lautes Gelächter aus dem Wohnzimmer verriet ihr, dass ihre Abwesenheit tatsächlich unbemerkt geblieben war. Hastig kleidete sie sich aus und legte sich mit klopfendem Herzen auf ihre Seite des Ehebettes. Verborgen unter der dicken, flauschigen Bettdecke fiel sie sofort in tiefen Schlaf.

Sie träumte.

»Du bist schuld«, hörte sie eine verzweifelte Stimme. »Hörst du, du bist schuld.« Ein großes, blasses Gesicht mit erdbeerroten, verschmierten Lippen und vom Weinen zugeschwollenen Augen kam näher und näher. Eine Nase mit riesigen, schwarzen Nüstern, aus denen es tropfte, bohrte sich fast in ihren Mund. Starke Hände packten ihre schmalen Oberarme und schüttelten sie. »Nur wegen dir ist er weg. Du bist schuld, wenn ich nie wieder glücklich werde!« Heftiges Schluchzen unterbrach die Litanei.

Die kleine Jule aber – irgendwie wusste sie genau, dass sie sich in einer Zeit befand, in der sie für die Erwachsenen ›die kleine Jule‹ gewesen war – fühlte sich schlecht. Ein dicker, schwerer, galliger Klumpen bildete sich in ihrem Bauch und zog sie mit seinem ganzen Gewicht nach unten. Schuld, dachte sie, ich bin schuld. Kein Glück, nur Schuld.

Sie erwachte von einem lauten Schnarchen neben ihr. Jörg schnarchte nur, wenn er zu viel getrunken hatte. Normalerweise schlief er völlig lautlos, sodass sie manches Mal in einem Anflug des Schreckens glaubte, er sei im Schlaf gestorben.

Skat, ach ja, gestern war die Skatrunde bei ihnen im Haus gewesen. Also war es verständlich, dass Jörg zu viel Alkohol konsumiert hatte. Ganz in Ordnung, oder? Jule öffnete mit dem diffusen Gefühl, dass etwas absolut nicht in Ordnung war, blinzelnd die Augen. Die grelle Fröhlichkeit der Frühlingssonne ließ sie die Lider sofort wieder zukneifen. Zuerst begriff sie nicht, was es war, das sie beunruhigte; sie bekam ihr Unbehagen nicht zu fassen.

Dann fiel ihr alles schlagartig ein. Jörg hatte Micha brutal niedergeschlagen und an die Erft verschleppt. Jörg verwahrte in seiner Kanzlei eine Akte, in der er jede Menge Material über den Euskirchener Bankraub und den Verbleib der Beute gesammelt hatte. Jörg, Leo und Peter jagten hinter dem Geld und vor allem einem Haufen an Diamanten hinterher wie der Teufel hinter der armen Seele. Und sie war schuld. Irgendwie war sie an allem schuld. Weil sie sich den falschen Mann ausgesucht hatte, weil sie ihren Papa von zu Hause vertrieben hatte, weil sie die Leiter nicht besser festgehalten hatte, weil sie Oma Maiwalds Stellplatz geerbt hatte, weil sie mit Jan fremdgegangen war und das Baby verloren hatte … Weil sie immer zu gierig war. Alles trudelte in ihrem Kopf durcheinander wie dicke, rote Kirschen, die vom Baum fielen und überall hinkollerten. Plötzlich sah sie vor sich Stefan Winters totes, wächsernes Gesicht mit den stumpfen Augen, in deren Wimpern die Schneeflocken hingen. Und da wusste sie, was falsch war an diesem Bild mit dem wehenden Haar und den bleichen Händen.

Zu Tode erschrocken riss sie ihre Augen weit auf. Micha, dachte sie panisch. Ich muss zu Micha.

In dem Moment wälzte sich Jörg stöhnend auf die Seite, schlang einen Arm um ihre Hüfte und legte ein Knie auf ihren Oberschenkel. Es fühlte sich an wie der Arm einer Riesenkrake, die sie umklammerte, um sie unter Wasser in den sicheren Tod zu ziehen. Jule blieb stocksteif liegen; Panik schnürte ihr die Kehle zu. Der Mann, der sie umarmte – ihr spießig konservativer Ehemann Jörg – war ein Verbrecher. Einer, der aus dem Raub eines anderen Kapital schlagen wollte und dafür nicht vor Gewalttaten zurückschreckte. Das Schlimmste daran aber war, dass dieser Mann von der eigenen Rechtschaffenheit zu 150 Prozent überzeugt war. Jule versuchte, Furcht und Ekel herunterzuwürgen und sich einigermaßen zu entspannen. Sie erinnerte sich an Michas eindringliche Ermahnungen von gestern Abend, sich im Umgang mit Jörg nichts anmerken zu lassen.

»Es nützt uns nichts, wenn diese Rechtsverdreher Verdacht schöpfen«, hatte er ihr eingeimpft. »Noch wissen wir nicht, wie tief sie in die Morde verstrickt sind oder ob sie sich wirklich schon an dem Geld und den Steinen bereichert haben. Wir brauchen mehr Informationen. Und du sitzt an der Quelle. Also, bitte vermassel es nicht.« Er hatte sie sorgenvoll angesehen und stockend hinzu gefügt: »Du musst ja nicht gleich mit dem Typen ins Bett steigen. Irgend eine Ausrede wird sich wohl finden: Kopfschmerzen, Stress. Was weiß ich.«

An der Stelle hatte sie ungewollt grinsen müssen und stichelte hinterher. »Eifersüchtig?«

Ein unverständliches Grummeln war die einzige Antwort gewesen.

Nun, an diesem späten Samstagvormittag gelang es Jule, sich in Jörgs Fängen wieder einigermaßen zu beruhigen. Er schlief weiterhin tief und fest und deshalb war es einfach, Arm und Bein zur Seite zu schieben und sich aus dem Bett zu schlängeln.

Mittels der heißen, prasselnden Strahlen der Dusche spülte sie kurz darauf die letzten Beklemmungen herunter. Frisch geföhnt und in Jeans und T-Shirt setzte sie sich an die Küchentheke und genoss den ersten Kaffee des Tages.

Allerdings hatte sie dabei unweigerlich die Unordnung auf dem runden Esstisch vor Augen. Leere Pils- und Schnapsgläser, ein überquellender Aschenbecher, Ringe auf dem dunklen Holz, zerknüllte Chipstüten und schmutzige Teller kündeten von der gestrigen, ausgelassenen Skatrunde. Seufzend erhob sie sich, schaltete den Fernseher an und begann, das Chaos zu beseitigen.

Der Jingle einer Nachrichtensendung ertönte. Oh, schon zwölf, staunte sie, lauschte dem Sprecher aber bloß mit halber Aufmerksamkeit.

Wie üblich hatte es tote deutsche Soldaten in Afghanistan gegeben. Wie üblich stritten die großen Parteien um Hartz IV und die Bildungsreform. Nichts Neues also.

Ihre Gedanken schweiften ab, hingen bei Schuld, Sühne

und der eigenen Bestrafung durch die Wahl falscher Männer fest, als Jule – gerade hatte sie die schmutzigen Gläser in der Spülmaschine verstaut – plötzlich durch eine wohlbekannte Stimme mitten in die Sendung gezerrt wurde.

Hauptkommissar Wesselings feistes Gesicht füllte fast den Bildschirm aus. Ein großes Mikrofon wurde vor seine fleischigen Lippen gehalten. Im Hintergrund war ein Gebäude zu erahnen. War es die Polizeiwache in Euskirchen?

»Wir suchen immer noch nach dem flüchtigen Michael Faßbinder«, erklärte Wesseling gerade gewichtig. »Entgegen den Mutmaßungen der Presse gehen wir nicht davon aus, dass er der seit 25 Jahren gesuchte Komplize Winters bei dem Euskirchener Bankraub ist. Wir vermuten eher, dass Faßbinder mit Hilfe eines unbekannten Dritten versucht hat, aus Winter Hinweise auf den Verbleib der Beute zu erpressen. Als der dazu schwieg, wurde er erschlagen, ebenso wie man Sonja Bohr aus dem gleichen Grund erstochen hat. Faßbinder hat für beide Zeitpunkte ein Alibi, deshalb muss der ausführende Täter ein Verbündeter sein.« Die Kamera fuhr zurück. Wesseling räusperte sich. Dabei streifte er die blonde, junge Reporterin, die nun mit ins Bild gekommen war, mit arrogantem Blick und dozierte weiter. »Sonja Bohr litt an unheilbarem Bauchspeicheldrüsenkrebs. Winter, der bekanntlich mit ihr in engem Kontakt stand, vertraute einem Mithäftling an, er wolle die Beute aus dem Euskirchener Bankraub dazu verwenden, seiner Freundin eine bessere medizinische Behandlung zukommen zu lassen. Ein nicht unerheblicher Teil der Beute besteht aus Diamanten im Wert von circa einer Million Euro.« Die Blondine öffnete ihre blass rosa geschminkten Lippen und setzte zu einer Erwiderung an, doch Wesseling redete unbeirrt weiter. »Wir gehen davon aus, dass Faßbinder inzwischen im Besitz der Juwelen ist. Es ist daher von äußerster Wichtigkeit, dass der Verbrecher schnell gefasst wird. Bitte verständigen Sie umgehend die Polizei, falls Sie glauben, ihn erkannt zu haben.«

Jetzt hatte die Reporterin offenbar die Faxen dicke. Resolut entriss sie dem Kriminalbeamten das Mikro. »Wir zeigen Ihnen noch einmal das Foto des gesuchten Michael Faßbinder«, piepste sie mit schrillem Stimmchen hinein, »und blenden die Telefonnummer ein, unter der Sie Ihren Verdacht melden können. Der Mann ist 48 Jahre alt, 1,82 m groß, hat grüne Augen und dunkelblondes Haar. Ein besonders auffälliges Kennzeichen sind starke Vernarbungen an beiden Unterarmen. Faßbinder ist mehrfach vorbestraft und gilt als äußerst gewaltbereit. Bitte nähern Sie sich ihm nicht. Hiermit gebe ich zurück ins Studio …«

Mit offenem Mund und einem feuchten Lappen in der Hand starrte Jule wie blind in den Fernseher. Nicht allein das gnadenlose Bild, das in der Sendung von Micha gezeichnet wurde, und die Unterstellungen Wesselings schockten sie, sondern vor allem die Informationen über Winters ermordete Geliebte.

Sonja Bohr war tatsächlich an Krebs erkrankt gewesen, hämmerte es in ihrem Kopf, während sie jetzt die Tischplatte mit dem Lappen bearbeitete. Unheilbar. In der Hinsicht hatte sie nicht gelogen. Und ihre Schwester sowie sämtliche Einwohner Steinbachs hatten keine Ahnung gehabt.

Jörg schlief weiter seinen Rausch aus, als Jule schon im Auto saß. Erst warf sie das Altglas in den Container, dann parkte sie direkt am Rathausplatz.

Samstag war Markt in Büttgen. Am Fuße der Aldegundiskirche und teilweise unter den Betonsäulen des Rathausklotzes aus den 1970ern reihten sich Verkaufswagen und Pavillons mit den unterschiedlichsten Auslagen auf der gepflasterten Fläche. Frühlingsblumen leuchteten in üppig-buntem Durcheinander, fragwürdige Textilien blähten sich auf Kleiderbügeln im Frühlingshauch, frische Brote und Brötchen dufteten verführerisch.

Schnell deckte Jule sich mit Obst und Gemüse vom Biobauern ein, kaufte noch etwas Aufschnitt und Käse und eilte schließlich zwischen lamentierenden Hausfrauen – »Basses Kinger, dat jüwet doch ja nit.« ... »Leew Herjöttsche, stank mich bee!« – und flanierenden Rentnern schwerbepackt zum Auto zurück.

Danach steuerte sie umgehend Melanies Kosmetikstudio in Vorst an. Der Laden präsentierte sein ›Geöffnet‹-Schild und die Besitzerin steckte mitten in einer Typberatung für eine Kundin in den Vierzigern.

Melanie lächelte erfreut bei Jules Anblick und wies wortlos mit dem Daumen Richtung Hintertür. Das ließ Jule sich nicht zweimal sagen, sondern schlüpfte winkend hindurch ins Wohnhaus. Die Glastür zum Garten stand offen.

Dort mähte ein dunkelhaariger Mann in grünen Arbeitshosen Rasen. Jule runzelte die Stirn. Sie fand es nicht besonders klug, fremde Leute ins Haus zu lassen, so lange Michael sich hier versteckt hielt. In dem Moment drehte sich der vermeintlich Fremde um. Jules Herz machte einen Satz. Schnell eilte sie über das frisch gemähte Gras zu ihm.

»Micha«, sagte sie und zauste sein Haar. »Du bist ja kaum wiederzuerkennen.«

»Mel hat mir heute morgen die Haare gefärbt und sie gleich ein bisschen geschnitten. Sie sagt, jetzt brauche ich mir nur noch einen Dreitagebart zulegen, dann erkennt mich kein Schwein.«

»Da könnte ... Mel ... recht haben«, antwortete Jule mit

einem eifersüchtigen Stich im Herzen. Micha und Melanie schienen sich blendend zu verstehen.

Jetzt lachte er Jule breit an. »Küss den fremden Mann.«

Schon verflog die Eifersucht, und sie lag in seinen Armen. Es tat so gut, ihn zu spüren und festgehalten zu werden. Kaum schaffte sie es, sich aus der Umarmung zu lösen.

»Lass uns reingehen«, murmelte sie schließlich. »Nicht, dass noch die Nachbarn aufmerksam werden.«

Er hielt sie auf Armeslänge von sich und schaute ihr prüfend in die Augen. »Wenn alles vorbei ist, wirst du dann zu mir stehen?«

Überrumpelt wich sie seinem Blick aus und wiegelte ab. »Noch ist gar nichts vorbei. Lange nicht. Wir schauen mal, ja?«

Drinnen in Melanies Wohnzimmer begutachtete sie die Stirnwunde unter dem frischen Pflaster. Sie sah viel besser als gestern aus. Jetzt betrachtete sie Michaels Hände. Von den Brandmalen war kaum noch etwas zu sehen. Auch der Kratzer am Unterarm war mittlerweile verschorft und hatte sich nicht entzündet.

»Gutes Heilfleisch«, resümierte sie, um in einem Atemzug zu fragen: »Heute schon Nachrichten geguckt?«

Hatte er nicht, und so schilderte sie ihm Wesselings wilde Theorien. Micha schwieg betroffen, als sie von Sonjas Krebserkrankung erzählte und schaute verwirrt auf, als sie von der Bestätigung der beiden Flüge nach Australien berichtete, die sie zwischen Frank Beckers und Stefan Winters Briefen gefunden hatte.

»Im August wollte sie fliegen. Mit Becker, denke ich.«

»Sie hatte gleichzeitig was mit Stefan und mit diesem Bullenschwein?«, fragte er entsetzt. »Warum erfahre ich erst jetzt davon?«

»Ich weiß nicht«, stotterte Jule. »Ich habe einfach nicht mehr daran gedacht.«

Schwer atmend ließ Micha sich auf das mintfarbene, abgeschabte Ledersofa fallen. »Scheiße«, sagte er. »Mein Fehler. Ich habe dir nämlich auch was verschwiegen.«

Jule setzte sich neben ihn, griff nach seiner Hand und klammerte sich daran fest.

»Erzähl«, bat sie furchtsam und neugierig zugleich.

»Frank Becker kenne ich seit meiner Kindheit«, begann Micha. »Er ist nur ein paar Jährchen jünger und ging in dieselbe Grundschule wie Stefan und ich. Als kleiner Junge ist er uns dauernd hinterher geschlichen, fand uns cool und wollte immer dabei sein. Wir fanden ihn einfach bloß nervig. Er war klein, dick und dumm.« Micha grinste schwach bei dieser Erinnerung. »Heute ist er ja so'n Kraftprotz, Muckis wohin man sieht. Als Kind war er bloß ein Fettklops. Später, ich wohnte längst in Köln-Chorweiler und hatte die Kacke am Dampfen, da hörte ich, dass er eine Ausbildung zum Bullen machte. Passte irgendwie zu ihm: bei anderen das Haar in der Suppe suchen und sich wichtig machen.« Er seufzte und knetete heftig Jules Hand, bevor er zögernd fortfuhr. »Nachdem ich mit 19 aus der JVA Siegburg entlassen worden war – Jugendstrafe, du weiß ja –, erfuhr ich, dass er inzwischen meine Cousine geheiratet hatte. Beate ist eine total Liebe, Gutmütige, und jetzt hatte sie diesen Aufschneider an der Backe. Ach du Scheiße, dachte ich, das kann ja nicht gut gehen. Und es ging tatsächlich nicht gut. Inzwischen hat Beate mit dem Schwein vier Kids, und der steckt seinen Lümmel überall rein, was nicht bei drei auf den Bäumen ist. Wie oft hat meine Cousine mir ihr Leid geklagt. Trockenpflaume, so nennt er sie in aller Öffentlichkeit. Das musst du dir mal vorstellen!« Micha sah Jule um Verständnis heischend an. »Er war dann lange bei der Polizei in Euskirchen, auch schon 87. Zur Zeit des Bankraubes war er krank geschrieben.

Ich hab nach dem Überfall und Stefans Verurteilung viele Jahre in Baden Württemberg gelebt. Hab keine Scheiße mehr gebaut. 2005 bin ich zurück nach Köln; irgendwie zog es mich zurück ins Rheinland. Das hätte ich besser bleiben lassen. Ich hatte ein billiges Souterrain-Appartement im Zentrum gemietet und einen guten Job bei der Stadt: Grünanlagen sauber halten, Gartenarbeiten und so. Am Wochenende bin ich durch die Kneipen gezogen, meistens allein.« Hier pausierte er erneut, biss sich auf die Lippen und sprach schließlich weiter, immer leiser werdend. Jule sah, dass er sich schämte. »Wenn ich saufe, verlier ich manchmal die Kontrolle«, gestand er. »Dann hau ich drauf, bis Blut spritzt. An einem Freitagabend war ich voll wie 'ne Haubitze, als ich in so einem Anbaggerschuppen Frank Becker treffe, rechts und links eine vollbusige Ostbraut mit Botoxlippen und Silikontitten im Arm. Zu der Zeit war er schon Dorfpolizist in Steinbach, und meine Cousine litt immer noch unter seinen ständigen Seitensprüngen. Ich hab' einfach rot gesehen, weißt du. Ich konnte sein selbstgefälliges Grinsen nicht ertragen. Der hat in voller Absicht einer der Tussis die Hand unter den Rock gesteckt und mich dabei angegrinst. Ich bin ausgerastet.« Micha presste kurz die Lippen zusammen. »Aber Becker ist ja nicht blöd. Er hat in dem Gedränge irgendeinen besoffenen Typen vorgeschoben, und meine Faust ist in dessen Gesicht gelandet. Klar hat der Mann sich gewehrt, und da hab' ich ihn alle gemacht. Ich hab' ihm das Jochbein, die Nase und die Brille zertrümmert. Einige Glassplitter davon sind in sein linkes Auge gedrungen. Seitdem ist er blind darauf. Das werde ich mir wohl nie verzeihen! Und als er am Boden lag, habe ich sogar noch reingetreten und ihm ein paar Rippen gebrochen. Ich war wie im Rausch, ich Arschloch!

Der Scheißbulle hat sich während des Spektakels heimlich vom Acker gemacht. Im Bau hab' ich an einem Antigewalttraining teilgenommen und hatte echt Glück, dass die mich nach zwei Dritteln entlassen haben.«

Michael wagte es kaum mehr, Jule in die Augen zu sehen.

»Wahrscheinlich hältst du jetzt nicht mehr viel von mir, was?«

Was sollte sie dazu sagen? Dass sie Gewalt und Brutalität verachtete, aber Michaels explodierenden Hass auf den Mann seiner Cousine verstand? Dass sie sich nicht anmaßen durfte, ihn wegen dieser Sache zu verurteilen? Dass sie es trotzdem tat? Vor lauter Ratlosigkeit fiel ihr keine Antwort auf seine bange Frage ein. Stattdessen keimte ein Verdacht in ihr auf.

»Der Streit, den ich Freitagabend vor einer Woche bei den Mülltonnen im ›Eifelwind‹ belauscht habe, war der zwischen Becker und dir?«

»Du hast das mitgekriegt? Ja, das waren der Scheißbulle und ich. Frank hatte wie so oft eins der Mobilheime angemietet, um dort mit irgendeiner Nutte zu vögeln. Als ich ihn darauf angesprochen habe, hat er gedroht, den Campinggästen von meinen Vorstrafen zu erzählen. Also hab ich zähneknirschend den Mund gehalten. Ich konnte doch nicht riskieren, dass Gerti und Hermann meinetwegen finanzielle Einbußen haben.«

Jule nickte versonnen. »Da war so eine operierte Blondine an der Rezeption. Die wollte Brötchen kaufen. Ich hatte gleich den Eindruck, dass die nicht in den ›Eifelwind‹ passt.«

»Ja.« Micha nickte ebenfalls. »Becker reißt die Weiber in Köln auf und bezahlt ihnen ein paar Nächte plus Spesen auf dem Campingplatz.«

»Aber wieso hatte er es dann noch nötig, mit Sonja Bohr ins Bett zu steigen?«, wunderte sich Jule.

Micha schnaubte geringschätzig. »Ich sag doch, der nimmt alles mit, was er kriegen kann. Frag dich mal lieber, warum Sonja es nötig hatte.«

Das war ein Gedanke, der etwas für sich hatte. Jule überlegte. Hatte Sonja womöglich nicht Stefan für ihre Zwecke ausgenutzt, sondern Frank Becker?

»Vielleicht hatte es mit seinem Job zu tun«, sprach sie in den blauen Dunst hinein. »Sie brauchte ihn, um irgendetwas zu bekommen. Informationen …«

»… oder Waffen«, ergänzte Micha. »Frank war schon als junger Polizist korrupt. Was glaubst du, von wem Stefan damals den Tipp mit den Diamanten hatte? Und von wem er die Waffen kriegte?«

Jule riss vor Überraschung die Augen weit auf.

»Dann hat Becker gewusst, dass ihr die Sparkasse überfallen wolltet und ließ sich deshalb vorsorglich krank schreiben?«

»Du sagst es.« Micha lächelte böse. »Bloß dass ich der zweite Mann war, wusste Frank nicht. Das hat Stefan geheim gehalten, auch wegen Beate. Und das war mein Glück. Bis heute.«

In dem Moment hörten sie eine Tür klappern.

»Na, wie sieht er aus? Nicht wiederzuerkennen der Mann, was?«, sprudelte Melanie beim Betreten des Wohnzimmers.

»Stimmt.« Jule lächelte die Freundin dankbar an. »Man könnte ihn glatt für einen Südländer halten.«

Melanie grinste zufrieden. »Na ja, dafür ist er ein bisschen zu groß, würde ich sagen.« Sie schwang sich direkt neben Michael aufs Sofa und tätschelte sein Knie. »Der Rasen wartet«, kommandierte sie. »Erst die Arbeit, dann das Vergnügen.«

Micha sprang gehorsam auf. Bald ertönte von draußen das Brummen des elektrischen Rasenmähers.

Erst jetzt erkundigte Melanie sich vorsichtig. »Dein Mann Jörg hat also Michael niedergeschlagen und verschleppt. Aber wer war die Frau, mit der er während der Autofahrt telefoniert hat?«

Jule schob aggressiv ihr Kinn vor. »Darüber habe ich mir auch schon den Kopf zerbrochen. Und ich bin jedes Mal zum gleichen Ergebnis gekommen: Es kann nur Jana gewesen sein, meine kleine Schwester!«

»Wie bitte?« Melanie reagierte empört. »Warum sollte die dir so etwas antun?«

»Als Micha spurlos verschwunden war, habe ich sie dabei erwischt, wie sie alle verräterischen Spuren in Mamas Haus beseitigt hat. Und zwar gründlich. Was liegt näher, als zu vermuten, dass sie mit Jörg unter einer Decke steckt?«

»Da könntest du recht haben. Schlimm, wenn man nicht einmal dem eigenen Fleisch und Blut trauen kann.« Melanies Nase krauste sich missbilligend. »Jana und die drei Juristen sind also hinter der Beute aus dem Euskirchener Bankraub her. Und als Stefan aus der JVA getürmt ist, haben sie gedacht, er führt sie zu dem Versteck.«

»Genau, nur war ihm schon jemand zuvor gekommen.«

»Die Stelle unter dem Weinstock war leer«, ergänzte Melanie. »Sag mal, bist du eigentlich sicher, dass Micha das Geld nicht längst verbraucht und die Edelsteine verscherbelt hat? Zeit genug hatte er ja.«

»Ganz sicher. Er wollte mit der Sache nichts mehr zu tun haben. Er macht sich seitdem schon genug Vorwürfe, Stefan im Stich gelassen zu haben. Dass er frei war, während sein Freund lebenslang einsaß. Also wollte er sich nicht noch mehr bereichern. Er hat bloß das Gedicht an Sonja geschickt, 10.000 DM für seine Flucht nach Süddeutschland abgezweigt und den Rest in der Blechdose gelassen. Das schwört er.«

»Mmmh.« Melanie schüttelte nachdenklich den Kopf. »Aber wer hat die Beute dann? Dein Mann würde doch nicht so ein Theater machen, wenn er längst steinreich wäre. In dem Fall wäre es wesentlich geschickter, sich still zu verhalten. Und wer hat Sonja und Stefan getötet? Für mich macht das alles keinen Sinn.«

Jule konnte nur zustimmen. Die Geschichte wurde immer verworrener. Dann fiel ihr plötzlich etwas ein. Sie fürchtete sich davor, Melanie davon zu erzählen. Aber es ging nicht anders. Also berichtete sie der neuen Freundin, dass ihre ältere Schwester tatsächlich an unheilbarem Bauchspeicheldrüsenkrebs gelitten hatte.

Melanie wurde leichenblass. Jule meinte, sogar Tränen in ihren Augenwinkeln schimmern zu sehen. Tröstend legte sie ihr einen Arm um die knochigen Schultern und drückte sie sanft an sich.

Eine ganze Weile saßen sie in stiller Eintracht da.

Erst als Melanie sich etwas gefasst hatte, kam Jule auf das Rätsel der Eifelmorde zurück. Sie erzählte ihrer Verbündeten von dem seltsamen Umstand, der ihr an Stefan Winters Leiche aufgefallen war.

»Ich fahre in den ›Eifelwind‹, bespreche ein paar Dinge wegen des Stellplatzes mit Hermann und komme mit dem Twingo zurück«, verkündete Jule zwei Stunden später zu Hause ihrem verkaterten Ehemann.

»Ach ja? Wie kommst du denn hin?«, nuschelte der matt

und leerte mit Todesverachtung ein Glas Wasser mit darin aufgelöster Aspirintablette.

Jule zögerte. Schließlich entschied sie sich für die Wahrheit. »Mit der Schwester der ermordeten Sonja Bohr«, erklärte sie mit einer Stimme, die hoffentlich keinen Widerspruch aufkommen ließ. »Ich habe sie vor ein paar Tagen kennengelernt. Sie muss das Haus in Steinbach ausräumen. Dabei werde ich ihr helfen.«

»Okay.« Jörg dehnte die Silben, sodass es mehr erstaunt als zustimmend klang. »Dich lässt diese Mordgeschichte einfach nicht los, was?« Er erhob sich von dem Barhocker an der Küchentheke und fixierte sie mit warnendem Blick: »Ich hoffe aber, du bleibst sauber und gehst Faßbinder aus dem Weg.«

Jule fiel es äußerst schwer, hier so dicht bei Jörg zu stehen. Sie wäre fast explodiert. ›Sauber bleiben!‹ hätte sie am liebsten gehöhnt. Das forderst gerade du! Stattdessen blähte sie nur die Nasenflügel.

»Keine Sorge. Der ist längst über alle Berge. Mit der Geschichte habe ich abgeschlossen«, antwortete sie betont gelassen.

Jörg nickte zufrieden. »Dann ist ja gut.« Er schleppte sich müde in den Flur. »Ich schlaf noch 'ne Runde. Weck mich, bevor du fährst. Damit ich mich noch von dir verabschieden kann.«

DRITTER TEIL: VERIRRTE GEISTER

Sie starteten gegen 17 Uhr. Melanie schaffte es nicht früher. Jule war sehr erleichtert, als sie den maisgelben Smart endlich durch das Esszimmerfenster erspähte. Von Jörg brauchte sie sich nicht zu verabschieden. Der war in den Fitnessclub gefahren. Kalorien abbauen. Sie warf sich neben die Freundin auf den Beifahrersitz. Dann äugte sie nach hinten. Richtig, im winzigen Kofferraum krümmte sich Michael Faßbinder so zusammen, dass er von außen nicht zu sehen war.

»Hi, ihr zwei«, begrüßte sie die beiden nervös. »Auf zur letzten Runde!«

»Genau.« Melanie verzog die bordeauxrot geschminkten Lippen zu einem schmalen Lächeln und drückte aufs Gas. Doch anstatt direkt bei Neuss auf die A 57 Richtung Köln zu fahren, steuerte sie die Landstraße nach Holzbüttgen an. Bald erblickte Jule die großen Hinweisschilder für ›Küppers Erdbeeren‹. Zügig fuhren sie an Pferdekoppeln, Erdbeerfeldern und Apfelplantagen vorbei.

»Wo wollen wir hin?«, wunderte sie sich.

»Bloß was abholen«, klang es von hinten. »Auf dem Bruchweg. Bei einem Autohändler.«

Jule schwieg verdutzt, als sie auch schon das sogenannte Gewerbegebiet Holzbüttgen Ost erreichten, das sich zu großen Teilen rechts und links des Bruchweges erstreckte.

›Gewerbe‹ konnte man in diesem Fall tatsächlich sogar wörtlich verstehen. Denn neben einigen kleineren Firmensitzen, Autohäusern, Getränkemarkt und Fitnesscenter säumten mehrere rot angestrahlte, aber ansonsten unscheinbar daherkommende Wohnhäuser die Straße. Purpurn blinkende Herzchen in den Fenstern wiesen den nach Befriedigung lechzenden Männern hilfreich den Weg.

Melanie Pütz-Coenen hielt vor einem Maschendrahtzaun, an dem ein verbeultes Schild mit der Aufschrift ›Wilhelm Zierowski, Gebrauchtwagen, An- und Verkauf‹ baumelte. Es hing schief, war nur notdürftig mit rostigem Draht daran verzwirbelt worden.

»Lässt du mich raus?«, bat Micha von hinten. Jule sprang hinaus und öffnete den Kofferraum.

»Was willst du bei diesem Zierowksi?«, fragte sie bang, als sie neben ihm auf der Straße stand. Jenseits des Zauns befand sich zwischen einigen wenig vertrauenerweckenden Limousinen und Kleinwagen ein abgewrackter Wohncontainer mit Wellblechdach. Ihr Liebhaber grinste schief. Jule sah, dass die nun pflasterlose Stirnwunde zwar gut verheilte, dass aber die Blutergüsse – in allen Farben schillernd – bis unter sein linkes Auge gezogen waren.

»Am besten bleibst du hier«, forderte er sie auf. »Willi legt Wert auf Diskretion.«

»Willi?«, fragte sie, während ihr Liebhaber bereits auf das Grundstück zusteuerte.

»Ein alter Kumpel aus Bochum.«

Er öffnete das schwere Eisentor im Zaun – es kreischte protestierend in den Angeln – und lief auf die behelfsmäßige Behausung zu. Bochum. Ein Knastkumpan also. Jule wurde mulmig zumute.

Sie sah, wie sich drüben die Eingangstür öffnete und ein bierbäuchiger Mann mit nackten, tätowierten Armen und Zigarette im Mundwinkel herauskam. Eine herzliche Umarmung folgte. Dann verschwanden beide Männer im Innern des Wohncontainers. Es dauerte nicht lange, bis Micha zurück kam. In der Hand trug er eine ALDI-Plastiktüte mit offenbar schwerem, sperrigen Inhalt. Er drückte Jule einen Kuss auf die Lippen, bevor er mit zufriedener Miene in den Kofferraum des Smarts zurück kroch.

Melanie startete den Wagen, fuhr über den beschrankten Bahnübergang an der Gümpgesbrücke links auf die B 7 und von dort auf die Autobahn. Sie hatte missbilligend die Lippen zusammengepresst und stierte stur geradeaus.

»Micha, was hast du bei diesem Willi abgeholt?«, quengelte Jule.

»Schusswaffen natürlich«, mischte Melanie sich in ätzendem Tonfall ein. »Dein Freund glaubt, er zieht in den Krieg.«

»Ich hab halt keinen Bock, noch einmal eine Flasche an den Kopf zu kriegen, gefesselt in einen Fluss getunkt zu werden oder knapp einem Flammenmeer zu entkommen«, schimpfte es von hinten.

Plötzlich musste Jule kichern, hysterisch. »Das klingt ja fast nach James Bond«, gluckste sie, wurde aber schlagartig wieder ernst. Micha hatte recht. Sie schwebten in ernster Gefahr. Bestimmt war es nicht schlecht, sich im Notfall verteidigen zu können. »Kannst du überhaupt mit so einem Ding umgehen?«

Micha schnaubte verächtlich. »Vergiss nicht, dass ich mal Bankräuber war.«

Schweigen breitete sich in dem kleinen Smart aus. Schnurrend glitt er durch die Dämmerung.

Jule machte sich so ihre Gedanken. Sie war im Begriff, einen konservativen, allzu geldgierigen Juristen gegen einen mittellosen Exgangster einzutauschen. Im Moment kam ihr das total wahnwitzig vor. Ihr ganzes Leben war, genau genommen, eine Farce. Und zum ersten Mal seit langer Zeit erlaubte sie sich, über die Sache mit Jan nachzudenken.

Jan Westermann hatte Anfang letzten Jahres als Nachfolger von Jules in Rente gegangener Kollegin Marion beim Diakonischen Werk in Neuss angefangen. Ihre Schreibtische standen sich in dem engen Büro direkt gegenüber.

Jan arbeitete zu fünfzig Prozent in der Verwaltung; die andere Hälfte der Stelle umfasste den Besuchsdienst bei psychisch Kranken, die nach einem Klinikaufenthalt wieder auf eigenen Beinen stehen sollten und allein oder in einer Wohngemeinschaft lebten. Jan priorisierte den zweiten Teil des Jobs. Dahin floss seine ganze Energie. Die Bürotätigkeiten erledigte er mit leichter Hand. Jule beneidete ihn. Sie selbst hatte nur eine Halbtagsstelle in der Verwaltung und empfand die Arbeit oft als zäh und langweilig.

Mit Jan zog ein frischer Wind durch die verstaubten Räume. Sein herzliches Lachen, seine Frotzeleien und sein Kaffeevollautomat, den er von zu Hause mitgebracht hatte und dem ganzen Kollegium zur Verfügung stellte, belebten und erfrischten. Jan Westermann war zehn Jahre älter als Jule und das sah man auch. Aber seine Quirligkeit und die geistige Beweglichkeit machten vieles wett und ließen ihn jünger wirken. Mit seiner überlangen Nase, den unschuldig blickenden braunen Augen, den weichen Lippen und dem schlaksigen Körper erinnerte er Jule an eine Giraffe. Und wie eine Giraffe schien er alles zu sehen und mitzukriegen. Nichts entging seinem sanften, schelmischen Blick.

Jule verstand schnell, warum seine Klienten sofort Vertrauen fassten und sich wertgeschätzt fühlten: Jan Westermanns Menschenbild war von Grund auf positiv. Er glaubte an das Gute im Menschen, das Böse war für ihn immer Zeichen einer Beschädigung, Alarmsignal für etwas Zerstörtes oder Gescheitertes. Er war felsenfest davon überzeugt, dass man den Betreffenden nur behutsam aufrichten müsse, dann verschwinde alles Übel von allein.

Bald machte er in Jule ihre mühsam vergrabene Schuld aus und sagte ihr dies auf den Kopf zu. »Du bist nicht wirklich frei. Irgendwas umklammert deine Seele.«

Natürlich wehrte Jule sofort ab, fühlte sich jedoch seit seiner Einschätzung zu Jan hingezogen. Bald gingen sie zusammen aus. Erst waren es lockerleichte Treffen im Anschluss an die Arbeit im ›Kaffee Küppers‹ am Münsterplatz oder im ›Okiedokie‹ am Neusser Hafen. Andere Male gingen sie zusammen in das kleine, aber feine Programmkino ›Hitch‹ über den Dächern der Stadt. Hier hielt Jan zum ersten Mal ihre Hand, und Jule ließ es zu. So begann der Verrat an Jörg. Sachte, kameradschaftlich und doch mit aller Macht.

Schnell geriet Jule im Alltag ins Schleudern. Wie, wann und wo sollte sie zwischen Ehemann und Teenagersohn die heimlichen Treffen mit Jan arrangieren? Schließlich erfand sie die Teilnahme an einem VHS-Yoga-Kurs und traf Jan jeden Mittwochabend in seiner Altbauwohnung auf der Neusser Furth. Eine Weile gelang es ihr, die Affäre vom Rest ihres Lebens abzuspalten. Die Mittwochabende waren geprägt von Loslassen und Leidenschaft, alle anderen sechs Tage bestanden aus Muttersein, Routine und Pflichten.

Jörg merkte nichts.

Im Oktober wurde sie schwanger. Der Schock ließ sie im Chaos versinken. Sie zweifelte nicht daran, dass das Kind von Jan war. Mit beiden Männern hatte sie ungeschützten Verkehr gehabt. Neun Jahre Sex mit Jörg hatten sie davon überzeugt, aufgrund ihres Alters mittlerweile unfruchtbar geworden zu sein. Nun begriff sie, dass es nicht an ihr gelegen hatte.

Mit der Schwangerschaft begann der Zank zwischen Jan und ihr. Er erwartete, dass sie sich von ihrem Mann trennte; Jule erwog eine Abtreibung. Sie fing an, sich trotz des Kindes im Bauch unvernünftig und kindisch aufzuführen. Trank Wein und Sekt, hungerte, anstatt regelmäßig zu essen, nahm mehrere Kilos ab. Jan machte ihr Vorhaltungen und drängte darauf, dass sie Jörg endlich die Wahrheit sagte. Sie tat es nicht, sondern steckte in ›Vogel Strauß‹-Manier den Kopf in den Sand. Eines Mittwochabends im November – sie befanden sich auf dem Rückweg von einem chinesischen Restaurant in Korschenbroich-Pesch, Jule fuhr Jans Auto – stritten sie sich heftig. Die Straße war glatt und Jan hatte auf seinem alten Peugeot noch keine Winterreifen aufziehen lassen. Weil Jule des Öfteren zur Seite sah, um Jan Auge in Auge ihre wütenden Antworten entgegen zu schleudern, unterschätzte sie die leichte Rechtskurve auf der dunklen, baumgesäumten Landstraße. Der Wagen geriet ins Schleudern, knallte gegen eines der Baumgerippe. Erst kamen der Schreck, der Krach und die Airbags, dann kam das Schweigen.

Jule musste für drei Wochen ins Krankenhaus. Eine Rehamaßnahme folgte. Bei dem Aufprall hatte sie sich einen Lendenwirbel angebrochen und erlitt eine Fehlgeburt. Jan trug lediglich eine Unterarmfraktur davon. Sie mied den Kontakt und hatte ihn seitdem nicht gesehen.

Vor Jörg, der sie sofort nach dem Unfall in der Düsseldorfer Uniklinik aufsuchte, schämte sie sich unsäglich. Nie würde sie seinen verständnislosen und zugleich angewiderten Blick vergessen, als sie ihm kleinlaut von dem Seitensprung und der Schwangerschaft erzählte. In all diesem Tohuwabohu reiste Tobi nach Pennsylvania ab. Gottlob! Und Jule flüchtete in den ›Eifelwind‹.

So wie sie jetzt wieder auf dem Weg dorthin war. Nicht in ihrem blauen Twingo diesmal, der randvoll beladen mit ihren Schuldgefühlen und Zukunftsängsten gewesen war, sondern in einem gelben Smart, zusammen mit zwei fast Fremden und Racheplänen und Schusswaffen im Gepäck. Unruhig rutschte Jule auf dem Beifahrersitz hin und her. Würde sie es jemals schaffen, ihr Leben in den Griff zu bekommen? Langsam zweifelte sie daran.

Nun fuhr Melanie von der Autobahn ab. Es war stockdunkel. Die Straße nach Bad Münstereifel wand sich lang und kurvenreich zwischen schwarzen Wäldern dahin. Am liebsten wäre Jule immer so weiter gefahren, ohne jemals anzuhalten. Mit wohligem Gefühl im Bauch dachte sie an den Mann hinter sich. In dem Moment begriff sie, dass es kein Zurück gab. Es fühlte sich richtig an, dass er bei ihr war. Auf einfache, selbstverständliche Art richtig. Egal, wie sehr sie sich den Kopf zerbrach. Liebe, dachte sie. Das muss Liebe sein. Da tauchte auch schon die Kirche von Steinbach vor ihnen auf.

»Mel, lässt du mich bitte bei Becker raus? Sein Haus ist dahinten am Ende der Sackgasse«, bat Micha.

»Klar, kenn ich. Ist ja nicht weit vom Häuschen meiner Großeltern.«

»Ich geh mit ihm«, erklärte Jule zu ihrem eigenen Erstaunen.

»Ich dachte, du hilfst mir beim Entrümpeln«, wunderte sich Melanie, und Jule sah im Lichte einer Straßenlaterne die steile Falte über ihrer Nasenwurzel.

»Mach ich auch. Später«, versprach sie eilig. »Trotzdem will ich Micha nicht mit dem Dorfsheriff allein lassen. Versteh das bitte.«

Ein unwilliges Knurren war die Antwort. Oh je, jetzt hatte

sie die neue Freundin verärgert. Das musste sie nachher unbedingt wieder gutmachen.

Das Haus von Frank und Beate Becker war ein rot verklinkertes, freistehendes Einfamilienhaus. Es verschmolz mit der Anhöhe im Hintergrund. Um zur Haustür zu gelangen, musste man einen gepflasterten, stufigen Fußweg nehmen. Michael sah in den viel zu weiten Klamotten von Melanies Mann Bernd etwas verloren, wenn auch weit seriöser als sonst aus, während er jetzt vor Jule herging. Er trug eine graue Stoffhose, ein hellblaues Hemd und darüber eine elegante, gerade geschnittene Lederjacke in Braun. Die Waffe, für die er sich aus dem Sammelsurium in der ALDI-Tüte entschieden hatte, war eine schwere Pistole, die er lässig unter den Gürtel gestopft hatte.

Plötzlich wurde Jule von bodenloser Panik gepackt. Was, wenn man ihn töten würde?

»Warte auf mich«, rief sie leise.

Er drehte sich zu ihr um, und trotz der Anspannung begannen seine Augen zu strahlen. Resolut ergriff er ihre Hand. Händchen haltend erreichten sie die weiß lackierte Haustür und klingelten. Eine rundliche Frau mit graubraunem Haar und gutmütigen, weichen Zügen öffnete. Im Hintergrund hörte man Kindergeschrei.

»Micha!«, rief sie entgeistert aus. Ihr Blick huschte nervös zwischen ihrem Cousin und Jule hin und her. »Was machst du denn hier? Die Kripo sucht dich! Und was hast du mit deinen Haaren angestellt? Und mit deinem Gesicht?«

»Hi, Beate.« Seine Stimme war warm. »Schön, dich zu sehen. Aber ich müsste dringend zu Frank. Ist er da?«

Beate konnte nur nicken. Gleichzeitig bebten ihre Lippen. Jule sah ihr an, dass etwas ganz und gar nicht in Ordnung sein musste, wenn ihr zur Fahndung ausgeschriebener, vorbestrafter Cousin ihren Polizistenehemann freiwillig sprechen wollte. Mit kleinen Trippelschritten wich sie zurück und zog dabei die Haustür weit auf. Micha schlüpfte hinein, Jule hinter sich herziehend.

»Er ist oben im Arbeitszimmer«, flüsterte Beate.

»Danke.« Michael stoppte kurz und fixierte sie beschwörend. »Geh auf keinen Fall mit den Kindern in den ersten Stock, egal was du hörst«, warnte er, bevor Jule und er zur Treppe gingen.

Oben angekommen peilte Micha zielstrebig das erste Zimmer auf der rechten Seite an. Durch die geschlossene Tür drangen Musik und eindeutige Geräusche in den Flur. Er hielt sich den Zeigefinger an die Lippen, blickte Jule ernst an und griff mit der rechten Hand unter die Jacke. Dann drückte er mit der Linken vorsichtig die Türklinke herunter. Lautlos schwang das Türblatt auf. Frank Becker saß mit dem Rücken zu ihnen auf einem Drehstuhl an seinem Schreibtisch. Auf dem Computerbildschirm rekelte sich eine nackte Vollbusige zwischen zwei ebenso unbekleideten Muskelmännern. Lustvolles Stöhnen schwoll durch den Raum. Es kam nicht bloß aus den Lautsprechern. Leise tappten die beiden Eindringlinge näher. Micha machte eine abfällige Grimasse. Mit schnellen Schritten war er bei Becker und hielt ihm die Waffe in den Nacken.

»Hand aus der Hose und beide Arme heben!«, kommandierte er verächtlich.

Frank Becker zuckte zusammen, klappte den Mund zu und gehorchte. Micha presste den Lauf der Pistole fest in die Haut des anderen Mannes und drehte mit der freien Linken den Stuhl zu sich und Jule herum. Die Jeans des Dorfpolizisten stand offen. Sein abrupt erschlafftes Geschlechtsteil hing heraus. Jule schluckte ihren Ekel herunter.

»Pack das ein, Frank. Ist ja widerlich«, befahl Michael.

Mit zittrigen Fingern schloss Frank Becker seinen Hosenstall. Jule sah es in seinen kleinen blauen Augen böse aufglimmen. Dieser Mann war ihr nicht geheuer. Micha stupste Becker die Waffe fester an den Hals.

»Hände auf den Rücken!«

Becker schien kurz zu überlegen, dann aber seufzte er, leckte sich mit der Zunge über die Lippen und tat wie geheißen.

»Jule, da drüben liegt Klebeband.« Micha nickte zum Schreibtisch hin. »Fessle ihn damit an seinen Stuhl. Aber sei nicht zimperlich.« Sie war seinem Blick gefolgt und griff nun zögernd nach der Rolle aus dem Durcheinander an Rechnungen, Stiften, Notizzetteln und Büroklammern.

»Umwickle erst beide Hände, dann fixierst du sie an der Lehne, okay?«

Mit klopfendem Herzen tat sie ihr Bestes. Himmel, sie entwickelte sich zur echten Kriminellen. Wo sollte das nur hinführen?

»Danke.« Micha nickte zufrieden, machte ein paar Schritte rückwärts, während er weiterhin die Pistole auf den Kopf seines Gefangenen gerichtet hielt, und zog sich mit der freien Hand einen Klappstuhl heran. Jule wusste erst nicht, wohin mit sich, hockte sich aber schließlich auf die Kante einer Schlafcouch.

»Das wird dich für immer in den Bau bringen, Faßbinder«, höhnte Frank Becker. »Bewaffneter Raub, Nötigung, Geiselnahme. Dann hast du endlich Grund, dir die Pulsadern aufzusäbeln.«

»Halt's Maul, Wichser.« Gelassen stand Michael auf und ging auf den Gefesselten zu. Der zuckte zusammen und duckte sich. Micha schüttelte bloß grinsend den Kopf. Lässig griff er um den Mann herum und betätigte den Ausschaltknopf des Computers. Das Ächzen und Stöhnen aus den Computerboxen verstummte. Der Bildschirm wurde schwarz. Noch immer feixend kehrte Micha zu seinem Stuhl zurück.

»Wer hier im Bau landet, das wirst wohl zur Abwechslung mal du sein«, sagte er bedächtig, als spräche er zu einem Schwachsinnigen. »Soll ich den Bullen stecken, dass von dir damals der Tipp mit den Klunkern in der Sparkasse kam? Oder die Knarren, die wir für den Überfall brauchten?«

Frank Becker starrte ihn gleichermaßen fassungslos wie entsetzt an. Jule stellte fest, dass der muskelbepackte Polizist auf archaische Weise attraktiv war. Er erinnerte sie an einen Zuchtbullen.

»Du?«, stammelte er. »Du warst der zweite Mann?«

»Richtig geraten. Und Stefan hatte dir einen fetten Anteil an der Beute versprochen, stimmt's?« Micha nickte, als er den Gesichtsausdruck des anderen identifizierte: dumpf und dümmlich. »Ganz schön scheiße, dass daraus nichts wurde, was? Mir hatte er nämlich nichts davon erzählt. Ich Idiot bin erst gestern von selbst drauf gekommen, als ich mich daran erinnert habe, dass du dich schon immer gern für deine Ratschläge hast bezahlen lassen.«

»Du kannst mir gar nichts beweisen«, presste Becker zwischen zusammengebissenen Zähnen hervor. »Du Versager.« Seine Augen glitten zu Jule hin und tasteten sie von oben bis unten ab. »Ganz schnuckelig, die Kleine. Kommt mir bekannt vor. Wo hast du die denn aufgelesen?«

»Ach, nicht weit von hier«, antwortete Jule leichthin an Stelle ihres Freundes. »Im ›Eifelwind‹. Ich bin Jule Maiwald. Auf meinem Grund und Boden haben 25 Jahre lang sehr viel Geld und sehr wertvolle Diamanten gelegen.«

Es bereitete ihr geradezu eine diebische Freude, den Schock in der Miene des Polizisten zu sehen.

»Dann habt ihr die Beute!«, rief er aus.

»Kann schon sein«, antwortete Micha schnell und fuhr damit Jule über den Mund. Die streifte ihn kurz mit fragendem Blick, schwieg jedoch.

»Es war also ganz unnötig, Sonja Bohr dabei zu helfen, Stefan aus dem Knast zu befreien«, fuhr Micha ungerührt fort.

Becker wurde blass wie die Wand hinter ihm. »Woher weißt du …?«, begann er, klappte jedoch sofort den Mund wieder zu.

Jule beobachtete, wie seine Kieferknochen mahlten. Dann, urplötzlich, begann er mit aller Kraft an seiner Fesselung zu reißen, doch Micha brachte ihn mit der Waffe wieder zur Räson.

»Was willst du denn noch, Faßbinder?«, fragte der Polizist. Es klang weinerlich. »Winter ist tot, Sonja ist tot und du hast die Kohle.«

»Ich will wissen, ob du Stefan erschlagen hast, du widerliches Schwein.« Jule hörte den Schmerz in Michas Stimme. Unvermittelt sprang er auf und drückte Becker die Waffe an die Stirn. »Dafür sollst du zahlen!«

»Nein!« Der Schrei des Mannes war hoch und schrill. Tränen quollen aus seinen Augen. »Ich war das nicht, wirklich nicht!«

»Ich glaub dir nicht, perverse Sau.«

Micha blieb gefährlich ruhig, senkte die Waffe in den Schritt des Mannes und stieß zu. Becker jaulte vor Schmerzen auf und krümmte sich.

»Micha!«, rief Jule alarmiert.

»Schon gut«, knurrte der, lehnte sich an die Schreibtischplatte und richtete die Waffe auf Beckers bestes Stück. »Du hast nur eine Chance, Drecksau. Erzähl mir die Wahrheit. Von vorne bis hinten.«

»Okay, okay«, jammerte Becker keuchend. »Aber bitte nicht schießen.«

Und dann legte er los. Von vorne bis hinten, wie Micha es gefordert hatte.

Im Dezember letzten Jahres war Frank Becker Sonja in der Sauna in Mechernich begegnet. Ihn als Stammgast erstaunte es, die schmale Brünette dort zu treffen. Natürlich wusste er, dass sie die Exverlobte von Winter war und seit ihrer Trennung von dem Bad Münstereifeler Gastronom und passionierten Jäger Jürgen Bohr im Haus der verstorbenen Großeltern lebte. Es verblüffte ihn, dass sie sich sofort auf ein Gespräch mit ihm einließ, während sie zusammen im sprudelnden Whirlpool saßen. Bisher war sie ihm arrogant und unnahbar erschienen.

Frank Becker fühlte sich geschmeichelt. Zwar war sie eigentlich nicht sein Typ – zu schmal, zu flachbrüstig, zu herb –, trotzdem fand er sie erstaunlich attraktiv. Als sie ihm unverhohlen schöne Augen machte und sogar unter Wasser seinen Schwanz mit dem Fuß streichelte, war es um ihn geschehen. Er fickte sie im verwaisten Fitnessraum des Wellnesscenters. Danach trafen sie sich regelmäßig, mindestens einmal pro Woche. Entweder schlich er sich nach der Spätschicht in ihr Häuschen oder sie mieteten ein Hotelzimmer in Bad Münstereifel. Frank Becker merkte bald, dass er der schlanken, kühlen und doch so leidenschaftlichen Frau geradezu verfallen war. Dann, Ende Januar diesen Jahres, rückte sie mit ihrer Idee heraus.

Sie habe seit Kurzem wieder Kontakt mit dem inhaftierten Stefan Winter und der wisse, wo die Beute aus dem Euskirchener Bankraub seit 1987 lagere. Das Geld und die Edelsteine des arabischen Emirs seien immer noch unangetastet. Sonjas Plan war es, Winter zur Flucht zu verhelfen, damit der das Versteck ausräumen konnte. Leider fehlten ihr das nötige Know-how und die Kontakte, um den Ausbruch zu organisieren. An dieser Stelle fragte Becker, ob es ihr nicht möglich sei, dem lebenslänglich Verurteilten mittels Augenaufschlag und dem Einsatz ihrer weiblichen Reize Hinweise auf das Versteck zu entlocken. Der sei bestimmt nach der über zwanzigjährigen Haftstrafe sexuell total ausgehungert und dankbar für jede noch so kleine Geste. Das habe sie hinlänglich versucht, entgegnete Sonja kopfschüttelnd. Nichts zu machen.

Beharrlich beknetete sie ihn weiter:

»Denk doch, allein dein Anteil an den Diamanten wären um die 300.000 Euro. Und mit deinen Beziehungen ist es sicher kein Problem für dich, einen Hehler zu finden, der uns die Steine in Bares umtauscht, oder? Du bekämest endlich das, was dir schon damals zugestanden hat«, rechnete sie ihm vor. »Könntest du das nicht gut gebrauchen? Vergiss nicht deine Schulden. Stefan kennt einen korrupten Schließer in Ossendorf. Wenn du als Bulle den Kontakt herstellst, einen auf seriös machst und mit einer fetten Belohnung winkst, lässt der sich garantiert überreden, 'ne Knarre einzuschleusen. Für dich besteht kein Risiko. Du übergibst bloß die Waffe und eine Anzahlung an den Beamten und schon brauchen wir uns über den Rest keine Gedanken mehr zu machen.«

Nach langem Überlegen willigte Becker ein, auch unter dem Druck seiner ständig anwachsenden Spiel- und Bordellschulden. Es war ein Leichtes für ihn, einen Interessenten für die Juwelen zu finden und eine Pistole auf dem Schwarzmarkt zu besorgen. Eine Sig Sauer und 5.000 Euro wechselten den Besitzer. Zwei Wochen später war Stefan Winter auf freiem Fuß. Die Großfahndung lief, und erst in dem Moment war Becker klar geworden, auf was er sich da eingelassen hatte.

»Mir ging der Arsch auf Grundeis«, gestand er freimütig. »Aber so was von auf Grundeis.«

»Deshalb hast du Stefan hinterrücks erschlagen, als du ihm bei deinen nächtlichen Patrouillen im ›Eifelwind‹ begegnet bist«, stieß Micha wütend aus und zielte genauer auf Beckers Weichteile.

»Bullshit! Ich denke, du willst die Geschichte von Anfang bis Ende hören. Also sperr die Lauscher auf, Faßbinder«, blaffte der Dorfpolizist zurück; gleichzeitig wurde er eine Spur blasser um die Nase. Jule sah, dass sich unter seinen Achselhöhlen dunkle Flecken ausbreiteten.

»Also, die Flucht aus dem Hochsicherheitstrakt war Winter dank meiner Hilfe gelungen, bloß danach ging alles schief. Eigentlich war verabredet gewesen, dass Sonja in einem Auto direkt neben der JVA auf den Ausbrecher warten sollte. Aber Winter floh über eine Stunde zu früh. Es blieb ihm nichts anderes übrig, eine Frau, die in ihrem Wagen an einer roten Ampel wartete, als Geisel zu nehmen und zu zwingen, ihn in die Eifel zu kutschieren. Erst in Euskirchen bekam er die Gelegenheit, das Fahrzeug zu wechseln, als er einen unachtsam abgestellten Wagen vor dem Kiosk stehen sah.

Das alles war hoch riskant und rief natürlich schnell sämtliche Sondereinsatzkräfte auf den Plan. Sofort konzentrierte man sich auf Eichweiler, Winters Geburtsort, und Umgebung. Scheiße, dachte ich. Wie kann man nur so dämlich sein?«

»Was hättest du denn an Stefans Stelle gemacht, Wichser?«, schimpfte Michael. »Wo sollte er denn hin?«

»Er hätte einfach die Uhr richtig lesen können. Selbst dafür war der Typ zu blöd. Aber egal, jetzt musste es irgendwie weiter gehen. Allerdings war Winter plötzlich wie vom Erdboden verschluckt. Freitagabend bin ich wie verabredet zu Sonja. Die hatte noch nichts von ihm gehört und war halb verrückt vor Sorge. In dem Moment ist mir klar geworden, dass sie mich nur ausgenutzt hat. Die liebte diesen Abschaum wirklich! Das hat mich für ein paar Minuten ganz schön aus der Bahn geworfen.« An der Stelle lachte Becker trocken, beruhigte sich jedoch schnell, als er Michaels und Jules eisigen Blicken begegnete. »Dann dachte ich an die 300.000, und alles war wieder im Lot. Ich ging nach Hause. Samstagmorgen fand man das geklaute Auto kurz vor Steinbach, und die Kripo machte schleunigst die Falle dicht. Winter wäre es nie gelungen, lebend aus dem Tal raus zu kommen. Ich habe übrigens bis heute keine Ahnung, wo er sich zwei Tage und zwei Nächte lang versteckt hielt. Bei Sonja jedenfalls nicht. Ich weiß das, weil ich ein paar Mal bei ihr war. Zur Kontrolle. Hätte doch sein können, dass die zwei Vögelchen vorhatten auszufliegen, ohne mir meinen wohlverdienten Anteil auszuzahlen.

Sonntagfrüh hielt ich es nicht mehr aus und ging noch mal zu ihrer Bruchbude. Und da lag sie in ihrem eigenen Blut, mausetot. Der Scheißkerl hatte sie abgestochen. Mehr weiß ich nicht, ehrlich.«

Becker klappte den Mund zu und lehnte sich stöhnend nach hinten. Es musste äußerst unbequem für einen Mann seines Körperumfangs sein, mit zurückgebogenen Schultern und den Händen auf dem Rücken auf dem schmalen Drehstuhl gefesselt zu sein.

Jules Mitleid hielt sich in Grenzen. Und sie konnte sich nicht länger beherrschen. »Ich glaube nicht, dass Stefan Winter die Liebe seines Lebens brutal abgeschlachtet hat. Warum auch?«

»Er hatte die Beute und gut war's«, mutmaßte Becker. »Und Sonja war eine Zeugin. Es war sicherer für ihn, sie aus dem Weg zu räumen.«

»Nichts hatte er«, antwortete Micha heftig. »Das Versteck war leer. Irgend jemand war ihm zuvor gekommen.«

Jetzt kniff der Dorfpolizist misstrauisch die Augen zusammen. »Das kannst ja dann nur du gewesen sein, Faßbinder. Denn Sonja hatte echt keine Ahnung, wo das Zeug steckte. Das kann ich beschwören.«

»Was sind deine Schwüre schon wert?«, spuckte Micha aus, doch Jule sah ihm an, dass er dem Mann seiner Cousine glaubte. Und auch sie selbst neigte dazu.

»Was willst du eigentlich, Faßbinder?«, nörgelte Becker nun. »Geht es dir um die Kohle, oder was? Ich denke, die hast du schon?«

»Was glaubst du, Wichser? Was glaubst du?«

Micha ging auf ihn zu, griff an ihm vorbei und startete den Rechner neu. Er öffnete die Porno-Website von vorhin und drehte den Lautstärkeregler an den Computerboxen bis zum Anschlag auf. Geiferndes Gekeuche und Gestöhne hallte durch das Arbeitszimmer. Dann stellte er sich ganz dicht vor Becker, presste ihm die Walther fest in die Genitalien und drückte ab.

Jule atmete erst auf, als sie am Waldrand standen. Ein bronzener Vollmond lugte hinter den Wäldern hervor. Der wolkenlose, nachtblaue Himmel war mit Sternen gesprenkelt.

»Was hast du dir dabei gedacht?«, herrschte sie Micha an, der neben sie getreten war.

»Was denn? Den Wichser am Leben zu lassen?«, fragte er, und in seinen Augen spiegelte sich das Funkeln der Himmelskörper.

»Nein! Mich so zu erschrecken! Du hättest mir doch sagen können, dass deine Pistole nicht geladen ist!«, rief sie vorwurfsvoll.

Micha grinste nur. »Dann hätte er mir die Show nicht abgenommen. Du hast ein zu ehrliches Gesicht. Komm, wir müssen weiter!« Er nahm ihre Hand und zog sie mit sich.

»Moment.« Jule drückte die Hacken in die Erde. »Was ist mit Melanie? Müssen wir ihr nicht wenigstens Bescheid sagen?«

»Später! Wir haben keine Zeit!«, drängte er.

»Blödsinn! Ich ruf sie schnell per Handy an und sag ihr, wohin wir gehen.«

Micha gab sich geschlagen.

»Okay, aber quatsch nicht zu lange.«

Bald gingen sie Hand in Hand über den Waldweg am Steinbach entlang Richtung ›Eifelwind‹. Die Nacht war kalt und klamm. Feuchtigkeit kroch durch ihre Kleidung in die Haut. Irgendwo schrie ein Käuzchen. Das Wasser neben ihnen schlängelte sich silbern über bemooste Steine. Bald gewöhnten Jules Augen sich an die Dunkelheit. Sie erkannte die Umrisse knotiger Baumwurzeln und die nackten Arme der Laubbäume zwischen gefiederten Fichten. Ruhe kam über sie. Sie begriff, dass dies Glück sein musste: Stille, allein durchbrochen von den Schreien eines Käuzchens und ihrer beider Atem; seine warme, feste Hand in der ihren.

»Micha?«

»Ja?«

»Lass uns umkehren und einfach wegfahren.«

Sofort blieb er stehen. Ganz nah kam sein schattenhaftes Gesicht.

»Was ist los, Jule?« Es klang verwundert. »Ich dachte, wir waren uns einig.«

»Schon, aber …« Sie suchte nach Worten. »Wozu willst du deinen Verdacht bestätigt haben? Das macht alles kaputt, an was du geglaubt hast … Lass die Geschichte ruhen. Wir … wir bauen uns irgendwo im Ausland eine neue Existenz auf und vergessen die Vergangenheit«, drängte sie. »Bitte.«

»Nein.« Seine Antwort war klar wie der nächtliche Himmel. Dann hielt er sie auf Armeslänge von sich entfernt und sagte sachlich: »Es geht nicht. Die Vergangenheit würde uns einholen, so oder so. Und es gibt ohnehin nicht mehr viel, an was ich glaube außer an … die Ordnung hinter den Dingen. Das Muster, das alles erklärt und dem Ganzen einen Sinn gibt.«

Die Ordnung. Jule seufzte. Gegen dieses Argument war sie machtlos. »Okay, bringen wir es hinter uns«, flüsterte sie ergeben.

Die Kneipe ›Zum Eifelwind‹ leuchtete und lärmte ihnen gastlich entgegen.

»Samstagabend«, knurrte Micha. »Da steht Hermann entweder hinter der Theke und zapft oder er überwacht, was der Hilfskoch tut. Geh du rein und hol ihn raus. Mich darf hier keiner mehr zu Gesicht kriegen.«

Jule nickte und machte sich auf den Weg. Tief atmete sie durch, bevor sie die schwere Eingangstür mit den Butzenscheiben aufstieß. Drinnen war es brechend voll. Alle Tische waren besetzt, und am Tresen drängten sich die Leute. Im Stimmengewirr hingen die Fetzen von Heinos Schlagerklassiker ›Schwarzbraun ist die Haselnuss‹. Klar, in der Nachbarschaft von Bad Münstereifel, wo der Sänger viele Jahre ein Café betrieben hatte, durften seine Lieder in keiner Kneipe fehlen. Jule kämpfte sich bis zur Zapfanlage vor. Zu ihrem Erstaunen stand dahinter nicht Hermann, sondern der Knollennasige, den sie vor knapp einer Woche in der Bäckerei ›Esser‹ getroffen hatte. Eddie, erinnerte sie sich. Routiniert zapfte er ein Pils nach dem anderen.

»Schön hörch, Fräulein«, mahnte er, offensichtlich, ohne sie zu erkennen. »Immer de Rieh no.«

»Wo ist Hermann?« Sie merkte selbst, wie schrill ihre Stimme klang.

Eddie hielt verblüfft inne, die Hand am Zapfhahn. »Na wo wohl? Zo Huß bei Jerti!« Und fügte erklärend hinzu: »Seit der krank is, schaff der dat he net mi su lang.«

Da nahm sie Reißaus. An Hermanns Prostatakrebs hatte sie überhaupt nicht mehr gedacht. Und sie war völlig ahnungslos gewesen, dass sein Gesundheitszustand sich offenbar rapide verschlechtert hatte.

»Er ist zu Hause. Es geht ihm nicht gut«, teilte sie Micha mit, der im Schatten einer Kiefer gewartet hatte.

Sie verloren keine Zeit. Das Fertighäuschen der Campingplatzbesitzer lag nicht weit entfernt, in der Nähe des Angelsees. Verschämt verbarg es seine schmutzig weiße Schäbigkeit hinter einer Buchenhecke. Alle Rollos waren herunter gelassen. Trotzdem sickerte Licht durch die Ritzen. Die Außenbeleuchtung war angeschaltet und bestrahlte einen kitschigen, halb verwelkten Frühlingskranz, der, von einer rosa Schleife gehalten, an der Haustür hing. Ein angeschlagenes Keramikschild verkündete, dass hier Gertrud und Hermann Weyers wohnten.

»Moment.« Jule hielt ihren Freund am Arm zurück. »Bevor wir reingehen: Denk dran, Hermann ist todkrank. Geh behutsam mit ihm um!«

Sie sah die Verzweiflung in seinem Gesicht und nahm seine

Hand. Das hier war schon schwer genug für ihn; sie durfte es nicht noch schwerer machen.

»Ich frag mich die ganze Zeit, wo Stefan von Donnerstag bis Samstag gesteckt hat«, murmelte Micha und fuhr sich mit der freien Hand von vorn nach hinten durch das gefärbte Haar. »Das ist das Puzzleteil, das noch fehlt.«

»Ja, und Sonjas Tod. Wir wissen immer noch nicht, wer sie erstochen hat, wenn wir davon ausgehen, dass Becker ausscheidet.«

»Einer von den Rechtsverdrehern, würde ich sagen. Wer sonst?«

Jule zuckte zusammen. Es fiel ihr weiterhin schwer, sich Leo, Peter oder gar Jörg als brutale Mörder vorzustellen. Ein Trio, das es sich zum Hobby gemacht hatte, die Diamanten aus einem Bankraub aufzuspüren, um sich damit ein unbeschwertes Leben zu machen – ja. Raserei aus Eifersucht bei Jörg – okay. Aber ein solches Blutbad?

»Kann ich mir nicht vorstellen«, sagte sie.

»Mmmh. Egal. Eins nach dem anderen.« Micha drückte energisch auf den Klingelknopf. Es gongte melodisch.

Ansonsten geschah nichts.

Er drückte noch einmal. Wieder gongte es.

Dann hörte man ein leises Schaben. Aber niemand kam.

Nun klingelte Micha Sturm.

»Scheiße! Was ist da los? Drinnen brennt doch Licht! Sie müssen da sein. Komm!«

Eilig zog er sie mit sich, auf die Rückseite des schlichten kleinen Hauses. Vor einer schmalen Holztür blieb er stehen und rüttelte an der Klinke. Abgeschlossen. Hastig sah er sich um. Im Schein des Vollmonds war es nicht allzu dunkel. Sein Blick fiel auf einen Holzblock, durcheinander gewürfelte Aststücke, Holzspäne und auf eine Schubkarre. Darin lag offenbar das, wonach gesucht hatte. Eine kleine Axt. Er griff sie, lief zur Hintertür und holte weit aus.

Krachende Schläge durchbrachen die Stille der Nacht. Sie mussten kilometerweit zu hören sein. Jule wartete mit wild klopfendem Herzen. Ein ums andere Mal holte Micha mächtig Schwung und trieb die Axtklinge ins Holz. Bei jedem Hieb blitzte das Metall kalt im Mondlicht auf. Sie fühlte sich an den Anblick seiner kraftvollen Bewegungen beim Schneeschippen erinnert und wie die weiße, kristalline Masse funkelnd durch die Luft geflogen war.

Bald hatte Micha die Tür so weit bearbeitet, dass sie neben der Klinke ein großes, gezacktes Loch ausmachen konnte. Er warf das Werkzeug zur Seite und griff zwischen die Splitter in die Öffnung.

»Wie ich mir dachte. Der Schlüssel steckt«, triumphierte er und sperrte die demolierte Hintertür mit einem Ruck auf.

Drinnen im Flur wartete unheilvolle Stille. Kleine, kelchförmige Wandlaternen spendeten ein spärliches, funzeliges Licht; tiefe Schatten lauerten in den Ecken. Die Angst kroch in ihr Herz.

Micha zog seine Waffe. Jule hielt sich hinter ihm. So erreichten sie das Wohnzimmer.

Der Anblick, der sich ihnen bot, war zu schrecklich, um ihn im ersten Moment fassen zu können. Hermanns Oberkörper spannte sich auf einem kleinen Sessel weit nach hinten. Sein Hinterkopf mit dem spärlichen, weißen Haar hing über der Lehne, der sonst so faltige Hals war überdehnt, die Haut straff gespannt, spitz stach sein Adamsapfel hervor. Die Arme des Alten waren hinter der Sessellehne gefesselt. Seinen Bauch und seine Füße hatte man ebenfalls mit Stricken fest an das Möbelstück gebunden. Jule trat zitternd näher. Sie stieß einen kleinen, wehen Schrei aus, als sie in die offenen, leblosen Augen des Mannes sah, der einmal Hermann Weyers gewesen war.

»Er ist tot«, wimmerte sie. »Micha, er ist tot.«

Ihr Freund war neben der Leiche des alten Mannes auf die Knie gegangen.

»Man hat ihn gefoltert«, sagte er tonlos.

Und jetzt sah sie es selbst. Da, wo das karierte Hemd über der Brust offen stand, waren kleine, runde Brandwunden zu sehen. Auf dem Boden stand ein voller Aschenbecher.

»Das ist von brennenden Zigaretten«, flüsterte Micha. »Und schau hier.« Mit bebendem Zeigefinger deutete er auf einige blutige Linien an der Kehle seines Großonkels. »Da ist er geschnitten worden.« Er weinte jetzt. »Und alles bloß wegen der Scheißklunker. Ich bin schuld, nur ich.« Er stand auf und wandte sich ab.

»Nein.« Vorsichtig berührte sie seinen Rücken. »Sag so was nicht. Schuld sind die, die ihn zu Tode gequält haben.«

»Das ist zu einfach. Und du weißt es.« Der Selbsthass in seiner Stimme war dermaßen absolut, dass auch ihr die Tränen kamen.

In dem Moment hörten sie es. Das schabende Geräusch von vorhin. Nur lauter. Dann ein Poltern.

»Gerti!«, stieß Micha aus. »Das muss Gerti sein!«

Die Vorratskammer lag in einem kleinen Flur zwischen Wohnzimmer und Küche. Von dort war der Lärm gekommen. Der Schlüssel steckte. Jule drehte ihn im Schloss und riss die Tür auf. Micha war gerade schnell genug, um vorzuspringen und seine Tante aufzufangen. Schwer fiel sie ihm entgegen, die Augen über dem silbernen Panzerband, das ihre Lippen verklebte, angstvoll aufgerissen. Ihr molliger Körper war zusammengeschnürt wie ein Paket. Behutsam ließ Micha die alte Frau auf den Boden gleiten. Während Jule das Klebeband von ihrem Gesicht abpulte, lief er in die Küche und kam bald mit einer Haushaltsschere zurück.

»Jott sei Dank, ihr sit et!«, japste die alte Frau, sobald ihr Mund frei war. »Wat is möt demm Hermann?«

Jule blickte feige zur Seite.

»Er ist tot«, sagte Micha, und die Endgültigkeit der drei Worte schwebte wie ein schwarzes Loch im Raum. »Gerti, es tut mir so leid.«

»Sei hann en umjebrat!«, weinte Gerti. Zwei einzelne Tränen quollen aus den Augenwinkeln und nahmen Schlieren dunklen Kajals mit. »Dobei hät der denne doch alles jejeve.«

Micha schnitt nun alle Stricke von ihren Händen und Füßen. Dann setzte er sich auf den Fußboden und nahm seine Tante in die Arme. Sanft strich er ihr über Schultern und Rücken.

»Ich will em anlure.« Etwas von der alten burschikosen Art Gertis gewann die Oberhand über den Schock. Sie setzte sich auf.

»Nein!« Das kam von Jule. »Nicht so. Bitte, Gerti.«

»Ich will ihn sehen!«, beharrte sie jetzt in klarem Hochdeutsch.

Jule suchte hilflos Michas Blick.

»Lass sie!«, bestimmte er. »Es muss sein.«

Und so geleiteten sie Gerti ins Wohnzimmer. Beide hielten sie fest, als sie sich auf den Leichnam ihres Mannes stürzen wollte und fast zusammenbrach.

»Das ist ein Tatort. Wir dürfen nichts anfassen«, beschwor Jule sie. »Sonst vernichten wir wichtige Spuren.«

»Wer wore die?« wimmerte Gerti jetzt. »Die drei maskierte Männ? Wer wore die, un woher wusste die von denne Stein?«

Jule wurde schwarz vor Augen. Drei. Die Skatrunde. Die Rechtsverdreher. Jörg.

Micha sah sie besorgt an, dann dirigierte er beide Frauen in die Küche. Gerti setzte sich schwerfällig auf einen der beiden Küchenstühle. Ihre Hände bebten. Sie atmete stoßweise.

»Ich werde jetzt die Bullen anrufen«, erklärte Micha.

»Nee.« Gerti blickte zu ihrem Großneffen auf. »Nit, bevür ich dir alles verzallt han, Jung. Setz dich.« Ihre raue Stimme hatte an Festigkeit gewonnen. »Hermann wor et. Hermann hät Stefan erschlare.«

»Ich weiß«, murmelte Micha, nahm Gertis faltige, mit Altersflecken übersäte Hand und streichelte sie. »Ich weiß.«

Jetzt mischte Jule sich ein. »Als ich Stefans Leiche Sonntagnacht am Angelsee fand, spürte ich sofort, dass etwas nicht stimmte«, sagte sie leise. »Lange fiel mir nicht ein, was es war. Bis ich endlich darauf kam: Stefan hatte sich von Micha Mütze, Schal und Handschuhe ausgeliehen, als er am Sonntagnachmittag bei ihm im Mobilheim war. Aber die Leiche hatte nackte Hände und bloßes Haar. Einen Schal trug Stefan auch nicht. Bei dem schlimmen Sturm, der tobte, fand ich das seltsam. Es musste also jemand dem Toten die Sachen ausgezogen haben. Aber wer? Und warum?« Sie atmete durch, sah Gerti tief in die Augen und fuhr fort: »Es konnte nur jemand sein, der die Kleidungsstücke als Michas erkannt hatte und verhindern wollte, dass irgendjemand einen Zusammenhang zwischen den beiden Männern herstellt. Und womöglich Micha für den Mörder hielt. Der Personenkreis, der im ›Eifelwind‹ dafür infrage kommt, ist nicht besonders groß …«

»Außerdem hatte Hermann 1987 mit mir gemeinsam die Beute am Fuße des Weinstocks vergraben«, ergänzte Micha. »Die Zeilen, die das Versteck beschreiben, stammen aus seiner Feder. Nur Hermann wusste also außer Stefan und mir von der Blechdose auf dem Maiwald'schen Stellplatz. Nur er konnte Geld und Edelsteine entfernt haben. Aber, ehrlich gesagt: Ich hätte das nie für möglich gehalten. Ich habe ihm vertraut. Von Grund auf.« Die Enttäuschung in seiner Stimme war nicht zu überhören. Gerti öffnete den Mund, aber er hob abwehrend die Hand und sprach weiter: »Auch Stefan muss kapiert haben, dass Hermann das Versteck ausgeräumt hatte. Also stellte er ihn Sonntagnacht am Angelsee zur Rede. Und Hermann erschlug ihn hinterrücks und feige …«

»So war das nicht!«, protestierte Gerti absolut dialektfrei. »So darfst du nicht von deinem Onkel denken! Jetzt hör mir mal gut zu …« Jule hatte den Eindruck, dass sie die Eifeler Mundart vermied, damit ja kein Wort oder auch nur eine Silbe verloren ging. »Hermann war kein Verräter, nur manchmal ein schwacher Mensch. Wie wir alle. Und er hatte eine große Leidenschaft: den ›Eifelwind‹. Mit Leib und Seele hing er an diesem Campingplatz, das weißt du, Junge.

Als du im Herbst 87 völlig fertig zu uns kamst und uns die Geschichte mit dem Bankraub gebeichtet hast, zitternd wie Espenlaub, war Hermann der erste, der bereit war, dich zu decken, notfalls mit einer Falschaussage. Erinnerst du dich? Ich war skeptischer. Ich wollte, dass du dafür einstehst, was du ausgefressen hattest. Aber egal. Wir gewährten dir Unterschlupf und deckten dich. Und Hermann und du, ihr habt überlegt, was mit der Beute geschehen sollte. Haltet mich da raus, hab ich gesagt. Wenn es nach mir ginge, wäre das Zeug sofort bei der Polizei. Dann hab ich euch machen lassen.« Gerti schnaufte schwer und schaute sich suchend in der Küche um.

»Ich bruch ming Kippe«, murmelte sie. »Wo sin sei bloß?«

Jule entdeckte schließlich auf dem Kühlschrank – zwischen alten Rechnungen und einem Stapel ›Eifelwind‹-Postkarten – Zigarettenschachtel, Feuerzeug und einen schweren Glasaschenbecher. Sie reichte alles der alten Frau. Die begann sofort, hektisch zu paffen.

»Viel später, ach, Jahre waren das, erzählte mir der Hermann von dem Versteck unter dem Weinstock und von dem Gedicht. Er war ja so stolz auf seine Dichtkunst. Nach all der Zeit wusste er es noch auswendig. Er erklärte mir auch, dass du kein Interesse mehr an der Beute hättest, dass es aber für Stefan Winter verwahrt werden solle. Er bezahle schließlich dafür mit einer lebenslangen Freiheitsstrafe. So weit, so gut.« Sie seufzte und zog gierig an ihrer Zigarette, bevor sie mit belegter Stimme weiter sprach. »92 kamen wir mit dem ›Eifelwind‹ in die erste ernste Krise: Die Gäste blieben aus, und wir hatten mehrere Rohrbrüche in den Sanitärs. Außerdem war die Erweiterung des Mobilheimareals weit teurer geworden als geplant. Da nahm Hermann zum ersten Mal Geld aus dem Versteck. ›Den Stefan stört's nicht‹, sagte er, ›der sitzt noch ewig ein‹.

Im Frühjahr '97 hatten wir dann diesen Schwelbrand in der Restaurantküche. Wir mussten komplett renovieren. Wieder grub Hermann am Weinstock. So ging es weiter. Meistens hab ich es gar nicht gewusst oder erst viel später erfahren, wenn urplötzlich eine hohe Rechnung – schwuppdiwupp – beglichen worden war.« Jetzt richtete sie sich ausschließlich an ihren Neffen und funkelte ihn vorwurfsvoll an. »Dieser Haufen Geld direkt vor unserer Nase, den keiner sonst brauchte, war eine Versuchung für Hermann.«

»Ach ja, und damit ist alles entschuldigt?« Micha raufte sich die Haare, stützte die Ellbogen auf die Tischplatte und vergrub das Gesicht in den Händen. »Mensch, Gerti, ich weiß doch, dass ich die Scheiße gebaut habe, aber … Stefan, der …«

»… war ein Bankräuber und Mörder. Du schuldetest ihm gar nichts. Der hatte selbst zu verantworten, was er verbrochen hat.« Gertis sonst so rauchig warme Stimme hatte einen stahlharten Beiklang bekommen. »Ich sag ja nicht, dass es recht war, was Hermann getan hat, sicher nicht. Aber … er konnte eben nicht anders. Der ›Eifelwind‹ verschlang Unsummen. Irgendwann, das war kurz bevor du 2009 aus dem Gefängnis entlassen wurdest, war gar nichts mehr da. Alles hatte Hermann peu a peu in Euro getauscht und in den Campingplatz gesteckt. In dem Versteck befanden sich nur noch die Edelsteine. Und da fragte er mich um Rat. ›Wenn der Micha jetzt rauskommt und sich etwas von dem Geld nehmen will, dann liegen da bloß die Klunker des Emirs, Gerti‹, sagte er. ›Stell dir vor, er versucht womöglich, die zu Geld zu machen. Wir wissen ja nicht, was der Knast aus unserem Jungen gemacht hat, vielleicht ist er drogensüchtig oder ausgeflippt oder so … Dann fliegt alles auf, und die sperren ihn sofort wieder ein. Diese Steine sind überall registriert, Gerti. Die lassen sich nicht so mir nichts, dir nichts zu Barem machen.‹ Ich hab ihm gesagt, er soll sie aus dem Versteck holen und in unseren Haussafe packen. Und das hat er auch gemacht.«

Gerti drückte energisch ihre Kippe im Aschenbecher aus und zündete sich sofort eine neue an.

»Es war nur zu deinem Besten, mein Junge. An den Stefan haben wir gar nicht mehr gedacht. Den lassen sie sowieso nie mehr raus, haben wir gemeint. Sicherungsverwahrung, die dauert doch bis zum St. Nimmerleinstag.«

Micha stöhnte auf. Jule sah, dass seine Augen gerötet waren. »Ihr habt euch das alles ganz schön zurecht gebogen, was? Schöne Scheiße, dass Stefan ausbrach, was?«

»Sonntagabend um neun stand er hier vor der Tür. Hager, blass, verdreckt, ein Schatten seiner selbst«, raunte Gerti heiser. »Deine Mütze hatte er auf, die graue mit den beigen Streifen. Und die passenden Handschuhe und den Schal an. Er hat Hermann auf den Kopf zugesagt, die Beute genommen zu haben. Er war total fertig und völlig außer sich. Wir haben versucht, ihn dazu zu bewegen, sich zu stellen. Nichts zu machen. Er hatte Todesangst vor der Einzelhaft, die ihn für viele Jahre erwartete. Das kenne er, sagte er. Es mache ihn hohl und leer. Da verrecke er lieber.

Er tat mir so leid. Gleichzeitig war mir klar, dass der Druck, unter dem er stand, ihn zu einer tickenden Zeitbombe machte. Kurz vor dem Explodieren war er, der arme Junge. Er hätte uns umgebracht, wenn er die Wahrheit erfahren hätte.

Hermann hat ihn hingehalten. Er habe das Zeug an einen anderen, sichereren Ort gebracht, sagte er Stefan, ans Ufer des Angelsees, in den Zulauf vom Steinbach. Es sei alles noch da. Er wolle ihn gern hinführen.

So machten sie es. Hermann kam allein zurück, mit deinen Wollklamotten in den Händen. Er weinte. ›Es ging ganz schnell‹, sagte er wieder und wieder. ›Er hat nicht gelitten.‹«

Jule hielt es nicht mehr aus. Jetzt konnte auch sie die Tränen nicht mehr zurückhalten.

»Und du hast gebilligt, was Hermann vorhatte?«, fragte sie entsetzt.

Gerti nickte langsam. »Ja«, bekannte sie. »Obwohl wir uns nur mit den Augen verständigt haben. Ich war einverstanden. Ich sah keinen anderen Ausweg. Ich bin genauso schuldig wie Hermann.«

»Wie konnte ein alter, kranker Mann es schaffen, einen Kerl wie Stefan zu erschlagen?«, wollte Micha wissen. Sein Gesicht war nur mehr eine versteinerte Maske, die Augen hart und kalt.

Gerti wand sich wie unter Schmerzen. »Junge, lass es gut sein. Du weißt doch fast alles.«

»Nein!« brüllte der plötzlich und ließ seine Faust auf den Tisch krachen. Die beiden Frauen zuckten zusammen. »Rück damit raus, sofort! Mit jedem dreckigen Detail!«

Jules Kehle schnürte sich zu. Micha war kurz vor dem Durchdrehen. Vor Trauer und vor Qual. Er machte ihr Angst. Dennoch fasste sie sich ein Herz und ging zu ihm. Sie stellte sich hinter ihn und legte ihre Hände sacht auf seine verhärtete Nackenmuskulatur. Ein Ruck ging durch seinen Körper. Nach einer Sekunde der Abwehr ließ er die Schultern sinken und lehnte den Kopf nach hinten an Jules Bauch. Sanft strichen ihre Hände über seine Arme.

Gerti beobachtete all das genau. Dann erst ergriff sie erneut das Wort. »Hermann bückte sich bei dem Betonrohr, durch das das Bachwasser in den See geschleust wird, und griff hinein. Er tat so, als käme er nicht an den Behälter mit der Beute heran. Also versuchte es Stefan an seiner Stelle. Die Waffe legte er neben sich in den Schnee. Es schneite zu der Zeit heftig und der Wind war extrem. Alle Geräusche wurden verschluckt. Hermann trat ein Stück zurück und griff nach einer Eisenstange, die dort lag. Die hatte ursprünglich das Schild ›Angeln nur für Campinggäste‹ gehalten. Aber das war total verrostet. Wir hatten schon ein neues bestellt. Na ja, jedenfalls wusste Hermann deshalb ganz genau, wo die Stange sich befand. Er brauchte nur drei Schläge …«

»Und ich brauch nicht mehr als drei Schüsse.«

Jule, Micha und Gerti schraken zusammen. Die Frau, die plötzlich mitten in Gertis Küche stand, trug Latexhandschuhe und einen schweren Revolver in der Hand.

»Ich muss schließlich vernünftig zu Ende bringen, was meine drei Kollegen so elendig hingestümpert haben.«

»Melanie, was …?«

Jule begriff nicht, was vor sich ging. Melanie Pütz-Coenens Gesicht war hart und ausdruckslos. Die schmalen Lippen bildeten eine blutleere Linie. Sie mied Jules Blick. Stattdessen fixierte sie Gerti.

»Du bist zuerst dran«, sagte sie. Die Hand mit der großen Waffe, von der Jule vermutete, dass sie aus Michas Plastiktüte stammte, zitterte. »Dein Mann und du, ihr habt Stefan auf dem Gewissen!«

»Halt!« Das kam von Micha. »Mel, was soll das?«

»Was das soll? Was das soll?« Die Frau, die Jule hatte glauben lassen, ihre Freundin zu sein, funkelte Micha böse an. »Rühr dich nicht von der Stelle, Loser. Nein, halt, erst gibst du mir deine Pistole. Mit der linken Hand. Die rechte nimmst du schön hoch.« Sie nickte zufrieden, als Micha gehorchte, mit ungelenken Fingern in den Gürtel griff und seine Pistole hervorzog. »Wirf sie auf den Boden. Hierhin.« Krachend landete die Waffe auf den Fliesen und schlidderte Melanie vor die Füße.

»Ich kann dir sagen, was das soll. Meine Schlampe von Schwester ist schuld, dass alles so kommen musste, verstehst du? Immer kriegte sie die Männer, die für mich bestimmt waren. Und dann hat sie sie nach Strich und Faden verarscht. Der ging es nur ums Geld. Stefan wollte mir das einfach nicht glauben. Nicht in meinen Briefen zu Beginn seiner Haftzeit und nicht am Donnerstagabend, als ich ihn auf Sonjas Geheiß am vereinbarten Treffpunkt auf dem Waldparkplatz abgefangen und in Jürgen Bohrs Jagdhütte untergebracht habe.«

»Stefan war von Donnerstag bis Samstagmorgen mit dir zusammen?«, fragte Micha ungläubig.

»Was sonst? Ich war die Einzige, der meine Schwester vertraute. Sie wusste, dass mir Stefan am Herzen lag und ich ihn nie an die Bullen verpfiffen hätte. Sogar Becker hatte keine Ahnung, dass ich involviert war.« Melanie grinste zufrieden. Dann legte sie die Stirn in tiefe Falten und spuckte aus.

»Was Sonja nicht wusste, war, dass ich ihn ihr nicht gönnte. Ums Verrecken nicht! Sie hatte ihn damals, als er in den Knast kam, fallen gelassen wie eine heiße Kartoffel. Jetzt wollte sie ihn zurück, wegen des Geldes und der verschissenen Diamanten! Das konnte ich nicht zulassen. Also bearbeitete ich ihn in Bohrs Jagdhütte.«

»Halt. Das geht mir zu schnell«, mischte sich Jule ein. »Vom Dorfpolizisten wissen wir, dass Stefan eine Stunde zu früh aus der JVA Ossendorf ausbrach. Wer sollte ihn denn aus der Gefahrenzone bringen? Du?«

»Nein.« Melanie streifte sie mit verächtlichem Blick, als sei sie nicht ganz richtig im Kopf. »Sonja natürlich, die war auch schon unterwegs, da rief Becker sie übers Handy an. Er brachte ihr schonend bei, dass Stefan längst draußen war und in Euskirchen eine Geisel genommen hatte. Seinen Kollegen sei spätestens jetzt klar, dass Stefan die Eifel anpeilte. Sonja ging davon aus, dass die Polizei ihr längst auf die Schliche gekommen war und traute sich nicht, selbst zu dem Waldparkplatz unterhalb von Bohrs Jagdhütte zu kommen. Sie und Stefan hatten den als Notfalltreffpunkt vereinbart, falls etwas schief gehen sollte. Denn Stefan verfügte nicht mal über ein Handy. Absichtlich, weil die beiden Angst vor einer möglichen Ortung hatten.

Also kam ich ins Spiel, während Sonja einen auf unschuldig machte und zurück nach Steinbach in Omas Häuschen fuhr.«

Melanie atmete tief durch, bevor sie wie gehetzt weiter holperte. »In der Jagdhütte versuchte ich, Stefan davon zu überzeugen, was für eine falsche Schlange Sonja war. Ich schlug ihm vor, die Beute aus dem Versteck zu holen und gemeinsam mit mir zu fliehen. Sonja hatte ihm ja schon einen gefälschten Ausweis besorgt und die Tickets für die Reise nach Australien für Mitte März.«

»März? Auf dem Bestätigungsschreiben des Reisebüros stand aber August«, stieß Jule verwirrt aus.

»Ist ja wohl kein Problem, aus einer 3 eine 8 zu machen, Jule. Ich wollte dir weismachen, dass Sonjas Urlaubspläne nichts mit Stefans Flucht zu tun hätten. Dass sie ihr Leben ohne ihn plante. Tatsächlich war das Gegenteil der Fall. Die beiden wollten sich die Beute holen und so schnell wie möglich ins Ausland absetzen.« Melanie lehnte sich mit dem Rücken an den Kühlschrank und seufzte auf. »Stefan glaubte mir einfach nicht, dass Sonja ihn bloß ausnutzte. Er blieb stur. Auch als ich ihm gestand, dass ich ihn schon immer geliebt hatte, blieb er hart. Ging auf keinen Annäherungsversuch ein. Obwohl er so viele Jahre ohne Sex hatte auskommen müssen, wollte er keinen mit mir. Er zog meine Schwester vor, die geldgeile Schlampe. Das hat mich sehr … gekränkt.« In Melanies Augen bildeten sich dicke Tränen. Sie liefen ihr über die Wangen, ohne dass sie sich darum kümmerte. »Es war einfach nicht fair. Auch dass Bernd mich verlassen hat … Was ist bloß los? Bin ich so grottenhässlich?«

Trotz ihrer Angst und der Tatsache, dass Melanie ihr die Freundschaft von Anfang an nur vorgespielt hatte, keimte Mitleid in Jule auf. Das Leben und seine Enttäuschungen hatten diese Frau gezeichnet und verhärten lassen. Wie die Witwe des erschossenen Polizisten. Aber bevor Jule irgendetwas sagen konnte, sprudelte es aus Melanie hektisch weiter.

»Freitagnacht gegen drei Uhr ist Stefan dann los, weg aus der Jagdhütte. Er wolle endlich die Beute holen und anschließend zu Sonja, sagte er. Egal, wie gefährlich das sei. Er verschwand, ohne sich für meine Hilfe zu bedanken und ohne ein nettes Wort. Später brachten sie in den Nachrichten, dass man das geklaute Auto, mit dem er immer noch unterwegs war, in einem Gebüsch am Ortseingang von Steinbach gefunden hatte. Ich rief Sonja an, aber die hatte nichts ihm gehört oder gesehen. Zu viele SEK-Leute im Dorf. Samstagabend, es war nach neun, hielt ich es nicht mehr aus und fuhr zu ihr. Den Smart parkte ich in einer Nebenstraße und ging hinten rum, durch den Hof, ins Haus. Meine Schwester war halb verrückt vor Panik und beschimpfte mich, Stefan im Stich gelassen zu haben. Wir gerieten in heftigen Streit. Das müsse sie gerade sagen, warf ich ihr an den Kopf. Was habe sie denn damals gemacht, als ihr Verlobter zu Lebenslang mit anschließender Sicherungsverwahrung verurteilt worden war? Sich dem Nächstbesten an den Hals geschmissen und in den sicheren Hafen der Ehe gesegelt. Ohne Stefan eine Träne nachzuweinen! Da ist sie ausgerastet und hat mich geschlagen. Auf dem Esstisch lag ein Laib Brot auf einem Holzbrett, das Brotmesser daneben. Ich hab einfach zugestochen. Immer wieder.«

Sie schluckte und schwieg. Der Blick ihrer verweinten Augen war in weite Ferne gerichtet.

»Sie hatte es verdient«, sagte sie schließlich kalt. »Ich bereue nichts. Ich habe dann das Messer gründlich gespült und neben Sonja auf den Boden geworfen. Außerdem habe ich meine Fingerabdrücke von den Türklinken gewischt und alle Briefe meiner Schwester aus dem Geheimfach geholt. Sicher ist sicher, dachte ich. Danach bin ich heim nach Vorst gefahren. Ich war wie im Schock. Habe gar nicht darüber nachgedacht, dass man Stefan verdächtigen könnte. Erst später …«

Micha unterbrach sie. »Ich glaube dir deine Geschichte nicht«, wendete er zögernd ein. »Vorhin hast du behauptet, mit den drei Rechtsverdrehern gemeinsame Sache zu machen. Davon ist jetzt nicht mehr die Rede.«

»Ich bin noch nicht fertig, Loser«, wies Melanie ihn zurecht. »Aber eins sage ich dir: Hättest du Stefan damals nach dem Bankraub nicht feige hängen gelassen, wäre all das nicht passiert. Auch dass du die Beute einem alten, raffgierigen Trottel wie diesem Platzwart quasi persönlich überlassen hast, war ein Riesenfehler. Stefan könnte noch leben und längst mit mir in Australien sein. Du bist schuld, dass er tot ist. Nur du!«

Micha sank in sich zusammen. Melanie Pütz-Coenen hatte das ausgesprochen, wovon er sowieso überzeugt war. Seine bodenlose, allumfassende Schuld an dem Desaster.

»Und du trägst keine Verantwortung?«, stieß Jule hervor. »Indem du deine Schwester getötet hast, hast du Stefan seinen ganzen Lebenswillen genommen. Er war völlig fertig. Er konnte nicht mehr klar denken ...«

»Schwachsinn!« Jetzt wurde Melanie zornig. »Er wäre schon noch zur Besinnung gekommen. Aber dann hat dieser Weyers ihn erschlagen. Brutal und feige. Als ich von dem Mord hörte, bin ich fast durchgedreht. Konnte mir nicht vorstellen, wer das gewesen sein sollte. Ich dachte natürlich, der Mörder habe Stefan mitsamt der Beute erwischt und die mit Gewalt an sich gebracht.« Sie räusperte sich. »Ich brauchte Verbündete, um die Sache aufzuklären. Außerdem wollte ich jetzt unbedingt die Diamanten. Ich fand, dass sie mir zustanden nach der ganzen Hilfe, die ich geleistet hatte. Mir fiel ein, was Sonja mir vor langer Zeit erzählt hatte: Dass es da drei Jurastudenten gab, die sich sehr für den Raub und den Verbleib der Beute interessierten. Während des Prozesses kontaktierten sie meine Schwester und versuchten, sie unter Druck zu setzen. Erst waren es nur Odenthal und Fröhlich. Irgendwann klingelte dann Theisen, dieser Schleimer, bei ihr an und zog alle Register. Ohne Erfolg. Das war's erst mal. Das Trio gab sich geschlagen.

Nachdem Sonja aber vor einem halben Jahr nach Steinbach ins Haus unserer Großeltern gezogen war, begegnete sie Odenthal, Fröhlich und Theisen in der ›Eifelwind‹-Kneipe. Die drei spielten da Skat. Odenthal erkannte meine Schwester trotz ihres veränderten Aussehens sofort. Später besuchte er sie in ihrem Häuschen. Hatte wohl Erkundigungen eingezogen und löcherte sie nun wegen der Beute. Die Juwelen seien seither nie wieder aufgetaucht, sagte er. Es sei ein juristisches und detektivisches Rätsel, das man doch gemeinsam lösen könne. Sonja lehnte dankend ab und schmiss den Typen raus. Aber vielleicht gaben Odenthals Worte den Ausschlag für ihre Kontaktaufnahme mit Stefan im Bau? Wer weiß?« Melanies Stirn hatte sich gerunzelt, als sei ihr dieser Gedanke gerade selbst erst gekommen. »Sie stellte sich ja auch ziemlich an mit dieser ominösen Krebsgeschichte. Steigerte sich da rein; keiner durfte was wissen. In Wirklichkeit hatte sie totalen Schiss um ihr Leben. Und keine Knete für irgendwelche alternativen Therapien. Da fand sie die Idee, auf einen Schlag Millionen abzuräumen, nicht übel. Und den Stefan hatte sie doch früher schon gemolken wie 'ne Milchkuh.« Wütend kniff sie die Augen zusammen. »Nun, wie dem auch sei: Nach Stefans Tod schrieb ich Theisen unter einem Vorwand eine E-Mail an seine Neusser Kanzlei. Wir kannten uns flüchtig. Bernd und Jörg haben mal zusammen mit ein paar anderen Typen aus dem Schützenverein Badminton gespielt. So klein ist die Welt.«

Melanie lächelte Jule bittersüß an. »Jörg meldete sich sofort zurück. Es hat mich keine große Überredungskunst gekostet, ihn zusammen mit seinen beiden Freunden einmal mehr auf die Spur der Beute anzusetzen. Geld und Diamanten könnten nicht weit sein, erzählte ich. Ich präsentierte ihm das Gedicht, das ich in Sonjas Unterlagen gefunden hatte. Aber Jörg wusste längst, wo das Versteck gewesen war. Er hatte Sonntagnachmittag nach seiner Ankunft im ›Eifelwind‹ bei der Suche nach dir den Wohnwagen umrundet. Neben dem Weinstock gab die Erde plötzlich nach. Jörgs Fuß verfing sich in einem stümperhaft zugeschütteten Loch. Ein Spaten lag daneben. Das kam ihm seltsam vor. Er schaute nach und entdeckte eine leere Brotdose. Der Fitzel eines 500 DM-Geldscheins klemmte in einem Scharnier. Jörg hat daraufhin die Büchse in den Steinbach geschmissen, total frustriert, dass er all die Jahre im Urlaub nur wenige Zentimeter über dem Versteck geschlafen hat. Ich ermutigte ihn, dass die Beute noch nicht verloren sei und dass der Dieb des Geldes und der Diamanten eigentlich nur jemand aus dem ›Eifelwind‹, aus Steinbach oder der unbekannte Komplize von damals sein könne. Wir taten uns, wie gesagt, zusammen.«

Melanie verzog ihr Gesicht zu einem triumphierenden Grinsen.

»Und dann bist du, Jule, mir direkt in die Arme gelaufen. Das war echt der Hammer, wie ein Sechser im Lotto! Und hast auch noch geglaubt, mich aushorchen zu können. Dabei wusste ich sofort, wer du warst. Maiwald … meine Güte. Ich brauchte bloß eins und eins zusammen zu zählen! Und nicht nur das. Du präsentiertest mir sogar Michael Faßbinder auf dem Silbertablett. Den hatte ich erst für Stefans Mörder gehalten. Irrtümlich, wie sich schnell rausstellte. Leider reagierte Jörg ziemlich eifersüchtig, als er hörte, dass du Faßbinder im Haus deiner Mutter versteckt hieltest …«

»Du warst die Frau, mit der Theisen telefoniert hat, als ich gefesselt und geknebelt in seinem Auto lag!«, rief Micha aus.

Jule starrte Melanie aufgebracht an. Ihr Mitleid hatte sich schlagartig verflüchtigt. Gleichzeitig packte sie das schlechte Gewissen. Sie hatte Jana verdächtigt! Ihre kleine Schwester! Wie dumm sie gewesen war!

»Ja, natürlich. Ziemlich dämlich von Jörg. Mich auch noch ›Süße‹ zu nennen. Aber der ist sowieso nicht der Hellste, wenn du mich fragst.« In Melanies Miene spiegelte sich Abscheu. »Genau wie die beiden anderen Anwälte. Alles Fachidioten. Theoretiker. Nachdem mir dank deiner Hilfe, Jule, klar geworden war, dass Weyers Stefan getötet haben musste, stand für mich fest, dass er auch die Beute beiseite geschafft hatte. Aber die drei Juristen davon zu überzeugen, endlich aktiv zu werden, weil Gelaber allein uns nicht helfen würde, war nicht ganz einfach. Und dann bringen sie die Sache nicht vernünftig zu Ende! Kaum haben sie die Diamanten, vergessen sie, hinter sich aufzuräumen.« Sie seufzte theatralisch. »Also muss ich das jetzt erledigen.« Ihre Kiefermuskulatur mahlte. Es knirschte. »Erst ist die Alte dran …« Sie richtete den Revolver erneut auf Gerti, die bisher halb ohnmächtig vor Angst und Schock dagesessen hatte.

»Moment!«, begehrte Micha auf. »Eins ist mir immer noch nicht klar. Wer hat den Wohnwagen in Brand gesteckt, als ich Montagnacht zu Jule wollte? Theisen kann es nicht gewesen sein. Der war zu der Zeit längst zurück in Kaarst.«

»Ach das.« Melanie winkte ab. »Das war Odenthal. Theisen hatte ihn darum gebeten. Er hasste das alte Ding, nachdem seine Frau ihn beschmutzt hatte, um mit dir, Loser, in die Kiste zu steigen. Es hat ihn halb verrückt gemacht, sich da aufzuhalten.«

»Und es kam ihm sicher sehr gelegen, dass man Micha sofort der Brandstiftung verdächtigte«, warf Jule hin.

Inzwischen zitterte sie vor Wut und Enttäuschung. Schritte im Wohnzimmer enthoben die Kosmetikerin einer Antwort. Im nächsten Moment stand Jörg in der Türöffnung. In der rechten Hand hielt er ein Jagdgewehr – es sah aus wie das von Peter Odenthal –, in der linken einen Benzinkanister.

»Komm, Jule. Lass uns nach Hause gehen«, sagte er müde.

Sein Gesicht war blass. Er wirkte erschöpft und verwirrt, wie in Trance. Behutsam stellte er den Kanister neben sich auf dem Boden ab und richtete das Gewehr auf Melanie. Die begriff gar nicht, was vor sich ging, als er schon schoss. Melanies schmaler Körper wurde nach hinten gerissen, Blut spritzte. Dann klappte sie zusammen wie ein Taschenmesser und knallte auf den Küchenboden.

Ein Schrei hing in der Luft. Jule wusste nicht, wer ihn ausgestoßen hatte. Melanie, Gerti oder gar sie selbst. Sie fiel heraus aus Raum und Zeit. Schaute plötzlich von außen in Gertis vollgestopfte, verqualmte Küche mit dem menschlichen Chaos darin wie in ein trübes, mit Algen versetztes, Aquarium.

»Komm jetzt, Jule«, wiederholte Jörg mit stoischer, unheimlicher Ruhe, während er den Deckel vom Kanister schraubte. Das Gewehr hatte er aufrecht neben sich an den Türrahmen gelehnt. »Wir fahren heim nach Büttgen.« Jetzt schüttete er großflächig Benzin über die Fliesen und die Küchenmöbel. Seine Bewegungen wirkten eckig und mechanisch wie die eines Roboters. »Wir vergessen das alles hier … und fahren nach Hause.«

»Nein.«

Jörg wog ungläubig den Kopf hin und her. »Nein?«, fragte

er. »Nein? Möchtest du denn in den Flammen sterben wie dieser abgewrackte Kriminelle da und die … die alte Schabracke?«

»Jörg!« Jule wachte ganz auf. »Ihr habt Hermann gefoltert und getötet! Du bist hier der Verbrecher!«

»Es war ein Unfall! Wir hatten gerade die Zahlenkombination seines Tresors aus ihm rausgekitzelt, da zuckte er auf einmal so komisch, stöhnte und sein Kopf kippte nach hinten. Jule, ich bin doch kein Mörder! Das war ein Herzinfarkt oder so was …«

Plötzlich flog etwas Kristallenes durch die Luft und traf Jörg mit voller Wucht an der Stirn. Klirrend zerschellte es auf dem Fliesenboden. Der Glasaschenbecher! Micha hatte ihn geworfen. Jörg taumelte zur Seite und ging zu Boden.

In dem Moment brach das Inferno los. Erst fauchte es ohrenbetäubend, dann waren da nur noch Flammen. Gierige, riesige, bleckende Flammen, die über den Boden und die Wände züngelten. Jule schrie. Micha brüllte etwas. Sie verstand nichts. Hitze, giftgelbes, grelles Licht und Qualm ließen sie völlig orientierungslos werden.

Von irgendwoher kam eine Hand und packte sie mit eisernem Griff. Micha. Sie ließ sich mitziehen, bis ins Wohnzimmer. Dort entglitten ihr die rettenden Finger. Micha war direkt in die geifernde Hölle zurückgerannt. Gerti, dachte Jule. Jörg. Hermann. Melanie. In der Reihenfolge. Sie hetzte hinterher. Micha kam ihr entgegen. Er schleppte eine halb ohnmächtige Gerti mit sich. Ihr Pulli brannte am rechten Ärmel lichterloh. Hektisch riss Jule eine Decke vom Sofa und warf sie über den Arm der alten Frau. In dem Augenblick griff eine Wand aus Flammen und schwarzem, beißendem Rauch auf das Wohnzimmer über.

»Raus hier!«, schrie Micha. »Hilf mir, Jule!«

Gemeinsam zerrten sie Gerti zur Vordertür. Der verwelkte

Frühlingskranz schlenkerte hin und her, als sie nach draußen in die Dunkelheit stürzten.

Erst am Angelsee machten sie Halt, Gerti von beiden Seiten untergehakt. Jule starrte fassungslos auf das Fertighaus hinter der Buchendecke, das inzwischen eine einzige brennende Fackel war. Erschöpft sank sie ins feuchte Gras.

Wie viel Zeit von der Starre bis zum ersten klaren Gedanken vergingen, vermochte sie später nicht mehr zu sagen. Sie erinnerte sich nur noch, irgendwann das Handy hervorgeklaubt und Feuerwehr und Polizei verständigt zu haben. Micha kümmerte sich währenddessen um seine Großtante. Vorsichtig begutachtete er die große Brandwunde an ihrem Oberarm, tunkte einen Zipfel der Wolldecke, mit der Jule das Feuer an ihrem Ärmel erstickt hatte, in den See und kühlte damit die verbrannte Stelle. Dass er selbst frische Brandblasen an Händen und Armen aufwies, kümmerte ihn nicht. Gerti nahm die Behandlung völlig teilnahmslos hin. Ab und zu murmelte sie Wortfetzen wie: »… Ming Schuld … ming jlühende Kippe … Feuer … Hermann … alles hin …«

Micha strich ihr behutsam über die runzeligen Wangen mit den Tränenspuren und warf Jule besorgte Blicke zu.

Jule fühlte sich nahezu unverletzt. Einzig das linke Schienenbein war versengt. Schmerzen hatte sie nicht. Trotzdem schlotterte sie ohne Unterlass. Nur der Schock, sagte sie sich. Nichts weiter.

Sie warf einen Blick hinauf zum Himmel, an dem der runde, pralle Mond gleichmütig glänzte. Das Drama auf dem kleinen Campingplatz in der Nordeifel war wohl nur eines von unzähligen, die er mit seinem Licht beschien. Jule kam sich klein und unbedeutend vor. Das tat gut. Es rückte die Dinge in die richtige Relation.

Bald kamen die ersten Schaulustigen und näherten sich vorsichtig, aber wie magisch angezogen, dem Brandherd. Das kleine Grüppchen am Seeufer nahm niemand wahr. Dann hörte man in der Ferne das Martinshorn der Feuerwehr. Benommen bekam Jule mit, wie dem Brand zu Leibe gerückt wurde. Micha saß zwischen seiner Tante, die er im Arm hielt, und Jule, deren Hand er streichelte.

»Ich werde mich stellen«, sagte er leise und Jule hörte ihm Entschlossenheit und Resignation an. »Es wird Zeit.«

Bedauern, Sorge und eine diffuse Ahnung von tiefer Einsamkeit krochen in ihr hoch. Sie drückte seine Hand und fühlte die Wärme und das Versprechen, die von ihr ausgingen.

»Ich bin bei dir«, flüsterte sie zurück.

Jule spürte seine Erleichterung. Da bog ein Rettungswagen in hohem Tempo und lautem Tatütata auf den Schotterweg zu dem brennenden Haus der Weyers ein. Direkt dahinter folgten zwei Polizeiautos und ein ziviler Pkw. Einige schattenhafte Personen sprangen aus den Fahrzeugen, darunter eine sehr beleibte.

»Es geht los«, sagte Micha und atmete tief durch. »Komm, es nützt nichts. Gerti braucht Hilfe.«

Sie ließen die alte Frau einen Moment im Ufergras sitzen, um Hand in Hand zu den Einsatzkräften zu laufen. Die schützende Dunkelheit der klaren Märznacht spuckte sie aus und warf sie der Öffentlichkeit und der Übermacht vor die Füße.

Nie würde sie den triumphierenden, geradezu frohlockenden und gleichzeitig selbstzufriedenen Gesichtsausdruck Wesselings vergessen, sobald er Michael Faßbinder Gewahr geworden war. Der fette Kommissar grinste breit, während zwei seiner Leute ihrem Freund die Arme auf den Rücken drehten und Handschellen anlegten. Micha ließ alles widerstandslos über sich ergehen und zuckte lediglich kurz zusammen, weil das Metall in die verbrannte Haut schnitt.

»Er braucht ein Arzt!«, protestierte Jule aufgebracht. »Genau wie Gertrud Weyers, die er aus den Flammen gerettet hat. Bitte, dahinten sitzt sie ...« Mit zitterndem Finger zeigte sie zur spiegelglatten Fläche des Angelsees. »Wenn Micha nicht gewesen wäre, wären sie und ich jetzt tot. Genau wie mein Mann tot ist, der da drinnen durchgedreht ist und alles in Brand gesetzt hat und ... und Melanie Pütz-Coenen, die ihre Schwester erstochen hat ... und Hermann, der ...«

Weiter kam sie nicht, denn Schwindelgefühl und Schwärze verschluckten sie und beförderten sie ins wohltuende, alles auslöschende Nichts.

Jule Maiwald erwachte in einem Meer aus blendendem Weiß. So jedenfalls kam es ihr vor, als sie blinzelnd die Augen öffnete. Alles war sehr hell und klar und die Stille friedlich. Leise gedämpfte Geräusche kündeten allerdings von einer betriebsamen Welt hinter irgendwelchen Wänden. Und es roch penetrant nach Desinfektionsmitteln.

Jemand hielt ihre Hand. Endorphine schossen durch ihren Körper, gefolgt von Irritation. Sie drehte den Kopf ganz leicht und machte die Augen weit auf. An ihrer Bettkante saß Jana, das dunkle Haar schmiegte sich geschmeidig um ihr blasses, besorgtes Gesicht.

»Hi, kleine Schwester«, flüsterte Jule mit ausgedörrten Lippen.

Janas Gesicht öffnete sich strahlend wie eine Blüte.

»Wo ist er?«

Mit dieser Frage und zornig sprühenden Augen begrüßte Jule einen Tag später Wesseling und seine Kollegin Angela Schneider in ihrem Zimmer im Euskirchener Marienhospital.

Umständlich zog sich der fette Kommissar einen der unbequem aussehenden Stühle aus Chrom und Kunststoff heran und setzte sich ächzend.

»Wen meinen Sie? Ihren Ehemann Jörg Theisen oder Ihren Liebhaber Michael Faßbinder?«

»Sie wissen genau, wen ich meine. Jörg ist … tot. Ich rede von Michael, der …«

»… der zweite Bankräuber und Geiselnehmer im Euskirchener Bankraub von 1987 war«, beendete Wesseling präzise. Erstaunlicherweise fehlte seiner Stimme alle Schadenfreude. Er wirkte einfach nur erschöpft und irgendwie ernüchtert. In seinen kleinen Augen flackerte es, als er trocken ergänzte: »Er ist sicher untergebracht.«

Jule hatte das Gefühl, von einem mächtigen Sog in die Tiefe gerissen zu werden. Micha war in Untersuchungshaft. Aber wo? Sie musste so schnell wie möglich zu ihm.

»Herrn Faßbinder geht es den Umständen entsprechend gut«, informierte die rothaarige Frau Schneider sanft. Ihrem Vorgesetzten schenkte sie einen missbilligenden Seitenblick. »Seine Brandwunden, die teilweise recht großflächig sind, verheilen ohne Komplikationen. Er hat ein umfassendes Geständnis abgelegt.«

Nun trug auch sie einen Stuhl zu Jules Bett und glitt geschmeidig darauf.

»Dann wissen Sie, dass er nichts mit den Morden an Sonja Bohr und Stefan Winter und auch nichts mit den Brandstiftungen zu tun hat?«, fragte Jule ängstlich besorgt.

»Ja.« Wesseling nickte gewichtig. Sein Doppelkinn schwabbelte. »Außerdem haben wir sowohl Frank Becker als auch die Anwälte Fröhlich und Odenthal verhaftet. In Fröhlichs Besitz fanden sich die Diamanten aus dem Euskirchener Bankraub. Ausnahmslos alle. Er wollte sie gerade ins Ausland schaffen. Kurz vor der Schweizer Grenze ging er uns in die Falle.«

»Wachtmeister Becker ist geständig der Hilfe zur Gefangenenbefreiung und Fluchthilfe«, ergänzte Frau Schneider und lächelte Jule dabei freundlich an. »Die beiden Rechtsanwälte verweigern allerdings die Aussage. Nur Odenthal hat sich einmal verplappert. Für uns steht fest, dass er, Fröhlich und ihr verstorbener Ehemann den Campingplatzbesitzer gefoltert haben, um in den widerrechtlichen Besitz der Edelsteine zu gelangen. Die Aussage seiner Witwe war äußerst aufschlussreich.«

Jule atmete auf. Gerti schien es also auch besser zu gehen.

»Was geschieht jetzt mit Michael?«, wollte sie bang wissen. Ihr Blick flog zwischen Wesseling und Schneider hin und her.

»Nun ja, der Bankraub von damals ist verjährt. Dafür wird man ihn nicht belangen können, außer natürlich, dass er der Sparkasse das geraubte Geld zurückzahlen muss«, gab Wesseling gelassen von sich.

Jule starrte den Kommissar verblüfft an. »Der Bankraub ist verjährt?«, hakte sie ungläubig nach.

»Die Verjährungsfrist belief sich auf 20 Jahre«, erläuterte Angela Schneider geduldig. »Außerdem hat sich Ihr Freund nicht, wie sein Komplize, des Mordes schuldig gemacht. Die Planung der Tat sowie die Geiselnahme gingen hauptsächlich auf Winters Kappe. Er gilt nach wie vor als der Rädelsführer. So hat er sich selbst konsequent und glaubhaft bei Gericht dargestellt. Wie auch immer, Faßbinder wird wegen der alten Geschichte nicht mehr ins Gefängnis wandern.«

»Aber ... aber, warum sitzt er dann in Untersuchungshaft?«, wollte Jule verdattert wissen.

Wesseling sah Jule mit gespieltem Erstaunen an. »Wer hat das gesagt?«, fragte er, und ein hinterhältiges Lächeln kroch über seine schwammigen Züge.

Seine Kollegin seufzte. »Herr Faßbinder liegt einen Flur weiter hier im Krankenhaus«, erklärte sie. »Die Staatsanwaltschaft ermittelt, ob er wegen Strafvereitelung und Fluchthilfe angeklagt werden kann. Bis jetzt sieht es jedoch so aus, als sei dies nicht der Fall. Herr Faßbinder verhält sich im Übrigen äußerst kooperativ.«

»Er hatte mit Stefan Winters Flucht nichts zu tun!«, rief Jule aus. »Das kann ich bezeugen.«

»Nun ja.« Das kam wieder von Wesseling. »Wir werden sehen.«

»Jetzt beruhigen Sie sich mal, Frau Maiwald«, fuhr Angela Schneider unbeirrt fort. »Vorläufig wird man Ihren Freund nicht verhaften. Machen Sie sich keine Sorgen. Lassen Sie ihn erst einmal gesund werden. An der Hüfte und am linken Arm waren Hautverpflanzungen nötig. Herr Faßbinder wird uns nicht weglaufen.«

»Ich muss zu ihm!«, verlangte Jule heftig und wollte sich schon aus dem Bett schwingen. Leider wurde ihr bereits beim Aufrichten schwindelig. Benommen sank sie zurück auf das weiße, glatte Kissen.

»Halt«, kommandierte der fette Kommissar unerbittlich und völlig unnötig. »Erst benötigen wir Ihre vollständige Aussage.«

Michas Gesicht war so blass wie das Einzelzimmer, in dem er lag. Jule erschrak, als sie ihn sah. Hautverpflanzungen, dachte sie. Großflächige Verbrennungen. Sie selbst hatte bloß eine leichte Rauchvergiftung und Probleme mit der linken Wade. Die Wunde pochte und schmerzte. Der Verband darüber spannte. Wie schlecht erst musste Micha sich fühlen?

Über seine erschöpfte Miene schob sich bei ihrem Anblick ein erfreutes Lächeln, doch in seinen Augen lag fiebriger Glanz. Jule humpelte näher und hockte sich auf seine Bettkante. Fürsorglich betrachtete sie den Mann unter der gemangelten Bettdecke, tastete sich mit vorsichtigen Blicken näher und verfing sich am Ende in einem Sog von aufgewühltem Meergrün.

»Wie geht es dir?«

»Besser. Gerade in diesem Moment«, antwortete er warm.

Ihr Herz ging auf. Hastig griff sie nach seiner Hand, fühlte aber nur Mullbinden. Sie fuhr erschrocken zurück, doch Micha ließ sie nicht.

»Nein«, flüsterte er. »Halt mich fest, bitte.«

Da beugte sie sich vor und küsste seine Lippen, erst behutsam, dann heftiger. Es fiel ihr schwer, sich loszureißen. Zu gut tat es, sich diesem Strudel aus Liebe und Vergessen hinzugeben. Schließlich zwang sie sich in die Höhe, atemlos, zerzaust und mit einem Herz, das im Stakkato pochte.

»Wesseling und die Schneider waren eben bei mir«, berichtete sie, während sie ihr wirres Haar ordnete. »Sie sagten, du hättest bereits eine Aussage gemacht.«

Micha nickte. »Stimmt. Auf Anraten meines Anwalts. Ich hab den Bullen alles erzählt, von vorne bis hinten. Wesseling wollte mich sofort einbuchten, da kam mein Anwalt ihm damit, dass der Bankraub seit fast fünf Jahren verjährt sei und dass aufgrund meiner Verletzungen wohl kaum Fluchtgefahr bestünde.« Er grinste müde. »Ich habe nichts von der Verjährungsfrist gewusst. Scheiße. Konnte es erst gar nicht glauben. Es ändert aber auch nichts daran, dass ich Stefan im Stich gelassen und seinen Tod zu verantworten habe. Und Hermanns.« Er sah sie gequält an. »Doch immerhin werden mir viele Jahre Haft erspart. Höchstens verknacken die mich wegen Strafvereitelung und weil ich die Ermittlungen behindert habe. Vielleicht wird auch meine Bewährung widerrufen. Keine Ahnung. Peanuts.«

Sanft streichelte sie seinen Arm da, wo keine Verbände waren.

»Du bist nicht schuld am Tod von Stefan oder Hermann«, beschwor sie ihn.

»Und was ist mit Theisen?« Micha presste die Frage zwischen zusammen gebissenen Zähnen hervor. »Hätte ich den Aschenbecher nicht geworfen, wäre Gertis brennende Kippe nicht in die Benzinlache gefallen. Dein Mann ist qualvoll in dem Feuer verbrannt, Jule. Genau wie Mel! Die lebte zu dem Zeitpunkt vielleicht noch und wäre zu retten gewesen.«

»Hör auf!«, stieß sie aus. Plötzlich musste sie weinen. Etwas in ihrem Inneren zerriss. Schleusen öffneten sich gewaltsam. Es tat höllisch weh. »Es ist furchtbar, keine Frage. Aber hättest du Jörg nicht … ausgeschaltet, wären Gerti und du in den Flammen verbrannt. Jörg hätte nicht gezögert, glaub mir. Der war wild entschlossen und völlig neben der Spur! Bitte, hör auf. Du hast das einzig Richtige getan!«

Eine Flut von Tränen überspülte ihre Wangen. Jörg war tot und Melanie und Hermann auch. Die Welt stand auf dem Kopf. Alles versank in Grauen und Chaos. Es gab nichts mehr, das an seinem Platz war und Sicherheit gab. Täter, Opfer, böse, gut, Retter, Mörder, Schuld, Recht, Unrecht. Ein heilloses Durcheinander. Und jetzt stempelte sich Micha auch noch selbst zum Täter ab. Wieder mal. Der einzige, der für sie eine Insel sein sollte. Das war zu viel. Jule schluchzte und konnte nichts dagegen tun, dass ihre Schultern wild zuckten.

Michael Faßbinder schwieg betroffen und offenbar ziemlich verwirrt.

»Schsch«, machte er unbeholfen. Eine bandagierte Hand legte sich auf ihren Oberschenkel, wanderte hoch und strich über ihren Bauch. Er versuchte sich aufzusetzen, sank aber kraftlos auf das Kissen zurück. »Ist ja gut, Jule. Ich hör ja auf …«

»Du hast das Richtige getan! Das einzig Richtige!«, wiederholte sie stur, im eigenen Elend gefangen. Sie konnte sich gar nicht beruhigen. »Bleib bei mir.«

»Ich hatte nicht vor abzuhauen«, schmunzelte Micha. »So schnell wirst du mich nicht los.«

Die Nachwehen der Ereignisse waren das Schlimmste: Zähe Gespräche mit dem dicken Kommissar und seiner hageren Mitarbeiterin. Wiederholte Treffen und Telefonate mit Anwälten. Denn nicht nur Micha stützte sich auf seinen Verteidiger, sondern auch Jule hatte sicherheitshalber einen Rechtsbeistand engagiert.

Dann ging es weiter: Sobald Jörgs Leiche freigegeben war, organisierte Jule die Beerdigung. Seine Mutter, die immer schon ein ambivalentes und äußerst gespanntes Verhältnis zu ihrem Sohn gehabt hatte, weigerte sich standhaft, die Bestattung zu veranlassen. Mit einem Dieb, Mörder und Brandstifter wolle sie nichts zu tun haben. Und erst recht nicht in einen Topf geworfen werden. Also musste Jule alles übernehmen.

Jana griff der großen Schwester tatkräftig unter die Arme.

Wo Jule zauderte, handelte die jüngere. Wo die ältere verzweifelte, tröstete Jana. Und Tobi, Jules inzwischen achtzehnjähriger Sohn, der seinen Amerika-Aufenthalt vorzeitig abgebrochen hatte, war ebenfalls eine echte Hilfe. In einer ganz speziellen Hinsicht: Er trauerte um seinen Stiefvater, zwar irritiert von dessen Verfehlungen, aber nichtsdestoweniger aufrichtig und tief. Dies bot Jule einen Orientierungspunkt. Durch Tobi inspiriert weckte sie die positiven Erinnerungen an ihren verstorbenen Mann. Sie gestattete es sich, um ihn zu weinen und ihn sogar zu vermissen. Ohne dabei zu vergessen, was Gier und Selbstgerechtigkeit aus ihm gemacht hatten. Es waren schlimme, verworrene Wochen und Monate.

Derweil half Micha seiner Großtante so gut er konnte durch die Krise. Er wich nicht von ihrer Seite. Gerti hatten die Geschehnisse merklich altern lassen. Von ihrer resoluten Art waren nur noch Bruchstücke übrig geblieben. Zeitweilig wirkte sie sogar leicht dement.

Micha kümmerte sich darum, dass sie in das Mobilheim neben seinem eigenen einzog. Er sorgte dafür, dass das ausgebrannte Fertighaus abgerissen wurde. Er veranlasste Hermanns Urnenbeisetzung auf dem Steinbacher Friedhof. Außerdem sprach er mit dem dortigen Pfarrer wegen einer Grabstelle für Stefan und Sonja. Er wollte, dass sie zusammen lagen. Ob das möglich sei? Der Pfarrer versprach, sein Bestes zu versuchen und die Angehörigen zu kontaktieren.

Micha wollte auch seiner Cousine beistehen. Schließlich saß ihr Mann in Untersuchungshaft, und sie war mit den vier Kindern und dem Misstrauen der Steinbacher Dorfgemeinschaft ganz allein. Erstaunlicherweise benötigte Beate Becker keine Hilfe. Sie entfaltete eine Energie, die ihr niemand zugetraut hätte. Sie schaffte es sogar irgendwie, zu ihrem Mann zu stehen. Auf eine selbstverständliche, äußerst nüchterne, abgeklärte Art und Weise. Vielleicht genoss sie es sogar, einmal die Stärkere in der Beziehung zu sein. Der Dorfpolizist erlitt einen Nervenzusammenbruch, nachdem Beate ihn am frühen Sonntagmorgen – wie mit Micha abgesprochen – von seinen Fesseln erlöst hatte. Zuvor hatte sie die Kripo verständigt. Frank sollte sich nicht aus der schmutzigen Geschichte herauswinden können.

Bald widmete Micha sich mit ganzer Kraft dem ›Eifelwind‹. Gerti war froh, ihn mit seiner Verlässlichkeit und Arbeitswut zur Seite zu haben. Gemeinsam entwickelten sie ein Konzept, wie man den Campingplatz am Leben erhalten und gleichzeitig Stück für Stück der Sparkasse das geraubte Geld zurückzahlen könne.

Der Prozessbeginn war für Anfang Oktober angesetzt. Jule fürchtete den Termin und fieberte ihm gleichzeitig entgegen. Einerseits wollte sie all das schleunigst hinter sich lassen, andererseits hatte sie Angst vor dem Ausgang. Welche Haftstrafen erwarteten Leo und Peter? Und Micha? Würde er glimpflich davon kommen? Sein Rechtsanwalt ging davon aus, gewiss war es allerdings nicht. Jule lief mit einem mulmigen, aber auch freien, flattrigen Gefühl in jeden neuen Tag.

Gleichzeitig räumte sie das Haus in der Griegstraße. Es sollte verkauft werden. Tobi und sie würden eine kleine Wohnung anmieten, bis ihr Sohn sein Abitur in der Tasche hätte und sein Jurastudium in Düsseldorf begänne. Dann würde er in ein Studentenwohnheim ziehen.

Und sie? Micha wollte, dass sie zu ihm in den ›Eifelwind‹ kam und dort mit ihm lebte. Wollte sie selbst das auch? Sie wusste es nicht. In Bezug auf Micha war sie einfach ratlos.

Durfte sie ihn lieben? Nach allem, was geschehen war? Passten sie überhaupt zusammen? Konnte sie es sich gestatten, glücklich zu sein? Etwas in ihr schreckte davor zurück und ballte sich in ihrem Magen zu einem klebrigen Klumpen zusammen. Die beiden sahen sich nicht in diesen Frühlings- und Sommermonaten. Manchmal telefonierten sie miteinander, aber auch das nur sporadisch. Etwas von dem Zauber zwischen ihnen war abgebröckelt und unachtsam fortgewischt worden.

Es war ein gewittriger, verregneter Tag mitten im August, der alles entschied. Jule kam gerade von Neuss nach Hause. Nach Jörgs Tod hatte sie ihre Stelle beim Diakonischen Werk gekündigt, um die Sekretariatsarbeit in der Kanzlei zu übernehmen. Auf diese Weise hielt sie dem völlig überlasteten Partner Ralf Lohmann den Rücken frei und ersparte ihm die Neuanstellung einer Verwaltungskraft. Die alte Sekretärin hatte im Angesicht von Jörgs Schandtaten entrüstet das Weite gesucht.

Jule betrat ihre kleine Wohnung im dritten Stock des Mehrfamilienhauses in Büttgen. Schon im Hausflur hörte sie ihr Telefon klingeln und sprintete nach oben. Beim Abheben identifizierte sie die kurze Eifeler Telefonnummer. Ihr Herz pochte. Micha! Aber die Stimme, die ihr tief und heiser ins Ohr drang, war gar nicht seine.

»Hallo Küng, Jerti hier.«

»Ja?«, fragte sie verdattert. Warum rief seine Großtante an? War etwas passiert?

»Erschreck dich nit, Küng. Du bruchs dir kin Sorch zu maache.« Die alte Frau hustete und setzte noch einmal neu an: »Keine Sorge. Bei uns im ›Eifelwind‹ ist alles in Ordnung.«

»Dann ist ja gut.« Jule warf sich auf die Couch. Aber dass Gerti unvermittelt ins Hochdeutsche gewechselt hatte, verstärkte ihre Sorge. Es erinnerte sie an ein schlimmes Geständnis und an Hermanns geschundenen Leichnam.

»Ich muss einfach mal in Ruhe mit dir sprechen«, schallte die raue Stimme weiter aus dem Hörer. »Ohne den Jungen. Hast du Zeit?«

»Ja, kein Problem.« Jule streifte die Sandalen von den Füßen und lehnte sich zurück. Von hier aus hatte sie einen fantastischen Blick aus dem Fenster über das weite Flachland Richtung Neuss-Grefrath und auf die Skihalle. Hinter den Windrädern am Horizont knäulten sich bedrohlich dunkle Wolken zusammen. So wie in ihrem Magen. Was wollte Gerti bloß von ihr?

»Wir vermissen dich, Kind. Du bist lange nicht mehr hier gewesen.«

Jule seufzte. »Ich hab halt viel zu tun …«

»Das ist eine Ausrede und du weißt es«, konterte die alte Frau. Es klang vorwurfsvoll. »Und der Junge weiß es auch. Er leidet wie ein Hund. Ist dir das eigentlich klar?«

Schon wollte sie protestieren, dass das wohl ein wenig übertrieben sei, Micha melde sich ja kaum noch bei ihr, doch die Gerti redete einfach weiter.

»Ihr gehört zusammen, ihr zwei. Vor allem nach dem, was ihr … was wir … durchgemacht haben! Tausendmal hab ich zu ihm gesagt, er soll einfach an den Niederrhein fahren und dich holen. Heim in den ›Eifelwind‹.«

Jetzt musste sie doch widersprechen. »Meine Heimat ist in Kaarst. Hier bin ich zu Hause.«

»Du bist da zu Hause, wo dein Herz ist«, hielt Gerti resolut dagegen. »Auch wenn dein Mann noch nicht lange unter der Erde ist, sage ich dir jetzt eins: Ihr habt nie zusammen gepasst, spießig wie der war. Er hat dich nicht glücklich gemacht. Aber mein Micha, der macht dich glücklich.«

»Ach Gerti, was bedeutet schon Glück?«

Das war Jule glatt herausgerutscht.

Pause. Dann ein Räuspern.

»Wenn du es kriegen kannst, bedeutet es alles! Sieh mal, mein Hermann ist tot. Ich kann das Glück nicht zurückholen. Aber du, du brauchst nur 100 Kilometer zu fahren und hältst es in den Armen.«

»Gerti, ich kann nicht.« Und erst in dem Moment wurde es ihr bewusst: Sie hatte es nicht verdient. Es war zu viel, einfach zu viel. Tränen stiegen ihr in die Augen. Am liebsten hätte sie aufgelegt.

Aber Gerti blieb hartnäckig. Ruhig sagte sie: »Der Junge hat also recht. Du wehrst dich mit Händen und Füßen. Er sagt, dass dich irgendetwas blockiert, Schätzchen. Er glaubt, es ist tief in deiner Vergangenheit verborgen. Deshalb hat er mich um Rat gefragt. Weil ich dich von klein auf kenne. Von ›Kirschen‹ hättest du des Öfteren im Schlaf gesprochen. Hättest dich jedes Mal total verkrampft und gestöhnt.«

Jule setzte sich auf. Sie hatte keine Ahnung davon gehabt, dass sie ihre Träume laut preisgab.

»Ich träum halt manchmal von Oma Maiwalds Tod«, gestand sie leise. »Als sie wegen der Kirschen, die ich unbedingt haben wollte, von der Leiter fiel und starb. Das kann ich mir eben nicht verzeihen. Ist doch verständlich, oder? An ihrem Tod schuld zu sein …«

»Aber, Küng. Dat is doch Unsinn, wat de sääss!« Lauthals verfiel Gerti in die Eifeler Mundart. Es tat Jule beinahe in den Ohren weh. Dann riss sich die Campingplatzbesitzerin wieder zusammen. »Schon seit Wochen hatte deine Oma eine Lungenentzündung und ging partout nicht zum Arzt. Und das alles wegen deiner Mutter, dem Satansbraten!«

Jule hörte ein rasselndes Einatmen, dann ging es weiter, ohne Punkt und Komma.

»Weißt du noch, es war in dem Sommer, als sie diesen neuen Liebhaber hatte? Diesen Heini mit dem Reisebüro in Bad Münstereifel. Obwohl sie Camping hasste, die Klos unhygienisch fand und sich über die Insekten aufregte, verbrachte sie die ganze Ferienzeit mit dir im Schlepptau im ›Eifelwind‹. War praktisch für sie, weil ihre Eltern für dich die Babysitter spielten, während sie feiern ging und diese Affäre begann. Einige Zeit verschwieg sie dem Mann, dass sie verheiratet war und eine kleine Tochter hatte. Und als sie endlich mit der Sprache rausrückte und sich wohl schon eine goldene Zukunft an der Seite dieses reichen Schnösels zurecht gelegt hatte, machte der Schluss. Ich weiß noch, dass sie dir dafür die Schuld gab. Das muss man sich mal vorstellen, so einem kleinen Ding! ›Du bist schuld, dass er weg ist!‹, hat sie dich angeschrien und geschüttelt.

Und weil sie dermaßen hysterisch war, ging deine Oma nicht zum Arzt, auch nicht, als der Husten immer schlimmer wurde. ›Ich kann meine Tochter in diesem Zustand nicht allein lassen‹, hat sie behauptet. ›Das tut auch der kleinen Jule nicht gut.‹ So war das. Sogar dein Großvater war machtlos. Gegen diese Sturheit kam er nicht an. Also machte er einen langen Spaziergang mit deiner Mutter, um wenigstens ihr ins Gewissen zu reden. Und an dem Nachmittag stieg deine Oma in den Kirschbaum.«

»Und stürzte, weil ich die Leiter nicht richtig festgehalten habe!«

Gerti stöhnte genervt auf.

»Na und? Sie brach sich ein Bein, nichts weiter. Im Krankenhaus haben sie herausgefunden, wie krank sie war. Endlich wurde sie behandelt! Gott sei Dank! Allerdings fing das

Drama jetzt erst richtig an: Sie reagierte allergisch auf die Antibiotika. Nichts half. Ihr Zustand verschlechterte sich von Tag zu Tag. Es war furchtbar! Dein Opa war im Schock, deine Mutter kurz vor dem Nervenzusammenbruch und du ganz still. Und schließlich tat deine Oma ihren letzten Atemzug. Vorbei. Ja, so wor et.«

Jule schwieg schockiert. An all das hatte sie sich nicht erinnern können. Nur an ihre Schuld. Die gar nicht so schwer und allumfassend war, wie sie bisher geglaubt hatte. Nicht sie hatte Oma Maiwalds Tod verursacht. Nicht sie hatte ihren Papa aus dem Haus getrieben. Gerti am anderen Ende der Leitung räusperte sich:

»Also, du bist völlig unschuldig an dem Desaster. Und überhaupt! Mach dir nicht das Leben schwer. Schuld, Unschuld, gut und böse. Wer will das entscheiden? Und wer will bestimmen, wer was verdient hat? Ich glaube nicht an den ganzen Zirkus. Höchstens daran, dass die Menschen dazu neigen, vom Weg abzukommen. Sich zu verirren. Ja, verirrte Geister, das sind wir.« Sie holte tief Luft. »Jeder auf seine Art. Denk doch mal an diese verrückte Melanie, deinen Jörg, den Stefan, den Hermann oder an mich!«

Gerti schwieg kurz und Jule blieb an dem Ausdruck ›verirrte Geister‹ hängen. Ein tröstliches Bild, fand sie. Die alte Frau war jedoch noch nicht fertig:

»Vill nüedijer is, dat du dinne Jewisse in Ordnung häss. Dat häss du ja. Un der Micha jenauso, vill mie wie die andere. Der is üwwerijens auch davon üwerzeuch, dat er dat Glück nit verdient hätt. Kee bissche. Papperlapapp. Is alles Blödsinn. Haalt üch anenander fest. Joot üere Weg zesame un sitt glöcklich. Am beste hee in de ›Eefelwind‹«

EPILOG

Ein Jahr später, in einer rauen und windigen Herbstnacht, kam es zwischen zerwühlten Laken und zwischen Erschöpfung und Schlaf zu einer ganz besonderen Aussprache. Michael schilderte Jule, wie es damals gewesen war bei dem Überfall auf die Euskirchener Sparkassenfiliale. Er sprach stockend. Die Geschichte belastete ihn immer noch.

Jule kuschelte sich an ihn, lauschte und starrte in die Dunkelheit ihres gemeinsamen Schlafzimmers, das sich in Michas altem, inzwischen erweiterten und renovierten Mobilheim auf dem ›Eifelwind‹-Gelände befand. Sie wagte kaum zu atmen.

»Stefan war total heiß auf die Sache. Er hatte sich mit Koks aufgeputscht und stand völlig unter Strom. ›In einer Stunde sind wir stinkreich‹, schwärmte er. ›Dann kann uns keiner mehr was‹. Ich hatte einfach Schiss. Es war doch mein erster Raub. Stefan hatte weit mehr Erfahrung. Ich wollte es einfach nur hinter mich bringen. Ihm beweisen, dass ich ein guter Freund und dazu fähig war. Außerdem sah ich zu der Zeit null Perspektive. Kein Schulabschluss, keine Aussicht auf eine Lehre oder einen Job. Tagein tagaus hing ich mit meinen Kumpels ab, soff viel zu viel und baute Scheiße. Mit einem Geniestreich Millionen abzuräumen war eine Hoffnung, die was für sich hatte. Es schien die Lösung für alle Probleme zu sein. In dem Punkt gab ich Stefan recht. Wie dumm ich war!

Es war früh am Morgen. Wir hatten in der Nacht zuvor einen alten Käfer geknackt. Mit dem fuhren wir zu einer

Nebenstraße der Bank. So nah ran wie möglich. Es war Oktober, so wie jetzt, es war arschkalt und noch dämmrig. Stefan und ich trugen Jeans, Handschuhe und dunkle Jacken. Die Pistolen versteckten wir darunter. Eine leere Plastiktüte und Sturmmasken hatten wir auch dabei. Als wir auf die Sparkasse zugingen, zitterte ich vor Kälte und vor Angst. Kurz vor der Glastür maskierten wir uns. Erst in dem Moment wurde mir klar, dass es kein Zurück mehr gab. Mitgehangen, mitgefangen.

Es waren noch keine Kunden in der Bank. Wie geplant. Stefan übernahm die Führung, machte einen auf großen Macker. Blähte sich auf wie ein Michelinmännchen. Da kapierte ich, dass auch er großen Schiss hatte. Er fuchtelte mit seiner Waffe vor dem Schalterbeamten herum. Der wurde ganz blass.

›Rück die Kohle raus!‹, kommandierte Stefan, während ich ihm die Tüte reichte. Seine Stimme war laut, aber gar nicht cool. Eher schrill und nervös. Ich kriegte erst recht Panik. ›Und denk auch dran, die Juwelen von dem Scheiß-Emir in die Tüte zu packen‹, ergänzte mein Freund. ›Wir wissen, dass das Zeug hier lagert.‹

Der Typ hinter dem Schalter bekam große Augen, reagierte aber sofort. Stefan und er gingen in die hinteren Räume der Bank. Dabei drückte ihm Stefan die Pistole in den Rücken. Mein Job war es, die beiden Frauen, die an den anderen Schaltern standen, in Schach zu halten. Eine von denen, die Jüngere, so ein schickes Blondchen mit Zopf, fing an zu weinen. Ich wäre am liebsten aus dem Gebäude gerannt. Oder hätte mitgeheult. In der Zeit muss eine der Frauen den Alarmknopf gedrückt haben. Als Stefan ein paar Minuten später mit dem Alten und prall gefüllter Plastiktüte zurückkam, hörte man draußen Polizeisirenen.

Stefan raffte sofort, was los war. Er warf mir die schwere

Tüte zu und riss den Schalterbeamten am Kragen zurück. Einen Arm schlang er um den Hals des Mannes. Seine Knarre bohrte er ihm in die Schläfe.

›Raus hier!‹, schrie er mir zu. ›Schnell!‹

Draußen war die Hölle los. Drei Polizeiautos hielten gleichzeitig mit quietschenden Reifen gegenüber der Bank. Direkt vor der Eingangstür parkten zwei Autos im absoluten Halteverbot. Das war unser Glück. Wir verschanzten uns mit unserer Geisel hinter einem ockerfarbener Mercedes, und Stefan rief den Bullen zu, die sich allesamt auf der anderen Straßenseite zu einem wirren Knäuel zusammengeballt hatten: ›Keinen Schritt näher! Ich knall den Alten ab, wenn es sein muss.‹

Der Sparkassentyp wimmerte. Es ging mir durch Mark und Bein. Auf einmal knickten dem Mann die Beine weg. Er war ohnmächtig geworden.

›Scheiße!‹, schrie Stefan und ließ ihn los. Er sackte auf dem Bürgersteig zusammen. Da wusste ich, dass wir keine Chance mehr hatten. Das sahen die Bullen wohl genauso. Einer von denen, so ein kräftiger in den Dreißigern, stellte sich breitbeinig hin, seine Polizeiwaffe mit beiden Händen haltend. Er richtete sie auf Stefan und befahl ihm: ›Waffe runter, du kleiner Pisser!‹

Ich weiß noch, wie Stefan zögerte. Er schaute kurz zu mir rüber, seine Augen im Sichtfeld der Sturmmaske wurden ganz leer, wie tot, und er ließ die Pistole sinken. In dem Moment drückte der Bulle ab – mit knallharter Miene. Stefans Körper wurde von der Wucht des Schusses nach hinten gerissen, seine Arme fuhren nach oben. Aus seiner Knarre löste sich ein Schuss. Der Bulle kippte um wie ein gefällter Baum, und die anderen rannten plötzlich wild durcheinander.

In dem Augenblick setzte mein Denken aus. Ich lief los.

Keine Ahnung, warum mich niemand aufhielt. Vielleicht waren die Bullen im Schock, vielleicht dachten sie, Stefan sei noch bei Bewusstsein. Vielleicht hatten sie Angst um das Leben der Geisel oder des Kollegen. Oder sie hatten gar nicht richtig wahrgenommen, dass es mich gab. Ich weiß es wirklich nicht. Aber ich schaffte es tatsächlich bis um die Ecke zu dem geklauten Käfer und sprang hinein.

Dann fuhr und fuhr ich, ohne ein festes Ziel. Und landete wie von selbst im ›Eifelwind‹.«

Micha hielt inne. Seine Hand strich über Jules nackten Bauch.

»Ich hab nie in meinem Leben etwas so bereut wie diesen Überfall«, flüsterte er. »Aber das nützte nichts. Es war passiert. Ich konnte nichts rückgängig machen. Stattdessen machte ich es noch schlimmer. Tauchte unter und verriet Stefan damit ein zweites Mal. Anstatt mich zu stellen und zu sagen, wie es wirklich gewesen war, ließ ich zu, dass sie ihn zum eiskalten Mörder machten und für immer wegsperrten. Das werde ich mir nie verzeihen. Es ist so, als hätte ich ihn eigenhändig in die Zelle gesteckt und den Schlüssel weggeworfen.«

»Nein!«, widersprach Jule scharf. »Denk nach, Micha. Was dich umtreibt, ist dein Schuldgefühl, das sich selbstständig gemacht hat. So wie es bei mir war! Mit der Realität hat es wenig zu tun. Überleg mal: Wer hat dich damals zu dem Bankraub überredet? Stefan, oder? Wer hat den Plan für den Ablauf gemacht? Auch Stefan. Und wer hat die Geisel genommen, anstatt sich sofort zu stellen? Ich will damit nur sagen, dass auch Stefan eine Menge Verantwortung trug. Willst du ihm die absprechen? Und außerdem: Warum hängten die Richter die Sicherungsverwahrung an die lebenslängliche Freiheitsstrafe? Weil Stefan ein Hangtäter war. Zum Zeitpunkt des Prozesses liefen einige andere Verfahren gegen ihn. Welchen Einfluss hattest du darauf? Keinen. Hab ich nicht recht?« Ihre Finger glitten sanft über seine Gitarrensaitennarben.

»Trotzdem. Diese gnadenlose Härte war nicht gerechtfertigt. Ihn quasi lebendig zu begraben. Stefan war nicht schlecht, sondern …«

Jule unterbrach ihn rüde: »… bloß ein verirrter Geist, ich weiß.« Sie liebte Gertis Wortkreation. Immer noch. Sie traf so genau den Kern der Sache. »Aber am Strafmaß bist nicht du schuld und auch nicht daran, was die Haft aus Stefan gemacht hat. Es ist eine Sache, Leute wie ihn auf unbestimmte Zeit wegzuschließen, aber eine andere, ihnen neben Strafe und Verwahrung zumindest ein bisschen Perspektive zu geben. Als Zeichen der Menschlichkeit. Solche Bemühungen sind heutzutage eher unpopulär. Leider.«

Doch Micha wollte sich offenbar auf keine gesellschaftspolitische Diskussion einlassen. »Noch mal: Trotzdem habe ich meinen Freund im Stich gelassen, um meinen Vorteil daraus zu ziehen.«

Er drehte sich im Kreis. So kamen sie keinen Schritt voran. Hilflos versuchte sie es mit Sarkasmus. »Klar. Deshalb hast du auch auf deinen Teil der Beute verzichtet und das ganze Zeug für Jahrzehnte neben meinem Weinstock verbuddelt.«

»Hör auf, Jule. Ich hab' dir erklärt, dass das Teil meiner Buße war …«

Nun wusste sie nicht mehr weiter. »Mmmh«, machte sie deshalb nur.

»… dass es aber viel mehr gebracht hätte, wenn ich vor Gericht ausgesagt hätte, dass der Bulle zuerst geschossen und Stefans Schuss sich danach gelöst hat. Stefan wäre jetzt nicht tot, sondern …«

»Ja, ja.«

»Du hörst mir nicht zu.«

Jetzt hatte sie ihn wütend gemacht. Und verletzt. »Doch«, erwiderte sie endlich. »Ich hab genau gehört, was du gesagt hast. Aber du wirst mich nicht davon überzeugen, dass du diese Last ganz allein zu tragen hast. Was meinst du, wem man vor Gericht eher geglaubt hätte, den Euskirchener Polizisten mit ihren abgesprochenen Aussagen oder dir, dem Bankräuber?«

Micha sagte nichts. Er lag steif wie ein Brett neben ihr. Also redete sie einfach weiter, in der Hoffnung, irgendwann die Kapsel in seinem Innern aufzusprengen.

»Du wärst nur selbst für lange Jahre in den Knast gegangen. Geholfen hättest du Stefan damit nicht. Kein Stück. Und außerdem: Die Buße, die du dir auferlegt hast, war hart genug, finde ich. Die Geschichte ist verjährt. Lass es gut sein, Micha.« Sie atmete tief ein und aus und wiederholte den letzten Satz wie ein Mantra. »Lass es gut sein, bitte, Liebster.« Und leise fügte sie hinzu: »Ich weiß, wovon ich rede. Es ist Zeit zu leben. Leicht und ohne Schuld. Bitte.«

Er lag ganz still da und sagte keinen Ton. Aber sie hatte den Eindruck – oder war es nur die Hoffnung? –, dass seine Muskeln sich ein ganz klein wenig entspannten.

ENDE

Die Zeit heilt keine Wunden,
Die Zeit vernarbt das Leid,
Wer hat je Heil gefunden,
Der litt in Einsamkeit?

Die Zeit heilt keine Wunden,
Die Zeit läuft dir davon,
Vergeude keine Stunden
Damit ist nichts gewonn'.

Die Zeit heilt keine Wunden,
Die Zeit macht chronisch krank,
Und willst du doch gesunden,
Dann geh am Schmerz entlang.

Die Zeit heilt keine Wunden,
Die Zeit ist reif, mein Herz.
Denn ich hab dich gefunden
Und teile deinen Schmerz.

Weitere Krimis finden Sie auf den folgenden Seiten und im Internet: www.gmeiner-verlag.de

Stefan Keller
Kölner Luden
978-3-8392-1378-0

»Marius Sandmann ermittelt im ›Miljö‹«

Waisenkind Vinzent Dietrich setzt seine ganze Hoffnung in Marius Sandmann: Der Privatdetektiv soll seinen Vater finden. Einziger Anhaltspunkt ist ein Foto des Kölner Fotografen Chargesheimer aus den Nachkriegsjahren.
Die Spur führt Sandmann in die wilden 60er-Jahre. Damals galt Köln als deutsche Hauptstadt des Verbrechens. Als Marius einziger Zeuge stirbt, vormals Kiezgröße aus dem »Miljö«, machen sich seine ehemaligen Kumpane auf Mörderjagd. Ihr Hauptverdächtiger: Marius Sandmann.

GMEINER

Wir machen's spannend

Margit Kruse
Zechenbrand
978-3-8392-1382-7

»Tatort Zeche«

Auf einem alten Zechengelände, mitten im Ruhrgebiet, wird hinter den historischen Gebäuden ein toter junger Mann im Schalke 04-Dress gefunden. Margareta Sommerfeld, Damenoberbekleidungsverkäuferin und passionierte Hobbydetektivin, hatte den Jungen noch kurz zuvor gesehen. Ist er zwischen die Fronten einer Investorengruppe und einer Bürgerinitiative geraten, die beide um die alte Zeche »Bergmannsglück« streiten? Ein weiterer Mord macht nicht nur Margareta klar, dass Eile geboten ist …

GMEINER

Wir machen's spannend

Mike Steinhausen
Operation Villa Hügel
978-3-8392-1404-6

»Ein rasanter und ungemein spannender Krimi, der uns in eine dunkle Zeit führt.«

Februar 1943. Paddy Mayne und vier Kameraden von der britischen Spezialeinheit SAS landen mit dem Fallschirm im Ruhrgebiet. Ihr Ziel: Peilsender an die Villa Hügel anbringen, dem Wohnsitz der Familie Krupp, in der laut geheimen Informationen Hitler persönlich erwartet wird. In deutschen Uniformen finden sie sich im Land ihres Feindes wieder, eine lebensgefährliche Mission beginnt. Das Ziel scheint unerreichbar, denn die Villa ist der derzeit bestbewachte Ort im Deutschen Reich …

GMEINER

Wir machen's spannend

Unsere Lesermagazine

2 x jährlich das Neueste aus der Gmeiner-Bibliothek

24 x 35 cm, 32 S., farbig; inkl. Büchermagazin »nicht nur« für Frauen

10 x 18 cm, 16 S., farbig

Alle Lesermagazine erhalten Sie in Ihrer Buchhandlung oder unter www.gmeiner-verlag.de.

GmeinerNewsletter

Neues aus der Welt der Gmeiner-Romane

Haben Sie schon unsere GmeinerNewsletter abonniert?

Monatlich erhalten Sie per E-Mail aktuelle Informationen aus der Welt der Krimis, der historischen Romane und der Frauenromane: Buchtipps, Berichte über Autoren und ihre Arbeit, Veranstaltungshinweise, neue Literaturseiten im Internet und interessante Neuigkeiten.

Die Anmeldung zu den GmeinerNewslettern ist ganz einfach. Direkt auf der Homepage des Gmeiner-Verlags (www.gmeiner-verlag.de) finden Sie das entsprechende Anmeldeformular.

Ihre Meinung ist gefragt!

Mitmachen und gewinnen

Wir möchten Ihnen mit unseren Romanen immer beste Unterhaltung bieten. Sie können uns dabei unterstützen, indem Sie uns Ihre Meinung zu den Gmeiner-Romanen sagen! Senden Sie eine E-Mail an gewinnspiel@gmeiner-verlag.de und teilen Sie uns mit, welches Buch Sie gelesen haben und wie es Ihnen gefallen hat. Alle Einsendungen nehmen automatisch am großen Jahresgewinnspiel mit attraktiven Buchpreisen teil.

GMEINER

Wir machen's spannend